斎藤国夫編

憂行日記

北杜夫

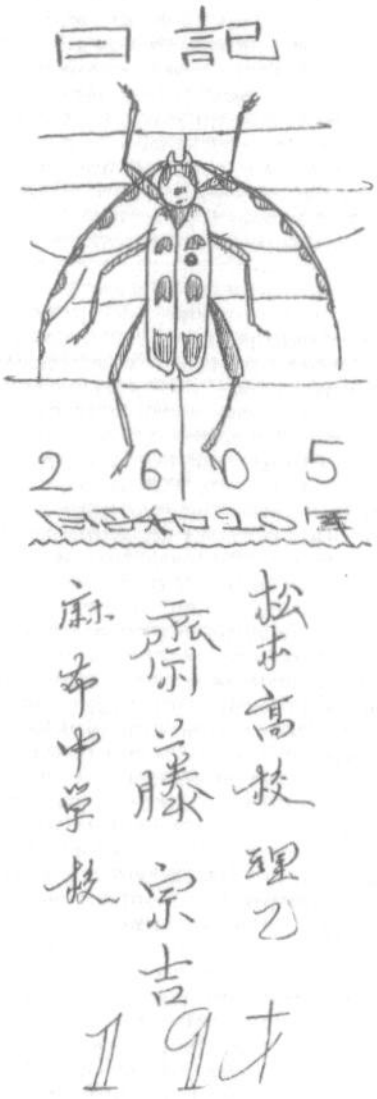

新潮社

松高卓球部キャプテン時代の北杜夫（昭和22年頃）

12. VIII-1946 大石田ニテ

目次

「憂行日記」について……7
1 昭和20年6月〜10月……11
2 昭和20年10月〜昭和21年7月……79
3 昭和21年8月……145
4 昭和21年9月〜昭和22年6月……165
5 昭和22年7月〜11月……229
6 昭和22年11月〜12月……285
編注……341
編者解説……357
編者あとがき……378

カバー表1
北杜夫ポートレート　昭和20年7月、北アルプス西穂高岳にて
日記のページ　「憂行日記」5、昭和22年8月28日
カバー表4
自筆スケッチ　「憂行日記」2、昭和21年7月12日、大石田にて
本扉
自筆イラスト　「憂行日記」1、表紙裏

ポートレート　斎藤家
「憂行日記」世田谷文学館所蔵／新潮社撮影

憂行日記

凡例

日記は旧字旧仮名遣い（横書き）で書かれているが、一九八八年に刊行された北杜夫『或る青春の日記』（中央公論社）での表記に準じて、新字新仮名遣い（縦書き）に改め、また日記中の詩歌作品は旧仮名遣いのままとした。漢数字と算用数字の併用、独特な用字も基本的に生かしているが、明らかな誤字脱字や、句読点の不完全なものは、最小限の範囲で補正した。日記原文にない振り仮名も適宜付している。本文中の〔?〕や□□は判読不能の文字、○○は空白部分を示す。なお、編者による注には〔 〕を付して記した。また詩歌作品で推敲跡を残しているものは〈 〉を付した。

なお本書には、今日の観点からみると差別的表現ととられかねない語句が散見するが、著者自身に差別的意図はなく、時代背景、また著者がすでに故人であるという事情に鑑み、原文通りとした。（新潮社出版部）

「憂行日記」について

本書は作家・北杜夫（本名・斎藤宗吉）が昭和二十年六月から昭和二十二年十二月まで、六冊の大学ノートに記し、「憂行日記」と名付けていた日記（世田谷文学館所蔵）を翻刻したものである。

北は高校時代を信州・松本にあった旧制松本高等学校で過ごした。しかも時代は太平洋戦争末期で、北は入学早々に日本の敗戦を迎えることになった。そしてそれに続く大きな社会的混乱の波に翻弄されながら、北が大事に書き続けた日記がこの「憂行日記」なのである。より詳しくいえば、旧制松高時代の「憂行日記」が七冊、その後の仙台の東北大学医学部時代のものが「日記」「ＤＩＡＲＩＵＭ」として八冊で、計十五冊となる。

実は小学三年生ぐらいから日記を書き出した北にとって、昭和二十年五月二十五日の東京大空襲で家を焼かれ、それまで書きためていたすべての日記帳を失ったことは大変無念なことだった。六月になって当時世話になっていた親戚の家で大学ノートを貰い、「憂行日記」と名付けた日記をつけ始めた。北自身の言葉によれば、憂行とは「混濁の世を憂い行く」という意味くらいの雅号のつもりであった。しかし、北が父に出した手紙で憂行名を使ったと見え、茂吉は北への手紙に「それからお父さんがちっとも知らなかったが『憂行』というのは、『国を憂いて行う』意か。『しずかな歩み』の意か、どういう出典か教えよ。又ただの『憂行』だけでは『号』にならぬ、『憂行生』とか何とかせねば具合がわるいだろう」と書いている。いずれにせよ、当時の麻布中学のクラス仲間で愛読されていた右翼的で感傷的な『昭和風雲録』などの影響を強く受けたもので、松本時代は憂行の名で通したという。

やがてこのままでは千葉の暁部隊に動員されそうだと感じた北は、クラス仲間と一緒に入寮許可証を偽造して麻布中学に提出し、六月に松本高校の思誠寮に潜り込んだ。早速説教ストームの洗礼を受け、「高校の寮に入って何を感じたか」と問われて、「洗面所の水道の水が出ないのではなはだ困る」と答え、何たる俗物かと罵倒されたという。こうして高校生活の第一歩で躓いた北だが、みんなの話についていくために手当たり次第に本を読み、手当たり次第に議論を吹き掛けたりして、たちまち頭角を現していくようになった。

そうした北自身の青春時代の大活躍を独特のユーモアをもって描き出した『どくとるマンボウ青春記』は多くの読者の共感を得て昭和四十三年のベストセラー第一位に輝き、その後もロングセラーを続けた。

普通に考えると「憂行日記」を母体として『青春記』が生まれたように感じられる。もちろん、その要素はたしかに大きいわけだが、同じ松高時代を描きながらも、日記である「憂行日記」と読み物である『青春記』の違いは大きい。おそらく北にとっては『青春記』に書いた松高時代のことは、とくに「憂行日記」を読み返すまでもなく、決して忘れられない骨身に染みとおるような体験だったにちがいない。

私も「憂行日記」を読み始めたときは、『青春記』の種明かしになるような裏話があるのではないかという興味があったのだが、それはすぐに消えていった。では、「憂行日記」の魅力はどういうところにあるのだろうか。

まず言えるのは着実に成長していく著者の姿である。もともと、マント姿に白線帽という旧制高校生にあこがれていた北は、模範的な旧制高校生になるべく懸命に努力を重ねていく。寮の運営や記念祭など、いわば旧制高校愛ともいうべきものに情熱を燃やす姿がまず印象的である。またそれだけでなく、旧制高校生の本分とも言うべき読書でも「一月十五冊から二十冊」という驚くべきペースで古今東西の名著を読破し、自らの血肉としている。

二番目に大きいのは昆虫採集と一体になった山登りの記録である。これはもちろん『どくとるマンボウ昆虫記』につながっていく魅力であるが、それにファーブル的な魅力が加わっている気がする。

三番目として言えるのは、「憂行日記」ならではの特徴だが、前半部には短歌が多く含まれており、後半部は圧倒的に詩で書かれている。つまり単なる日記としてではなく、短歌の上達具合や詩としての出来栄えを楽しむことができるのだ。つまり、北自身は全く意識していなかったと思われるが、「憂行日記」は優れた文学修業の場になっていたといえる。

そして最後に注目されるのは、父・斎藤茂吉と息子・斎藤宗吉の関係性についてである。最初は単なるおっかない親父だったものが、崇拝してやまない芸術家と変わり、最後は絶対に逆らえない存在として、昆虫学者への道を断念せざるを得なくなったのはなぜか。そうした疑問を解く鍵もこの日記にあるわけで、その意味で「憂行日記」は今後益々注目される存在になることは間違いないと思われる。

斎藤国夫

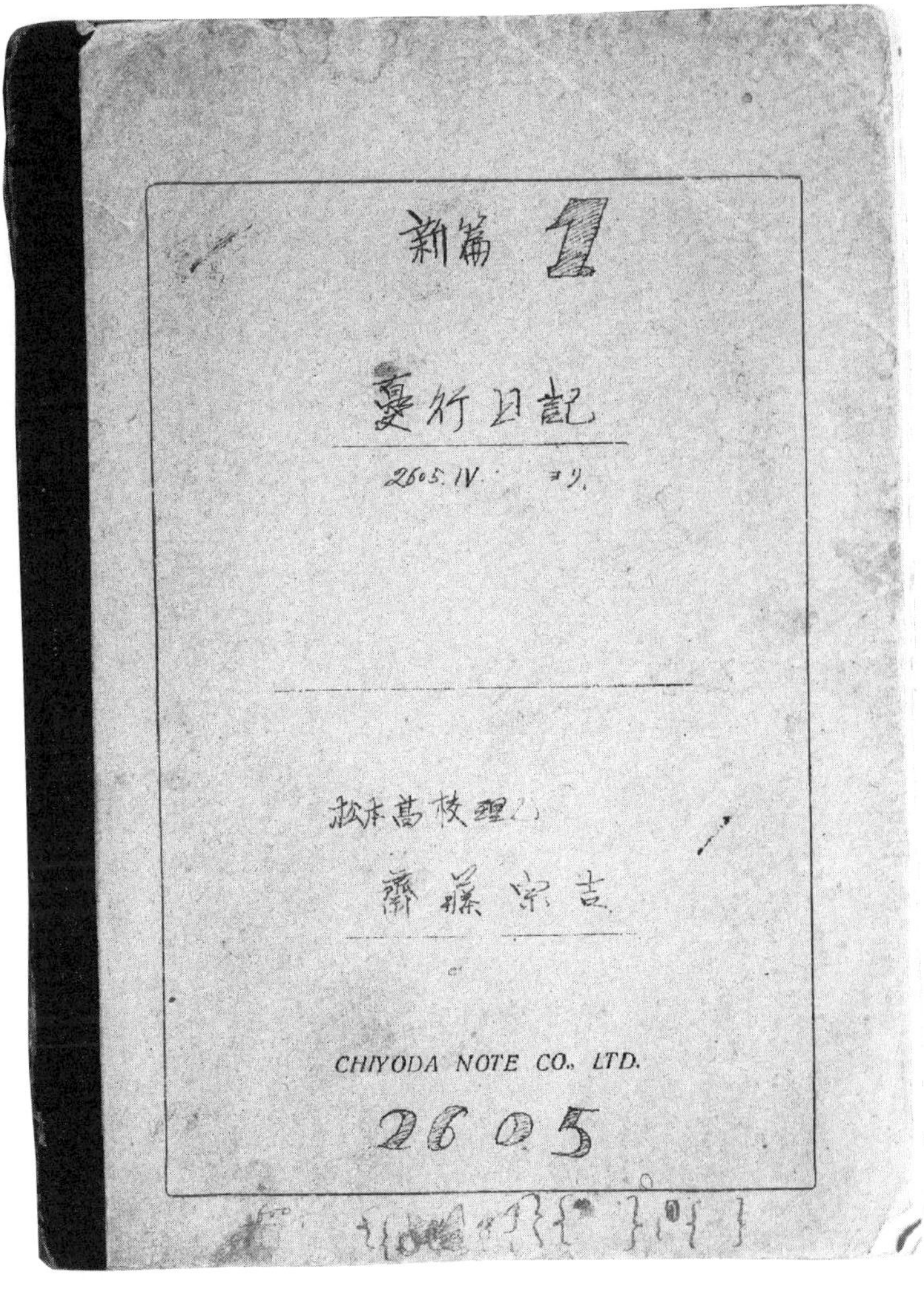
新篇 1
憂行日記
2605. IV ヨリ.
松本高校理乙
齋藤宗吉
CHIYODA NOTE CO., LTD.
2605

新篇 1

憂行日記

2605・Ⅳ[*1]ヨリ.

松本高校理乙

斎藤宗吉

2605

昭和20年

麻布中学校

19才

昭和20年

I

6月9日（土）晴

午前中くだらぬ本を読みて過す。親父の歌集を見たきも無し。小歌論[*2]を少し読んだが割に面白い。寒雲[*3]を得、少しずつ読む積りだ。

午後裏で虫の観察をする。ハルゼミが鳴いて居る。近くでよくその声を聞くのは初めて。エゾハルゼミと一脈相通ずる所があると感心した。雀に追われた1♂が灌木に逃げ込んだのを得た。

クヌギ（ナラ?）の類の葉を調べる。オトシブミ類の幼ラン〔揺籃〕が多い。ヒメコブオトシブミが普通に見られ交尾しているのもある。長さが3㎝～4㎝直径1㎝以上の幼ランがあるがゴマダラのかも知れない。A中には右の如き幼虫が居た。

茶褐色の粉のフンが一杯つまっていた。

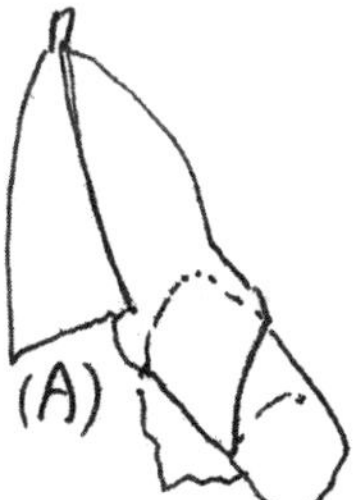

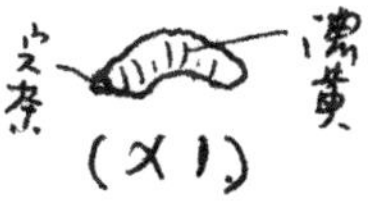

（B）の様に折りたたんだ葉を拡げたらうす膜が貼ってありコメツキが居た。然し、まさかコメツキがこの糸を出したのではあるまい。

葉上にはアシナガキンバエが見られた。

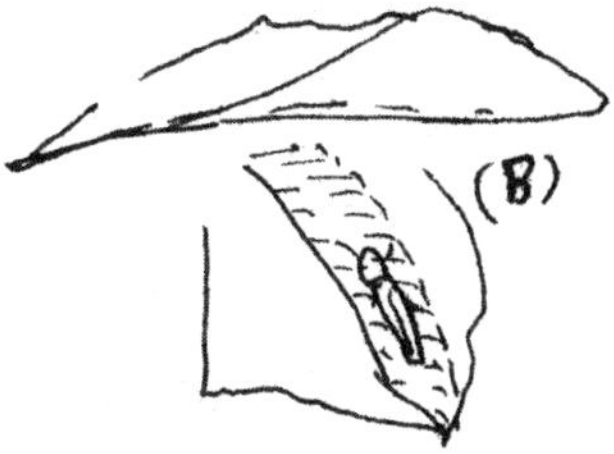

その他クヌギ（ナラ？）の葉上に見た幼虫は下の三種。
エゴノキの幹に集団せる脈翅目の類？を二箇所見た。初め別種かと思ったが黒ずんでいる方は羽化により時間を経たのだろう。
アカボシテントウ、クヌギカメムシの類（これは今まで晩秋幹に得たが葉上に普通。）。夜、電灯にきたクリイロコガネ等を得た。

6月10日（日）曇後晴
織田さん、[*4]江木さんと上野の駅長のところへおしかけたが駄目だった。駅長は禿頭のヌーッとした感じの奴だ。
帰り上野で電車を待って居たら、ドコカのバァさんが戸びらにハサマれて、この世も終りかと思うような声を発し、ダンマツマのギョーソーをした。

6月11日（月）晴　うすぐもり
6月12日（火）うすぐもり　夜雨
昨日、松沢[*5]から自転車を借りてきて青木叔父様[*6]のところで宿った。朝、全速力で横山と吉川〔ともに麻布中学の同級生〕の家を廻って来た。
リヤカーにチッキ〔鉄道旅客が乗車券を使って送る手荷物〕を積み、その上に又リヤカーをかぶせ、農具やらガラクタを積んだものを辛うじて引いて出発したが、重いのには閉口した。
やっと松沢に着いたが時間的には思ったより速く、二時間足らずだったが、世にも稀に消耗した。それからは荷が軽くなったので、二時間足らずで小金井へ着いた。

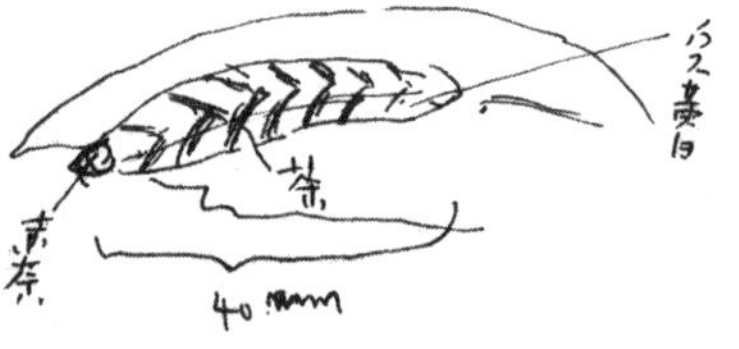

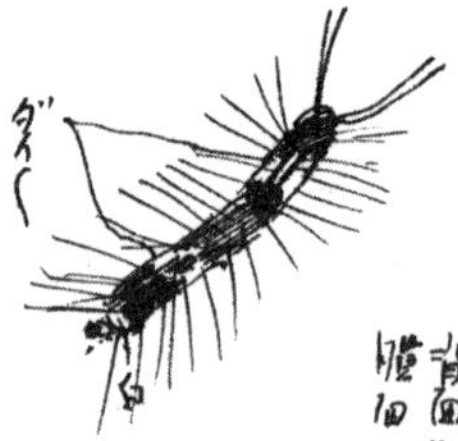

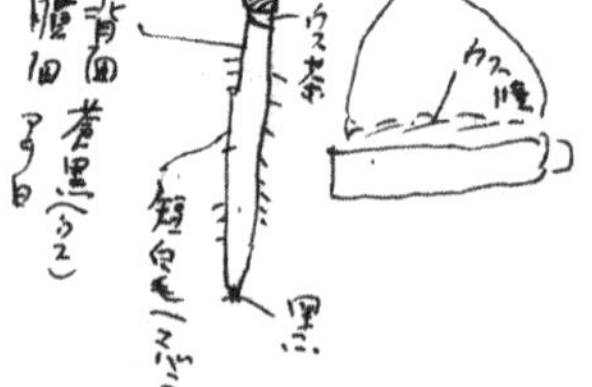

6月13日（水）雨　くもり

午後、松沢へ自転車リヤカーを返し、夜帰った。洋ちゃんと喬ちゃん〔ともに従兄弟〕にトランプの手品をし、例の透視術でブッたまげさせた。

帰りは京王電車で、府中に着いたらマックラで、ドーなる事かと思ったが、田ンボの道を手さぐりで辛うじて帰りついた。

6月14日（木）くもり

朝、進君〔兄嫁の弟〕とチッキを武蔵境の駅に持って行ったら、3kg多いと云うので受付けない。如何しても受付けない。駅長のとこまでダンパンに行ったが駄目だった。腹が立ったが11時に喬と渋谷で会う事になっているので、駅の附近にチッキをあずけて、3時に又帰る事にした。

渋谷で喬ちゃんと会い、それから玉電にコウモリを口にくわえフロシキを腰にブラさげて、ブラさがって志賀昆虫店〔渋谷の宮益坂にあったが、この時は玉電沿線に疎開していた。現在は品川区平塚〕へ行ったが、子供が死んだとかで駄目だった。大消耗して渋谷へ帰り、東横線に乗り、大井町線に乗りかえ、あまりの疲れに居眠りをしたら、もう終点に着いてしまったらしい。降りたら何と溝ノ口だった。コハ不思議と又その電車にのり、逆もどりした。下神明のとこへ来たら、止らずに大井町まで行ってしまった。そこでツラツラ考えるのに、これから宮尾さんの家〔姉百子《ももこ》の嫁ぎ先。この頃は西品川に住んでいた〕へ行くとトテモ間に合わぬと思い、又その電車に乗込み、そのまま〔武蔵〕境へ行ってしまった。トートー昼食を食いはぐレた。やっとチッキを出して家に着いたら、体中がナマッてしまった。夜九時頃、兄貴〔斎藤茂太〕、帰ってきた。

6月15日（金）うすぐもり

10時10分の汽車で新宿を立つ予定だった。が、制限時間の後だったので、猛烈な行列で猛烈に遅れ、新宿に着いたら10時10分前だった。もう汽車は一杯で、乗りはぐれた人がウロウロしていた。昨日兄貴に書いてもらった、鴻台病院*7の兵隊への名刺も、使うどころではなかった。それで、これでは一列車待つよりないと呆然としてたら、窓よりはいる人があるので、勇をこして強引に侵入してしまった。立川、八王子辺のこみ方はお話しにならず、モー窓からもは入れなかった。でも甲府附近より腰かけられた。ヂイキル〔ジキル〕博士の奇譚[*8]を読み終った。天候が思わしくないので、展望はないが、それでも、附近の山々を眺めた。

昨日よりオナカをこわしていたので昼食は食べなかったが、塩尻まで来て大丈夫そうなので昼食を食べた。それから、美ヶ原やアルプスの前衛を眺めて、急に元気が出た。

松崎さん[*9]のお宅には6時40分頃到着した。もっとも、駅前で電車[*10]をずい分待ったが。

6月16日（土）晴　夕方少し雨　くもり

朝、松高へ行って入寮の事を頼んだら、入試の時、口試の前、講堂に居た先生が係りの先生が不在だとて、9時半頃来いとの事。後で判ったが、こいつは先生ではなかったのだ。馬鹿にしてる。

しようがないので、市内を足の向くままに歩き廻った。だいたいの所で電車通りへ出たら、丁度電車がきたので飛乗り、もう学校前だと思って飛下りたら、公園前だった。

ちょいとスムーズとは云えないが、兎に角入寮できた〔長野県松本高等学校思誠寮南寮三号〕。昼食は比較的盛《もり》もあったので、一安心した。

午後は作業があるのだが、サボって松崎さんのお宅へ荷物をとりに行った。ゆっくりして4時半頃、帰寮した。

南寮三号は河野と云う人がいるが、不在なのでサスガにさびしい。然し夕食後、一人、4修〔五年制の旧制中学を四年で修了した学生〕の人が話しにきてくれた。

夜は4、5人集って色々話をした。

9時頃窓から寮歌をドナったら、彼方から罵声が飛んできた。ゾルだゾルだ[*11]とか云っている。歌がさすがに止んだら、南寮消耗するなとドナる声、バッケヤローとがなる声、さすがに愉快を極む。

9時半点呼、10時消灯の由。

松崎さんの宅の庭でジョウカイボンの様なのを捕ったが翅鞘に黒色部があり、変種でなく、別種だと思う。

又箱根で二度程得たゾウムシも捕った。

寮の窓より外を眺めたら、セイボウの小さいのが、窓の小穴をつつきつつきして飛び去った。

6月17日（日）くもり

日曜だが午前は作業。午後は休みだが、さて、どーすると云うあてもない。さすがに家がないのは寂しいものだ。自分の室《へや》の万年ブトンなど思い出して、あの頃は全く幸福だったなと思う。なさけない事にホームシックと云う様な気が起きた。我ながら不思議だ。

ビンセン、フウトウがあるので手紙を書き始めた。次々と書いて、とうとう十通書いた。一通一通メシツブで貼って、憂行印をペタンペタン押したら、何んだか楽しい気になった。

夜はダベリコンパ[*12]で、エラく眠かった。

○プールのわきのノバラは既におそいがカタモンコガネが居る。数匹を得た。ポプラからドロノキハムシ、ノバラに集るミツバチ科のもの等。

6月18日（月）晴　夜夕立　寮歌練習などあり

6月19日（火）晴　夕方ヨリ雨　フッタリ止ンダリ

朝、関屋さん[*13]の話があった。最初の講義をうける。物理の松崎[*14]。午後の作業が終ってからサツマイモの苗が4本きたので、それを植えたので大いに消耗した。

○ノバラからカタモンコガネ二匹。ポプラの幹よりゴマフカミキリらしきもの、ドロノキハムシ、クリイロコガネ。ノバラにきたシロテンハナムグリ？　イチョウの幹に異様なかっこうでとまっていた大型のオオゾウ〔ムシ〕などが得〔獲〕物。

蝶は実際少い。ヒメウラナミジャノメ、キモンシロチョウ位が普通なだけだ。アシナガバチの類がよく飛びまわっている。

夜、トナリの渡辺氏より藤森の微分学ビ方[*15]を借りて少し読みだした。エラク眠いのをガマンして読み、たまに畳にゴロリと横になると、四年の受験時代のなつかしい思出がしみじみとよみがえってきた。たまらない勉学欲が出てきて、楽しい空想にふける。実際、あの頃はよくやった。

窓からは遥かかなたの蛙の鳴声がとおってくる。蛙の声もよいものだ。

6月20日（水）晴天

今日は比較的からりと晴れ、殊に午後からは初夏の如き太陽が照りつけた。王ヶ鼻の方は勿論よく見えたが、アルプスの白雪の残った山容が薄いながら眺《のぞ》まれたのは何と云っても嬉しかった。

休日が25日頃から出そうだ。上高地へ行って、それから山形へ行こうかとも考えるが、あんまりうますぎる。もしそう出来たら、何ともうまいものだ。

夜、外出日なので松崎さんのお宅へ行く。ごちそうになって、地図を見たら、山形までは意外に遠く、意外にメンドウなので、ウンザリした。第一、何線で行くのかも分からない。

親父に手紙を出した中にその事を書いて、行き方の教示を乞うた。

6月21日（木）晴天

朝よりサボって学校のリヤカーを借りて駅からチッキを松崎さんの宅へ運んだ。少しも痛んでいなかった。関屋さんの講義に出る。

午後は又教授にことわって松崎さんの家へ行き、チッキをといて必要品を出した。それから松崎さんと勧業銀行へ行き３００を定期預金にした。[*16]

作業に途中から出てたら、宮地先生[*17]がいらして少し話した。

夕方、渡辺氏が浅間〔温泉〕へ行こうと云うので出かけたが、散々待った電車が満員で乗られなかったので、メンドーになってやめてしまった。

畠でチャバネアオカメに似た、それではないらしいカメムシをとった。

少し今まで採った虫を整理。

6月22日（金）大体晴

夜中に二年の連中が説教ストーム[*18]に来た。少しヘマをやったが、向こうも消耗してたので、間もなく帰って行った。少したったらケイホーが鳴って、長野地区に侵入したとの事だ。変なもので、この様な所でひさしぶりに空襲に会うと、こわい様な気がして、爆音が聞えて来たら飛起きてズボンをはいた。二、三機が通りすぎた。新潟の方へ行くのだなと考えて寝てしまった。

午前の講義は作業となり大いに消耗。昼の休みに思わず寝てしまい、目がさめたら、もう銃剣術をやって居た。勿論出る気になれぬからウツラウツラ寝て居た。

作業がすんでから、渡辺氏とすぐ浅間へ入浴へ行った。ひさしぶりに湯に入ったので、気持がよいが疲れが出て体がだるい。

夜、山へ行く予定など色々考え、微分を少しやった。

今日又、昨日の同種のカメムシ、クロヤマアリ♀羽蟻を採集。

6月23日（土）曇　風強し　少し雨のパラつく事あり

昨夜半より風強くなって、夜中に起きて窓を閉めねばならなかった。午後になり風益々オドロオドロしくなり、あまつさえ雨もパラついて来たので作業中止。雨は止んでしまったが、オカゲで微分が少し進んだ。

塚本から手紙、然も速達が来たので見たら、何だか彼らしからぬ事が書いてあった。奴ホームシックになったのかも知れぬ。武藤が尋ねた事も書いてあった。武藤の行先未だ不明だ〔塚本、武藤も麻布中学の同級生〕。

夜は松崎さんのお宅へ行ってゴチソウになった。満腹感だけはたしかに必要なものだ。寮の食事は少くないのだが、とにかく食べてしまって、腹何分だかも分からないのは心細い。

6月24日（日）曇雨（風強シ）

美ヶ原へ行こうと思った。遂に駄目だった。町を廻ったがつまらん。

6月25日（月）晴

えらくよい天気となり完全な夏だ。何の気なく山を眺めて居たら、槍の穂先が常念の向こうに見えて嬉しかった。常念、東天井等たまらない美しさだ。

白の野ばらがすっかり散った後に、赤いバラが咲き始めた。やはりカタモンコガネが集まっている。草の中にヒメカメノコテントウがいたと思ったら、尚小さい別種だった。図鑑も無いので分からんが、全然名も分からない珍種だ。

寮のわきの木から樹液が出て居て、シロテンハナムグリの類が居た。4匹を取る。他は多数のサビキコリ、ゴキブリが二、三匹居るのみだった。

6月26日（火）晴曇

アリ――クロオオアリに似て非なるものと、クロヤマアリ♂の如きものを得た。

今日、寮に初めて手紙がきた。初め受川からむやみに分からなくした様な手紙を受取り、午後に百様〔姉・百子〕と矢野からの手紙が来た。ものすごく来信は楽しきもの也。発信、受川、透〔従弟〕、オババ様。[19]

夜、全寮ダベリコンパがあった。

6月27日（水）曇時々晴

午後鍛練の時、ハゲのエンマ帳にまだ名がのってないので出ない事にしたが、危険なのでカゲで出席を聞いてからと思ってたら、ハゲに見つかってイカられた。目も当てられぬ。作業は又肥桶をかつぐ悪い役ばかしだ。

花上より麻布第三地区[20]で得たハナアブ一種（初めルリハナアブと思ったもの）を二匹、ヒラタアブ蜜蜂科のものを得。イモサルハムシ他、ハムシ一種を葉上より得た。

夜、電灯の下の畳に落ちている小形のゴミムシを採集。十数匹を得た。

五月二十五日の空襲で小学校三年位からつけて居た日記も灰となった。月日は昔の事を忘れさせる。それ等のなつかしい事共の中、思い浮べたものを、折にふれて書きとめて置こうと思う。

思い出I――小学校前の頃、ほとんど全く記憶がない。墓地の方に病院があって、後の病院の間がひろい畠だった。その中を走って行く自分がおぼろに浮ぶ。ババの事もよく分らない。[21]

小学校の入る時の事は若干記憶にある。入校の時、やっても居ないジフテリヤをやった様にシャべった事。青南小学校の古い木造校舎の教室内の事。福岡先生の教えにより、机に手をあてがって、静坐していた皆の様等々。

一年の時、算術がベラボーに出きて、その神様とまで言われたのを憶えている。四年か三年の時だったか、二十回あまりの算術の試験中、一回97点、他は全部満点の事もあった。頭はよかったのに相違ない。

一年の時小さな火事があって、アワてて家に逃げかえり、後から出て行って、福岡先生にイカられて泣いた事。

最初の登校日の時、図画をかかせたが、皆がクレヨンなどで書く中に、自分はそんなものは用意してなかった。こい鉛筆で九一戦〔九一式戦闘機〕を書いたっけ。図画は何と云っても一年からずっと断然うまかった。◎でない事は少なかった。それらの図画もとっておいたのだが、すべて焼けてしまった。

木造の校舎が改築の間、家の横の原にバラックが建てられ、そこで二部教授が行われた。学校がウチのとなりなのだから、ネボーも出来たわけだ。

四年の頃か、新校舎にうつった。五年の頃より高橋先生の家に習いに行って、算術など相変らず出来た。福岡先生は4年の時か、けがをされて、マエジロ?先生、津田先生が受持となり、六年には小林先生が受持となった。

もっとも悲惨な事が五年の三学期、2598〔皇紀〕の一月十八?日に起った。朝、頭がいたくて熱をはかったが無かった。然し、顔がふくれて居た。腎臓病になったのだった。二・三日の後より、イモガユばかりの日が続いた。宇賀田先生にお世話になった。食事はもっと後になり、パンに野菜を無塩バターでいためて食べた。野菜を山程はさんで食べた味まで思い出す様な気がする。もっと後になったら、さかんにショウジンアゲを食べた。日記には毎日毎日、食事の内容が記された。百様などに、今日の夕食は何だった、等聞いて、ソレを思い空想したりした。一箇月ほどで床の上に腹ばいになったりして、コマでさかんに遊んだ。セトモノのなつかしいコマは、焼けるまでまだ僕のガラクタの一部をなして居た。その頃、女中が丁度、松竹梅の三人が居たのも思い出す。平沢は病気がよくなった頃、家を止めた。また床の中で、箱根でやる映画をたくさん作ったりした。七畳半の左側に寝て居た。その押入をあけると、平山さんの昆虫図譜などあって、それを眺めて楽しんだ。僕が最初に虫の本を買ったのは、続昆虫図譜。それから、寝てしまってから、加藤さんの趣味の昆虫採集を読み、昆虫図譜のページをはぐった。[*22] 加藤さんの本等、何遍読んだか。ほとんど暗記する位であった。なつかしい本である。なおった後の採集を考え、完全にこの病気中に、昆虫に対する趣味が確固たるものとなった。それまでは、その前の年の夏休み、デパートで箱と針を買って、二・三のインチキ標本を作ったに過ぎない。その時は、典太ちゃんがヤリ初めたのを真似したのに過ぎなかったのだ。

三月の末には起きれる様になったと思う。桜の花をエンガワなどで眺めたのを思い出す。この年の日記帳は小さな手帳式のものであった。病気中の事は、思い出せば思い出す事も沢山ある。

病気がなおって、五月の末〜半頃より学校へ出る事となった時は、今から考えても悲惨な時が多々あった。五年の三学期と六年の一学期一月を休んだ僕にとって、全く算術などは分からなかった。学校へ出始めてから、すぐあった試験は30点であった。それまで算術は沢田と僕が断然出来て、てんで問題とならぬ程であったのが、一躍、組の出来ない方へ廻らざるを得なかったのは、全くくやしかった。因《ちなみ》に、僕の成績は一年3番、二年六番、三年3番、四年不明も五・六番で、すべて優等だった。五年之時は三学期皆欠なので成績無し。その様に出来た僕が、教科書の問題さえ分からぬのは悲劇だった。六年の小林学級では組を四列に分けて、出来る者は一番左の列に坐っていた。僕は最初二番目の列に坐をきめられたが、その30点をとった後、変更があって、僕の名も呼ばれた。僕はてっきり下に下げられるのだと思って、キョロキョロそっちをさがしたら、意外にも、一番左の列に移された。それでも、僕はけっして出来たのではなかった。高橋先生の所でも出来なくて、なさけなくなった事も多かった。病気を転機として性質が弱くなり、又いたずらずきとなった様だ。この性質は中学へ入って又変ったが、この頃、組の者、皆から好かれると云うわけには行かなかったらしい。中学の後半、皆が友達であり、楽しかった頃と比べれば。体が弱わって、鉄棒なども人並みには出来なかった。病気前は少くとも人並に健康だった僕だったが。だから僕の心には、早く中学へは入れて、青南と別れたい気持が少なからずあった。六年の中途まで、試験勉強の為、課外の時間があったりしたが、中学入試は筆答試問が廃される事になったので、勉強はやらなくなった。

小学校の時代、思い出すのは、ボロカン[*23]の事である。病気になる半年程前から野球などして、チームをこしらえたりして居たが、初め新聞配達などして居た様だ。麻布の図書館へ入ったり、寒い原っぱで書取の試験をしたり、大ダコを作ってあげたりした事を憶えて居る。

小学校の福岡学級から小林学級に至る間、皆同じ仲間だったわけだが、六年の頃仲よくして居たのは、三輪俊道、山田良正、奈良等。他の者の名前はもう忘れてしまった。憶えている数名は、荻原、太田、戸田、金子、小野、岩本、石塚二人。等々等。

学校と離れた事は不思議に何も憶えて居ない。小さい時、小学校四年位までは七畳半の押入の下に頑張って居た。財産ガラクタ一切をつめこんで、懐中電灯をつけて中には入って居た。又、この押入の中にミットをおいて、室の端からボールをぶつけるものだから、カベが皆落ちたので、その上に板がはってあった。ガラスにはその野球の得点がずらり書いてあったし、尚小さい時書いたオッチョコチョイと称する、スズメの如き画が書いてあった。ゲンカンのわきのしきり部屋（二畳）は、病気の終り頃にこしらえたので、それからは押入と両方を使う様になった。

　松田ヤヲ（ババ）の事は、勿論一番頭に残っているが、そのオボロゲな体全体の感じ。イビキの大きい事。又、寝て居る姿等、何となく憶えている。死んだ当時（昭和十二年）は、不思議にそう悲しまなかったが、少し経って小学校の時は、ずい分悲しかった事もあった。ババは毎年箱根へ行ったが、汽車に酔うので洗面器を用意せねばならなかった。

　箱根の事は一番思い出す。昔は小田原から登山電車でなく、湯元までボロボロの市内電車の様なので行ったものだ。登山電車のひびきもなつかしい。自動車で行った事もあったが、箱根のドライブウェイは全く美しい。秋、一度ドライブに行った事もあった。

　登山電車でなつかしいひびき（殊に下りる時に発する）と共にトンネルを多数ぬけ、折返しを三遍やって宮ノ下へ着くと、やがて強羅の観光ホテルの赤屋根が見える。箱根のウチ、昔の大文字焼、宝探し、ヒジカタ？さん、等々。

　裏の流れにテイボウをきずいた事。ヤンマを追って渓流にザルを持っての待機。網を持った頃に多かったヒョウモン。等々等。なつかしい事限りがない。

　葉山には小学校三・四年頃から中学の多分一年の頃までの夏休に、箱根へ行く前に行ったものだ。初めは家を借りて、母、百様、昌子〔妹〕などと暮した。二年位はカギヤと云う旅館に宿った。この家の吸物の味は忘れられないと書きたいが、忘れてしまった。が、うまい事だけはたしかだ。でかいハサミのカニが庭などにガサガサ居た。海には白くぬった大きな浮板が、あっちこっちに浮んで居て、そこまで泳ぎついては休んだものだ。海岸で映画があった時、夜の海にくだける夜光虫に驚いた事。ボットロ屋[*24]で二十銭で水瓜を二個とった事等々。

　又、小学時代は兄貴を始めとし、片桐の運転で方々へドライブへ行ったが、殆ど記憶に残って居ない。箱根へ行った時は秋で、紅葉の大枝を持ってきた事を憶えている。ドデヤとは、箱根にあったホテイ様の事。なつかしい事もかなり忘れてしまった。

6月28日（木）快晴

今日で作業は終だとか。それで思切って、サボって美ヶ原へ行く事にした。七時過ぎ寮を出発。川に沿って入山辺村へ向う。美ヶ原登り口へ着いたのは8時半頃。山中にしてはひろい歩きよい道を渓流に沿って登る。どこまで行っても桑畠などがある。網は手製のインチキ網、早速現われたテングチョウは見事逃してしまった。クジャクチョウらしいのも居たが、之も逃す。少々なさけなくなった。

ヤマアジサイに似て、葉がカエデの様なヤツがあったが、之には虫はあまり集って居らず、アオジョウカイ、キスジコガネ、ヒラタハナムグリなどを得た位だ。ミスジチョウ、カワトンボ等をとる。ルリシジミの類も、ミヤマシジミ、或いはコシジミが交っているかも知れないので、目にふれたのを少しとる。馬フンがあったので、ほじくって見たら、思わず喚声をあげた。***Aphodius***〔マグソコガネ属の学名〕やエンマコガネの類がウヨウヨして居る。少し上った所のフンよりは、オオマグソコガネも多い。ヒラヤマエンマコガネの様なのもいくらも居る。それからはフンを見るとほじくって、かなり採集した。

途中から、アルプスが非常に美しく見えて、嬉しかった。道は石まじりでテングチョウが普通に居るが、不完全な網ではなかなかとれない。やっと一匹得たが、有栖川以来初めて見る本種は、珍種の様な気を起させた。

石切場より少し下のフンよりは、見事なダイコクコガネ♂が得られた。他の小クソムシはもう採る気がしなくなった。ウラギンヒョウモンが普通だ。クジャクチョウは一匹見た。モンキチョウはどこでも多い。石切場より上は、だんぜん道がせまくなった。王ヶ鼻の登り口から上は何折もする道で、早雲山を思わせたが、道は石をくずした様なものである。石切場の下あたりから現われたヤマアカアリが、断然多くなって、たちどまると足へ登ってくるので閉口した。シリアゲムシも面白いのが居る。これまでヤマアジサイに似た花とは別の、スズランの大きい様な白花にシロスジベッコウハナアブがいるのを数回見たが、皆、逃してしまった。この登り道には白い綿の様な花があって、ハナムグリが数匹とれた。自分でハナムグリをとるのは、おかしな事だが、初めてである。

又、ハナカミキリ一種も二・三匹、キスジクビホソムシ？らしいのも得た。上に登るにつれて、赤ツツジがきれいに咲いているが、何もきて居ない。大分消耗しつつも、やっと王ヶ鼻を見上げる尾根の様な所へ出た。

この草原にはキスジコガネが全くむやみやたらに群生して居た。色々な草にたかって居るもの、飛ぶもの、黄すじが無くて総体青緑をしたものと半々位だ。後者は昆虫界[*25]の古いのに変種とあったが、雌雄ではなかろうか。普通のムシヒキが多く、キスジコガネを捕えて居た。又、アカアシカメムシに似たもの（或いはそうかも知れぬ）が、やはり三・四匹得られた。が、其の他の虫はほとんど見当らぬ。

猛烈に消耗しつつ、辛うじて高山を思わせる岩石の道を王ヶ鼻山頂へたどりついた。石像と積石がある。眼前にアルプスの雄姿をのぞみつつメシを食べたが、本当においしかった。横になって疲れを休め、さて、石像に集る虫を採りにかかる。どういうものか、この石に多数の双翅目、膜翅目、コメツキ、シリアゲムシ、ジョウカイの類が飛んできては休んでいる。ハバチの一種が多く、それをそれより小さい様なムシヒキが食べて居た。春、箱根に多かった、翅に紋のあるヒラタアブも得た。コメツキでは〇〇〇〇〇（名称忘れたるも大岳などにとった金属光沢ある奴[*26]）が最も多く、小形のも集って居る。ジョウカイボンに似て黒紋のあるのは、くる道でも多数見たが、ここにも飛んで来るのが多い。キアゲハが乱舞している。

いよいよ美ヶ原へ向う。黄と白の小さい花が美しいが、モンキチョウのみ多い。二〇三九米の峯をすぎ、美しい高原を歩んだ。ツツジがまるで敷きつめた様だが、惜しい事にまだつぼみだ。これが開いたら、原一面、真赤になってしまうだろう。足ははかどる。木の道標が点々と立っている。三・四枚、いい所を写真にとる。

山本小屋と云う所へ行こうと思ったが、道が下りとなったので、止めてしまった。美ヶ原のはじまで行ったのだろう。又、元の道を引き返す。頂上についたのが12：40、出発1：20。王ヶ鼻頂上に帰りついたのが3：20。又、キスジコガネの群れているところを通って、急な坂道を下る。シリアゲムシなどをとりつつ下ると、小さな蝶、一本の黄白線が目にうつる。ギンイチモンジセセリだと直感して、うまく採集した。

石切場の附近でフタスジハナカミキリ一頭、ヒゲジロハナカミキリの白い所がない奴？等得たが、まだハナカミキリには早いのだろう。

この辺でようやくクジャクチョウを一匹網にした。美ヶ原で、たった一匹見た奴をすこしの所で逸してから、もう今日は駄目だと思っていたのだ。所が帰り道には、かなりこの蝶が多く道路上に止まっているが、不完全な網の為皆逃し、ようやくもう一匹とっただけだった。この辺のフンで、又ダイコクコガネ♂を一匹とった。

石切場の下の方の小屋の附近の地面に、ウラギンヒョウモン、フタスジチョウなどが集っていた。小さなセセリ、多分チャマダラセセリか――を二匹得た。

少し行くと、道に水がしみた所からセセリが飛立った。すぐギンイチモンジだと分り、直に採集。又少し行くと、道路上を横ぎる本種を追いかけて採集した。ギンイチモンジセセリ、三羽採集、大成功だ。ヤマアカアリもあんなに多かったのが見られなくなる。王ヶ鼻の登り道で、その巣の石をひっくり返したら、何十万と云うのが、サアサア音を立ててかけまわるのは、ものすごい様であった。

クジャクチョウなどを追いつつ、帰途を急ぐ。石切場へついたのが4時半、入山辺へついたら6時になってしまった。つかれた足を急がせて寮へ向った。今日は完全に八里を歩いたわけだ。夕方ニイニイゼミの声を聞いた。初鳴也。

寮に着いて室へ入ったら、何と榎本〔麻布中学の同級生〕が居たので、錯覚を起こし、ビックラした。彼は松本へ用があってきたので、四時間も僕の帰りを待っていたのだそうだ。大いに嬉しかった。色々話をしながら、一本の朝日〔煙草の銘柄〕を貰って飲んだ。彼は今日の汽車に乗れなくなったので、二人で寝る事にした。

全寮コンパがあるので、榎本には悪いが一時間半程出席した。さすがに芸達者な者が多く面白かった。僕は浪花節をうなり、面白いとこだけ抜いて、セリフを入れてやった。

又、全寮ストームがあった。皆得物を持って南寮二階へ勢ぞろいした。僕は例のホオバを持った。アインツヴァイドライで、猛烈なる乱舞が始まった。猛烈なる快調。〽この日本に松高が無けりゃ、ヨイヨイ、後の奴等はのたれ死に、ヨーイヨーイデッカンショ[*27]。壮烈なる音響と共に、各寮を乱舞し廻った。ホオバの歯が三つとも抜けてなくなってしまったには閉口だ。ストームが終ってからさがさねばならなかった。

榎本も、このストームにはビックラして居た。二人で一つの寝床に入って寝た。蚊がブンブン言って閉口した。

6月29日（金）曇

昼に解散式があって、寮の生活は打切りとなった。松崎さんの所からフトン袋を持って行って、荷作りした。夜、松崎さん宅へ移った。

榎本は朝6時の汽車で帰京した。駅まで送って行って山形へ行く時間等調べた。

6月30日（土）小雨

朝5時半頃駅へ行って山形行切符を手に入れた。その代り新津廻りだ。転出証明貰うのに骨を折り、色々スッタモンダして、4時頃もらって帰った。松本駅を夜の8時2分の汽車で長野へ。長野へは10時頃着いてしまった。仕方なく、待合室は人で一杯、荷物の上へ寝たりしている。仕方なく、待合室の外の壁際に居場所をかまえ、松崎さんに頂いた、あげた小さなもちみたいなものを、ガリガリかじった。駅は人の声や荷物を運ぶ音でやかましく、人々も寝ないのが多かったが、寝ないわけにも行かず、11時半頃横になった。夜半に空襲と云う声がして電灯が消え、ワイワイガヤガヤ騒がしく、乗客の駅員をガナる声がガーガーひびいたが、情報は一機の侵入を伝えたのみだったので、又、眠った。その眠り、汽車の音を爆弾の落下音とまちがえて飛起きて、頭をかかえ苦笑した。

6月終　　2605　7月

7月1日（日）曇

朝4：00発の汽車は一時間以上延長だ。うっかりして居て、やっと窓から乗込んだ。7：00頃直江津に着いたが、連絡の汽車は出てしまい、貨物列車を出すとか云って、長い事待たされた。

貨物列車に乗せるのは一石何鳥だとか、駅の人は威張っていたが、新津方面へ行くには、結局、何にもならない方法だった。が、しかたなく有蓋の貨車に乗込んだが、発車まぎわの振動はものすごく、へまをすると舌でもカミソーだった。柏崎で又下ろされた。もう昼だった。ようやく列車に乗れ、新津まで立ちどおしで四時20分に着。稲田のみ眼に列《つらな》った感じだ。郡山へ行く列車はすぐ連絡したが、小さくボロな汽車だ。ここでは坐れて、案外良い川や山の景色を見る事が出来た。谿はなかなか面白い。

際だった岩などがガケをなしていたりしたが、疲れた心にピンと来なかった。これで少くとも郡山まで行けると思って居たら若松止りで、次は翌朝5：20だとの事で少なからずガッカリしたが、朝以来の事でそう驚きもしなかった。とにかく若松で宿を探して歩き、木賃宿の様なウスギたない宿にとめてもらった。6畳の室に4人である。ウドンが食べられたので、今日の夜までのベントーでも食いのばして明日の昼までもたす事にした。宿賃は4・00なので余り安いと思ったが、安い分にはかまわぬので、黙って払っておいた。夜、又、ケイホーが出て長い間情報が入っていた。

7月2日（月）曇　夜雨

朝四時頃より起きて駅へ行き、郡山へ着いたのは七時半だった。連絡もうまく行って、9時に福島に着。ここでホームをまちがえて、すぐ立つ山形方面の汽車に、あやらく乗りそこなう所だったが、辛うじて乗り込めた。この線はトンネルが猛烈に多く、黒い煙をふきこんでヘイコウした。朝、若松で残った四ツのおにぎりを二ツ食べたが、腹がへってたまらないので、10時頃、モリモリ食べてしまった。福島から立ち通しなのでようやく疲れたが、山や水田を眺めつつ、上ノ山へ降りたのは十二時を過ぎて居た。山城屋〔茂吉の弟が経営する旅館〕へ行ったら、昌子が丁度来て居て、湯に入っていた。湯に入れてもらったが、上ろうとして体をふくと、アカがすばらしく出たので、又、入らねばならなかった。トナリのトコヤで髪をかり、遺髪を少し持って来た。金瓶へ行くべく、昌子と上ノ山駅の前でバスを待ったが、もう一寸の所でノリハぐれてしまったので、歩いて行った。附近の山は木がもりもりして居て、如何にも虫でも居そうだが、箱根の山の方が親しみ深いとも思った。夕方着いて父上母上十右衛門さん[*28]にもお会い出来た。

食後、お父様と附近を歩いて、河原の橋を渡って、夜汽車が赤い火の粉をはきつつ進むのを見た。感慨深く初めて見る山形の自然を眺めた。かっこうの声がしきりとした。

この日頃寂しと云ふ事を理解せり我は大人になりた
るらむか

7月3日（火）雨

一日中、家に居た。白桃・暁紅[*29]等の歌集を見たら、何だかたまらなく嬉しかった。午後は寝て白桃を一通り見た。
とても食べられないと思ったサクランボを食べる事が出来て嬉しかった。
今日一日無為に過せり窓の外の暗くなりゆけば心寂しも

7月5日（木）
午前中、織田さん金瓶の家へいらっしゃる。午後、上ノ山の四郎兵衛叔父様〔茂吉の弟直吉は上ノ山温泉の旅館山城屋の養子となって高橋四郎兵衛を襲名した〕の所へ行き、御馳走になる。親父と夕方、上ノ山の裏山へ登った。キイトトンボが多いのは面白かった。ニイニイゼミがしきりと鳴く。これは山形へ着いた時から多かった。ムネアカオオアリと思ってとったアリはトゲアリだった。普通に産する。アリバチの類も採集した。ノシメトンボを見る。これは普通らしく、この地でもう三回見た。

7月6日（金）晴　昼頃より雨
朝より織田さんと高湯〔現在の蔵王温泉〕へ向け出発する。昼までに着いたが、途中約二里強、ひろい道がついて居る。山ノ神の部落までは、殆ど得物もなかった。オオミスジ、ウラギンヒョウモン、ヒトスジチョウ等目撃。シオカラトンボのみ多い。路上で美しいクジャクチョウを一匹採集した。長命水でトコロテンを食して登り出してから少しずつ虫がとれ出し、花上にベッコウハナアブ、弁当を食べた附近のマキからゴマフカミキリを数匹採集、クロトラカミキリなども得た。馬フンは注意して探さなかったから、得物は皆無。高湯に近づくにつれ、ノバラやヤマアジサイ、それからもう一種白い花をあさって、花天牛《ハナカミキリ》、コガネ等々得た。殊に、或るノバラの木よりはハナムグリ数匹、フタコブルリカミキリを一匹採集出来た。くすんだ色のカラカネハナカミキリ二・三匹、トラカミキリの類や小さな花天牛。アシナガコガネ、ヒメハナムグリが少し、等々で楽しかった。
蝶はさびしく、何も出会わない。オニヤンマを金瓶を出てからまもなくとった位のもの。高湯近くになったら、エゾハルゼミがかなり鳴いていたが、もう末期であろう。降りになってしまった。高湯に着く前に雨が降り出したのが、本岩松屋に宿す。高湯に着く前に雨が降り出したのが、本箱根が思い出されてなつかしかった。でも、この湯はずっと濁りが少なく、ほとんど透明で、黄と云うより白い色である。夕方、雨が上ったので附近の沼まで散歩に行った。途中、樹幹に、死んで黒くなったエゾハルゼミかハルゼミの死体を頻々と発見した。雨にぬれた小花に、小さな花天牛が二・三集って居た。夜は将棋をしたりして遊んだ。（7月23日参照）

7月7日（土）晴れたり曇ったり　大体曇

　朝光がさして居たので喜んだが、非常に変化が早くて、あっと云う間に霧が降りて来たりした。7時半頃宿を出、温泉神社の裏手からドッコ沼指して登る。まわりは切り開いた後に生えた灌木と雑草で、白いふさの草から、ナラノチャイロコガネ、頸部の赤いハナカミキリのab.〔異常型〕、ヤツボシハナカミキリ等が得られた。ヤマアジサイ等の花を希望して行くのだが、少しも無いので、花天牛も得られない。何の葉だか大きく広い葉裏（稀に表）に赤い粉をつけたカツオゾウが普通で、昨日以来数匹をとったが、毒管内ではすぐその粉がとれて黒色の地肌になってしまう。ヨモギ等の草から、カバイロビロウドコガネに似たやつを四・五匹採集した。又、ミヤマアオゾウムシ？も葉上に普通。双翅目にも珍しいのが多いらしいが、余り得られなかった。ただ、アリスアブ、キンアリスアブらしきものを、一匹ずつ採集出来て嬉しかった。時々、白いふさの草花があり、カラカネハナカミキリや小型の花天牛が得られた。小型のハナカミキリはヨコモンヒメハナカミキリ他二・三種あり、極めて普通な様であった。キスジクビナガムシの様なのも得られた。アオハムシダマシも普通で、オンブしているのも多い。又、花にはハムシの類も集って居る。こまかい白花の頭状花序〔枝上における花の配列状態を花序といい、花茎の先端が平らで花が密生するものが頭状花序〕についたやつが、ただ一箇所あって、ここには前記の花天牛、ハイイロビロードコガネが集って、多数採集出来た。ヤツボシハナカミキリは二匹ばかしとった。又、シロトラカミキリと、安立神谷の原色図鑑[*30]にあった種も二・三得られた。エゾハナバエみたいなのは逃してしまった。エゾハルゼミは少しも鳴かない。風が冷たく、上着をきて居ても寒い位だ。然し、金瓶辺の平野や、その後の山々は実に美しかった。大形の一寸変ったケバエが居て、ヒメクビボソジョウカイなどを捕えているのを見た。シリアゲムシの類も普通だ。路傍の葉上に金緑色に輝く甲虫を手捕りにしたら、ドロハマキチョッキリだった。ドッコ沼は蔵王小屋の傍にあった。それから、少し上まで登って引き返した。シリアゲの類は三種程居るらしいので、注意して採集しつつ下った。ドッコ沼の所へきて、カエデ（イタヤ?）の葉にイタヤハマキチョッキリの美しい紫赤銅色の姿を発見し、注意したら、尚二・三匹を見つけた。その後、その揺籃を普通に見つけたが、本種のは他のと異なり、数枚の葉をつづりあわせ、かなり大きな厳重なものをこしらえて居た。従って見かけは他の様に手際よくなく、きたなかった。その一つを開いて見たら、奥に白色半透明の卵が二つ見つかった。大形の箱根で二・三得たカメムシ（ツノカメの類）も一匹、葉上に居た。又、花上でルリツヤハダコメツキも捕えたが、本種を花でとるのは初めてである。寒さを感じつつ、どんどん下ったが、路上を飛ぶ、大形の甲虫をすくったら、オオセンチコガネであったが、極めて光沢の多い、美しい奴だった。昼前に宿に帰り着いた。午後は菅谷地《スガヤジ》沼と云う所へ行ったが、うっかりして通り過ぎて、大分損をした。途中、雪の残った月山を、山肌をアルプスを思い浮べつつ、眺めた。景色はたしかにすばらしく、前の山など美しい緑で、奥多摩の山より親しみ深かった。日が照ってきたので、エゾハルゼミの声がし出したので、何とかして一匹捕えようと努力し、帰りにやっと一匹とる事が出来た。♂であるが、♀は今朝雑草の中で一匹見つけて捕えたのである。本種の♀は初めての採集であった。路傍の薪よりゴマフカミキリ一と、名称不明のカミキリ2、小型のヒゲナガゾウムシ一匹、ノコギリヒラタカミキリなどを探し出し、シロトラカミキリも一頭を捕えたが、一般に少なかった。他の虫も殆ど得られず、数回クジャクチョウと出会ったが、とれなかった。ベッコウハナアブ小採集。

　三時過ぎ、高湯を出発し下山したが、帰途は風のある為か、又は気温の低いためか、登路に花天牛などの居た花も、さびしく何も居なかった。長命水でトコロテンをたくさん食べ、途中、桑の実などをあさりつつ、夕方金瓶に帰り着いた。書き忘れたが、松本（王ヶ鼻など）に普通だったジョウカイボンに黒色部のある奴は、蔵王麓にも普通に居た。やはり同種の変異かも知れぬが、以下これをクロモンジョウカイと仮称する。尚、ジョウカイの類は、アオジョウカイ、キンイロジョウカイや、ヒメジョウカイの類を採集した。（7月23日参照）

7月8日（日）曇（気温低）

7月9日（月）晴レタリ曇ッタリ

　朝早くから昼まで並び、やっと東京行切符を入手した。

十右ェ門さんの家へ帰って来たら、笹巻を作って居られた。出来たての笹巻を感慨深く頂いた。

笹とれば真白き飯の現はれる笹巻を食ひて云ふ事もなし

笹巻はなつかしきけりみまかりし松田ヤヲのこと思ひ出だしつ

笹巻の青きその葉をむきながら遠き昔の事しおもはゆ

三角形の飯の一端を食ひたればふじやまが如形となれり

一人にて笹巻を食ふこの味や忘れざる味やさびしきろかも

青き笹に巻かれたるこの笹巻を涙流して食ひたるかなや

7月10日（火）晴

朝上ノ山9時17分の汽車で立つ事となった。一週間を過したこの山形の地、金瓶の地に別れをつげる。瀧山の姿、美しい川、田畠の眺め、又見る日は何時の事か、或いは永久に無いかも知れない。十右ェ門さんのお宅の裏から眺める西の空や、枯れた梢の景色は美しいものだった。夕方など父と畠の中を歩いたのも楽しかった。

山の端の余光うすろぎて暮れ行けば田の水の面ははかなくぞ光る

金瓶を皆の写真をとったりして出発したのは、七時半頃だった。上ノ山まで父と共に歩いた。例の川の土手にマツヨイグサが数多咲いて居て、箱根の事なぞがあわく浮んで来た。

父母《ちちはは》のもとを去らんとする朝夢のごとこの川原辺に月見草咲く

朝露にぬれし草原にさびしくもしぼまむとする月見草あはれ

汽車は上ノ山を離れ、福島までトンネルの多い峠をこして走った。福島でのりかえたが英霊多数に会した。乗かえの汽車は空いて居て、窓辺に腰をかける事が出来た。郡山、白河と水田や小山、草原の景色をぼんやりと眺めて居た。

関東地区には入ったら、空襲ケイホー中だとの事。P51にやられたらカナワンと思って居たが、この日の来襲は艦載機千機以上のヤツで、出会わないのが幸だった。

うとうとしたり、緑の景色を見つめたり、寒雲を見たりして時を過した。小山を過ぎる頃は暗らくなりかけて居た。鬼怒川は憶えているが、残って居るニギリメシ二つを食べた。黒いノリと白い白米と赤い梅干が世にも美しい対照をなして居たが、こんな美しいのは初めてなので、しみじみ眺めて食った。

赤羽から新宿に出る方が早いと思ったので、そうしたのはよかったが、新宿から浅川〔現・高尾〕行終電車に乗りこんで目をつぶって居たら、小金井をのりこし国立まで行ってしまった。又僕流を発揮したなと思って別段驚きもしなかったが、さて引返そうとすると、今日の電車はもうないと云うので、一寸ビックラした。ホームに寝ようとしたら、困るから線路を歩けと云いやがるので、そうする事にした。真黒な線路は石がゴロゴロして、昼間歩くとはテンデ違い、想像以上に危なく心細かった。ゴーッと音を立てて貨物列車が行き過ぎたが、ゾッと恐しくなる感じだった。国分寺につくまでかなりあったが、小金井駅は大分歩いたなと思う頃、電灯もつけずに、すぐ、そこにあったのでホッとした。6粁半位のものだろう。又黒い道を宇田病院にやっとたどり着いたのは1時頃だろう。キュウリ一本をかじって寝てしまった。

7月13日（金）雨後曇

点呼の日だ。昨日は西洋叔父〔茂吉の養父・紀一の長男〕の所へとまった。朝5時過ぎに家を透氏と出たら、風オドロオドロしく、忽ち傘は大破、ビショヌレとなってしまった。

点呼場、青南国民学校へ着いたが、寒くてやりきれない。夏だと云うに何とした事ヤローとボヤいている中《うち》に点呼始った。その前に七高鹿児島から遥々帰ってきた伊原と会す。

検査官は白眼を光らすオッカないジジイ中佐だ。ハダカになって軍医、副官、検査官三人の前で試問、簡単至極。若い者がすんでオッサン連のが始ったが、僕は体重、胸囲、身長のはかり員となってしまったが、オカゲで奉公袋一つ調べる事なく、イトモカンタンに、昼頃点呼は終ってしまった。*31

星野と武藤が来て居て呉れた。15日集る事を約して別れ、透ちゃんと志賀昆虫普及社へ行って、ポケット用捕中網、メタニン〔殺虫剤・防腐剤〕、ピンセット、根掘、三角紙、網等を購入出来た。

中里の駅〔昭和四十四年に廃線となった東急玉川線の駅。

正式には玉電中里駅〕の近くにトコロテン屋があった。ここでカンテンのかためた奴を多数買って行って、サッカリンと砂糖をかけて、しこたま食べた。喬ちゃんが腹をこわした。

7月14日（土）曇晴

午後から百様の所へ行く。夕方、直哉氏〔姉・百子の夫〕が帰ってきて、牛肉を持ってきたので御馳走になった。又、中にアンコが少しくは入っているマンジュウを食べたが、その皮の黄白色の色は、王ヶ鼻の山頂で夢にまで見た奴だった。百様と二人で小宅の方で寝た。

7月15日（日）曇

登戸の武藤の家へ行くべく、朝、百様の所を出発。新宿に着いたら、サアテ、ものすごや、小田急はエンエン長蛇の行列だった。こりゃイカンと思って、列ぶのヨソウと思って居たら、松高の二人に会い、まあ並んで見ようと列に入って居たら、案外早く買えた。今度は電車がなかなか出ない。ここで、オトトイ志賀普及社で会った、芝中一年の宮内君に会って色々話したが、この頃の昆虫熱の如何にはげしいかを示すに足るもので、高尾附近のフジミドリ、ジョウザンミドリ、オオミドリ等々の*Tecla*〔シジミチョウ科のある一群の学術属名で現在は使われていない〕について語り、白山のギフチョウが今年大発生をしたとか、コツバメの食草がツツジだとか、その卵についてなど、色々新知識を得た。

登戸の武藤の家へ着いたら、星野の外に、吉川、横山、伊原、高橋とそろって居た。後になって星原ゴーレムまでやって来た。ゼニまわしなどして遊び、天気が悪いが二・三枚写真をうつした。

7月16日（月）曇雨

星野の家へ行き、神田へ行こうと思って居たら、武藤がなかなか来ない上に、フロなんかに入ってモサモサしていたので、トートー不可能となった。銀座松竹でも見ようと行ったら、新聞を買って居た星原に会い、もう最後の映写がすんだ事を聞かされた。シカタがないので日比谷公園の芝生に腰を下ろし、星野と決闘したり、ダベッたりした。

7月17日（火）雨・シトシト（曇）

星野と渋谷に会す。神田の本屋を少しのぞいたが、やはり本がない。英語参考書二冊、丹沢山塊、肖像画の描き方[*32]等買ったが、ものたりないので、須田町のところで、野球界[*33]の古本を一冊一円で十一冊買いこんだが、重くてヘイコーした。銀座松竹で東海水滸伝[*34]を見る。大崎で、永の別れかも知れぬ手をにぎり合って、星野と訣れた。暗くなる頃、百様の家へたどりついたら、ゴハンをたいてくれた。夜良ちゃんと三人で、ポーカーなどして遊んだ。

7月18日（水）

昨日は百様と一緒にカヤの中で寝た。前に比べてなかなかしっかりしてきたと思って、顔を眺めてニヤリと笑った。ベントーをもらって家を辞した。

7月19日（木）曇

朝から切符を買いに新宿へ行った。二幸で何とか統制官だとかで買うつもりだった[*35]。初めに変な男が居て、皆の証明書を見て、よいのだけ印をつけて通過させる。僕はただ点呼の終了書だけなので、ビクビクしてたが、うまく通過。二階へ行くと、ズラリと試問官が並んでて、証明書を見て文句をつける。点呼は十三日なのに今まで何してたと云うから、二日病気で寝て、それから二度申告したが駄目だったと云ったが、ドーモくれそうもないので、今初めての知人の家へやっかいになってるが、もう、もってきた米がきれて困ってると、大ダボラを吹いて、世にも悲痛な顔をしたら、一枚の紙をとって松本と書いたから、シメたと思ったら、尚シゲシゲ証明書を見て、何か難クセをつけ様としている。ヤッと紙をさもエラそうにつき出したから、ザマ見ロと思ったが、有難うございますと、芝居の様な声を出してやった。アイツはきっとワシが感激したとでも思ったろう。ヤナ奴だ。

切符が10時半に買えてしまったので、ガゼンうららかになり、神田へ行く事にした。文房堂を手始めに、古本、新本、むやみヤタラに買い、英語参考書、訳書だけでも十冊近く買いこんだら、サシモ偉力をほこった大財布の中に、10円5円のサツが姿を消してしまった。神田日活へは入って、通シ矢物語[*36]を見つつベントーを食べた。小金井へ帰り、荷物をトトのえ、松沢へ宿った。

7月20日（金）曇

10時10分の汽車へ乗込んだ。なつかしい小仏トンネルに近づいたので、眺め様とノビ上ったら、ここへ坐れと、腰かけてるのが云ったので、ことわるのも悪いので三人掛をした。オカゲで虫取りの旧所を見損った。猿橋辺でベントーを食べた。本を読むのもそう面白くもないし、景色もそう見たくないし、結局食べるのが一番である。でも塩尻辺より、雲の中にうすく見える高山を眺めて、色々物思いにふけった。

東京滞在中に折にふれて作りし歌を大体下にかかぐ。

岩ばかりなるこの山頂に黒土《くろつち》の露出せるありさびしきろかも
くれゆきて水音《みなと》高きこの峡《はざま》の日影となりぬ頃山を下れり
山頂に積れたるいくつかの石陰に吾は坐りて下界を眺む
（王ヶ鼻三首）

夏の日は焼トタンの上に暑くしてあはれしと云ふ感じさへなし
赤茶けし焼跡に咲ける〈く〉白小花ひつそりとして虻しのびよる
家の中に二人のをとめ争ふを瞬時の停車の車中より見る
日の光あらたなる緑に強くして満山にひびく山蟬のこゑ
くれゆけばこの武蔵野に深山路の如くにひびくひぐらしのこゑ
くれゆけばくろき森辺にさびしくも鳴き交し居るひぐらしあはれ
血の如き紅き西空につながれる水色の空に藍色の雲一つ
燃ゆる如き紅を背にして森も家も黒きかたまりとなりゆけり
（折にふれて8首）

立つ前にとどきし葉書をあはただしく上着に入れて去り行く吾は
ただ一人武蔵野の畠をよぎり行く吾の心を君は知らむか
こほろぎはあなたこなたに鳴き居たりまだ初夏のこの畠中に
畠中に数多のこほろぎ鳴き居りて武蔵野の空に雲たれわたる

明日は信濃に旅立たんとてただ一人府中の駅に電車をば待つ

畠中のさびしき駅よひっそりと暗きあかりに虫飛びきたる〈小虫集まる〉

すすけたる電灯傘にこまかき虫の集るを見て吾は待ち居り

向ひ側の暗きホームに女一人電車待ち居りじっと動かず

（以上八首、7月19日夕方）

思い出Ⅱ――僕の中学入試の時から筆答試問が廃され、口頭試問と云う事になったので、家でなど色々練習したりした。試験は、体力の方はハバ飛びが少しも出来ず、カケ足では、イトモ小さな奴にドエラク引き離されたりしたが、口試の方は大いにうまくやった。とにかく受かったから入学したわけだ。

初めダニが受持だったが、すぐオチンに代った。ちょっと憶い出した教師を並べると、国漢（松本―スマトラ）、英語（池上）、会話（マッコイ）、教練（ポテ、〇〇〇〔空白〕）、数学（中村―ラッキーセブン）、博物（弥永）等々。

一学期は勝俣と並び、勝俣の向うが秋本京極であり、勝俣の後が広川だった。反対側には高橋信和が居た。組の者も思い出すのは、前に小野、教室の前列の方に柚花（ビヤマン）・恩地などが居り、星原・古賀（アムマ）、武藤（ムクチン）、横山（照雄じゃない方）などが居た。

勝俣のオカゲで、時間中笑い通しで大いにニラまれ、遂に勝俣は前に出されてしまった。リンジ試験で、博物が武藤と共に弥永にほめられたが、一学期の成績は七番だった。二学期は柚花と並び武藤が一番で、恩地が二番だった。ビヤマンと二人で、英語など少しも手をあげず威張っていた。恩地と柚花が、この頃むやみに仲がよかった。武藤の笄《こうがい》町の家で玉突きをしたり、外苑で野球をしたりした。二学期は六番で恩地と並び、三学期は八番であった。

教練はポテが威張っていて、スッポンが居た。配属将校伊藤はベラボーにおっかなかったが、二学期頃出征してしまい、後に福島さんが来てヒョーバンがよかった。ポテは実にだらしなく、本名は吉田とか云った。何かあればマイナス点をつけて得意になって居た。

理科学部があった。博物班には福井さん、橋本碩《ひろし》さんなどが居た。橋本さんのおかげで、どの位、虫の知識などがふえたか分からない。又温厚とはああ云う人か、稀なる人格者だった。理科学部も霊魂不滅の科学的証明とか、下らん大会を開いたり、ワイワイ遊ぶ事が多かった。博物教室での集会の時、高橋信和がギャアギャア馬鹿声を張りあげて怪物の声と称した。彼は得意になって益々デカイ声を出したので、ポテがやってきておこったら、福井さんがあわてて理科学部の集りだと云おうとして、ブブブと大いにドモった。有栖川へ出かけては、テングチョウを捕ったり、梅林のベンチでダベったり、愉快だった。（一年C組）

さすがに学校の事以外は何一つ憶えて居ないから不思議だ。

二年の時の事は一番覚えてないかも知れない。一学期の試験で十番になってしまい、二学期は大いに勉強した。この時期だけが中学時代のマジメな勉強で、国漢は字引を馬鹿テイネイに引いたし、数学は試験前には一題々々皆やって行った。英語は宮田（ガマ）で愉快を極めたが、後半はエラク信用があった。毎日のようにディクテーション〔聞き取り〕だとか、動詞の活用だとか試験をして、後の席の者が採点して、すぐエンマ帳につけた。一度インチキな採点をしたので皆調べられ、ガマ大いに怒った事がある。国語は○○○と云う、何だかモサッとした気にくわない先生だったが、実力はあったのだろう。一度、皆のノートを調べたが、僕はうまく次の時間になったので、猛烈に字引を引いて新しいノートを作っておいたので、果然、信用がついた。漢文は勝俣（カッチャン）で白文帳を書かせた。数学は内田だった。二学期の試験はいつも十二月十日頃より始まる。この時は十番以下にはなりたくないと思ったので、十一月二十日頃より準備した。十二月八日、米英と戦端を開いたこの日の朝、洗面所にオヤジがドカドカと下りてきてそう伝えた。メシを食いながら涙が出て困った。学校でも大サワギだったが、皆の希望の様に試験はなくならなかった。この日、柔道の試験があって手をくじいてしまった。試験をテツヤテツヤですましたが、えらく不安だった。発表の日、オチン（井熊先生、二年も受持であった）が優等6人・84点以上が、とか云ったので、こいつはイカンと思った。平均83位と予想をつけていたのだった。（一年の時、一学期81、二学期82、三学期81？）で、生徒手帳を開いたら、二番（平均87）とあったので、全くじっとして居られないという感じを味った。三学期もうまい具合に二番であった。85点以上は優等で、この学年は優等の免状と皆勤のメンジョウと三枚もらい、皆キンのやつは総代であった。（2年A組）

7月22日（日）晴
ようやく梅雨的な気候が上って、夏らしい天気となったが、まだまだ暑くてたまらないと云う事はない。午前中、松崎さんと一緒に里山辺の桐原さん[*37]のお宅へ荷物をお預に上った。桐原さんは御不在だった。ウメやアンズを御馳走になった。白く輝く雲の下に乗鞍の白雪が見える。6月下旬より、よほど雪がへった様だ。そのなだらかな線は女性的の山と云う感じを与えた。ヒグラシやニイニイゼミが鳴いている。桐原さんのブドウ畠で、アカガネサルハムシを二・三、ブドウの葉に見つけた。ジャノメチョウの新しいのがよく目につく。
夜、松崎さんと与曽井さん[*38]のお宅へうかがって、御馳走になった。

7月23日（月）うす曇　雨
高湯、蔵王山麓でとった甲虫類を少し調べた。天牛には次の様なのが名が判明した。

Demonax transilis トゲヒゲトラカミキリ　Ⅶ-6、花一頭
Acanthocinus stillatus ゴマフモモブトカミキリ　Ⅶ-7　薪、二頭
Omphalodera puziloi フタオビチビハナカミキリ
Pidonia signifera ナカバヒメハナカミキリ
Pidonia amentata セスジヒメハナカミキリ
以上三種花上に普通
Anaglyptus niponensis トビイロトラカミキリ　Ⅶ-6　花上で数頭
Judolidia bangi チュウゼンジハナカミキリ　Ⅶ-6　一頭（花）小形なり
　不明花天牛一種あった
Agriotes sericeus カバイロコメツキ　等

7月25日（水）快晴
昨日は与曽井豊君と島々駅のかたわらの宿に泊した。5時に出発、さすがにひえびえとして冷気と云う感じ。どんどん飛ばし、4里を2時間で歩いた。梓川は、或いは高い高い崖の底になり、或いは道のすぐ下を流れた。或時は真白いあわをかみ、或はよどんで淵となって居た。

虫はあまりに急ぐのでほとんどとれなく、路上にはコムラサキが一番多く、テングチョウ、クジャクチョウ、アカタテハ等を目撃した。クロボシビロウドコガネがヨモギらしき草に二頭いた中、一頭を採集した。白骨温泉への別れ道のある所までは五里もあるだろう。サスガにその辺から消耗し出した。山吹隧道を通り、雲間の滝を過ぎた頃、11時15分だったが、川原に下りて弁当を食べた。梓川は清き水をまきかえして過ぎて行った。つかれた体をこのまま川原に寝せてしまいたかったが、そうもならない。おまけに、例のトザン靴〔五月の大空襲の際、防空壕に放りこんで助かった兄の登山靴〕は重いばかしで、スバらしくデカイ赤ムキをこしらえてしまって、痛くてかなわないので、昼からは地下足袋にはきかえたが、それでも痛くて困った。黄蝶と思ったらスジボソヤマキだった。こいつは坂巻辺にかなり多かったが、わずかに二匹を捕えただけだ。花からミケモモブトハナアブ二匹を捕えたのがよい位。

又、この前に路傍のちょっとした花で、新鮮なコヒオドシを採集した。中の湯辺の梓川は真白にあわだってスゴイ位であった。釜トンネルには入ったが、途中に石が落ちていて危いので、外をまわり、途中からトンネルに入りこんで、ようやく向うへ出た。これまでの道にも、崖くずれの所は数箇所を数え、人夫がかたづけていた所もあった。やがて焼岳が見え、つかれた足を引きずりながら、身は上高地へ入る。これまでに数回休んだが、崖から水がしたたり落ちている所が多く、何時もおいしい冷水を飲む事が出来た。大正池が見えて、穂高が出現した。雪が少ないのが残念だったが、それでも残雪がさすがに美しかった。大正池は枯木が林立し美しかったが、近づくと梓川程美しい水ではなかった。池畔から林中に入り、長い事歩けどもなかなか着かず、えらく疲れはてた。エゾハルゼミが一・二匹鳴いていた。ウグイスの声もした。昆虫では、ふさ状の白花に一番虫が集っていて、マルガタハナカミキリ、アオグロカミキリモドキ?、ハナカミキリ一種〔ブビーヒメハナカミキリとあるのを二重線で消している。正式な和名はブービエヒメハナカミキリ〕は普通。クビナガムシ一頭、小型〔フタオビチビハナカミキリより少し大〕の花天牛等が集っていた。上高地には入ってから、コヒョウモンが普通で二、三匹採集した。とある枯木の太幹をのそのそとはっているオニクワガタを手捕りにして喜んだものだ。又、釜トンネルの前で、ミヤマシロチョウと思って捕えたのは、スジグロのスジのうすいやつだった。ミヤマアカネ、ナツアカネの姿も見える。やっと温泉旅館にたどりついた。その前の花で交尾中のヤツボシハナカミキリ黒化型を捕えた。ここで六高の一年生と話をしたが、学校、寮共焼失した故、8月一杯休みだそーだ。うまい事には違いないが。小野はどうしたろうと、ちょっと不安な気がした。宿の室に通り、先ず風呂へ行く。むけた所が痛くて弱ったが、湯はよく体にしみこむように、あつくてよかった。透明泉である。

虫について書き忘れたが、花上でイツモンヒラタコメツキを捕えた。その熱帯的な色彩は、ただ標本箱で見せられたら、とても内地産と思えぬ程である。初めは勿論名を知らなかったが、持ってきた甲虫図譜で調べたら、ちゃんとあった。然し、その写真は赤色部が黄色にうつっていて、別種の感であった。

7月26日（木）朝曇　後　晴　後曇

暁方は雨が大分降っていたらしく、川の音と別に降る音が聞えた。起きて見れば、雨も上るらしく、六百山、霞沢岳の附近の雲は横へ横へと移動して行く。キセキレイ、セキレイが多く、軒に川原に遊ぶ姿が目につく。梓川は相変らず、速く速く、高い音を奏でて流れて行く。10時頃川原に出て見た。梓川の水は全く氷の様で、一分間手を入れられないとはウソではない。その速い流を見つめていると、引きつけられた様にさえなる。砂路の上にカタモンコガネがいた。川原に横たわっている白樺の皮をはいでミヤゲにする。セマダラコガネが朝日がさしてきたら活動を始めた。黒色の強い型が多い。アザミの花にマルハナバチとコバンゾウをとる。シリアゲの類も多い。面白いガガンボを採集した。二階の室へ帰ってきたら、アメンボ一種が飛びこんできた。

早昼をすまして豊君と明神池へ行って見る事にする。下駄ばきでブラブラ出かける。宿のゲンカン内でコヒオドシをとったのを初めとして、ゆっくり歩きながら花上、葉上より虫をあさる。花は白の房状のもの、或いは箱根にあった散形科のもの等に虫があつまっている。西糸屋〔山荘〕までの間は気持よい白樺の林、くまざさの下草。シリアゲムシが飛び、笹の上にヒゲナガガが長い触角を休めている。白樺の林を現実に散歩する幸福、せせらぎがこの林中を貫いている、清い清い水だ。梓川の沿に出る。時たま底が砂路になった様な所で水はよどんで淵となっている。透明、とけこむ様なグリーンをおびた清水。

やがてカッパ橋に出た。橋は木製で思ったより貧弱だが、川はあくまで清い。普通に明神池へ行く道は橋が流れているとかで、前穂高へ行く道から行く事にした。道はやがて大森林のジメジメした中に身を導く。何百年と散りつもった腐植土はじっくりとしめって、あたりの古木はこけむし、日の光も通さない程だ。もっとも、さっきから又、天候が曇り初めていたが。白樺も太い樹ばかしで、幹はいたみ、さけ、白色の部分は灰色に、或いは黒に変じている。その中を渓流が何本も流れ、音をたてて飛沫をあげていた。道はあくまで陰気。その中に開けた原に出たが、これが又、いやな湿原で、ようやく置いてある丸太の上を歩くのだが、足をドロだらけにしてしまった。ここを通り過ぎると、又、森林、渓流。と梓川の岸に出たが、どうも様子がおかしいので引返す事にした。途中、明神池への分れ道がないかと注意していたが、結局、前の嫌な道を引き返す事になった。カッパ橋まできてほっとした。西糸屋で絵ハガキ、写真等を求めた。ブラブラと、すっかり曇った空の下を行くと、寒さを感じる。花上にカミキリなどを求めつつ、宿に着いたのは三時過ぎであった。

この日採集した虫について書くと、散形花に最も多く、花天牛、アオジョウカイ等がいた。又、平地にもある様なみばえのしない草（イタドリの花？）に、時たま意外の得物があり、カタキハナカミキリ一頭、アオアシナガハナムグリ一頭を得た。アオアシナガハナムグリは別の花でも一匹とったが、この方はくすんだ色でイブシアシナガハナムグリではないかと考える。そう云えば、箱根でとったのもそうではないかとも思われる。花天牛はハナカミキリ一種（昨日ブビーヒメハナカミキリと銘うったもの）が一番多く、ナカバヒメハナカミキリ、ヨコモンヒメハナカミキリ、ヤツボシハナカミキリ、カラカネハナカミキリ、ツヤケシハナカミキリ（メスアカハナカミキリ）、マルガタハナカミキリ、等を得た。他に草にはヒメハナムグリが普通。ハンノオオルリカミキリ一頭。コメツキ数種。カバイロコメツキ。又、イツモンヒラタコメツキは、カタキハナカミキリをとった貧弱な花で二頭を得た。図譜には、山地に稀ならずとあるが、その通りだった。ミドリカミキリも目撃した。

河童橋の柱にとまったスズメバチの様なハチモドキハナアブ。又、花で得たスズキハチモドキハナアブ?やクロベッコウハナアブ等が主な双翅目の得物。他にはヒラタアブの類少し、二種のシリアゲ、オナガバチ一種位のもの。蝶はほとんど採らなかったが、ウラギンヒョウモンが普通に花に居た。

7月27日（金）快晴　後曇　夕方大体晴

温泉旅館 ──二時間余── 西穂山荘 ──1時間半── 西穂高
7時半出発　約9時半　11時

心配して居た天気は上々。弁当をもらい、出来るだけ軽くしたザックを背に出発。西穂高登山口より、しばらくは雑草が生いしげり、ひざをぐっしょりぬらし、おまけにアザミが多くてかなわんかった。道はやがて斜度が増し、原生林の中を行く。ツガの大木の倒れている様な所をまたぎまたぎ、或いは渓流をこえ、割に明るいがけ際を登る。流れは一時間位登った所に二つあり、あとは無かった。一時間半も登った谷間に、ちょっとした残雪があったので、根掘でほじくって食べる。かたいがさすがにうまい。真夏の涼味。腹が心配なければ、いくらでも食べる所だ。又、林の中を登る。何折にも折れたり、直登したり、早雲山なんかよりははるかに急だ。倒木の多いのには驚いた。樹木には時々指導標をうってある。ヒカリゴケと書いた木があったので探したが、見つからなかった。

陰気な林を過ぎると、白樺などあり、明るい草の斜面で白や黄の花が咲いている。しかし虫は少く、クロバエ、ハナアブなどばかり集っている。間もなく西穂山荘だ。小屋の前にも雪が一かたまり残っていて、それがとけて道を流れている。小屋は勿論閉っている。この辺一帯、お花畑となっているが、貧弱だ。が、シナノキンバイは美しい。ここでハナアブ、ヒラタアブなどの面白いのを採った。又、不明花天牛（或いはマルガタの斑紋変化か）を二匹とった。コヒオドシが飛ぶのが見える。乗鞍、焼〔岳〕等美しい。小屋の裏手から、抜戸岳、奥丸山と思われるのが白雪をいただいて、すばらしい展望を与えている。小屋から上はすぐ這松だ。石の間を根がからまっている。が、やがて土となり、歩きよい尾根となった。

這松はどこまでも続き、所々にシャクナゲもあった。天気は少し雲が出てきたが、飛驒山脈の山が遠望され、殊に抜戸岳はすばらしかった。這松の根にカメノコテントウがいたのを手捕にしたら、赤い汁を出した。テントウ特有の臭気を発する。尾根は快適で這松をぬかしたら、箱根、明神、明星あたりを思わせるものがあった。が、さすがに岩がゴロゴロして、高山を思わす様な所もあった。右手にお花畑があるのを素通りして、大体尾根を行きつくし、行手にそびえる岩山へ行こうか、どうしようかと相談した。この頃、雲は益々ふえ、霧がかかってきていた。で、ザックを下ろし、目の前にそびえる岩山に慎重に登り初めた。這う様にして、案外しっかりした岩角をはい上って行ったら、あっけなく頂上に出た。そこが西穂で、棒が立ち、神社の模型がかざってあった。岩がごつごつして、いやが上にも高山気分をもたらした。ここがあまりよいので、又、引き返して、弁当、写真機などを持ってきて、そこで弁当を食べた。所が、西穂の頂上はその又向こうだと、宿のおばさんから後から聞いたが、どうだか分からない。ここで写真をとったりし、頂上で五〇分も休んで、12時10分頃下り出して、お花畑へ行った。頂上にはコヒオドシがよくやってきて、岩の上に翅をひろげて止った。又ヒオドシも一匹やってきた。が、勿論とれない。帰りも這松の上をコヒオドシが飛んでは岩に止るが、ビンカツでとれない。お花畑にいるかも知れんと思ったが、一匹も居ない。もっとも、すっかり曇ってしまったからかも知れないが、他の虫も見えない。ギボウシの様な葉から白い房状の花をつけた花梗〔花をつける柄の部分〕がぬっとつき出した様な花と、シナノキンバイの大きな真黄色の花が主なもので、黄と白でそんなに目のさめる程美しくはない。然し、シナノキンバイは美しいと思った。ここで少し休んだが、赤系統の花は、サクラ草の様なちっちゃな、ねびれた花が目につかない程あるだけで、又、霧がかかってきたので帰途についた。小屋までは早かったが、下りは一時迷ったりして、かなり急いだが、やはり二時間もかかってしまった。急な道だから、とても神経がつかれる。虫は得物も少なかったが、上高地へ下りてから、散形花の白花でアオアシナガハナムグリ一頭、メスアカハナカミキリ♀一頭をとり、他にコヒョウモン、カラカネハナカミキリ、ブビーヒメハナカミキリなどを得た。

　この日、登りの際にシリアゲを計四種とったが、図の様な斑紋のヤツは〔標高〕1700〜1800辺で三匹捕えた。又、1800辺でアカヤマアリ?を普通に見た。馬場へやる為数匹を捕え、他に見たアリもつとめて捕る様にした。

　夕食にイワナがついた。昨日の夕食にもついたが、さすがにうまいものだ。又、上高地には三時半頃帰着した事を附記しておく。

　夜7時半頃、すっかり暗くなった川原に降りて梓川の水を眺めた。闇はあたりをつつんで、峡の空には星が二つ三つ、またたき初めた。ふりむくと、宿の明りがあたたかい光を発っているが、川の音のみ高く、闇はだんだん深くなって行く。石と砂の河原を宿へと歩いた。風呂に入って、何とか歌にしようとあせった。

7月28日（土）晴

朝すばらしい天気だった。後少し雲が出たが、大体一日晴れていた。今日はゆっくりイワナでも釣ろうと云う事になり、9時過ぎから西糸屋に豊君と宿の親父さんに連れられて竿を借りに行った。途中、親父さんは二匹釣り上げた。一匹大きいのは釣り落しただけで、後は駄目だった。

午後はあきらめて、一人で西の方へ行き、とある渓流の石の上に腰かけて物思にふけったり、歌をうたったり、詩を吟じたりした。それから又、細い道を少し行って、虫を取りつつ、出来た歌を手帳に書いて行った。

4時過ぎ、二人で西糸屋に竿を返しに行って来たら、かなりつかれてガッカリしてしまった。

梓川の河原で冷い水に足をつけながら、何の気なしに石をめくったら、ゲンゴロウがいた。意外に思って捕えたら、キベリマメゲンゴロウだった。この日は双翅目にかなり得物があり、クロベッコウハナアブ、シロスジベッコウハナアブ2、ベッコウハナアブ2を採集し、又ハチモドキアブの様なのもとった。又、クロオオアリに似た大形の羽蟻♀がさかんに歩いていた。三匹とり、他にも相当見つけた。ハバチも数種をとった。甲虫ではメスアカハナカミキリ、シロトラカミキリを始め、他の花天牛少し。ヨモギにはキスジナガクチキムシが普通だ。クビボソアカカミキリは二頭とったが、うっかりするとアカハネムシの類とまちがえる。キスジトラカミキリ、ミドリカミキリ各一頭、イタドリにオオアオゾウムシが交尾中のばかりたくさんいて、何組も採集した。午後、渓流の岸の細いハンノキの枝に大きなカメノコテントウがいたのをとったが、他は探しても見つからなかった。ミヤマアカネ、ナツアカネが普通で、タカネトンボらしいのも目撃した。温泉旅館から西へ少し行くと古びたきたない小屋があるが、そのわきにスミレがたくさん咲いていた。あまりきれいなので、少しとって手帳にはさんだ。蝶ではつとめてシジミチョウをとって、十頭位採集した。又、イタドリの花と白いこまかい花に、ミドリシジミ属のものがきてるのを一頭ずつ採集したが、同種だった。

大岳でも花にきたミドリシジミ?をとったから、この類の花にくるのは珍しい事でもなさそうだ。コチャバネセセリ、コキマダラセセリ、ヒメキマダラヒカゲ、コヒョウモン、コヒョウモンモドキ等々採集した。又、ヨモギハムシがもう出ていて二・三頭を見た。又、カタキハナカミキリも一頭採集していたが、これは黄紋がずっと小さくなっていた。又、一昨日にとった数匹のハナカミキリの中には異常型の前胸の赤いやつは無かったが、今日はこれを一頭とった。

7月29日（日）晴

朝7時半に宿を出た。宿の親父さんが竿をもって河童橋の向こうまで案内してくれて、イワナをねらったが一匹もつれなかった。徳本峠《とくごうとうげ》の上りはウネウネとしたかなりの坂で、ゆっくりゆっくり登ったので二時間を要した。峠についたのは十一時十五分前だった。この登りの花には、ブビーヒメハナカミキリ、ナガバヒメハナカミキリ、ヨツモンチビカミキリ等の細い花天牛が全く無数に居て、いやになる程集っていた。少いと思ったニンフハナカミキリも、ある花には一杯むらがっていた。不思議に、他の大きい連中には出会わなかった。ツヤチャイロコガネ位がいい方だろう。

峠から穂高を眺め、一休みの後、下りに転じた。初めはジグザクの石ころ道だ。花にはカラカネハナカミキリ、ヤツボシハナカミキリ、ハナカミキリ等の大形の連中が多く集っていた。アオアシナガハナムグリは二頭を採集した。

イワナ止《どめ》までは散々下ってようやくついたが、丁度十二時であった。弁当を食べていると、小屋の前にキマダラヒカゲ、コムラサキが多く、時々スジボソヤマキチョウがやってくる。又、シロオビウラジャノメはイワナ止に降りる途中で一匹捕えた。イワナ止の小屋は全く予想に反してせまい所にあり、あまりよい所でもなかった。

それから渓流にそって長い事歩いた。途中、河原に降りたら、タキビの跡のスミにスジボソヤマキが二十匹も集っていて飛立ったが、何んとも美しかった。イカリモンガもいる。路ばたの花には相変らず花カミキリがいる。小屋（営林署?）があり、橋がかかっている所の河原にミヤマカラスが砂路に集っているのを見つけ、降りて行った。スジボソヤマキが先ず飛立ち、ミヤマカラスアゲハも右往左往する。すくったら一匹は入ってバサバサはばたいていた。他は逃げてしまった。それからスジボソヤマキを捕りにかかり、一網に十四も入れたが半分位は逃してしまった。身は全く、美しい黄蝶の群につつまれてしまった。

　少し下の炭ヤキ小屋の所でキバネセセリ二頭をとり、葉上に威張っていたオオトラフコガネも大分前にとった。この辺から、忘れていたヨツスジハナカミキリが多く、タニアジサイなどに交尾したのが集っている。尚下るとアカハナカミキリが出てきて、この二種が主となってしまった。ヒメトラハナムグリも二匹得た。ミケモモブトハナアブも一頭をとった。他に花上にヘリグロベニカミキリ、サカハチチョウ。アカマダラはイワナ止の下で一匹とった。

　トロッコの道は長く長く続いた。長命水の泉をのんで、又長い事（島々まで一里）歩いた。マキからウスイロトラカミキリ二頭を採集した。

　スジボソヤマキなどの飛ぶトロッコ道を長い事かかって島々まで出た。その島々のそばで、薪にいたルリボシカミキリがとれて嬉しかった。全く想像以上に美しい。島々の駅についたのは三時四十分であった。（イワナ止を発したのが12時40分）。

　松崎さん宅へ着いたら、松高から通知がきていたので、学校へ行って見た。根本〔麻布中学の同級生〕から手紙がきていた。新入生は続々とやってくる。僕も古株の仲間だから少々得意になった。夜、採集品は大体紙袋に投込んだ。それだけでも非常に大儀だった。多くとったスジボソヤマキも腹が立つ程だ。これはロマンチックな美しい蝶だから手紙に入れてやろう。

8月1日（水）晴
　木崎湖に行軍する。約一時間半を要す。エゾゼミが数多鳴いて居た。又、ヒグラシも普通だ。エゾゼミは寮の中にも鳴いている。*39
　馬場から来信。昆虫科学別刷「蟻」を送ってくれた。

上高地行に於ける作歌をまとめたもの
　この峡《かひ》の段《きだ》に作れるみさび田にあをあをとして稲は
　のびけり
　梓川の水音《みなと》ききつつあかじみし畳の上に我は黙せり
　父母の元をはなれて吾は今島々の宿の床にもぐりつ
　終電車の出で行く音を聞きながら目さめて居たりく
　らやみの中
　闇なれば夢の如くに孤独《ひとりみ》を思ふこと〈ひつつ〉あり

まなこをつぶる

床の間のかべにひそめるねずみ子がさわぎて止まず吾は眠れず

きはだてる岩のはだへにあはれあはれ紅き山百合は群りて咲く

大いなる岩横《よこた》はり梓川の水まきかへり白く泡立つ

我が歩く道をゆすりて川水は怒り怒りてとどろき流る

疲れつつ腰を下ろせる林中のから松の木にえぞはるぜみ鳴く

ただ一匹の奇調もよしと思ひつつ腰を下ろして動かず吾は

このあした百《もも》鳥の声の聞えくる林の上を霧動き行く

じめじめと落葉の道は続きゐてつがもみぶなの中を吾行く

白樺は群り生へり或るものはまぶしき程に日に輝きて

白樺の林の中にくまざさは道をおほひて続きてゐたり

この登り横はりたる太朽木の上をまたぎて息づく吾は

真黄色の花は数多に咲き居れり信濃の山のこの草原に

点々と緑の中に真黄色のしなのきんばい陽に照り映える

せきれいはせはしき鳥か尾をふりて目まぐるしくも動きて鳴けり

このあさけ川原の上に大たかの低く舞ふとき狭霧は動く

這松は長く続けり這松の枯根ふみつつ吾は尾根行く

一万尺の高嶺の上を天つばめ消え入る程に空高く飛ぶ

高空につき立つ穂高の峯々の岩のはだへをあまつばめ飛ぶ

そそり立つ峯をよぎりてあまつばめ右手の谷間の霧にかくれつ

黄と白の花は咲きたりこの峯の六百山に向ふはだへに

数かぎりなき高山の花の上に狭霧触りつつ広がり行くも

ただ一人この川原辺に立つ宵に吾が父母は如何におはすや

黒き山と暗き流にはさまれる石の川原に吾は降り立つ

ただ一人岸辺に立つて梓川の流を見つつ動かず吾は

わけもなくただ眺め入る川水は悲しきまでに速く流れる

峡の空二つ三つ星は光れどもなほ川底の石明らけく

梓川の岸をはなれて石の上を宿の明りに向ひて歩く

くれゆける峡の河原に一人居り川の音にぞ耳かたむける

川水の音のみ高くこの峡は恐ろしきまで静まりにけり

明々と宿の明りのともる頃岸をはなれて帰り行くなり

古びたる森永チヨコレートのベンチあり甘きなつかしき思ひ出のごと

梓川の岸よる波を見つめつつただ悲しみて声さへあげず

いわな住むこの谷川の岩の上に腰を下ろせり午後の二時過ぎ

川水の流はげしきこの岸にななめになりて白樺生へり

明日《あした》にはこの上高地を去らんとて白樺の中の道を吾行く

白樺のまばらに生へるこの原に濃き紅の花は咲きたり

百合に似たる黄色の花の一かたまり映えし緑の草原を行く

その梢流にふれてかたむけるけしやうやなぎはなほあをあをし

白樺の古き大樹よ美しき白皮さへなしかなしきろかも

この雪は何月前に降りたらん残りて居たり岩のはだへに

すぐ前に穂高を仰ぐこの原に赤とんぼ一つなよなよと飛ぶ

唐松の若き細木のありたるをしみじみと見てわきを通りぬ

あてどなく友を思ひてからまつの林の中をさまよふ吾は

下草のこまごまとした白き花に花天牛は群りにけり

白樺の梢のすきにいかめしき穂高の山を仰ぐ道かな

三色のやさしきすみれの群落は古び荒みし小屋のへ

にあり
骨の如枯れたる木々は美しき緑の原の中に突き立つ
この山に登り得ざりし友の為路傍の花を手帳にはさむ
この峡《かひ》の細道行けば女一人ゆるゆる歩《あゆ》む籠を背おひて
乾きたる道のかたへに桑畠続きて居たりこの山峡に
トロッコの道は続けりこの峡の白く泡立つ流に沿ひて
疲れつつ背中《せな》のザックをゆりあげて吾は降り行くこの山峡を

8月4日　晴（土）

毎朝ねむいのをがまんして起きて、すぐメシだ。メシは初めは豆が五割もあったが、この頃は麦と代った。六時半から教師の講義が一時間あり、それから昼まで工場の奴の話がある。眠くて本を読んでいても苦痛だ。

今日は午後、工場見学があったが、アルミニウム電解炉の暑いのにはブッたまげた。

すんでから川へ泳ぎに行ったが、かなり流れが早い。少し泳いで帰ってきたら、寮のわきの砂路に一匹の黒い小型の蜂が飛んできて穴には入った。穴は図上位の大きさで、蟻の巣の様に砂がまわりに盛ってあった。管びんをかぶせてほったら、蜂はどうしたのか出てこなかったが、得物、イエバエ科ヒメイエバエ（光沢あるハナバエ、図下）が三匹出てきた。双翅目をかるのに、ギングチバチやハナダカバチがあるが、ギングチバチは朽木や草に巣くうから、ハナダカバチの類かも知れない。

8月9日（木）晴

毎日、晴天と平凡なる日が続く。農家に行ってジャガイモを貰ってきた奴を、松林中にハンゴーでゆでて食べたりした。一昨日は朝鮮人の子供と会って、又ジャガイモを貰った。暑い日は風呂に入らずに川へ泳ぎに行く。

相変らず午前は講義で、本を読むのと眠る時間だ。工場見学はベラボーなもので、最も消耗する。黒くなること言語道断だ。

今日は寮母にジャガイモをゆでてもらって数人で食ったので、ひさしぶりに満腹感を覚えた。
夕食の時、ソビエトが北満で攻撃を断行したのを知る。遂に日ソ開戦か。あまりにも重大と云うより悲痛也。

この前工場でトマトを配給したが、むさぼりくってしまった。今日も塩もつけずに食べたが、ちょっといやな所もあるが、うまいと云う感じだ。

8月11日（土）晴

今日は休日でホームシックにかかった奴は大抵家に帰ってしまった。帰るにも帰れんからかえって気楽だ。星野*40と野島と三人で海ノ口〔大糸線〕で下車、附近の山へ登った。つまらん小山と思っていたが、道がなく、猛烈なアルバイ〔労力〕を要した。西穂高などの比ではない。とうとう頂上まで行けなかった。帰りは又、木にしがみついてすべり下りた。

桑の大木でトラフカミキリを二頭見つけた。さすがに本で見るなんかより、スズメバチに似ている。この普通種を採集六年目に初めて毒管にしたわけだ。

アカハナ、マルガタ、ヨツスジ等のハナカミキリを見た。ノシメトンボもいたが、水田のそばでミズアブをたくさんとった。草の上に多いし、又、花にも集まる。

木崎湖は美しかった。

汽車にのれなかったので、大町まで長い道を歩いた。ジャノメチョウ、モンキチョウのみ多く目についた。

木崎湖の附近の農家でお茶をごちそうになり、大町でトコロテンを食べたばかりが今日の収穫でなかった。先の農家へタオルと石ケンを持って行ったら、お茶をふんだんに飲んだ上に、ジャガイモをもらえた。

夜、世にも悲惨なる事を発見した。嗚呼、唯一の万年筆を落してしまった事である。

8月12日（日）晴

暁方から猛烈な下痢で作業最初の日から休んでしまった。室の中にただ一人寝て居たら、熱い涙がベラボーに流れた。ゲリは生れて以来と云う奴だった。形容しがたい程消耗しつつ、やっと夕方カユを食った。

8月14日（火）晴　日本、四国に休戦：次日参照

昨日は具合が悪いのに無理して働いたが、今日は昨日よりよい様だ。食欲が出たから、もう大丈夫だと思う。

午前の作業はトロッコにコークスを積むのだが、又べラボーな話に、やっと積み終ると空の奴がガラガラと目の前にすべり込んできた。

夜は消灯後、読書室で目のいたいのをがまんして山崎の英語*41をやる。一日大体一章と云う見当だ。

電灯にくる虫は、ドウガネ、ヒメコガネが主だが、ハンノヒメコガネを一匹得た。他に羽蟻の類が畳に落ちてモソモソと歩き廻った。

8月15日（水）半晴

永久に忘れ得ない悲壮なる日だった。この日、俺達は午前中黒鉛を馬車で運んで大いに消耗していたが、重大発表があると云うので、広場に昼に集った。しかし、全く予期し得ようはずがなかった。神国日本は侵されたのだ。遂に我等の敵に降服したのだ。嗚呼、三千年の伝統は昨日遂に侵されたのだ。

俺達は泣いた。解散してからうなだれて俺自体だまっていた。それから涙の中に立上った。涙の中で本を読んだ。全く俺達より他に日本を再建する者はないのだ。

生涯忘れ得ない。この日正午、天皇御親《おんみずか》らの勅諭と共に、兄弟を失い、父母を殺され、家を焼かれた、その敵の前にひれふさねばならないのだ。レイテ以来、何百、何千の特攻隊勇士を始め、何万の将兵は神国必勝を信じて死んで行った。しかし、今降服の二字がある。

この日の気持を忘れない限り、永久にファイトを出して頑張らねばならぬ。嗚呼、昭和十六年十二月八日以来の、真の純なる涙をしぼりにしぼったこの日、この涙を勝利の二字の前にこぼしたかった。

思い出III——僕は大いなる悲しみの中で、なつかしい昔の事を書き留めねばならない。中学、麻布中の三年時代の事、僕はその三年E組——松井一先生の受持だが——の級長であった。二年の三学期副級長をやっていたから、そうあわてんですんだが、ずい分失策もやった。スマトラの時など笑ってしまって号令がかけられない時があって、運動場で本当にどうしようかと思った。鈴木先生（オメガー）の時間も、となりの野村によく笑わされた。僕は組の一番として、ノンキにだらしなく、それでもヤッていた。ただ、堪えられなかったのは、二年の終りからこの一学期にかけての中野の事だった。一学期のリンジ試験はそれでも一番だったが、本試験は三番に落ちた。その上、二学期になったら、70点以下の課目があったので七番に下っていた。級長の時、前に梅田など居たし、松島、栗原などが上位を占めていた。又、組の者は中野、秋本、アベ（エンマ）など、和田も同級だった。和田と竹内は並んでいた。和田が時間中アクビをしたとかしないとかで松井とケンカしたのを憶えている。

この年は昆虫の採集にもっとも努力した年で、大部分の標本についている2602のラベルがそれを証明している。一学期のリンジ試験の時など、裏のマキからカミキリが発生していたので、前で見張りつつ単語を覚えた。又、本試験の時も、ちょっとの閑を見ては横の原を網を持って飛廻った。

二学期のリンジ試験の前に、ジフテリヤにかかった。親父がいらいらして僕の寝ている前を歩きまわって、さかんにドナッた。兄貴が行っていたケイオー病院に入院して隔離室へ入れられた。この最中、たいくつの中に、昆虫放談、南方昆虫記[*42]を見たり、将棋の定跡を一人で研究したりした。南太平洋海戦の戦果を新聞で見たのもこの病気中のこと。しかし、それも昔の夢だ。

リンジ試験を休んだので、二学期は一躍十五番に席次が下った。この一学期に秋本などと氷屋等へ行き始めたが、それは勉強にはさしつかえず、かえって為になったと今でも思っている。又、エンマと屋上でナグリ合いをした事もあったし、ケットウのまねもさかんにした。

三学期になった時、受験意識が目ざめた。竹内があんまり校庭などでガッツいているのにシゲキされたのだ。さて、気がついて見るとヤモタテもたまらず、藤森の考え方代数[*43]をやり、英単語集を丸暗記した。

三学期は頑張ったので、二学期の不成績にもかかわらず、五番でやはり優等をとった。又、僕は二年の頃からずっと一中の西村得三先生の所へ、週二回ずつ習いに行っていた。小さい紙にすってある五、六の問題をやって、見てもらって帰る。その他に宿題として別の教科書問題をやって行く。

三学期に矢作《ヤハギ》と云う新米の国語の教師が教えたが、その時間ときたら、ゴムケシがパチンコによりうなりを発して飛び、飛行機はカッ走し、電灯傘はパチンコによりひびきを発し、云うに云われぬ騒ぎが現出した。或日など、黒板にデカデカとヤハギ先生之墓なるものが画かれ、その前のセンコウからは、さかんに煙が立っていた。

英作〔文〕はニセ紳士の宮本でオジギをすると、むりしてかくした頭のハゲが見えた。

ハンペンが生理を教えて、一リィトル、二リィトルと得意になっていた。

体操は一学期二学期位はポンチマンガの様なヨタの〇〇〇〔空白〕なる者がやったが、すかしているだけだった。又、田中寛太郎先生も新しくは入ってきて、初めは変な風に見られたがやがて皆に好かれたが、講堂の地下室で得意の抗命術〔?〕をやらせた。


四年C組は池上先生が受持で、又、英語を教えた。級長松島、副級長今井、他に海兵へ行ったタコ、吉川幸太郎。僕のとなりが浦昭二、前が小川、他に受川、黒川、伊原、星原と云う顔ぶれだった。滝川や一銭ダコもいたし、ワタ田——山登りの好きな——も居た。長谷、出羽さん、大泉、恩地、古賀等も一緒の組だったろう。

幾何は田畑先生（タバッチャン）がせかせかとは入ってきては、くるりとまわって黒板に速題を書き付けた。それを大泉、受川、浦、僕なんかが出て行ってやった。

代数はドブネズミ。国漢文は豆、出席をとりながら眼鏡を動かし、時には猛烈なエンピツのケズリ方のまねをし、又馬鹿ていねいにオワカリになりましたかと云った。又、質問すると、そう云う説もあるが、ここはそうはとらんノ、とノに力を入れてゴマかした。

ハンペンは相変らずきて鉱物を教え、参考書のとおりベラベラしゃべった。

コバちゃんこと小林光先生が英作をやったが、ペラペラしゃべり、黒板にジャンジャン書き、面白かった。又、よく高校生からの手紙などを独特に読んでくれ、大いに闘志をわきたたせた。

神田をよくあさっては、参考書はどんどん増して行った。英語などはどの位買ったか分からない。それに反して勉強ははかどらなかった。一学期に終えた奴なんか国語の塚本の学び方[*44]位のものだろう。漢文は塚本のや旺文社のをつつき、数学は考え方を止め、あたま[*45]などをつついただけだ。英語は少しかじっては止め止めした。こんな事で、夏休みがきてしまった。一学期の試験の結果は一番上って5番だった。

八月一日からの休を箱根ですごしたが、途中、勤労作業に出動の為帰京し、八月の後半は藤倉電線で働いた。書き忘れたが、三年の三学期、京浜の犬塚製作所で自動車につけるタンクをはこんだが。今度は電線を巻くやつを運んだり、被鉛を手伝ったりして面白かった。又、三四郎（公民の教師）に実に似た工員がいたし、又、恩地にホッサを起させる、孫悟空もいた。二学期三学期、模ギ考査などあって、皆の心は学校の授業より試験勉強の方へ向いて行った。放課後の課外があった。

十二月何日かに入試課目の発表があった。数、物象、作文、国史。それより猛勉の日が続いた。この十二月中に一日中机の前に坐りっきりでヤった。数学は薄い朋文堂の開明（高見著）をあっと云うまにやり、実戦的研究や総括（室由之）をやった。化学は自信がないので、どんどんノートして行った。

十二月の終りにホントに神経スイ弱にかかって、コリャいかぬと思い、正月などつとめてアソんだ。この頃から二月中途まで週三回か、城西の講習に通った。実にすばらしい講義だった。高見豊*46先生の話などには殊に感激した。電車の中では浦、受川、小川、和多田などと一緒で楽しかった。インキン（今井）も一緒でさかんにやっていた。

毎日一枚画をかき、日附と試験までの日数を書いたやつを机の――ゲンカンわきの二畳の室――前に貼り、それをニラめては頑張った。二月の最高調の時は、これがドンナに力になったかは分らぬ。

三学期は学校の授業も昼までで、後は勉強だ。しかし学校では楽しかった。うっかりしていると外被をかぶしてナグられるので、C組では、休時間には皆カベにひっついていた。書き忘れたが、二学期に麻布中ではいつもやらない運動会が開かれ、スゴイ旗やコイノボリの乱舞となった。

二月は全く必死だった。学校は十一日頃無くなったから、それから猛烈な馬力がかけられた。もっとも学期考査の勉強なんかしなかった。それでも6番だったが、優等でなかった。毎晩十二時〜一時頃までやり、それから次の日の画を書いてねる。時には三時、四時となる。つかれるとアオムケにころがって、夏の日の虫取りの楽しさなどを考えた。希望にはちきれて、ツライと云えばツライ猛勉を続けた。二月二十日頃になると、僕は全くヨユウがなかったので、前の日うっかり寝てしまったりしたのを取返す為、テツヤもした。日記などを見ると、朝6時半床に入る、目をさましたら十時半だった。これでは何んのためのテツヤか分らんなどと書いてあった。このつかれた頭や体には、タマの夜の城西通いは楽しく、むしろ憩いの一時であった。帰りは9時半頃になる。参道の前まできて、神宮に頭をさげ必勝を祈る。みだれ空の中の月を仰いでは心に誓ったのであった。室の中には期四修突破とか、眠るなとか、大書してあって、スキマをのぞくのに一苦労した。画も水彩になって名画も多かったが、いい画がかけると、その日の勉強ははりきってヤれた。

三月一日の入試だが、さすがに前二日は体を休めた。運命の試験場は神田の中央大学だった。試験を終って、芯からぐったりして帰ってきた僕は、よもや一次で落ちようとは思わなかった。然し、発表の日に見に行った僕の目には、僕の番号は映らなかった。呆然として何回見なおした事だろう。

帝大附属医専にも願書を出して居たので受けたが、試験ほとんど全解で、何なく一次二次通って合格してしまった。しかし、あたりまえと云う感じで、嬉しくも何ともなく、来年松高突破を信じて疑わなかった。しかし、親父はどうしても入れと云った。僕は或日、神田を父と歩きながら父の言葉にしたがった。しかし白線が目の前にちらついて〔白線帽が旧制高校のシンボルだった〕、ともすると涙がこぼれそうだった。

8月16日（木）晴

俺達はすっかり気がぬけた。じっさいボンヤリしてしまった。

午前中はイタズラに本を読んで、工場の食堂ですごした。

午後ミリンが配給になったのは幸だった。俺達の魂が叫んだ。

俺達は魂をもって寮歌をどなった。何回も何回も。そして叫んだ、血の如き言葉を、母国日本の再建を。そして泣いた。だきあって嗚エツした。誓が涙の下からもり上ってきた。

寮に帰ってからも、真の言葉がはかれ、若人の熱が発せられた。涙が美しくその上をかざった。

高等学生健在！　神州は不滅、必ず再建はなる。

俺達は強く強く、泣き叫び、そして誓ったのだ。

今日の酔と涙と若い血の叫びは、俺達一年六組の者を固く固く結びつけた。何んと清らかな涙が、何とむざんにしぼられたろう。何と血の如き叫びが聞かれたろう。生涯忘れない感激の場面を、僕は脳裡に深くきざみつけた。

台湾も満洲も朝鮮も樺太もはぎとられ、これからどんなはげしく苦しい戦を続けなければならないだろう。然し俺達は戦い抜く、この日の感激もて。

阿南陸相は自決した。

原子爆弾。科学の勝利。俺達は科学と物量に負けた。この事も忘れてはならない。

俺達はこの寮を出て、各々家へ帰らねばならぬかも知れぬ。みんな各自の住所などを書いてもらっていた。相知り、相語り、熱と涙の若人は又散って行くかも知れない。

今日読んだ吉田絃二郎の白日の窓*47は、僕の心の孤独的な感傷にふれるものが多かった。

×

門を出づればすでに冬が近づいてゐる。

菊が枯れかゝつてゐる。

夕暮れの町を歩いてゐる人々はたれもかれも行人といつた感じである。

たれもかれもが何事かを考へつゝ案じつゝ歩いてゐる。

初冬の夕暮あるがゆゑに生きてゐたいと思ふ。

思へども思へども思ひ尽せぬほど初冬の夕暮は深いものを持つてゐる。

×

八月、椎の葉はそよぐ。空はすでに秋である。

花を見れば萩、日まはり、朝顔、桔梗すでに秋である。

八月、風はすでに秋である。

玉蜀黍の丘、武蔵野の草、武蔵野を走る道、そこにもすでに秋の気は動いてゐる。

秋。たゞ思ふだけでも旅の心は動く。

地にはこほろぎが鳴いてゐる。「死に支度致せ〳〵」

一茶はかく秋の声を聴いた。

旅に出よ。わたくしは秋の声をかく聴く。

×

旅は一人なるがいゝ。旅は沈黙の行なるがゆゑに。

一人なるがゆゑに雲も映り、山も迫つて来る。

×

わたくしは壁に投げられたわたくし自身の silhouette の孤独を見出した。

さらにわたくしはわたくし自身のいろ〳〵な思ひ出が、

わたくしを捨てゝ、一つ〳〵の孤独なかれら自身を抱きつゝ窓の外の闇の中へ消えてゆくのを見た。

或る日ある磧《かはら》で別れた黒い瞳！
或る夜或る城下の町で泣いた長い睫！
孤独なる者のために掘る墓場の鋤の音！

詔書

朕深ク世界ノ大勢ト帝国ノ現状トニ鑑ミ非常ノ措置ヲ以テ時局ヲ収拾セムト欲シ茲ニ忠良ナル爾臣民ニ告ク
朕ハ帝国政府ヲシテ米英支蘇四国ニ対シ其ノ共同宣言ヲ受諾スル旨通告セシメタリ

これが泣かずに居れようか。生涯忘れてはならない日、八月十五日。

この日の感激と涙を忘れない限り、苦しい戦の中に、勝利が見出されよう。

8月17日（金）半ぐもり晴

夜全寮コンパがあり、熱のある憂国の言葉が多く交わされた。

若い力の偉大さを思う。力の限り寮歌を歌った。

動員は解除され、皆帰宅さすと云うので、皆荷作りなどに急しい。僕は山形へ行くか、東京へ行くかも分からない。不取敢《とりあえず》、父の所へ速達を出した。

昼は夏の日をあびた。夜は秋の声を聞く。寮の外からこおろぎの寂しい声がひびいてくる。秋虫よ、何が故に汝の音はかくもさびしいのか。

思い出Ⅳ――僕は帝大附属医専の生徒となった。さびしい悲しい気持だった。白線を見ると涙がこぼれた。然し、帝大の門をくぐった時は、多少、嬉しい気もした。然し、わずかに一日の講義を終えた、その日の夜、親父の室へよばれた。そして、僕は又もえ立つ希望と共に、中学へ逆もどりしたわけだ。この日の事は忘れられない。四月の十何日だったか、この日附は机の前へ貼られた。

中学――五年一組尾崎学級の最前列に僕は坐った。わずかの授業の後、僕等は工場へ出動した。

大森と蒲田の中央工業がそれだった。蒲田の駅から一年も通った、ああ道もすっかり焼けてしまったが。考えれば昔の事はすべてなつかしい。

僕と小野、吉川幸太郎、塚本、高橋久などが設備係と云って、特に佐藤工作課長へ呼ばれた。少しの間、僕等は設備の二階でモサモサしては機械場を見て廻って居たが、やがて僕と小野は二機に配属になり、その二階へ居た。そこで実動率を調べ、表を書き、時たまはトーシャバンをすったりするだけだった。

勉強は家ではなかなか出来なかった。でも城西の講習会へ行って居た。城西、高見先生、なつかしい場所だ。永福町の駅から、何遍あの国道を急いだ事だろう。時間を気にしつつ、ただ一人行く、彼方の森の向うへ大きな赤い赤い真紅の太陽が沈んで行くのを、何遍感激の眼をもって眺めた事だろう。終って帰途を急ぐ黒い道にひびく、クビキリバッタの声を夏のおとずれと聞いて、何と胸をおどらした事だろう。

二機の二階は閑だった。或日、幸太郎が遊びにきて将棋を指してたら、運悪く、校長とブスケ〔担任の教師〕が上ってきた。僕はトッサに紙を一枚将棋の上にかぶせたが、幸太郎はうまくごまかして飛鳥の如く逃げてしまった。校長と将棋盤との距離は10㎝位で全く冷汗を流したものだ。何しろあの頃はまだまじめだったので。

実動率を調べるには十分ですんでしまった。日に四回しても閑で困った。それをよい事にすればよいのだが、まだ気も小さいから、何もせぬ時をブスケに見られるのは脅威だった。見張りを定めて、ブスケのくるのを見張ったりした。

実動率をとるのも、工員のサボリを調べる様で、嫌でたまらなかった。終いには図々しくなって、二階から下を見下ろしてやってしまった。

四時すぎになると、二階の窓によりかかって下を見ていると、四仕上や三機の連中が下を通る。それから二人も帰りじたくをしてモサモサと帰った。

三機の事務所に塚や久が居たが、彼等がうらやましくてたまらなかった。とにかく仕事をやりたくてたまらなかったのだから、殊勝なものだ。しかし、やらせられたのは、掃除や疎開の材木運びだった。何回もうもうとほこりを上げるあそこを掃いた事だろう。何回水びたしになるまでアソコに水をまいたろう。

休みには将棋をしたり、後には四仕上の所でピンポンに熱中した。

一緒に攻玉社商業の奴が来ていたが、二機の機械についていた奴は面白い奴だった。

その中に、吉川光保がヒビキ重役になぐられてコマクが破れた事件が起った。雨の日だった。僕は、ゲンコツで涙をこすり上げてくやし泣きにシャくり上げている光保を見た。皆が集った。勤労課に押しかけたが、ブスケがケエレ、ケエレと怒った。次の日、とうとうヒビキをあやまらしたが、どうもモノ足りなかった。

夏の追憶は、二機の二階で英通〔英語通信社〕の数学の添削をやっている姿である。そして一同の休みに、皆でクゲ沼へ行ったが、小田急でキセルを見つけられて、ヨタ駅員に廻送車中でナグられたりして、散々だった。

又8月24日だったか、その休日に何とかして箱根へ——父や美智子姉〔茂太夫人〕等行っていたのだが——へ行く為、前の晩、喬ちゃんと小田急へ乗った。暗い夜、彩色と暗黒の中へ点々と連る誘蛾灯の美しさが記憶に残っている。小田原へ着いたら、電車の中で恐れていた事が実現して、強羅行終電車はもう出てしまった後だった。呆然とベンチに坐った僕等の前を、湯本行の終電車が、いやに明るくライトを輝かして出て行った。仕方がないので、駅員の好意で電車の中へねる事にしたが、ノミと東海道線の音に散々なやまされた。次の日なつかしい強羅の地をふんだ。早雲山の駅の方へ散歩したが、来たと思ったら、もう帰らねばならなかった。

9月頃だったろうか。僕はとても二機の仕事にたえられなくなって、色々運動して四仕上の連中等と共に三機の機械場へ廻った。

二キではうんと仕事を欲しがる僕へ与えられたのは、ハツリ〔表面をけずりとる作業。斫り〕とネジハメなどだった。あの嫌なハツリを黙々とやったのだからマジメなものだ。

三キへ行ってから色々な事が起り、ようやく多事になった。始めは極めて仕事もうまく行った。十二尺の旋盤でけずるワッパ〔曲げ物〕の仕事も楽しかった。昼の休み時間には、女子医専の運動場で野球やデッドボール〔ドッジボールの旧称〕をして遊んだ。

その中に、サイパン基地からのB29のテイサツが始まり、やがて爆撃が開始された。しかし平気だった。被害なんてほとんど無かった。暮などには、夜一機か二機ずつ来ては爆弾を落とすので、スイミン不足となった位のものだ。この頃、洋服を着たまま寝た。

その中に仕事が無かったり、B29に対する退避から、仕事がうまく行かなかった。配置がえがあったり、又、大勢三キに入りすぎたのでうまく行く筈もなかった。然し、一時の四尺旋盤の快調のツッキリ〔被削材の施盤加工後、不要な部分を切り落とす加工〕の味は忘れられない。だんだん機械場を遊びまわる様になった。まだ冬の来ない中は、屋上で日向ボッコが続いた。

昭和19年が暮れ、昭和20年が来た。この暮頃には機械場は全くむちゃくちゃで、工員についたりしたが長続きせず、運輸課へ手伝いへ行き、寒風の中でトラックの上でふるえたりした。品川でずい分つみ落しをやったし、又横須賀まで部品を持って行ったりもした。青年学校の講堂でピンポンがさかんに行われた。

暮あたりから、サスガに受験に対する熱が高まった。あくまで松高一本槍であった。学課試験は行われずとの事で、作文を猛烈にヤリ、新聞などからよい文句を抜いてノートを作った。他の学課は教科書をヤった位のものだ。然し去年の如く、壁に画を書いて飾ったが、夜も早くねて、工場へ行っては遊んだ。この頃の工場では全く仕事もせず、重役出勤をしては日向ボッコをし、グーチョキパーをし、鋲廻しをし、ダベリ、メシを食べ、映画を見に行った。映画を見る事は驚くべき程で、一月などは七回見ている程だ。工場へ行く前は、年にニュース以外二・三本しか見て居ない僕にとっては極めて異例だろう。

入試は一次が内申で発表一月十一日、二次は二十四日頃から一週間、松本で筆答試問、口試、体検が行われる。心配もしたが、希望もしていた十一日の夜、飛電〔至急電報〕が来た。あこがれの松高一次合格！　二次までは嬉しかった、楽しかった。

小野は六高、塚は北大予と、それぞれ受かったが、吉川幸太郎は新潟を落ちてしまったのである。

かくて希望に胸をふくらまして、一月十九日だったか、松本行きの汽車にのりこんだのだった。

昆虫についての思出を忘れていた。十月の或日、三キの仲間と、武蔵野線飯能から天覧山、多峯主《とうのす》山《やま》を経て、又飯能にもどった事があった。この日、花上で始めてトラツリアブを見、多数を採集したが、きりくずした道のがけの様な所をセカセカと歩きまわる蜂類の方がもっと興味を引いた。それでぜひ一人でもう一回行こうと思ったが機会を得ず、とうとう十一月になってしまった。もうおそいかも知れないとの懸念をもって行ったが、ベッコウバチの類は相変らずセカセカと歩いていた。秋の日和を、じっくり腰を下ろして観察したりした。こんな事は僕には始めてだった。小さなベッコウバチが歩きまわると思うと、オオシロフベッコウが飛んできては穴にはは入って行った。ジガバチがけに営巣するのを観察した。ツマグロキチョウ飛ぶ山道をボンヤリ歩いて、川原で又一人楽しい時を過した。石をあけるとキベリマメゲンゴロウが多いし、又小さな小さなゲンゴロウやカワゲラの幼虫などがいた。生かしてもって帰ってシャーレーに飼って置いたが、冬中に全滅してしまった。しかし、ただガサガサと虫を追いまわす以外の楽しさをこの一遊に得たのであった。

8月19日（日）晴

夜、わずかばかりのフトンに七八人がかたまって寝たが、暑いのとカヤがないので閉口した。野島が彼独特なるドーヨウやらコモリウタやらをがなるし、長広舌を振うし、参ってしまった。

8月20日（月）晴

10時頃の電車で田島なんかと松本へ向かった。松崎さんの家へ行き、又、里山辺国民学校で桐原さんとお会いし、お宅まで行って荷物を少し持って帰った。

六時頃あわてて駅へ行ったら、福井が例の通り、帽子をアミダにしてブラブラしていた。切符は買えそうない。で、裏から強引には入ろうと機会をねらい、肉体美のデブの車掌が居なくなったすきに飛鳥の如くは入ってしまった。ここまではよかったが、電車は待てど暮せど来なく、二時間待ちぼけを食った。電車が着いたら、星野や勝山が帰る所で降りてきた。窓の外からバッキャローをやるので、こちらもドナったが、少々テイサイが悪かった。途中ウトウトしてたら、サイトーと呼ぶので見たら、スレちがいの電車で岩崎や五十嵐が帰るところだった。寮はさすがにサミシクなった。松崎さんから頂いたオハギを皆でモリモリ食べてねたが、生れて以来の蚊軍の来襲に如何ともしがたく、ウツラウツラしたに過ぎなかった。

8月21日（火）晴

今日も晴天。一体いつまで続くか分からない。もう一月近くにもなるであろう。野菜は枯れかかっている。

今日で寮の全員は帰ってしまう。僕一人、尚二・三日宿ってやれと思っていたが、関山が帰れと云うので、仕方なく荷作りをして、一山置いてもらい、午後松崎さんの家へ引上げた。

思い出Ｖ――初めての松本への旅、一年間思いつづけた旅、何年も思いつづけた信州の地。それらが松高入学の希望とあいまって、それは楽しく希望にみちたものだった。浅間温泉に宿ったが、やはり受験生の相客――彼も受かって、この八月顔を合せたが――と室でゴロゴロしてはコタツにあたった。入試はあまりに簡単にすぎた。勿論、筆答試問には全力を尽したが、去年の如く疲れると云う事はなかった。自信充分。果して忘れもしない一月三十一日の夜九時すぎ、飛電来。嗚呼、二年間の努力、ここに成る。松高入学は遂になったのだ。あの電報を七畳半の電気の光で見た時の気持も忘れられない。

友の動静は、小野、武藤が落ち、殊に小野は悲痛だったが、後で補充で入ったのは何よりだった。塚本北大予合格、横山、成城高校合格、一高に十数人。高校には五年だけで40人以上、例年におとらぬ成績だった。一期がうかってしまった者はよかったが、二期或いは三期に落ちた者は何と云っても気の毒であった。

受験期を口実に仕事など少しもせず、空襲と云っては休み、ジャンケンで昼から帰り、映画へ行き、或いは多摩川の河原に寝そべった。又、大橋図書館[*48]等にも行って、この頃興味を感じた鳥の本などあさったりした。

2月の半ば、艦載機の一千機以上の来襲があったが、市街地にはあまり侵入せず、Ｂ29以上のキンチョウも要しなかった。

友達の家へ行ってはポーカーをやる。借金をするには上着をぬぎ、ズボンをとらねばならぬ。スッパダカでふるえねばならない様な事もあった。

この頃の事件としては、三キで例のとおり火にあたって、工員がやいていた米を食べていたら、スケが出て行けとドナった。ブスケに行ったら、ブスケ大いに怒り、平山とスケを前にしてドナリ、快的だった。それからブスケ、果然感じがよくなってしまった。

三キにも居ず日ナタボッコをする日も多かったが、たまには超重鉄棒を運んだりした。晴天のヘキレキ、3月10日の夜半、初めてＢ29の夜間大挙来襲があり、大火災起り、被害震災以上、多数の死傷者を出した。あの夜、夜空を真赤にそめる火災をのぞみながら、被害の重大をおもったが、まさかあれ程とは思わなかった。これまでのＢ29の空襲は、神田、銀座等に比較的広範囲に被害を与えたが、この位では大した事はないと云う感じだった。しかし、この日の夜間空襲は昼間来襲と比較にならぬ程、敵としては効果をあげたのだった。しかし、それよりも何よりも、僕等はこの夜、数人の友を失ってしまった。吉川幸太郎、松島、和田など。殊に幸太郎の死は、どうしても本当とは信じられなかった。ピン工場のわきで朗々と日本青年歌[*49]を歌っていた彼、三キで○○○をやりこめていた彼。石田氏のところで張切っていた彼、多摩河原で詩吟をガナっていた彼。たとえ焼け出されたとしても、死ぬなんて事がどうして考えられようか。しかし数日後、厳然たる事実は、彼の死を疑う事すら許さなくしてしまった。

幸太郎とは四年以来の友だが、四年の時は同じ机で豆の授業をうけたものだが、死ぬ二・三ヶ月前から、エライと云うか、何と云うか、彼奴はたしかにエラクなった感じだった。不運にも説明しがたき新潟高校不合格にも、皆にどんどん白線をつけろと云い、学校の名誉だと云った。昭和風雲録[*50]を愛読し、今にも血盟団か何か起しそうな奴だった。好漢、快男子、壮士、皆キャツにあてはまる言葉である。その昭和風雲録だが、彼の死ぬ前に僕が借りていたので、僕の手もとに残り、彼の唯一の遺品となった。ところが、5月になって、僕の家が焼けた時、それは穎川の手元へ行っていたので、又々戦災からまぬかれたのであった。因縁と云うか何と云うか、不思議な本である。

中央工業と云って、頭に残る奴等を少々書いて見ると、スケ、インパール、ロングロングアゴー、ヒビキ重役、カリエスカッケの石田さん、二キの主任大場さん、カエル先生等々等。

カリエスカッケの石田氏は、最初、設備の二階にいたころに指導にあたった。ヒヨコを買って得意になり、彼自身ニワトリの様な御面相をしていた。薬びんを並べては得意になって、クスリと食物とニワトリの話ばかししていた。カリエスカッケは有名で、一度、椅子につまずいてバラスッテンテンところがって、ひたいを床にぶっつけた時の事は忘れられない。設備の二階で思い出すのは、オランウータンの如きナムミョウホウレンゲッキョウ氏——名前はどうしてこうも忘れるかと思う程、片端から忘れてしまった。

インパールの奴は、何と云っても虫の好かない奴だ。が然しを連発して一人でおこったのは入所早々の日の事。バカテイネイな形式主義のウスノロヤローで、もう少し工場に残っていたら、ワシにブンなぐられていたろう。にくき者、ロングロングアゴー、日之出島分工場の事件以来、恨骨髄に達した奴だ。カエル先生は、小野と二人で二キの二階から降りて行ってケイレイすると、ピョコンと飛上って、すさまじい敬礼をするので、笑いをこらえるのに最重大なる努力を要した。

3月の末、工場では学徒工場と云う計画が起った。即ち、工程から組立、仕上まで、全部学徒の手でやって、97式大形ＢＴＫ〔爆弾投下器〕を作り上げると云うわけである。この工場へ入れられたら、ブスケ直轄の元に働かねばならないと、三キでブラブラしていた僕は考えたので、丁度、中央の協力工場へ行くと云う話にすばやくは入ってしまった。小野、星原、伊原、榎本、女郎、電柱、ダモー――彼は四年の終りあれほどダモーぶりを発揮して、鞍馬天狗をやり、チョコチョコ歩きをやってはアバれ、机をほうり、かぶせられた外被をはねとばして加害者にむしゃぶりつき、四Ｃの脅威となっていたが、五年になってからは消耗していた。――などがいた。僕としては大変うまく転カンした積りなのだったが、サテ、その協力工場は大変な所だった。第一、出島のオヤジは時計屋のナリ上りで、気にくわん面をしていた。機械など、旋盤はターレット〔回転式の刃物台を有する旋盤〕だが、十台位しか無いし、ミーリング〔回転軸に取り付けたフライス盤で切削する加工技術〕に至ってはオモチャの様なガタピシャのがあるきりだった。それより、そのアオることと云ったら、長日月の間三キでノラクラしていた僕等にはたまらんかった。朝から晩まで機械を動かしていなければならんし、アブラだらけは云うもさらだ。へんなセントーボウをかぶせられたものだから、工員として思われんかった。最初の作業の日は一人で虎の門で地下鉄を下りたが、日之出島工場なんてインチキな所は、第一探しても分からなかった。昨日皆と一緒に行ったのだが、トウに忘れてしまっていた。一時間半以上うろついて探しあてては入って行ったら、仲間が見当らんのでビックリしたが、目の前にクロイセントーボーをかぶって機械をやっている工員が小野や榎本だったので、尚更ビックリした程だ。

これではタマらんと云う事になり、小野は六高に入ってしまうし（後又帰ってきたが）、何とかしてヤめねばならんと云う事になり、色々考えたが、ちょっと生意気な工員が女とふざけているので風紀が悪いとなし、断然止めてしまおうと思った。それで星原と、ブスケやロングロングアゴーに云ったが、極めて不満足なる結果しか得られんかった。しかし、すぐにブスケ、ロングロングアゴー、出島工場の人など立会で話をつけると云う事になった。ここで頑張らねばと云うので、世にもすさまじいハナオのホオバをはき、腹に六尺をまきつけ、マントをだいて、血相変えて中央へのりこんだ。

二階の一室に俺達は入れられて、いよいよ会議は始った。ロングロングアゴーは詭弁をローしてゴマかさんとした。ブスケも事無れ主義と見えた。これではならぬと云うので風紀を大げさにウッタえ、ロングアゴーの言葉尻をとらえて、彼にその非礼をせまったが、ブスケのとめる所となり、ケンカにもならんかった。しかしオカゲで、二・三日後には見事中央にもどる事が出来た。しかし、アンマリうまくもなかった。なぜなら中央にもどったら、丁度設備とととのった学徒工場へ入れられてしまったのである。又、この止めるまでの気持の悪さったらなかった。この間、アタゴ山狂人事件などあって散々な目にあったが、面白いと云えば面白かった。アタゴ山の神官がキチガイとは困った事だが、よくあの時ワン力を出さなかったかと思う程、一時、腹が立った。キチガイに権力を与えているものだから、狂人に刃物どころではない。

B29は又々大挙、夜間来襲した。即ち、4月14日夜半―15日暁方3時にかけて170機、次の16日夜半には200機の来襲あり。後の場合では、今まで残っていた大森、蒲田方面ほとんど壊滅し、中央も全焼してしまった。翌々日、やっと大森から歩いて行ったら、電柱がくすぶった中に、ほこり濛々として、まだ熱気が強く、居たたまれぬ程だった。学徒工場もペロリと焼けてしまっていた。

硫黄島が玉砕してしまったので、P51がやってくる様になっていた。4月には入って敵は沖縄に上陸を開始し、我が特攻隊の猛攻に艦船600以上をやられながらも、遂に6月末には我が陸上部隊はおおむね全滅してしまった。負戦《まけいくさ》の今、何をか云わんやだ。

4月21日から23日にわたり、星野、穎川、榎本、伊原と箱根へ行って、楽しい日を送った。22日には早雲山、冠ヶ岳、神山を踏破したし、夜は大バンサン会を開いて食べきれぬメシをむりにつめこんだものだ。カンヅメ、野菜、メシすべて豊富。歌をうたったりして腹をすかしては又食べた。その夜は二時頃までトランプやらスモウやら大いに騒ぎ、ラーヘン〔喫煙〕しては昭和維新をドナって幸太郎を偲んだ。

工場が焼けてから、まだ少しはモサモサしていたが、30日に一時動員休止となったので、その日、昼頃から仲間12人、ウチの新宅へ集まり、夜9時半まで大いに騒いだ。

5月5日から7日まで、今度は武藤、受川、高橋（信）と箱根へ行ってきた。6日に悪天候中を早雲、神山の頂上を極めたが、アラレたまる道を神山頂上へシャニムニよじのぼり、登り着いたとたん、ズドン、バリバリと雷の音に一気に十米も逃げ下りたりした。その夜又大いに食い、殊に裏山でムダンで掘ってきたタケノコなどを賞味して、マージャン、トランプ等々騒いでる中に、誰も時計がないので、今何時頃だろう、一時半頃と推定す、なんて云っていたら、夜がシラジラと明けてきてしまったので、あわてて床にもぐりこんだものだ。

それから又一週間、横山や星原と明大前でピンポンしたり、織田さん達と庭に貯水槽を掘ったり、モサモサとすごした。二階の兄貴の室の万年床、ずらり並んだ標本箱、今は昔の夢だ。5月18日、暁部隊の作業に出たところが、モッコかつぎで肩はれ上り、大大消耗したので、コイツはたまらんと云う事になり、千葉の暁部隊へ行ったらタマらんから、何とかして上級学校へ逃げようと云う事になった。ところが上級学校から来いと云わないと行けないので、数人でトーシャバンでインチキ証明書を作ったりして、断然、行かぬ様にしてしまった。

5月22日には上級学校へ行く者や千葉暁部隊へ行く者で、皆、本当に別れねばならぬので、又10人程集り、新宅で離別の宴を開いた。

翌々日24日、一箇月の平穏を破り、夜半B29、250来襲し、又々焼夷弾のうなりと対空砲火の美しさと、敵機の姿と、炎になる火災を見なければならなかった。この日はモサモサしたくして外に出たとたん、身近に落下音を聞いたので、あわてて屋下にかくれた所、すぐガケの下で火災が起り火の粉がドシドシ飛んできたので、フトンや非常持出のものなど、すべて穴に入れて土をかけてしまった程だった。

次の日25日、小野の家が焼けたのは知ったが、星野の家が分からんので、受川、星原などと見に行ったりしたが、その夜、又々、B29二百数十機の来襲をうけ、我家はすっかり、焼失してしまった。火の粉、風のものすごさ、焼夷弾の落下音、火の下をにげた原への退避、目があけられん時のあの心細さ、寒さ、等々、思い出す事限りがないが、書いても仕方ない。ただここで大体ながら、焼けてしまった日記の代りに大凡の事を書き留める事をしたので、一先ずホッとした次第である。又思出を書く機会もあろう。

8月24日（金）うすぐもり

朝8時33分の汽車で長野へ向かう積りだったが、結局、出発したのは9時だった。桐原先生がわざわざ駅までいらして下さった。長野へ着くまで川原にひろがる砂原を見ては、たまらなく蜂類の生活にあこがれたものだ。長野へ着いたら、3時間も待つはずであった汽車はもう出る所だった。この汽車の行く先も、皆の云う事がすべて違っているので弱ったが、結局、直江津で降りねばならなかった。

直江津で二時間程待ったが、その間、アイスキャンディーを買ってくるものがあるので、たまらなくなって買いに行った。桃色の氷棒を見たら、過ぎにし方の〔麻布〕十番のキャンディ屋や永和〔現・東洋英和女学院〕の裏で食べちらかした事が、なつかしく思い出された。しかし買いに行ったキャンディは甘みもなく、ただ色づいた氷にすぎなかった。

4時頃の汽車で長岡まで行き、次に貨車に乗込んで新津まで行った。その間見た美しい稲田の景色も忘れられない一つだ。松林が砂路に続くのは、海が近い故であろうか。その彼方に青い山がかすむ果まで、緑と云うより黄色の稲が続いていた。ところどころ雲の切れた空も美しかった。

間もなく海が見えてきた。この前ここを通って初めて日本海を見て、ずい分荒涼たるものだと感じたのだったが、この時はああ美しいと感じた。実際、夕日をうけて紫に光った海は、何とも云えないなごやかさを持っていた。波が夕日をうけてきらきらと輝き、はてしなく続いているのを見る時、うらさびしい荒海と云う感じは全く無かった。それから視線をうつすと、はるかに島の様なものが続いているのが見えた。一時、僕はそれが半島かとも思ったが、すぐ佐渡だと気づいた時は、何とも云えない嬉しい気になった。僕は紫色の海と光に輝く波とあわい佐渡の島影をあかず眺めていた。しかし、ごつごつした岩にくだける白い沫や荒磯によせるにごった水を見ると、前に似た荒涼たる日本海と云うものを感じさせられた。

新津に着いた時はもうすっかり暗かった。坂町まで行く汽車中で（青森行らしかった）、僕はゆっくりと席をしめて十分旅心を味わった。席は空いていたし、車中は暗かった。それに真丸の明月がのぼっていて、車内をもほの白く照してくれた。森も稲田も遥かの山にかかる白雲も、皆、月光に照されてあきらかに見えた。とある川を通った時、月光が波にくだける美しさに思わず目を見はったものだった。白々と続く田舎道も、整然たる田も丘も、フェアリイかなにかが躍っていそうに、月はあやしい程美しく照らした。僕はただ一人の席でパンを食べては窓外の景色を見つめ、明るい月を見つめては少し眠ったりした。

坂町には夜かなりおそく着いた。汽車は明日までまたねばならなかった。

8月25日（土）晴

昨日は車中で寝たが、ノミか何かに散々なやまされた。何の気なしに夜半手をかいたら、猛烈にふくれ上っていたので驚いてさわったら、ゴリゴリにふくれていた。ノミに知らずにこんなに食われるはずはないし、蚊の羽音もきかぬし、変な事だと思ったが、とにかく何遍も目をさましては形を変えて横になった。

車中は帰家兵で大変な混雑だった。皆、色々な物を毛布などでつつんだ大荷物をもちこんでいるので、車内は身うごきもできぬ程だ。

米沢まで如何にも虫の居そうな原や森や谿や山を眺めて着いた。上ノ山へは昼頃着いた。山城屋へ行って風呂に入り、少し休んでから、暑い道を「遠征」〔旧制松本高等学校寮歌〕を歌いながら、前に何遍も往復した道を金瓶へと歩いた。

父は不在、母、妹は元気だった。夜、文学直路[*51]を読んで、病雁などの親父の論をたまらなく愉快に読んだ。僕もやはりけんかは好きらしい。

8月29日（水）晴

昨日は米国軍隊の一部が厚木に到着した。この辺の空を飛ぶのも日本機は見られない。

百子姉が東京からやってきた。海軍の救急食だの色々なエッセン〔食料〕をもってきたのでモリモリ食べ、十右エ門さんの所で出来たスイカを二年ぶりで食べたので、腹は一杯で負戦《まけいくさ》とも思えぬ。困ったものだ。

8月30日（木）晴

朝5時半に家を出て、上ノ山へ百公の切符を買いに行った。8時50分の売出まで待って買う事が出来た。午後はチッキを又上ノ山まで運んだ。龍王橋まで歩いたら、ヒモが首にくいこんでチッソクしソーになった。それでも手を入れたりして歩いたら、手が感覚が無くなって棒の様になった。やっと上ノ山へ入口まで歩いて行ったら、リヤカーを引いたおばさんが後から来て、のせて行ってくれた。駅でチッキを出せたので引き返して行ったら、誰か追いかけてきたので見たら、駅員が忘れた切符をもってきてくれたのだった。

8月31日（金）雨　午後止ム

天気続きの所へやっと雨が降った。百公は朝の汽車で帰京した。うまく乗れるかと思ってたら、二等車にユーユーと腰かけていた。

9月1日（土）曇（涼気）

山形へ行って小野沢に会おうと思い、朝からバスを待ったが、二度乗り損ねた。それで上ノ山まで行って、やっと乗ったのは十一時だった。体がねじれそうになって山形へ着いた。山形の街は道が広くてきれいな街だ。少し探してたら、小野沢が出てきたのにヒョッコリ会った。二人で旭坐で「海峡の風雲児」[*52]と和田君示一坐の公演を見た。

帰りは長い事かかって歩いた。高歯なので足が痛くて弱ったが、二時間かかってようやく着いた。

夕方、裏の畠の上を何十匹と云うヤンマが乱舞している。これは毎日きまって夕方、庭などに一・二匹見るので、カトリヤンマ位に思っていた。が、今日捕えて見たら、コシボソヤンマらしい。夕暮の一時を飛廻って、とっぷり暮れかけると、又どこかへ行ってしまう。

昨日の夕方、裏の土の上を歩いているクロオオアリ♀の羽蟻を捕えた。多分クロオオアリと思うが、今頃出るのは珍しい事と思う。又ナガハリバエの一種も捕えた。ミヤマアカネ、アキアカネがむやみに多く、コオロギ、ウマオイ等、秋虫の声がしげく、さびしい感じだ。

セミはアブラ、ミンミンがむやみに多いが、昨日今日、土にころがっているのを見る事が多い。

9月2日（日）晴

庭でサシガメの黒い一種を三匹捕えた。蟻を食う（吸う）らしく、クロオオアリを口にさしていた。又、蟻の死がいがあたりにあった。ノソノソしてる様で意外に早く歩いた。ニイニイゼミがまだいる。ミンミン・アブラは多い。

午後、泳ぎに行って稲田で虫を観察した。ミヤマアカネが最も多く、ノシメトンボも見た。ショウリョウバッタ等も多い。

9月6日（木）

裏の菊畠で虫を観察したり採集したりした。秋の色は既に濃い。

モンシロチョウ、モンキチョウ、ハナアブ等が一番多い。コアオハナムグリ、アオハナムグリも居た。アオハナムグリは戦災以来初めての採集だ。今日までは、採るのが皆ハナムグリだった。戦災以前は一頭もとった事が無いのが、不思議と云えば不思議だ。

クジャクチョウが一匹、タテハ類独特の飛方をしては地面に止まるのを捕えた。珍しい事だと思ってたら、もう一羽、菊にやってきたが、捕えられなかった。ボロヒョウモンが数羽見られた。オオウラギンスジヒョウモン、ミドリヒョウモンを一羽ずつ、比較的完全なのを捕えた。又、ルリハナアブと同属か小さく、黒色のものを二・三得た。シマアシブトハナアブ一頭得たのは嬉しかった。ナミジャノメが花に来ているのは普通の風景だ。

9月8日（土）雨後曇

腹具合は比較的よくなった。午後、ハンゴーに郵便を出しに行く途中、枝豆のアブラムシに集ったアカヤマアリを三匹得た。面白いと思った。

又、腹部の赤い面白いシリアゲを得た。すぐ又、ハサミのないヤツをとったが♂だと思う。クロスズメバチが肉ダンゴを作るらしく、小さな青虫を切断していた。

9月10日（月）大体晴

朝から弁当を持って高湯の方へ出かけた。金瓶から少し上った頃、雲が切れて美しい秋空が見えてきた。が、その後、曇ったり照ったりで、あまり暑いと云う事はなかった。長命水までは主としてトンボを追いつつ登った。ノシメトンボやマユタテアカネと思われるもの、又ヒメマユタテアカネも採集したが、これは翅半分が黄色を帯びて美しい。

長命水でまずいトコロテンに恐れ入ったが、少し登った所で上へそれて、人の居ない道をゆっくり、採集したり、歌を歌ったりして、歩いて行った。秋の蜻蛉がむやみに飛立つ。蟬はアブラ、ミンミン、エゾなどが聞かれる。

花でクジャクチョウをとる。ツリフネソウなどにはクマバチが普通だ。

路傍に腰かけてサージンのかんづめで弁当を食べた。一人なる故の楽しさ、山は既に秋色深い。カマキリが目立つ。

帰途、キベリタテハを採集できたのは予想外の得物だった。糞か何かに来ていたらしい。カンタンも葉上に見られた。

9月12日（水）晴　東京へ

9月13日（木）〜9月18日（火）東京滞在

9月15日には家の焼跡を見に行った。一丁目で下りて墓地を通って行ったが、荒れはてて草でボウボウの中を歩いて行くと、F6Fなどが超低空で飛び過ぎて行って腹が立った。タケニグサが繁茂して、早、枯れかかっている。ナイフで一本、一本、割って行った。既におそかった。クララギングチバチと思われる巣には、冬見た様に、双翅目の残がいで一杯だった。

その中に、一本のタケニグサをわったら、かなり大きな茶褐色の蛹があった。これはうっかりして落してしまったが、タケニグサの茎に営巣する蜂が、必ずしも一種でない事を確めた。

東京にはジープが陸続として走り、日本の自動車より遥かに多い。電車はむやみに混み、駅を中心として用の無い人間がゾロゾロと歩く。

宮尾氏のところでは、アルコールも大いに飲んだし、珍しきフレッシュ〔食肉〕などにもありついた。

今度は全く嬉しい様な気持で松本へ向ったが、それでも東京を離れる日にはふっとさびしい気も湧いてきた。離京の日はすばらしい秋日和だった。新宿へ行ったら、宮崎など松高の連中が行列の中へ大分居たので入れてもらったが、又々、せっかくの二等切符は使用出来なかった。

9月28日（金）晴

入寮以来、早一週間を過した。浅間へ行ったり、映画を見たり、寮では少し勉強しては、多く騒いだり、将棋をしたり、口から出まかせの怪談をしたりした。そろそろ勉強を始めねばならぬ。授業は一週間やったが、休講の多いのにはあきれた。

信州の秋、王ヶ鼻の頂上にでも寝そべって、それを心ゆくまで満喫したい。アルプスが黒く連なり、校庭からは秋虫の声しげい。エンマコオロギが大部分である。

昨日はケヤキの皮をはいだら、東京でよく居るハンミョウモドキを小型にした様なのが普通に居た。又カメノコハムシも一頭、樹皮下で得た。

草刈では小形のゴミムシを二・三種採集した。

9月30日（日）晴
朝、昼の分までの雑炊を平げて美ヘ出発した。

入山辺の登口から気持のよい道。日が当れば暑く、日陰は冷気を感ずる。

馬糞を二ツ、三ツほじくったが、6月に多かった大形の *Aphodius* の一種やエンマコガネの一種（或いはツノコガネ♀）がわずか居たのみ。

モンキチョウやボロヒョウモンのみ目につき、マルハナバチは盛んに活動していた。

三城の方へ行く道は石切場から右へとる。この辺の糞から小形の *Aphodius* をかなり採集出来た。道はやがて気持のよい平らな道となり、秋の小仏を思わす様な所もある。又、唐松の林の中をとおり、寂しい気持に襲われたりした。時々、スジボソヤマキの♀が花に居るのを捕えた。蝶では前に花上から割に完全なクジャクチョウを採集したのがよい位だ。星野はイカリモンガを捕えた。

やがて牧場に着いた。裏を百曲りの方へ行くべく登り出したが、皆ノビて、結局、ここで炊飯をする事にした。一人当り二合の米とサケかんとサージンでゴーユー〔豪遊〕な昼飯をした。アカヤマアリがこの辺にも普通だ。飯を炊くのに芝生を掘ったら、コガネムシ科の幼虫が多く出てきた。何になるのだろうか。飯の後でサイダーをのみ、ミソ汁をつくって飲んだ。青い空には雲も出てきて、初めあくまで澄んで見えた、槍・穂高も霞んでいる。飯を炊き始めたのが十一時二十分頃、二時頃出発して帰途につく。牧場の入口で水筒を拾う。前の気持よい道をゆっくり歩いた。くる時には路上にツノアオカメムシの交尾中なのを拾ったが、夏見るのと違い赤みがかっていた。くる時、身辺にきたハタケヤマヒゲボソムシヒキを捕えたが、どうもそれらしいのを牧場のタケニグサか何かの花を尋ねているのを見た。若しそうだったら、面白い事だ。マルハナバチは多く、アザミなどの花に集っている。糞からはツノコガネが得られた。今日とった中でハナアブに似た不明種が一頭ある。
　入山辺の辺を歩いて居たら桐原さんにお会いし、皆でお宅へよってキノコなどごちそうになった。キノコにも興味を感じて寮に帰ったら、ヨッパライの上級生のストームがきて、円陣ストームをやり大消耗した。

10月11日（木）雨　午後二時頃より晴れてきたが風甚だ強し
　数日間降り続いた雨がやっと上った様だ。間二日ばかしおいて、計一週間以上降りつづいた雨で、イモ畠や稲田も水の底となった所が多いようだ。エッセンききんの時ベラボーな話だ。雨は止んだが、風は暴風めいて益々強い。
　今日は英語や数学の予復習で午後をつぶした。思ったより急がしくなってきた。ラオヘン〔煙草〕は日に二・三度吸うから困らんが、エッセンには参る。普通、朝・夜雑炊で、昼はメシだが、悪くすると三食雑炊になる。おまけに麦が大部分だから、消化が悪くまずい。然し、昼にカレーライスなどの時が時にあって、その日だけはうれしい。今日はそうだったので、少しキゲンがよい。

　学校が始まってから20日経ったが、寮のまとまった所は少しもない。二人の二年生はガチで駄目だ。アキレタ話だ。中寮の三・四号へ入って騒いだり、稀にエッセンを食ったり、夜とまりに行ってダべったりするのが、一等面白い位だ。あきれた寮だ。以前、6月の時の方がまだよい。

その後の歌を集む
　めいめいに荷を背おひたる一隊の学徒の中に吾まじり居り
　あこがれし校門をくぐりし学徒等は今は出で行くこの校門を（7月30日）
　あをあをとゆたかにのびし田の上を一つの黄蝶よこぎりて行く
　この日頃夜ともなれば虫のねのしげく聞えて秋はきにけり
　のぼり行く月をかくせるむらぐもはあやしきまでに美しく映ゆ

畠中はたそがれ行きてこほろぎの声の中にぞ吾は立ちけり（山形）

（停戦後、山形へ行く途中を詠める歌数編）

力なくほけたる如き吾をのせて青田の中を汽車は走れり

美しき大和島根の山川に新しき涙わき出づるかな

父母の元にぞ急く汽車の中に夕日の沈む海をば見たり

海原に夕かぎろひのうつろひて佐渡の島影かすみ居りたり〈居る見ゆ〉

紫の水平線に佐渡ヶ島の島影を見て心さびしも

はろかなる海はなどかにしづまれど水際によするうたかたあはれ

暗きホームのあなたこなたに横はる人影を見て心さびしも

冷えびえとしたるホームのかたき上に腰を下ろして吾眠らんとす

坂町の黒きホームの片すみに眼《まなこ》つむりて物をし思う

遠山もこごれる雲も明らけくあやしきまでに月照りにけり

まぶしきまで日は照りたれど吹く風は自ら涼し秋は来にけり

みちのくのこの峠路を人のあゆむほどにもおそく汽車は動けり

（9月中旬、山形より東京へ出る際）

日記　新篇1巻　　　終

この日記は5月25日に焼け出され、小学校中〔学〕年時代よりの日記を悉ク失ってしまってより書き出したもの。従って篇中には思い出す事どもを出来うるかぎり書き留めておいた。

焼けて以来、新たに学校が始まるまで、常にさびしい気持を持ち続けた。それは篇中にも歌にも現われていると思う。そしてこの篇の終りにはもう朗かさをとりもどしているが、その寂しさは心のどこかに残っていて、なつかしい楽しい思出とさえなっている。

B29や艦載機の大軍が本土の上を襲っていた頃、書き出されたこの日記は、米兵が本土各地に上陸し、やっと平和をとりもどし、又負戦の其名にあえいでいる今日までの日記である。

今所有する唯一の日記ではあるが、将来書かれるだろう数多くの日記中に於て、最も重大なる一つになろう事を確信する。何故なら、その時代の変移は元より、この日記中には、小さい頃よりの思出、今までに書いた数篇の日記のエッセンスをとり出しておいたからである。食糧の事が今の頭に一杯である様に、明日には虫が、学問がそれにかわる事を祈ってこの篇を終る。

（2605．X—11　夜）

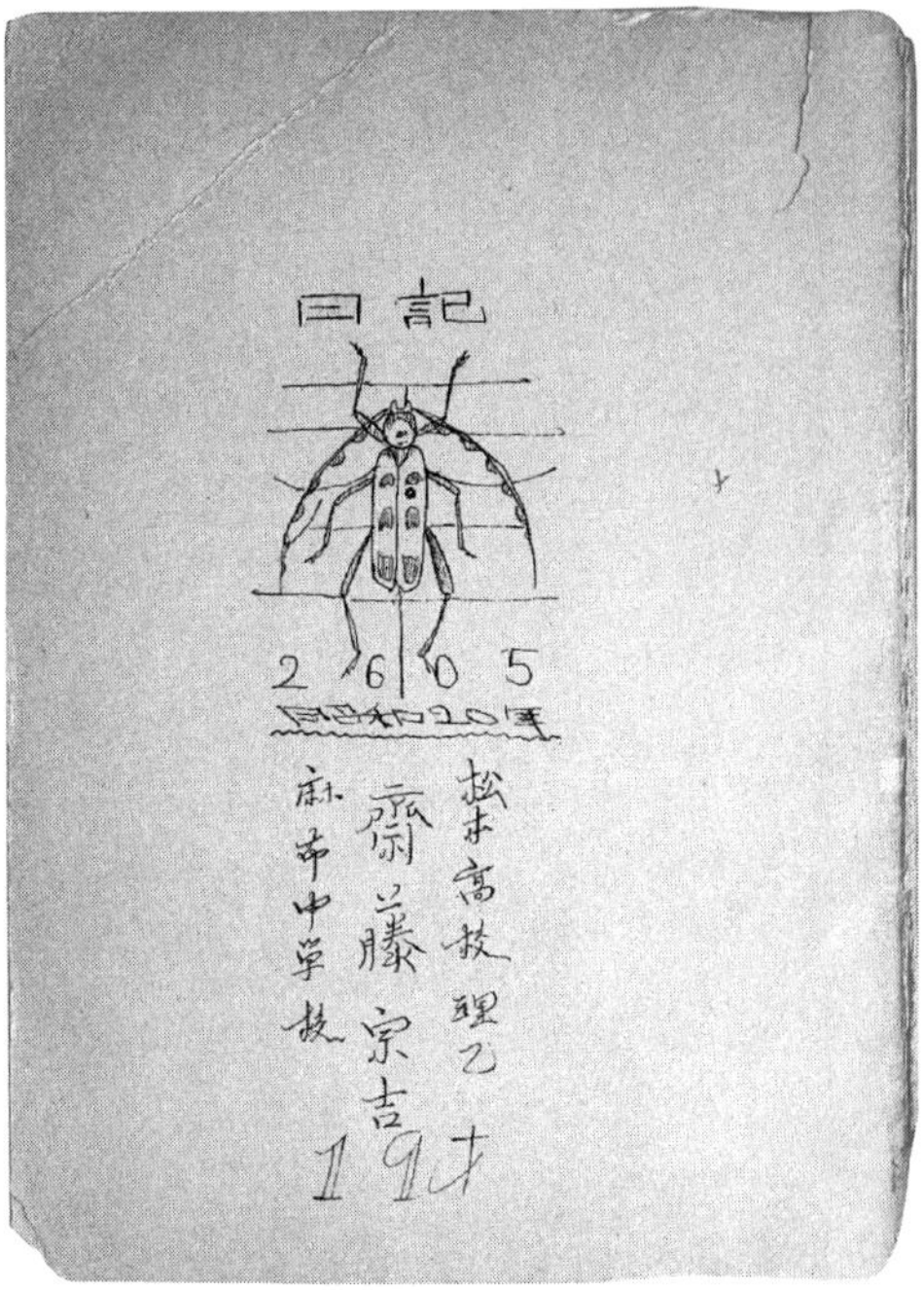
日記
2605
松本高校 理乙
齋藤宗吉
麻布中学校

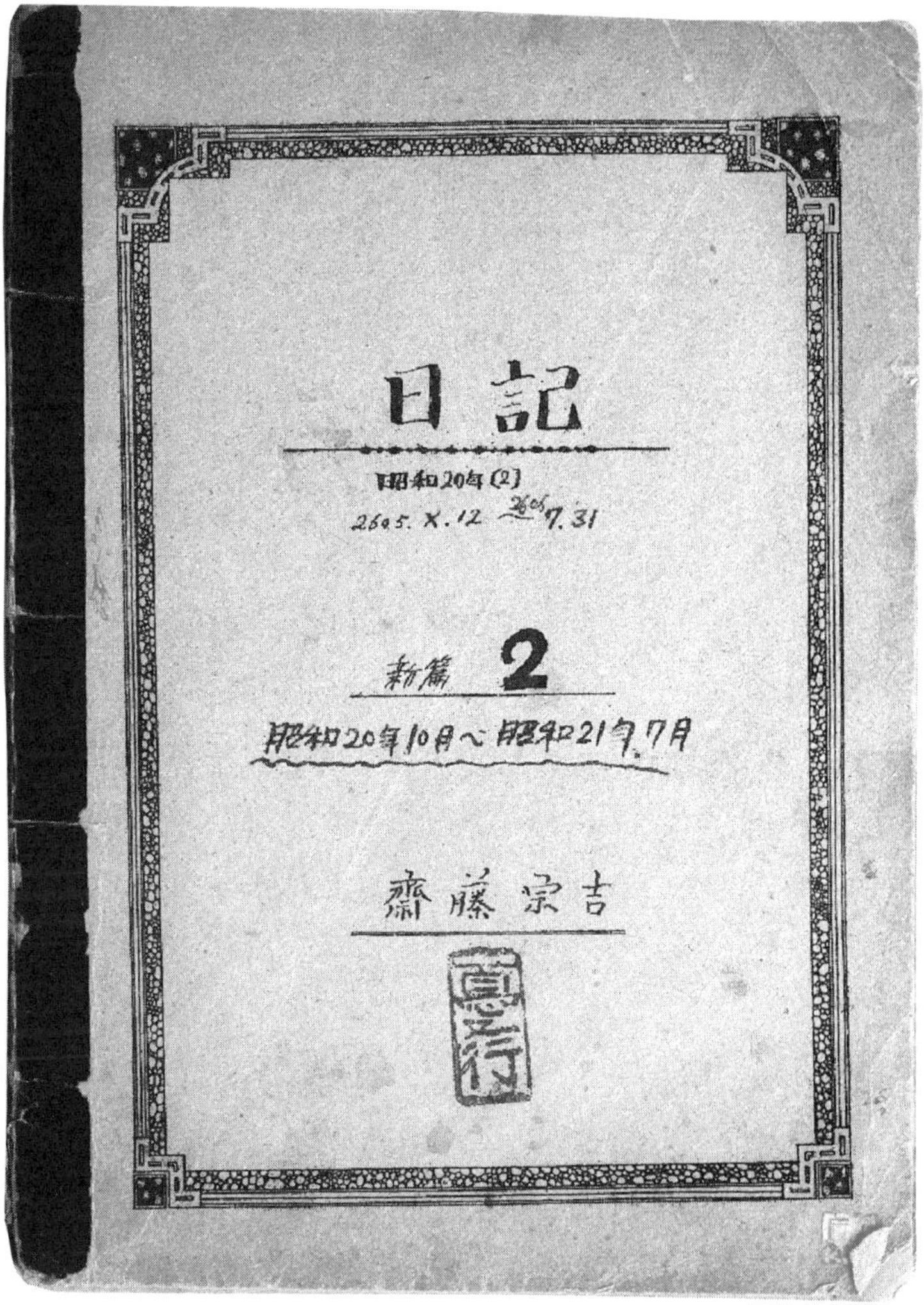
日記
昭和20年(2)
2605. X.12 ～ 2606 7.31
新篇 2
昭和20年10月～昭和21年7月
齋藤宗吉

日記

昭和20年［2］

2605・X・12～2606・7・31

新篇2

昭和20年10月～昭和21年7月

斎藤宗吉

（印）憂行

2

昭和20年10月〜昭和21年7月

10月12日（金）晴

ひさしぶりで浅間へ行って瀧沢の湯へ入った。もう大分入らんからアカが糸の様に出た。大いに気持よくなって帰ってきたが、又雑炊なので腹がへって始末に困った。寮門を出て山辺の方へ何かパクリに出撃。月明りの冷い夜道を胸に一もつあって歩くのは甚だ愉快。初め柿をねらったが、暗くて分からんし、人はくるし、見事に失敗したので、帰途ネギをパクリ、白いところのみ折ってきてミソをつけてかじった。涙と鼻が出たが、腹の中があったまってなかなかよい。

10月13日（土）晴

朝寝て居たら西田が飛込んできたので、これはパクリがばれたのかと思ったら、昨日親父きたりエッセンが入ったのだと云う。パンをたらふく食ってひさしぶりに人心地がついた。土曜は二時間ですむもんだから甚だノンキだ。又イモを食ったので、動けない位になった。

午後、髪をかって、桐原さんの宅へ荷物をとりに行く途中お会いし、フトンや少々の荷物をもってきたが、夕飯をごちそうになってしまった。寮に帰って、よせばよいのに雑炊を食べたもんだから苦しくて弱った。夜は中寮四号へ宿って歌の鑑賞をやった。

10月14日（日）晴

朝ドナる声がして点呼へ出ろと云うので、皆あわてて出て行ったが、俺は勿論ねていた。初めの四・五回をのぞいて、以来一回も朝礼なんぞに出たことがない。そしたらビンビンひびく声がしたので耳をすましたら、オメンが猛烈にイカっているのが聞えた。その中にミシミシ足音がしたから、テッキリねてる奴を探しにきたのだと思って、飛鳥の如く押入に飛込んだが、そうではなかった。

昨日の食いドオシがたたって、トウトウ腹をこわしてしまった。ベラボーに、なさけない。

昨日朝、アルペンに雪が見えたが、昼の中に消えてしまった様だが、今日の朝は又かなり白くなっていた。

10月15日（月）晴

午後、与曽井さんから電話で、腹の具合悪かったががまんして出かけた。何んとか氏の所は松本から北へ15分程の気持のよい田舎だ。ススキの穂が銀色に光って美しく見えた。

10月16日（火）晴

授業がすんでから山辺の方へ柿を買いに数人で出かけた。稲田は刈り入れに急しく、秋晴で気持よい日だった。柿の実は黄色にかがやいて鈴生りになっていた。柿の木の多い所は画の様に美しかった。だんだん上に登ると松本平が美しく、雲間をもれた直線光が白く見えた。

初めはうまく行かんかったが、ザック一杯四貫目買入れに成功。帰り道にずい分かじった。

平山氏図譜で調べたら、九月末から十月初めにかけてよく来たメイガはマエアカスカシノメイガとマメノメイガだった。それらはもう一匹も見出せない。冬が来つつあるのだ。同じく普通だった1cm位のトビケラがやっと一匹、さびしくガラス戸にとまっていた。コオロギの声はまだ繁い。

10月17日（水）晴

休日。午前中町を少しく歩いて松本城まで行った。雨の為か堀の水はきれいで、又美しい展望が北方に開けていた。ここでしばらく野球を見て帰ったが、米進駐軍に多数あったし、支那の捕虜らしきものにも会った。考え様によっては変な気持である。

秋の日和の眺めとして、キボシアシナガバチが多数群れ飛んで、ブッかったり重なったりしているが、まだ交尾中なのを見た事はない。セグロアシナガバチも越冬の為かよく天井などについている。灯火にヒゲナガカワトビケラが一匹やってきた。

10月18日（木）

歴史の大いなる波の一波か、松高にも風雲急なるものあり。先日水戸高、校長排斥成功の折、松高の組織上の軍国的色彩を排し、自治の獲得、頑迷教授の退陣を求むる、それが起りつつあった。

夜、全寮コンパあり、二年生の主意を大体くみとる事が出き、一年も急速にこの運動に参加すべき必要を感じ、各寮コンパを行って具体案をまとめる事とした。各寮委員の一人として小生、くびは勿論カクゴの上、この半年に得たダンパンの図太さを発揮、松高の為敢戦せん事を誓った。

10月19日（金）曇時々雨

昨日の運動をまとめる為、南寮各人に意見書を書いてもらい、それをまとめあげるに夜の数時間を費した。

10月28日（日）晴

18日〜24日の昼頃まで雨続きで、畠の被害をこうむった所もあると云う。24日から今日までずっと秋日和のよい天気だ。

朝起きたらモヤが一面に下りていて校庭は半ば位しか見渡せない。馬鹿に冷えると思ったら、霜が下りて真白だった。

数日前から始っているアルバイトは楽で、午後、ただポカンとして虫でもあさっていれば、ほとんど働かん中に終ってしまう。おかげで、昨日はミミズクなどを初採集したし、プールではマメガムシ、ガムシ、ゲンゴロウなどをとった。他にヒメミズカマキリなどが見られた。

学校の問題はあれ以来一回生徒大会があったきりでドーモはっきりしない。二年は猛然考え苦しんでいるらしいが、僕にはどうもピンとこない。それにしても二年と俺達とはあまりにかけはなれている。二年生の或人々は無条件に服従したい人々である。

寮のエッセンは悪かわらずだが、山辺に柿を買いに行ったり、芋を手に入れたりしているので、去る12日ネギをぱくった頃から、あの頃の如く、腹をすかしている事はないのが有難い。街でも時々食べるが、ウスッペライ芋5切で1円だから、少々ゲルピンチ〔金欠〕に襲われる。街と云えばこの二・三日、本がかなり出てきた様で、岩波文庫など、狭き門なんかを新しいのを買ってきた者もいるのは嬉しい事だ。

今日は三時頃から浅間へひさしぶりに湯に入りに行った。帰りの電車の中から見た鉢伏は印象深かった。山々も紅葉せる木々が増えて美しいが、夕日の中の田畠の景色には何かうらさびしいものを感じた。

一週間程前から今夏採集した虫を整理しているが、甲虫、アブ、ハチ等、ザッと見て主なもののみ記録する事にして、シリアゲムシは一頭々々三角紙包みにして別にした。他に蟻は大分を馬場の所へ送る様にした。来年の春が待遠しい。

10月30日（火）晴

アルバイはえらく楽だ。一、二度、ちょっとクワをふれば、後は寝て居ればすんでしまう。勉強もせず、こんな風にフラフラしていれば馬鹿になるだろう。

昨日は山崎に50円返される所を見つかったのでオゴらねばならなくなり、エダマメやリンゴを一寸食ったら20円飛んでしまった。後、イモを何切も食べたら、サスガに腹一杯になった。

今日はアルバイがすんでから浅間へ行って、ミヤゲに茶碗を買って来た。来月三日に出京する計画を立てたら、もう矢も楯もたまらなくなってしまった。帰りの汽車で吸うべきラーヘンをfourty出して遂に買ってしまった。もっとも10は田島が出したが。フィリップモリス、がんつ〔ドイツ語、徹底的に〕おさえたが、ゲルピンだ。10月中の出金を算えたらサスガにア然とした。

昨日の午前中は山辺へ柿買いに行ったが、全然得られず。ウント奥まで歩いたが、結局何も買えなかったので、稀なる消耗をした。その代り、馬フンに無数に居た*Aphodius*の一種、セマダラマグソの近似種を多く採集出来た。

11月1日（木）晴

突然、予定を変更して今日の夜、離松本する事にしたので大分あわてた。自分の切符を買う他に、先輩の切符を五発買わねばならぬので、5名夕方まで並んでやっと責を果した。午前は浅間へ行き、茶碗を買い、街で代用食やミヤゲのキノコを買ったりした。

大あわての中に午後7時の汽車に乗込んだ。星野、斉藤八郎、山口、関と一緒。エッセン、ラーヘン共にゴーユーだから、こんな楽しい事はない。車中は寒い事はなかった。ウトウトする事しばし。夢の如くに甲府を過ぎ、八王子に10分停車し、ホームから小便をして、やがてまだ真暗な空の下に東京へ着いた。

11月2日（金）晴

東京へ出ると云うので、例の夏服のボロボロの奴にホオバ、マントをひっかついで盛装をしてきたので、少なからず得意だった。新宿の駅の外へ出て暗い夜空を眺め、以前には見られなかった信号灯の明滅するのを眺めたら幸福感で一杯になった。6時半頃宮尾家へ着いた。

朝食を松本から買って行ったワサビの葉でひさしぶりの米のメシを食ったら、さすがにうまかった。昼前、清流[*1]の家へ行くと、神田へ行ったとの事。しかたないので、駅前の焼跡に腰かけてボンヤリしていたら、星原がやってきた。しばらくする中に清流来り、少時ダベリの後、多摩川へ行って映画を見て別れた。

11月3日（土）晴

星野と会って銀座を一遊した。歩道のワキには、縁日の如くズラリと並んで雑貨を売っている。まるでウワサにきく支那の様だ。アメ公はベラボーに多く、松本には居ないNavyも多く居た。銀座はかなり復興しつつある。

日比谷公園で少時ねそべってから、清流と別れて小金井へ向った。

11月4日（日）晴

小金井を10時頃立った。神田へ行こうと思ったが時間が無いので中止し、弁当を食う為多摩川へ行った。途中電車の中で中年の女が俺のキタナイのをほめたから得意になっていたら、多摩川のドテを下りる時、ホオバが切れて醜態を演じた。空は青く、秋色流るる多摩川べりの草の上にマントをひろげ、食後の一服をし、しばし寮歌の一節を口ずさんだ。松本もよいが、この河原や、昨日の夕方の小金井の景色などもたまらない味がある。

宮尾さんへ行って、兄貴が衣糧廠から運んできたマキを下ろし、夕食にカンづめのイナリずしを食べて、8時頃家を辞した。クラガリの坂を上って行ったらホオバの歯がとれてしまったらしい。あわててマッチをすって探したが、どうしても無い。その中に、おいておいたマントやカバンに人がつきあたって、行路病者だと思ったなんてヌカす。20分ばかし時間をとってたら、兄貴がホオバをしらべたらチャンとついていたので、サスガのワシも何時もながらアキレかえった。

新宿には9時頃ついたが、11時の汽車に乗る人は、もう長蛇の列で遂に坐れなかった。

11月5日（月）晴

昨夜以来、世にもツライ汽車の旅で、床にマントをしいて辛うじて坐ったがウトウトすると便所に行く奴の為起きねばならぬ。全く嫌になってしまった。救急食のクルミモチを食べたがそううまくなかった。腹が立つ程しゃくにさわる。それでも途中からやっと腰かけた。ただ夜明の頃スワあたりの景色が何んとも美しかったのが記憶に残っている。

寮についたのは、9時半頃だった。フトンをしいて、弁当のイナリずしをもりもりと食べてやった。寮はまだ帰らぬ奴ばかりでヒッソリカンとしてる。ベラボーメ。俺の室も俺一人だ。

11月11日（日）晴

松高伝統の駅伝の日である。今日までの数日間は全て駅伝の為に明け暮れた。類大会〔クラス対抗戦。旧制高校は履修コースで文科甲／乙類、理科甲／乙類に分けた〕から、選手選出、応援歌、ポスターの製作等々。俺が選手となった事は何としても理解出来ぬ事である。ガタガタ自動車〔子どもの時の北のあだ名〕も進歩したものだ。中学の友達が聞いたら、腰をぬかしてしまうだろう。

横田―学校間を二回練習した。其の間他の者は買出等に行ってくれて、エッセンもゴーユーだった。アルバイも二回総サボをした。

10日には市中にデモを行い、夜は東寮でやはりデモを行った後、映画を見た。

俺は一周目の五コースだが、どうせトップでくるものと思っていた選手がはずれた時は少なからずローバイした。それかあらぬか、猛然調子悪く、三番の黄にも危くぬかれそうになったが、後は皆のファイトで二番を続け、最後のコースで岩さんが大ヘビーを出して、斉藤八郎の理乙一を抜いて優勝した。ザマアカン。

午後のデモ、夜のコンパ、共に快的。夜は丸山さんと池田さんもきてくれた。

11月12日（月）晴

新昆虫研究会々報がとどいたので、読んだら来年の事が思われてたまらなかった。磐瀬さん[*2]の幼虫覚え書を見れば見る程羨望がおこる。ヒメシジミ属やゴマシジミ属や其の他面白そうな問題ばかりある。ただ飼育器に困る位のものだ。

11月15日　ゾルよりの転入学者[*3]入学式

11月18日（日）

夜パクデン〔盗電〕をしようとしたがどうしてもつかぬ。エレキなどはショセン苦手であるのは分りきった話だ。エコロジイより俺の進む道はないであろう。

低山に登りきたれるこのあさけ冬もやの下に街しづまりぬ
冬もやはたちこめ居たりゆらゆらと白き日輪静かに昇る

11月19日（月）晴
数日前に王ヶ鼻に初雪が降った。今日もすっかり白くなって実に美しい。アルペンは云わずもがな、全くその偉観に圧せられ、又魂がとろける程の美しさだ。山は我等の力也。

あたらしい風（長田恒雄〔詩人〕　読売新聞）

吹きすさんだ野分のあと
みだれ伏した草たちのうへに
透明な空が
まぶしくひかる

荒れた園には
かげろふが燃えたち
ひかりの焔がきらめく
朽ちた葉のかげで
老いた昆虫たちは死に
無垢な地肌が
生き生きと匂ひはじめる

ああ　種子を播く手のやうに
あたらしい風が
畝をぬひながら
明るく走つて来る

学校問題が又急迫化した。組コンパがあり、明日学生大会が開かれるとの事だ。
午後街で写真をとった後、西田、星野、諸井、長谷川とで小林弘之の下宿へ行きよびだして、その責を窮追した。彼のひきょうな妥協的態度にとうとう西田がなぐってしまった。この問題はなおよく考えるべきである。

11月23日*4（金）晴
午後数人でアルペンでゴーユーなるエッセンコンパを開いた。魚二種とトリ肉のスキヤキと持って行った米で、近頃にないゴーユーなる感じを味った。

何時もながら電車中から見るアルペンは美しい。

学校問題は山下、オメン、三野川の所へ辞職勧告へ行くところを、一応退陣要求を出さず近々行われる新校長の入来に期待する事となり、強コウ手段は一応とらぬ事となった。

昆虫記十冊が今読もうとすれば手には入る。[*5] 4巻から読み出す。四季の昆虫[*6]なども開いて昆虫界に想を馳せたら、とてもタマらん気持になって、次の日曜にぜひ島々一遊を試みようと云う気持になった。

11月25日（日）うす曇

この日曜を島々谷へ一遊を試みた。問題はエッセンにあるのだが、昨日夜横田へ行ってメシを食い一つにぎりめしを手に入れた。それだけではあまりナンだから、雑炊の外に山崎の下宿をアタックして乾燥イモを手に入れた。

何やかやで、島々についたのは11時半だった。途中溝の様な所にクロジ〔黒鵐〕？の様な鳥を見た。又稲田にはアキアカネがまだ飛んでいた。

かって上高地から下りてきた道はあまりの変り方であった。ルリボシカミキリを得たあたりはうずまって道となっていなかった。でもやっと裏の山道を通って、前のトロッコ道へ出た。しかし線路はむざんに砂にうずまったり、ひんまがったりしている。水の荒らした跡は全く荒涼たるものである。少しはがし、土をほったり、朽木をほじったりしたが、何も得るものはなかった。

水力発電所の少し向うまで行って、寮歌を歌って引きかえした。フユシャクの白い奴一種を一匹捕えた。こいつはもう一匹目撃している。路でアカスジキンカメムシの翅鞘を拾った。さすがに美しい。小さいトビケラがときたま路上に飛び出したり、ヒメガガンボの類だろうか蚊の如き虫がわずかに見られるに過ぎない。ケバエの一種を石の上で捕えたのは面白いと思った。

引返しつつ吸ったラーヘンのうまさも忘れられない。

谿深く通へる道をたどり来て島々宿の煙今見ゆ
〈つ〉

11月30日（金）曇後雨

夕方新校長が着くと云うので、午後映画を見てからエッセン屋を食い歩いた。悪いことに雨が降ってきた中を、マントをかぶってうろつき廻った。夕方までの時間をいささか持てあました上、三十何円と云うゲルをパクられた。

新校長はハゲたジジイだった。猛ファイトを出して寮歌をがなった。

夜のエッセンはひさ方ぶりにゴーユーで、肉やしょうじんあげがついた。米だけのメシで、かくし芸など大いに愉しかった。

其の晩は各個消灯なので、計画したフトンむしの実行は困難を極めた。しかし六組の連中はゴンズク[*7]を出して起きていて、一時頃からフトンを一々かついでおしまわった。二年江藤氏を始め六人をやっつけた。寝ていると人相が分らんので面白かった。三村をやった時など、始め彼の室へ侵入して電気をつけて顔を一々見たが居ないので、一度引上げ、次にはどこへ行ったか聞いてやろうとしたら、そいつが三村だった。全部成功して、嗚呼青春〔旧制松本高校寮歌〕を一番だけガナった。その代り勝山達やられた奴が、明方復讐にきて、西田や野島がヤられてしまった。ああ青春の声がしたので待ちかまえていたら、足音が次第に近づいてくる。戸口にかくれて息を殺していたら、ソッと室中をうかがって戸を半分あけたから、ここぞと待ちかまえた。そしたら、そのまま戸を閉めて遁走したのにはガッカリした。後で聞いたら、あんまり暗すぎて分らんかったとの事だった。惜しい事をした。

12月1日（土）晴

いよいよなつかしの思誠寮を去って南松本の日本ステンレス工場寮――思誠寮――西寮――へ入る事になった。星野などと数名でケイサツの馬力〔荷馬車〕を借りて、きたない荷物を山と積んでガラガラ押して行った。電車の車掌まで之を見て笑いやがった。けだし、ゲルチン民族の大移動と云う所だろう。ゴンズクを出して向こうに着いたらもう真暗になった。しかし馬力は返さにゃならんので、暗い道を又とってかえした。

かえりは正にチンだった。皆口もきかなくなった。ヤケになって吸ったラーヘンの為かゴタンとひっくりかえったら、世にも痛かった上、高歯が切れてしまった。しようがないのでビッコで歩いたが、凡そ歩きにくいものだ。チギレる程足が冷くて痛い。その中に又ひっくりかえったら、両方共切れてしまった。ドウでもよいとヤケになった。暗い星空を見つつ寮にたどりつき、すべてを明日にまかせて、ゴロゴロガアガアと寝てしまった。

12月2日（日）晴

又大変な事になった。エッセンピンチで寮の持続が不可能だソーだ。二年生はプリプリだ。学校と工場の不親切と無責任をフンガイしてる。結局、一年生は急速に家へ帰れと云う事になった。ああ落着く事も出来ぬ[*8]。

午後、荷物を室一杯にひろげてボーゼンとしてたら、野島と長縄[*9]がきてガアガア云うので、ヤケ半分で荷作りをしてしまった。又リヤカーにガラクタをつんで思誠寮へ引上げた。山は美しく川は澄んでいたが、全く言語に絶する消耗ぶりであった。やっと思誠寮へたどりついた時は本当になつかしい気持で一杯であった。

それから田島や縄は切符を買いに並ぶ。余と星野はオデンを食って、又40分の道を新寮へ行く。田島達のエッセンを持って又駅へ。その消耗ぶりは言語に絶した。

12月3日（月）晴

昨日は思誠寮の関根の所へ泊った。未明に起きて切符を買いに行く積りだ。一時半に起された。その寒さは又言語に絶す。マントを二枚着て野島と一緒に出かけた。二時半頃ついたが、さすがに五・六番目だった。腹はへって寒い上に気持まで悪くなって、ラーヘンもうまくない。裏の方ではタキ火をしている。あたった後は又寒い。長い長い冷い時間がすぎて、とにかく切符を手に入れた。昼間は松崎さん、夜は桐原さんのお宅で腹一杯食べた。一時のエッセンピンチも夢の様だ。桐原さんから弁当をもらって寮へ帰ったら、野島と山崎とが大童でパンを焼いたり、米を炊いたりしていた。明日のエッセンは思った以上にゴーユーだ。急に嬉しくなってお茶をのんで、腹一杯の腹がこわれやしないかと心配して床に入った。

12月4日（火）晴

五時にあわてて飛起きた。山崎と野島と暗い道を駅へ急いだが荷物があるのでかなりチンだった。しかし汽車に乗込んで席へすわったら、エッセンはあるし、ラーヘンもあるし、矢でも鉄砲でも来いと云う気持になった。塩尻峠の雑木林や雲につつまれた駒ヶ岳などを眺めながら、ダベったり、眠ったり、エッセンを食ったりした。

汽車は遠慮無く混んでむさ苦しくて弱った。新宿まで全く一杯のまま長い時間を過した。その夜は山崎の叔父さんの川口の家へヤッカイになった。

12月6日（木）晴

朝、宮尾さんの家を出る時は、之からどうしようかと考えて居たが、やっと安心出来た。兄貴の居る慶応病院へと歩きながら、枯れた葉のくっついたプラタナスを眺め、松本に比べて遥かに暖い日ざしを受けながら、ケイオーの奴は虫が好かんと考えていた。病院へ入って、兄貴にあったら、家が決ったと云って得意になっていた。これで始めて安心出来たから多少得意がられても仕方があるまい。

兄貴と宮尾さんの所へ行って、姉上もきて馳走になった。夜はワシは又ヤッカイになったが、大豆を引いて粉にしてアメの中に入れるのを手伝った。こう腹が一杯になるのもその時だけは嫌になるものだ。

12月7日（金）晴

昨日のアメをさんざん食べてから、清流の家へと出かけた。俺を見て二年生に見えると云ったから、なるほど、そうだろうと思ったが、寮に残っている二年生の人達にすまなく思った。うんと本を読まねばならぬ。

午後から二人で目黒に写真をとりに行った。どこもかしこも駅の附近では闇市が大繁昌である。新宿、渋谷などでもずい分驚いた。でもゲルをボラれる代りに何でもあるのは戦争中より景気がよくてよろしい。

写真屋で石川、オートモなど麻布でろくろくつきあわなかった連中数人と会った。俺は機嫌が悪いと極めて無口になる。そしてむずかしく考えて得意になってる。写真屋ではゲルをむやみにパクられた。

夕方、ものすごく混む京王電車で西洋叔父の所へ行った。紀仁叔父に会った。[*10] 米軍給与で太ったそうだ。昔と変らない。僕の事を大人になったと云った。必しもヒゲのせいばかしでないだろう。しかし大人との話には俺達の内容を表わす話は出来ない。これは大人が馬鹿なのか、俺達が問題にされないか。ゴマカシの上っ調子の話しか出ないのはつくづく嫌になる。寮生活が恋しい。しかし何事も為になるとは知りながら、さびしく感じ、燃えたつライデンシャフト〔ドイツ語、情熱〕をあこがれるのは、高校生として当然であろう。

米軍の dinner だの supper だのを食べた。エッセン問題は恐しい。これさえ無ければ、清い一筋の学徒として居られるのになさけない事だ。泣きたくさえなる。早くエッセンに苦しまぬ世になりたい。

透ちゃんが楽譜などを書いていた。喬ちゃんは伊豆の米国叔母の所へ手伝いへ行ったそうだ。それは幸福だろう、彼としては。つくづく考えた。そしてよかったと思った。色んな事に悩まされてはたまらない。

12月8日（土）晴曇

リヤカーを引いて自転車で小金井へ向った。一人して、こうした走力を持った事は楽しい事だ。僕は焼け出された頃の、自転車で荷を松沢へ、小金井へと運んだ時の事を思い出した。自転車の上だけの幸福だった。他に関りがないからだろう。一人して山へ入ったと同じだからだろう。

多磨墓地の中を通りながら、その枯れたさびしさを惜しみ、その人気の無い空気の中に横わりたい衝動を感じた。

兄貴と裏の林へ行って三式戦のこわれたのをいじくった。星野の所で見た航空朝日でも、機種、殊に小型機では、全然ひけをとらぬのにと考えた。この血の中には、やはり好戦的なものがは入っているのかも知れない。

そう云う時には虫を見よう。クヌギカメムシを数匹見た。一匹はどうしたのか、杉の幹で死んでいた。一匹で鉛色の気味の悪い卵のオビを十何条も生んでいる元気な母親も見つけた。それらの霜に打たれた赤くなった体を見るにつけ、六月に小金井で見た緑色の若々しい虫を思い出さずには居られなかった。

12月9日（日）晴

午後、吉村と云う西荻窪の家[*11]へ入った。今度買った家である。十日近くは同所である。畠もかなりあり、寮の如きキタナイ室を見つけた。僕には感じのよいこの家も、シ細に眺めるとかなりひどいものだ。カベが落ち、障子戸は開かなく、閉らない。ガラスがない。映画に出る浪人のいる長屋を思い出す程だ。

夜はとりあえず、松本で数十回のケイケンをもつハンゴーすいさんをやって、すばやくやって得意になったが、そのメシは意外にコワく、面目半つぶれだ。

12月10日（月）晴

兄貴はリヤカーを引いて宮尾さん宅へ出かけた。明日それをワシが引いてかえるのだ。姉上は小金井へ出かけた。ワシは一人で留守番だ。先ず駅前の闇市から十六匹のイワシを5円で買って、ホウキとザルを四十何円で買った。それから二貫目のネギを32円で買わされた。これはあまり高いので少々後めたかった。ドーナッツを5つ買って十円とられたが、これはけっこううまかった。メシをイワシをいためて残飯とですませた後、大仕事をやった。即ち、田島のシャツにシラミが一杯繁殖しているのをグツグツ煮てしまって、やっとセイセイした気持になった。いくら昆虫が好きでも、ノミやナンキンムシならまだよいが、シラミといったら全くむずがゆくなる程だ。さすがのワシも一杯生みつけられた卵と共に、二、三匹うごめいているのを見た時は、生れて始めて見たのであるが研究しようとの気も起らずに、卒倒せんばかしであった。ああ悪魔のシンボルよ。早く無くなってしまえ。

　昨日この家へは入って驚いた事に、星野と五十嵐が住所だけを頼りにしてここを尋ねあてた事だ。親父の手紙とラーヘン一本を託してあった。ズクマンはやはりえらい。それにしても門札も無いのによく探せたものだ。この住所を書いて、松本なる小谷兄[*12]の所へ送ったのは、わずかに三日前なるを思うにつけ、一時、夢の如く疑ったのも無理ではなかろう。Camel 一本は、半分を兄貴にやって、半分をひさしぶりで吸い込んだら、大分まわったのを憶えている。

松本で詠める歌数首
さむざむと落葉《らくよう》しけるはだか木のさびしく立ちて月の照りくる
もろ枝をたばねくくれる桑畠のつづける果に白き高山
つかれつつはかなき飯を食はんとて古びし椅子に腰かく吾は
食事待つ人等数人おのおのにひとり默して煙草を吸ふも〈ひけり〉
すでにして食ひ終りけりそそくさと出でし街路に冬の風吹く

12月11日（火）晴
　朝、宮尾さんの家へ行って昌子の荷物をリヤカーで運ぶこととなった。やっとフトンやら行李やらをつみこんで、縄をかけてイザ出発となったら、道順を書いた地図を行李の中へしまってしまった事に気がついた。我ながらアキレて、又、縄をほどかねばならんかった。清ちゃんが他の自転車に乗って、代るがわるリヤカーを引いたが、あの様に消耗するとは夢にも考えなかった。陽性となった上、腹をこわし、おまけにシャツ一枚で寒いし、あらゆる悪条件がそろったわけだ。[*13]

甲洲街道へ出、明大前より水道々路へ入る。やがてなつかしい城西に通っていたころの道だ。しかし消耗はその極に達し、ただの自転車をこぐのにもやっとであった。

しかし水道々路の田舎びた広々とした景色は、夕暮と共に美しい画をなして、眼底に残った。

西荻窪へ曲る所では、行き過ぎて吉祥寺のそばまで行ってしまったし全く散々で、家へ着いた時はルンゲ〔肺病〕となるかとさえ考えた。

12月12日（水）晴

霜が真白に降りた。ラジオによれば0°〔℃〕であったと云う。

兄貴達は西洋叔父の所へ行く。ワシはマントをかぶって本を読む。昼前になって床屋へ行って散髪をした。一月半35㎜のカミはザクリザクリと白い布の上に落ちた。白ガやフケのまじったそれを、悲しい気持で眺めた。

床屋を出てから外食券食堂へ行った。[*14] 東京では初めては入るものだったが、内容は悪くはなかった。駅前の闇市は相変らずの混雑で、イワシやサンマやミカンが多い。家へ帰ってサツマイモを油でいためて食べた。そしてハイゼの忘られぬ言葉[*15]を読み終った。アチャラの人間の方が哲学的素質が多分にある様な事を考えたが、別に感心しなかった。虞美人草[*16]を１００ page 程読んだが、こう云う文体は余の愛するところである。

尾崎喜八の「雲と草原」[*17]は前に一度読んだが、本当に愉しい読物であった。心にはカワトンボやサナエの羽化する春の小川や、寂とした山奥に一人坐する自分の姿を見出す事が出来る。早く生活の苦労から脱して思うままに自然の中に、身を投げ入れたい。それはあまりワガママであろうか。虫を見つめ集め、そして植物を片端から標本として名を憶えたい。島々の谷の春に飛び交う蝶や若葉に眠る甲虫の姿などが嬉しく、心の底をかすめるのを如何ともしがたい。この夜の寒さはかなり身にはこたえるが。

12月13日（木）晴

西洋叔父の所へ茶ブ台をとりに行く。その他バン、ナべなどを頂いて、リヤカーを引いて水道々路を走って居たら、城西から帰りの武藤と玉木に会った。しばし話して、17日に清流と一緒に横浜へ行こうなどと約して別れた。城西に通っている連中はずい分多い。自分の今の身はかなり幸福なものに違いない。家についたら、誰も居ないし猛然消耗した。これはやはり陽転のせいだろう。闇市でミカンを買ってきて武蔵[18]を読んだ。一時間程休んでリヤカーを返しに行く。水道々路の気持のよい片すみに腰を下ろして弁当を食べた。体が弱っていると云う事は悲しい事だ。

帰りは明大前から井ノ頭線で吉祥寺へ出た。遠く紫の秩父の山の彼方に富士が小さく浮んで見えた。明日も晴れるだろう。夜は吉田絃二郎の「多磨のほとり[19]」を読み始めた。

12月14日（金）晴

今日も一日留守居である。午前中は日向の縁側に坐って、まず高歯のハナオをすげにかかった。七月以来のホオバについて居た得意のやつである。まず満足を得る程に出来た。ハナオをぬって居たら、吉村のおばさんがキヨウですねとほめた。おセジであろうか。或いは遠くから見れば、早くてウマク見えるのであろうか。少し愉快になった。高歯が出来てから、他の二足のゲタを次々にすげて行った。三足の鼻緒をすげたら、もう昼に近かった。

昨日床の中でこう考えた。オババ[20]の云う事はテッテイして人を馬鹿にして、役に立たないと思い込んでいる。そして机などやるのは如何にも損だと云う口ぶりである。しかし、やると云う親切心はあるらしい。それより利己的のものが多くある。要するに俺は知らん顔をして居ればよい。然し場合によれば親切な行為をしてやるのが俺の本分に違いない。とにかく、どの人を見ても心から頼みになる者なんてありはしない。バアヤが青山が焼けて気の毒だと云うのを聞いて、何だか心から愉しかった。本心から出ている声は気持がよい。バアサンと云うものは、松田ババにしてもどこかよい所があるものだ。

結論は魂を打込む所は自然である、と云う事である。

バアヤが青木叔父の事を悪く云っていた。悪い人ではないが、世渡りが上手すぎるのだろう。そこに行くと、俺のようなブキッチョは善人であると云う事になる。何と考えても、頼れる人は居ない。又、人は頼るものでない。

結論は魂を打込む所は自然であると云う事である。

昼食は外食々堂へ行った。二つ分を食べながらも心は寂しかった。冬の日は冷い空気に反して暖かくさして居た。家へ帰って、多磨のほとりを読み始めた。そして疲れて床に入った。ウトウトとし、考えるともなしに考え、しかもそれは思考をなして居なかった、夢の如くに。そして寝ながら尚疲れて不愉快だった。ルンゲの心配をして見た。

夕方外に魚を買いに行ったら石関にあった。そして小谷さんと江藤さんが東京に来ていると聞いた。三匹のサンマを十円で買った。

外食は食堂へ行ってソソクサと食べた。新聞をかってから、又夕食の仕度をした。風が強くなった。寒い風だった。その中でネギを炒め、サンマを焼いた。兄貴夫婦は小金井へ宿る。今日は一人である。一人なるが故に、吉田絃二郎の文も一しお心にしみとおる。ミカンを食い茶をのみ、マントをかぶっては多磨のほとりを読んだ。そして自身自然に抱かれた如く、悲しく寂しく文中に引込まれた。はっとこの世の現実に引もどされると、空虚なつまらなさを感じた。多摩川べりにでも寝そべって、この本を読みたい。

少時この本をはなれて、ラジオのガラマサドン[*21]を聞いた。或いは寂しさに堪えられなくなったのかも知れない。然しなお切実な寂しさを求める心は強かった。

×

かつて存在したものは永遠に滅びない。

美しい歌のリズムは消えるであらうか。

それは美しい音楽堂の丸屋根の下にこそ消えるであらう。

しかしその美しいリズムに聴き入つてゐた人たちの一人一人の胸に生きてゐるであらう、永遠に。

リズムは魂から魂へ心から心への贈物である。

リズムは播かれたる種子である。

一つ一つの心にいろいろの美しい花となり、涙となり、法悦となり、いのちとなり、翹望《げうばう》となつて生きる。

人生は美しい。美しい人間の心の存在するかぎり。

人生はめぐまれてある。花の咲くかぎり、人の心の通ふかぎり。

人生はめぐまれてある。美しい歌、美しい詩、幽玄な哲学の存在するかぎり。

×

冷たい墓の苔にもかつてありし美しい人生の夢が残されてゐる。

人は美しく夢みつゝ、美しく生き、美しく死なねばならぬ。

×

多摩川のほとりにも土筆が出て来た。雲雀も鳴いてゐる。

やがて蒲公英も咲くであらう。

この冬の間もわたくしは毎日多摩川の川原を歩いてゐた。そして或る時は

多摩の原蒲公英咲かばきみとゆきて若菜やつまむ

山やながめむ

などとうたつたこともあつた。そして日毎川原を歩いては春を待つてゐた。一番先に春を告げがほに雲雀が鳴きはじめた。

山の雪が解けはじめた。猫柳の芽がふくらんで来た。春が来たのだ。

しかしわたくしにはもう待つべき人はゐない。蒲公英の花のさなかに佇んで、わたくしはひとり山を眺めなければならぬ。

×

山椿の花が毎朝黒い土を掩うて散る。かつては山椿の花の咲くころに人を待つよろこびを持つことに慣らされてゐたこともあつた。

雪も解け、麦は伸び、山椿の花も咲いた。

わたくしは朝毎に門の前に立つては山椿の花を眺めてゐた。

山椿は散りはじめた。山椿は朝毎に過去の美しい思ひ出の亡き骸を黒い土の上に重ねては散つてゆく。

「これが人生なのだ！」

わたくしは静かに自分自身の心に、かく言ひ聞かせる。

×

悲しみに敗けてはならぬ。しかし悲しみを忘れてはならぬ。

悲しみこそわたくしたちの魂を深くし、浄くする。

今日も終日三光鳥は庭の欅に来鳴く。

新らしい悲しみを掻き立てゝ鳴く。

骨を削るばかりにわびしけれど人は生きて永劫の寂光を凝視めなければならぬ。

×

丘の雑木山の蛇苺も、畑の隅の野うばらも、梢の上の四十雀も、武蔵野を走る長い線路も、鉄塔も、白い雲もみんな孤独である。

しかしわたくしは一切の孤独な存在によつてどんな

にかこの魂の空虚さを救はれるか知れない。
白い雲はわたくしに何ものをも語らない。
白いエゴの花も何も語つてはくれない。
梢の四十雀も何も語つてはくれない。
しかしわたくしはその一つ一つの孤独な存在の静かな呼吸を感ずる。
一切の言葉が失はれた時、人の心は雲にも通ひ、微風にも通ふ。

「多磨のほとり」を読んでいる中に色々な事が浮んできた。青山の墓地が、箱根の山々が、そしてつい数日前に通った多磨の墓地が。一人して青山墓地を自分は歩いて行った。マサキの若葉がもえていた。と思うと冬空の下でミノウスバが飛交うて居た。カラタチの枝をたんねんに探して居た。箱根のひぐらしの声が耳にひびく様な気がする。内輪山の山よりも、明星岳の登山よりも、ずっと昔の、幼き日の強羅が浮んで来た。谷川が、杉林が、山鳩の声が。

外では木枯の吹く音がする。寒さも身にこたえる。その中で本を読み、日記を書くのも寂しさを愛すればこそである。僕は「多磨のほとり」の表紙をもう一度見た。そして近い日、そこへ訪れるだろう自分の姿を考えた。

12月15日（土）晴

今日も晴れた。そして縁側で芥川龍之介を読んでいる中にこの月の半ばが過ぎ去った事を夢の如く感じた。本もそう読んでは居ない。寂しいものが心をかすめる。

今朝は一人なもので、七時半に起きて朝食の支度をして、ゆっくりと愉しく食事をすませた。そして「野鳥を訪ねて」[*22]などを読みつつ、一人静かに愉しんだ。

昼頃小金井から馬車が着き、兄貴達ももどってきて荷物の積み下ろしが始った。少し重いものを持つと、すぐ体にこたえる。あまりにも顕チョなのでさすがに心配になる。

今日はとうとう家から少しも出なかった。新聞も買わない。夕方織田さんが見え、食事もすむと、兄貴は慶応の宿直に出かける。本を読みあきたら寝る時刻だ。この休みはこうして過ぎて行くらしい。

12月16日（日）晴後曇

畠はよく見ればかなり広い。裏の方にもずっと広がっている。今日裏の方へ廻って見てなるほどかなりあると感心した。それから家の方を見かえって、あまりきたないのに二度感心した。僕は日の光の中にしばらく立って、畠中の青いものヤ乾いた土をボンヤリかなり長い間見つめて居た。そして7月頃の寂しい心になっているのに気が付いた。これが沈潜であろうか。それを得るだけの心がまえはあると思う。又それを得る程よく騒いだ。しかし沈潜以外のこの寂しさ、はかなさをどうしよう。

その中にふと、すっかり葉の落尽くした太木の枝に繭を見つけて、尚よくたしかめるとどうやらウスタビガのそれらしい。急にほほえましくなって根本まで歩いて行ってそのうす青い繭を眺めた。形ははっきりとしなかったが、その色から推してウスタビの繭に違ない。たった一つの繭が、どの位心をなごやかにしてくれる事だろう。それからその木の幹を調べたらウスタビかクスサンの卵があり、何もののかはっきりしないが古い昔の繭が樹皮にこびりついて居た。そして日当りのよい幹には、クロバエやイエバエや名の分からぬハエ共が飛んだり這いまわったりして居た。それをしばらく眺めてから、虫はヤはりどこにでも居るなあと、一人感心した顔付をした。

夕方昌子が来た。それでも話して居る中にいくらかほがらかになれた。昌子を見て居る中にふと虞美人草の糸子を思い出した。

12月17日（月）雨　午後過ぎより曇

冷い雨が降って居る。清流の家へは行かねばならぬ。然し見上げる空より落ちてくる雨は依然として本降りである。マントの上に小さいレインコートをひっかぶって家を出る。ハデな日傘をさして行こうかと思ったがさすがにそれは止めた。東京は不便だ。ハダシに高歯だから足の冷たく痛いことは話にならぬ。電車の中ではたおれぬ様に全身の注意を払わねばならぬ。それでもつつがなく清流の家へ着いた。

武藤が来て居た。例の通り小さい。そして例の通り小さい事を云う。炭火があるのを有難く思う。考えて見れば自分の家には火鉢が無い。タキギの燃え残りの消炭がコンロの底で無くなればそれまでである。まるで貧民窟の生活だ。それも又よいだろう。

横山が来た。これも例の通りである。皆でくだらんゲームをして遊ぶ。全く時間つぶしに等しい。ゴ目であれトランプであれ、やりはじめればいくらか面白いが進んでやる気には全くなれん。話をした方が何か得られると思う。何か得られる話は出ない。二年生を思う。思誠寮を考える。そして炭火にあたる。

幸にして雨が止んだ。曇りわたった空の一隅には青いものすら見える。薄日がさした時もあった。が寒さは依然たるものである。省線〔もと鉄道省（国土交通省）の管理に属した鉄道線〕が4時から5時半まで制限をして居るので帰りはその後になる。5時半ともなればもう真黒だ。

西荻窪の駅を出はずれたら、暗い道路の端からオニギリ二ツ15円と云う女の声がした。

夜は益々寒い。もう寝なければならぬ。昌子と兄貴と姉上は口をそろえてモサモサしてると云う。ダラシがないと云う。働けと云う。ワシはニヤニヤと笑う。昌子に向ってはたまには威張ってみせる。それだけだ。そして相変らずモサモサとする。

英語と独乙語を中訳的にやって、それでもいくらかやったと云う気安さをもって床に入る。そして赤彦の研究*23を少し眺める。すると肘のあたりが寒い。寒くなれば止めてふとんにもぐる。朝は仲々起きぬ。7時半位には起きる。新聞を買ってくる。後は本を読む。何の変テツもない日が過ぎる。これでは困る。困ってもしょうがない。野山に出れば何か見つけられると考える。それだけでも希望がある。希望があれば安心だ。安心だからグウグウと眠る。

12月18日（火）晴

又晴れる。そして冷い風が吹く。余は昌子と留守居である。ボヤボヤと本を読む。昼には外食々堂へ行って二つ食べ、幽かな満足を感ずる。外へ出たら、正に奇遇と云おうか福井さんと出会った。附近の親類の家へ居ると云う。再会を期して別れた。福井さんとは炎の5月25日の夜、死ぬなよと手を握り合って別れた印象が生涯忘れられないものだろう。橋本さんの家へ行ったが分からなかったと語って居た。

薄い何の味もないセンベイを一袋買って行って昌子と食べた。昔5銭位のが10円である。さすがに時々嫌になる事がある。昌子は文句を云ってよく食べた。見て居ると益々糸子である。平凡である。あわれになる時もある。然し余を叱り飛ばす事がある。

今日は明治大正文学全集*24の芥川・室生の中、龍之介を読み了った。そしてあまり満足を感じなかった。*25つまらなくも無いのもあるが、そうさして興味も起らなかった。今題目をあげて後日の備忘にしておく。

鼻。芋粥。煙草と悪魔。偸盗。戯作三昧。地獄変。るしへる。奉教人の死。あの頃の自分の事。きりしとほろ上人伝。蜜柑。舞踏会。秋。南京の基督。杜子春。藪の中。将軍。トロッコ。庭。六の宮の姫君。おぎん。百合。三つの宝。神々の微笑。白。一塊の土。糸女覚え書。少年。湖南の扇。年末の一日。三つのなぜ。春の夜。点鬼簿。彼（第二）。玄鶴山房。蜃気楼。河童。手紙。三つの窓。或阿呆の一生。西方の人。続西方の人。或旧友へ送る手記。

今日吉村さん一家が大体出払った。で夕食は台所の横の茶の間で消炭ではあるが足を暖めてとる事が出来た。それでもかなり嬉しい事である。然し東京の寒いのに今更驚く始末である。炭も無ければ寝て居るより仕様がなくなるであろう。

12月19日（水）晴

10時に家を出る前に、いくらかのヨゴレ物と朝ふるえながら穴をついだ靴下などを洗った。水は全くの泥水と化した。その中には雨の日に校長を迎えたあのタビもあった。それらが後から後から泥をしみ出した。ついにあきれて洗うのを中止した。

電車の中ではあらぬ事を考えた。で新宿で乗りかえるのを忘れた上、四谷まで乗越した。でも大してあわてずに平然と渋谷で降りた。そして雑踏の闇市の中をしばらく眺め、芋で柏餅の如くしたものを求めて百軒店へ行った。11時半開場とあるに如何《いっか》な人の気ハイも見えぬ。焼跡に腰を下ろして虞美人草を読む。さっきの菓子を食べる。その中にベルが鳴る。僕はこの一世紀程おくれた様な焼跡に残った古びた建物の中へ入る。

弁当を食べながら眺めると自分の坐っている二階には誰一人居ない。腰かけはとうの昔にラシャがとれてしまってワラがはみ出している。その中で奇蹟の如くまだラシャのついた席に自分は坐った。電灯などはるかな天井にうす暗く一つついているのみだから本も読めぬ。凡そ前世紀の代物である。その中に又ベルが鳴る。客一人の二階の前に映画が始った。

宮尾さんの家へ着いたのはまだ早かった。ミヤゲに買って行った蜜柑はスッパかった。自分はリュックにマキをつめる。早いと思ったが三時前には帰途につく。

電車の中で押されて重いザックにあえいで、そして家へ着く。吉村さんはもうすっかり荷物を運んでしまったらしい。彼は帰る。僕は何かしらホットする。早くあの押入に荷物をしまわねばならぬ。出来れば昆虫箱も入れたい。それから神田に、上野に、行かねばならぬ。その中に新年が来るだろう。僕は寒い風の中でこう考える。

夜に明治大正の室生犀星の方を読了した。幼年時代に一番心を引かれた。清いものに心をひかれる心が今一番切である。目録を示す。

幼年時代。地下室と老人。蒼白き巣窟。

性に眼覚める頃。或る少女の死まで。一冊のバイブル。

12月21日（金）晴

お茶の水で降りたが神田にはどちらに行くか分からなかった。東京で育ってこう分らん者はそうたんとは居まい。それでも大凡の見当をつけて歩いて行ったらニコライ堂が見え、中央大学の前を通った。二年前はここで試験をうけたわけだ。ちょいとなつかしかった。

ここにも露天商人がのさばっている。本はヤはり無い。がそれでも数冊を買った。自然観察者の手記[*26]の古本を10円で買った。

多分やって居ないだろうと思って行った大橋図書館はほとんど満員であった。高校生二高なんかがかなり目についた。そして皆熱心に本を読み、数学をヤリ、その気迫に打たれるものがあった。鳥の本と江崎さんの原色図鑑[*27]を少し見た。ヒゲナガハナバチに二種ある事や、トラマルハナバチはクロマルハナバチの♂なる事等新知識をかなり得た。

露店でパイプと軍手を求めた。

12月22日（土）大体晴れたり曇ったり

西洋叔父の所へ行く。オババは機ゲンがよい時は親切である。然し自己を本位とした親切と思った。コタツからベントウバコに入れたオイモを出して食べろと云った。さわったらイトがネバネバしてもうにおいまでして居る。少し話したが同じ事を三遍もくりかえさねばならぬには閉口した。

帰り、自転車にイモを積んで水道々路をノロノロ進んだ。冷えきった空を曇ってさびしい気が満ちみちて居た。が孤独に進む僕は嬉しかった。

今日は茅屋の障子を一部貼りかえた。夜障子を洗って居たら昌子が帰ってきた。彼女はウルサイ程シャベリよく笑いよく顔をしかめる。とにかくどうせ俗界の俗物たる以上陽気なのはけっこうな事である。又糸子を思い出した。そしてそれより猛烈であると考えた。

12月23日（日）晴（昨夜の中にミゾレと雪降れり）

初雪はあっけなくとけた。ぬかるみは気にくわぬ。電車の中や待つ間、或いは便所の中なんかで少しずつ読んで行った虞美人草を読了った。そしてひそかに満足した。自分はこの小説を愛する。しかしそれはその内容よりも、漢文を口語調にした如き、例のすばらしき文を好んでいるのかも知れぬ。

12月26日（水）晴

昨日はよく晴れた日で中央線の電車の中から真白な富士がよく見えた。チラホラと雪に染った秩父や丹沢の後ろに純白の富士はさすがに美しかった。

今日はひさしぶりに馬場の家へ行った。そして語り、雑誌を見、標本を見、かなりの本を借りて帰った。

実際僕の心はウキウキとして始末が悪い程、来年の春に対する期待にあふれている。ああもしようこうもしようと思うのである。そして飼育器の無いのを残念がり、島々谷の一日を夢見ている。それに加えて馬場と話すと哲学的無能さが痛感されて、そちらでもイライラする。で一刻の無駄をはぶいて本を読みたいと考える。そして希望もみちあふれ、それに体の方が圧倒されている様な状態である。とにかく来年は楽しいだろう。勉強の事もある。急がしいと云う事で頭が一杯だ。でも何もする事が無くてボンヤリしているのより、どれほど楽しく活々としていられる事だろう。

河合さんの「学生」もの[28]と大町さんの随筆[29]と虫の雑誌がたんまりある。これらを読んでたら家にいてもかまわない。暮はこうして過ごすだろう。

12月29日（土）晴

暮の一日を一人で歩いてやろうと考えた。数本のガラス管と一本の毒管、根掘にナイフ。これで道具はそろった。朝8時半の制限時間後すぐ省線に乗ったが、帝都線、京王電車を経て京王多摩川に着いたのは何と十二時を二十分ばかし過ぎて居た。調布で乗換えずに府中まで行って一時間も待ったりしたが、そんな事には慣れっこだから少しも驚きやしない。かえって吉田紘二郎の多磨のほとりをもう一遍読めて具合がよい程だ。

川原にはよく日が当って居た。が風が少し冷い。二十銭を払って渡しに乗る。上流の方の開けた景色が印象に残った。一人して土手に腰かけて弁当をつつく。自分の最も好く一時である。立上って前の桜の古木の皮をベリベリとはがしたら、皮の方を向いてナガニジゴミムシダマシが居た。が、すでに死んだこわれた個体だった。それからかなりはがしたが何一つ見つからん。風が出て来た。

土手の土をくずす。石をのける。何も見られぬ。ただ石の下にトビイロケアリがうごめいているのによく出会った。飄々として歩く、旅の心である。

マントにくるまって冷い風の中を行く。橋の工事をしている少し先の丘にアシ、竹などのちらばっている場所に来た。ここぞ好場所と片端から調べたが、蜂の巣も見つけられず。ブラブラと観察していると、枯れた茎にコウモリガ科?の糞が出ている雑草がチラホラ目につく。割って見ると何やら蜂が手をつけた形がある。コウモリガ?の幼虫が内容を食つくされたのが残っている。夏の間に如何なる虫界の生存競争があったのであろうか。今更ながら神秘の闇が深い。白い線の様なゴール〔虫こぶ〕を二つ見つけた。直径は1㎝程である。

しばしの観察の後、又登戸へ向って歩く。やがて道は土手の上には黄の気持のよい芝の道となる。見なれた、いや前に一度なつかしい印象のある道だ。四年の冬、受川と浦と三人でここを歩いた事があった。その時一人のさながら貧乏神の如き高校生が飄々として、そこを歩いて行った。彼は日向の土手や道傍の芝にころがっては岩波文庫をひろげていた。自分はそれを見て何とも云えぬあこがれを感じ、うらやましく思ったものだった。今自分は白線をつけ、マントにくるまり、そのマントにもズボンにも、イノコズチやら何やら雑草の実を一杯つけて全く貧乏神の如きかっこうで歩いて行く。

得物は少なかった。馬糞中から*Aphodius*の一種がかすかに動いているのを数匹——これは松本郊外でも秋採ったセマダラマグソの大きなような種だ。一雑草の根よりトビヒシバッタ?を一匹得た位だった。然し心は愉しかった。

一人して旅行く心。自然にとけこむ一日。それがどれほど心地よいものであるか。そこには何のごまかしも無い。風は冷たかったが心は春の様だった。

あわただしき暮の夕、帰宅してから銭湯へ行った。もう二十日あまり入浴して居らん。が銭湯のすさまじさにはあきれかえった。これでは漱石の猫ならずとも一驚するのが当然であろう。湯の中もどこもかしこも人で一杯だ。湯ブネのまわりはは入りきれぬ人でワイワイしていた。誰もがせめて片足でも入れようと押合いへしあい、芋を洗うと云う形容を絶していた。

しゃくにさわったのでインチキ支那料理屋で20円フンパツして肉マンジュウとエビフライを食べた。マンジュウは肉はほとんどないが皮はほんものだったので満足したが、エビの殻がノドにひっかかって痛くて弱った。

12月31日（月）晴

5分程前から除夜の鐘が鳴って居る。今年はもう過ぎつつあるのだ。やっと予定した本も読み終ったし手帳の整理も出来た。この日記をつけ終ったら寝るばかりだ。今日は一日家に居て色々な雑役をやったが本も少しは見た。夕方風呂屋へ行ったが得意の帽子を無くしたのには弱った。しかし今年最後の日になってなくすとは何かの因縁かも知れぬ。

思えば今年位多難複雑な年は無かった。空襲に明けくれした一年前の正月頃、あこがれの松高受験に松本へ旅立ったのが一月末。何としても松高入学は喜ばしい永久に忘れ得ぬ事で今年の重大事の一つであろう。

空襲のはげしさ加わり、工場でも働かずに毎日をすごした五月までの事は、今から考えても残念だ。あの頃に小説なり何なり読んでおけばと今更残念である。

5月25日夜半の空襲は、なつかしい青山の家も病院も一切を空にした。あの日、原に逃げて焼けおちる病院を眺めて居た事を考えると、皆夢の如き気がする。一切が悪夢だったのだ。焔、風、全くこの世のものとも思われない。今から考えると全く不思議な様な気がする。

松高思誠寮へ入ったのは6月の半ば。半月の後には休の為山形へ旅立たねばならなかったが、この二週間に得たものは実に大きかった。七月の終り頃には上高地へ行って来られたし、戦い最中としては最善の行動だったろう。そしてそのまま多くの新入生と共に大町の昭和電工へと運ばれた。半月の後、又、負戦《まけいくさ》と云う冷厳な事実に会わねばならぬとは夢にも思わずに。しかしここで友も出来たし、やはり何かが得られたのではなかったか。

学校が再開されたのは9月の終りだったが全く嬉しかった。それから丸二月余勉強したわけだが、学校問題、校長排斥等々、平らな道では決してなかった。そして結局、食糧難の為休みとなってしまったのだから、悲しいと云えば云えるだろう。然し寮生活はよかった。説教ストームはよかった。駅伝も。自分は自分をよく発揮出来たと思う。後から考えると冷汗ものな時もあったけれど。然しそれでよいのだ。要するに情熱だ。

除夜の鐘は鳴る。来年、いやもう今年である。この今年２６０６年にこそ自分は最大級の期待をかける。一に昆虫、二に読書。かならずやシジミチョウと蟻との関係を明らかにして見せる。必ずや片っぱしから読破して、哲学を小説を立派な教養として身につけて見せる。

目はさえる。しかし火は勿論ない。戦災者である。俺はもう寝る。

紀元２６０６年、昭和二十一年に幸あれ。

昭和21年（2606）

一月一日（火）晴

一日在宅。京子氏来る。午後には吉田茂作が来た。なつかしい気持はあるが、本を読む時間をとられるのは嫌だ。この気持を有難く思うと共に、又悲しく考える。俺は人が嫌いなのか。否、くだらん人間ばかしいるのか。とにかく家に於ては正月おとずれるアチコチに於ては心の友は見出せぬ。時にたまらなくあせる時がある。そして島々のあの道を考える。野と山に自己を満足させるものを見出せる。然し、やはり人の中にもそれを求むべきでは無いか。

一月二日（水）晴

皆出かけ一日留守居。落着いて本が読めると思ったがそれも果せず。

ただハンゴーで軟化させつつあった虻蜂の類を展翅する時間をもった事は幸いだった。あの日の悪魔の火から助けた針で上高地産の虻をさした時、心はあやしくふるえた。罹災以来の最初の標本を作るのだ。これから始って、又何十箱かの標本が作られよう。僕は30匹程の展翅を終ってホッとすると共になつかしい気で一杯になった。まだこれを入れる箱も無い。が今年こそはの気が強く作用する。空になったハンゴーにはミヤマシジミ類を入れた。せめて種名だけでも調べておこうと思って。

一月三日（木）Uは電車に乗って今日の会合を考えた。永く会わない中学の友とは会いたい。然し彼等の多くは主観に目ざめては居ないだろう。貴重な時間をつぶすのはもったいないとも考えた。然し彼がこの会合に出たのは幸福だった。HもYもOも来た。Uはひさしぶりにくだらん事に心から笑った。そしてこれはダ落とは云えないと考えた。昔にかえったと云うべきであろう。IがKをつれてやってきた。Kが来るとは意外であった。Iはかなり七高での駄べりに貴重なものを得たろう。然し不幸にしてダべる機会を失った。Yが案外に哲学的な事を云うのにUは驚いた。そしてある程度煙にまかれた。然しUはよく後で考えたら、Yの云う事は土台ができていない、要するにある変った事を表カンバンに一杯にひろげて中味は空であるとなして一人で笑った。どちらが正しいか、それは全く分らん事であろう。Mはアルコールに参ってヘドをはいた。Uは心から皆に会えてよかったと考えた。

一月六日（日）くもり

昨日馬場の家へ行った帰りも寒かったが、今日は尚寒いと考えた。うす日をおしかくした曇空から今にも白いものが落ちるのではないかと考えた。次には、こんな日に長い時を費してわざわざ鎌倉に行くのは大変だと考えそうなものだが、不思議に考えなかった。

昨日金子の手紙を見て、今日来いとあったのには全く考えざるを得なかった。一時は腹が立った、一時は真に困った。そして苦しんだ後、行くと断定した。故によって、行くと云う行為が強固になったのだと思う。

横須賀線はちょっと汽車に似た坐席を有するから気に入った。早いから気に入った。止る駅が少ないから尚気に入った。そして早く止らずに走っている車中で、むやみに急いで坑夫を読んだ。星野がくれた帽子をかぶっている。ハンケチと変な白布をひっちゃぶいたものがまいてある。厚手の白紙に墨で松高と書いたものが正面にくくりつけてある。甚だ貧弱だ。貧弱でもかまわんと思った。

金子の家は鎌倉から十分程だった。鎌倉は来たことは来たが小さい時だと考えた。そして海岸に近いだけあって、松の多いのを見てなるほどとも思った。

中沢が来ていた。彼は未だダスキン〔子供〕である。金子は伊原の感化か本を読むらしかった。夕食まで御馳走になって夕方辞する間、三人は色々な話をした。三人してむやみに煙草を吸った。たまに日が当って、それから曇ると更に冷え冷えとした。来た事は悪くなかったと電車の中で考えた。*30

一月七日（月）

むやみに腹が立った。全く人間が嫌で嫌でたまらなくなった。壁によりかかって目をつぶった。邪推と疑と嫌悪がゴッチャまぜになって襲った。面を見るのさえ嫌だ。河合さんの学生に与うは実によい。読みながら腹を立てて居た。人格は神である。理想も結局は人の内的の極限を考えればそうであろう。然し現在の僕の場合は、……机に向かっている自分を持てあました。一層〔いっそ〕寝てしまおう。そこにのみ休息がある。今の心を押かくす空想がある。俺は主観に目ざめた。だのに今のこの心はどうした事か。本物でないせいか。そうは思いたくない。ダ協は全体にしない。自分の進展しつつある人格に対しても自己卑下はしない。外には高く出る、そして衝突するのではないか。道徳性の欠如か。道徳は人格の一部に過ぎぬ。分からなくなった。とにかく寝よう。

一月八日（火）くもり後晴
夕方から浪曲を聴きに行く。〔広沢〕豆造がけっこううまいので満足した。

一月十一日（金）晴
大橋図書館へ行く為、何時になく早く起きて駅にかけつけたが、五分おくれて制限に引っかかった。ベラボーな話だ。
中で松高の同級生（名不明）にあった。今日までここに三回きたが三回とも居た。どうも見た顔だと思ったが、とにかくよくやってやがると思った。然し今英語の小説をやっていると聞いて、単なるガッツキかも知れぬとも考えた。それよりも、ほとんど毎日やってきている彼の境遇を少しうらやましかった。

1月12日（土）晴
ウンと寝坊して十時過ぎに起きたら、メシも食い終らん中に馬場が来た。虫を調べた。結局、ヒメシジミ、ミヤマシジミはよく分らなかった。
真理を神なりとする額田さんの説[*31]。人の主観がその絶対の力の下に支配されているのなら主観の自由な活動はのぞめない。ここに不満足が存すると云うのを聞いて、なるほどと思った。之から又考えねばならぬ。

1月15日（火）
午後突然山崎〔松高の同期生〕が訪ねて来てブッタまげた。夕飯を食って宿って行った。彼独特のデカイ声で勝手気ままな事をシャベるので閉口した。一緒の寝床にもぐってからも、彼の強いと思わせる性格に圧倒された様な気がしたが、ちょっと寮の怪談を話したらトタンにオトナシくなったにはアキれた。人間意外の所に弱点があるものだ。ヒンピンと停電して少なからず弱る。

1月16日（水）
七時半の制限に一足おくれたため一時間待たされた。彼の言に従って素足に高歯なので冷き事限り無い。

江藤さんの家を探すのに全く一骨折った。一里も歩いていいかげんノビテいたら、丁度向うから歩いてくるに出会った。
一緒に神田へ出て幾山河[*32]を見た。山崎は映画館の中でもデカイ声を出すから始末が悪い。お茶の水まで来たら何時の間にか見えなくなってしまった。アキレた奴だ。

中野で電車に乗る時高歯の鼻緒が切れた。この大混雑時に大いに不便な話である。フまれた素足の痛さを考えた。でもよいあんばいに西荻でケガもせず電車を下りる事が出来た。その代り胸にだきしめて居た弁当箱がヘコんだ様だ。手拭で修理した高歯をつっかけて例の支那料理屋へ行こうとしたら、風呂があるので一応あびてきた。弁当と天プラゴハンと肉マンジュウを食い終って店を出て、駅の前まで来たらイヤアナ気持になった。やるべき仕事をやらない為か、今日一日無為に過した為か。それでそんな気持で家へ帰るのは嫌だから新聞を待っている列の中へ入った。新聞は仲々来なかった。それで武者小路の人生論[*33]を大分読めた。

改造社の現代日本文学全集[*34]。里見弴。佐藤春夫。多情仏心の序詞のみ（あさ　よる）を見て少し気に入ったが、本文は一寸見て嫌になった。
佐藤春夫も見て気力を失った。童話、星のみを読んだ。
よき人よ、地上のものは、切なくも　はかなからずや、
と云う詩は好きだ。

1月17日（木）大体晴
午後から寒さがはげしくなった。夕方焚物にする古竹を膝の上で折っていると寒さが段々と深くなるのが分かる様な気がした。空は青い色を見せては居たが、今にも冷雨か、さもなくんば白い物でもちらつきそうな気配である。
薄暗くなった頃に夕刊を買いに出た。そして列中にしばらく立ってそれを手に入れた時、駅のフミキリの向こうに殆どまんまると思われる美しい大きな月の姿を見た。そしてその附近にクリスマスツリーの如き星が二つ三つキラメいていた。空はまだ青さを見せて居た。明るい夕暮の空の色である。そして他を探したが一つの星も見つからなかった。月のまわりの星は明らかに月の光を反射して居るとしか考えられぬ。然し考えて見ると、何百千光年と離れて居る星が今の月の光で輝いて居るはずも無

い。又月の周囲が他の空より暗いと云う事も尚更あり得ない。不思議な話だと考えた。

1月22日

安倍〔能成《よししげ》〕さんの文相となったのは数日前だが、高生三年制が今の二年生より実施となってさすがと思い嬉しくてたまらなかった。

馬場の家で蟻の話をしたりして、それより星野清流の所へ行った。旅行に必要なるラーヘン数本をもらえたのはよかった。

今日は午前ケイオー病院で健康判断をしたら血沈とレントゲンをとられてブッたまげた。殊に血沈は生れて初めてなので観念して眼をつぶった。*35

1月23日

前に展翅しておいた虻蜂の類を箱におさめた。罹災以来の標本が既に九十何匹かになる。三角紙包みのは千にも余るのではないだろうか。今年の春を考えると武者ぶるいがする。

関根〔松高の同期生〕より手紙つく。はげましを得る友はよいものだ。

1月28日（月）

昨夜の11時青森行へ乗れたのは先ず先ずよかったと云えよう。大混雑の為、夜7時20分のに乗り損じ、列もはるか後ろになってしまった時は、とても今日は駄目だとさえ思った程だった。*36

然し昨夜来の苦しさはかくべつだ。通路に坐って寝るのも困難な程ぎっしりだった。窓の外が段々白けて来た頃、モーローとした気分で起き上った。汽車は白河の関を越えて走っている。

広い広い畠だった。ところどころに枯木が数本ずつかたまって居た。一面の雪景色と思ったのに雪は少しも見えなかった。いかにも寒そうな曠野を汽車はノベツ走った。今日は晴らしい。空が紅にそまってきて、畠や樹立の間を汽車の煙がちぎれては縫って行った。白い白い煙だった。炊き上った釜からプゥと吹くそれに似て居た。広い曠野の暁の大地の上を這う様なこの白煙はとても印象的だった。

福島の乗換は困難を極めた。全く辛うじて窓から入り込んだが、ほとんど突っ立ったまま身動きも出来なかった。峠にかかってくると雪が白々と輝いて見え出した。

あなたこなたの山々もアルプスの様に輝いて見えた。

山城屋で父母と会う事が出来た。親父はこんないい親父は世に無いとさえ考えられた。人格の完成も虫の研究も思想の問題も、すべてをなげうって、ただガッツイて一番でもとってやろうかとさえまで考えた。不幸か幸福か。

上ノ山も雪は少なく、道の露出してさえ居る。今年は暖いらしい。

2月16日（土）　雪

長い間日記もつけなかった。単調と云えば単調な生活だ。十一日に母が帰京してから一人の生活となった。[*37] 孤独は現在の自分にもっともピッタリとする。勉強はあまり出来ないが、それでもやることはやる。ただ辞書などの細い字ばかし見ているせいか、目が痛くて頭が重くて、とても続けられない事もある。目は大切だ。少し心配である。

スキーは三回やった。初めてやった時はこんなにもよくころぶものかと思った程だ。三回目の時はもうゆるいスロープならころばなかった。然し止る事が出来ないのでしりもちをつかねばならぬ。ころび方もうまくなって横にたおれずにしりもちをつくから少しも痛くない。三回目に行った日は十四日だった。暖い春の様な日だった。二・三日の晴天に道の雪もとけていた。空は不思議な程青かった。そして山道を越して行くと汗がどんどん出た。小屋のあるスロープには人がかなり居たので、こちらのスロープで一人すべったりころんだりした。あくまでも暖かく、はるかかなたに紫の、いや紺色とも見える厚い霞がおおっていて、その上に月山かも知れぬ白い山々が見えた。もう帰る頃となって最後に一番スロープのテッペンまでのぼりつめた。そして思い切ってすべり降りたら、三十米程実にうまくすさまじくすべった。うまいうまいと心の中で思ったとたん、すさまじい勢でブッたおれた。何しろスピードがあったから、片方のスキーは足を離れてすべってしまうし、顔はヒリヒリするし、初めて痛いと思った。まだそれからスキーに行かぬ。

虫は裏山で一回松の皮をはがした。メクラガメ一種一匹とヤニサシガメをたくさん見つけた。ヤニサシガメは多数かたまってゴチャゴチャになって越冬している。その中に蟻の死体などもあった。杉の皮下よりはアトキリゴミ一種と十数匹のヤニサシガメを見つけた。ヤニサシガメが杉の皮下にも越冬するのを知った。
現代文学全集の山本有三、倉田百三集[*38]はメシの時などに少しずつ読んで行ったが、なかなか面白くなぐさみになった。殊に倉田百三のは深みもあって大変よいと思った。出家とその弟子以外のものも。父の心配等々。

2月17日（日）

今日新円発行が発表となった。一寸突然であったが、結局けっこうな事と思った。昆虫等に費す金に困るかも知れんが、とにかくゴーユーな遊びをしている金持がケチョンになるのは考えても愉快だ。闇屋がケチョンになればよいが、仲々そうは行くまい。

上ノ山へ来てから、凡そ一年以上食べなかった様な牛肉をドンドン食べる。一人になってからも肉屋でイクラでもうっているから、20円や25円のを買ってきて煮て食べる。之は甚だゼイタクの様であるが、ここで体を作らんと、とてもこの夏の活動にさしさわるであろう。さすがに肉はうまいものだ。

　一人居は楽しくもあるかまよなかに牛を煮ながら食ひつつぞゐる
みちのくの上の山なる一部屋に牛を食ひつつ太らむとする

と云う様な歌を作った。ここに来てから赤光、あらたま、のぼり路などの歌を写したが、さすがに自然とまねの如き歌ができる。

　ほそぼそと唐松立ちてゐたりけり我が歩む道はしづかなるかも

など歌としてうまいが、まねた事はまぬかれないだろう。しかしわざとまねたのではないからしょうがない。

しみじみと今日の命を愛《かな》しめり信濃の山を今歩《あり》く我は
このゆふべ街に出できてあてもなく霜どけみちを歩きつつ居り
しらじらと雪は残れり目の下にひろごる雪を見れどあかずも
みちのへの雪はとけつつゐたりけり我が歩む山に春きたるらし
信濃なるこの高山に大蟻の羽蟻は生《あ》れてゐたりけるかも

これ等の歌は今自分には少しく自信のある歌である。親父に思いきって見せてやろうと思うが、どうも模倣の様なところがあって恥しいが、之は全く自然とそうなったのである。親父の歌しか見ないのだから、そうなるのはあたりまえであろう。

2月21日

新円となりて引出しが制限されると、買物にも困るので街へ買物へ出かけた。釣銭をよこさぬので一寸した買物もなかなか出来ない。ノート数冊を買った。又植木バサミを45円で植物採集用にと買った。

山本有三・倉田百三　日本文学全集

を読み終った。

山本有三：波はかなりの長篇で少しく面白かった。嬰児殺シや女中の病気は全く幼稚で馬鹿らしいものだと考えた。「生命の冠」はカニかんづめの輸出業者について の戯曲で有三の中でよいものだ。

他に、津村教授、同志の人々、海彦山彦、熊谷蓮生坊、坂崎出羽守、西郷と大久保。

倉田百三。出家とその弟子、俊寛、布施太子の入山、歌わぬ人、父の心配、蓮池、愛と認識との出発、人と人との従属。

皆興味深く読んだが、蓮池は大きなあるものをもりこもうとして散漫となって失敗しているところがあるのではないかと思う。父の心配などにはよく若者の考が現われている。愛と認識の出発を考えると興味深い。愛と認識の出発は多分に文学的のものが入っていて、思想の純粋のものでないと云う風にも見られる。

昨日まで18、19、20と大石田の父の所へ行って来た。[*39]

さすがに雪は多い。父は立派な別館に静かな生活が出来そうなので安心した。結城哀草果先生もいらしていた。

19日は快晴で父と最上川の渡し場まで歩いた。広い雪原の一本道を行くと目がいたい程だ。川に二つの舟があった。父が片足ずつ乗っかったら舟が動いて、ほとんど川の中にハマらんとした。そのかっこうがおかしいので思わず笑ってしまった。笑い上戸も困るものだ。父と片桐さんや哀草果先生との話を聞いて、アララギ内もなかなかむずかしいものだと思った。又歌に自信なくなって、とても見せられたものではない。

2月22日

空虚。数日前まであれほど勉強をしようとする心があったのに消えてしまった。しかし今、自分はそれをくやまない。勉強をしてもたかが数日だ。小説を読む事だってとらず重要だ。松本へ行けば時間が惜しくて、小説などゆっくり読めんだろう。英語を少しずつ、The Invisible Man を読んで行った。

夜、レポート、感性と理性について、ようやくまとめあげた。ワラ半紙にまとめたら二枚半位になって、案外に長く書けたので満足した。内容はギモンだらけだ。然し今からそれをブチコわして何になる。感性と理性はそれでも自分としては今までに一番考えた問題ではないか。それは未だしとしても、それだけの価値をもってまとまればよい。

俺は女に対して世にも清い男だ。よく考えれば他の者とは雲泥の差異だ。女に関してのイデアリストだ。現実の女の何とみにくく、けがらわしく馬鹿な事よ。女は男に対して始めから何か劣っている様だ。馬鹿な事はたしかだ。

3月29日（金）曇　風強シ　後晴　風のち強シ

一月余りと云うもの日記を記さなかった。困った事であるが試験などの事も重大な障碍であったろう。

二月の末上京してすぐに松本へ立った。三月二日夜半11時の夜行で立ったのであったが、松本は大雪で着いたのは昼近かった。南松本の駅へ着いたが一尺余の銀世界で心細かった。でも寮に着いたらさすがにノンビリして気持よかった。[*40]

皆があまり勉強するのでアキレテしまった。俺も仕方無しにやった。18日から始まった試験が21日に終った。ヤナ試験だ。試験は若しそれに積極的に参加する意志のない者にとってはその人格成長を阻止する罪あるものである。三日間のアルバイがすんで東京へ帰った。そして又すぐ松本へ立つ積りだ。東京はさすがに暖かい。それにつけて思出す、松本の自然界について書いておこう。三月二日に南松本の川岸の土手でオオイヌノフグリを見つけた事は大きな喜びだった。ヒラタアブ一匹見出されない世界に、それは早くも花をつけていた。又夏にかけて花をつけると云うノボロギクが咲いているのを見つける事が出来た。

3月22日春日和であった。初旬の切るような風は忘れられなかった様だった。山辺の方へ行く畠のアゼなどで沢山のイヌノフグリ、タチイヌノフグリ、ハコベ、ノボロギクの花を見つける事が出来た。又農家の庭でオツネントンボを一匹見つけたのも嬉しかった。*Aphodius* は日和を飛んでいた。セマダラマグソの類二種をとった。

一つは東京でヤはり早春に見る[illegible]の奴で、一つは去年秋、山辺の馬糞から多数得たもので、又12月に多摩川でも得た奴である。どちらが真のセマダラマグソであるか、自分にはまだ分からない。

24日練兵場のアルバイの時、ヒバリの囀鳴を聞いた。

26日の朝東京に着いた。5時頃の東京は寒く霜が降りていたが、日が当るにつれ非常に暖かくなった。そして自分の家の小さな庭で胸をときめかしてカサコソ歩くクモや日向を飛廻る小さなヒメハナバチを見た。菜の花も一つ咲いていた。ナミヒラタアブが一匹、菜の葉の間を浮んでいた。クマバエ等のハエも元気よく飛んでいたし、ハナアブが石に止って腹をピクピクさせた。広い畠に出たらば恐らくモンシロチョウなどが見られたろう。

昨日28日は神田へ行って大橋図書館で胸ときめかしてグリーンの思想体系*41を開いた。認識論だけは大体読んだが、非常に疲れてしまった。河合さんの自然主義、経験主義をもう一回熟読して理解し得たのは嬉しかった。

3月22日、自分は桐原さんの所へ行く前に浅間へ出かけた。松高を受験する清流の為に宿を探す為であった。しごく簡単に掛之湯に決めてしまってから、東山温泉と書かれた道を歩いた。浅間附近にギフチョウを多産すると云う文献を見たから、或いはこの道など好採集地ではないかと考えたのであった。道は最初は極めて良かった。小高い所だけに、アルペンの景色もたまらなかった。ところがあっけなく東山温泉とかに着いてしまった。自分は仕方なく、そこらに生えた松の皮をはがして、ヤニサシガメが沢山居るのを見つけた。

蟻、東京で見た蟻に就いて書いて置こう。

26日に多数のクロヤマアリが営巣しているのを見たが、今日29日、ゆっくり観察中、トビイロケアリ、シロアリ、アズマオオズアカアリの三種をも発見した。クロヤマアリは盛に土をくわえては外にすてて巣の拡大に急がしい。他に見た虫にヒメフンバエや捕りそこなったムツボシハリバエらしきものなどがある。

ヒキガエルの家のチッポケな池に棲んでいるのを面白く思った。太いミミズの様な卵をたくさん産んだ。今日それの一部を引き上げて見たが、表面の泥がとれたら、美しい寒天のひもとなり、中に一寸見ると規則正しく、アズキ粒の如き、その半分程の円い卵が見られた。

鷗外のうたかたの記や舞姫[*42]を見た。

非常にむしあつい日である。南風が非常にはげしい。こうむし暑いのもかなわない。ただ一つ咲いている菜の花は吹き倒されんばかしにゆれているが、それでも膜翅目の或る種が蜜を求めにしがみついているのを二・三採集した。ヒシバッタの成幼虫がピョンピョン飛ぶ。

4月1日

3月30日より星野、野島と西田の家へヤッカイになった。

今日は切符が買えないので、軽井沢で買継ぎをした為、軽井沢の唐松の林の中に坐する時間を得たのは幸だった。熊ノ平ではモンキチョウ数匹、ハリバエ一種を見たが、ここらは松本より尚おくれているらしく、軽井沢では一輪の花も見つけることが出来なかった。

4月2日　晴

松本も暖かい。モンシロチョウを見る。

Aphodius rectus〔マグソコガネの学術属名の種小名〕を三匹とる。中一つは*Aphodius*（F）に近い程小さいものだった。

学校内でクロヤマアリの活動を見る。

4月3日

益々暖かい。モンシロチョウ、キタテハ、タテハの一種がよく見られる。*Aphodius*（A）、*Aphodius rectus* の黄翅鞘のもの、ゴミムシ一種を捕えた。

夕方、清流が松本に着く。浅間まで送って9時頃帰寮した。消耗也。

オオイヌノフグリは満開だが、夕方しぼむらしい。足利に行く電車の沿線でも非常に多数の本種を見た。

4月4日

昨日少し雨が降り今日は曇。モサモサした日を送るのは堪えがたい苦痛だ。然しダセイに引きずられて行く。世にも稀なるベラボーな話だ。

Aphodius を集めるのがせめてものナグサミだ。馬場からの手紙を見ても本を読まねばと思う。人格主義[*43]は100頁しか読まん。このままでは馬鹿になるだろう。環境が悪いものから得たものは本物だと考えた。馬場の手紙に去年の三月三〇日にムツボシベッコウを観察したり、

クロナガアリの羽蟻を掘った事など思い出すとあった。俺も活動せねばならぬ。

小さな標本箱に収めたクソムシは、*Aphodius* 8種、その他にオオマグソコガネを捕えている。エンマコガネ類2種は少ない。この他ツノコガネを採った位のものだ。蟻もクシケアリではないかと思うものなどある。

曇り空からヒバリの囀鳴が聞える。

4月12日（金）晴

数日イヤナ寒い曇日が続いたが、やっと又春らしい日和。

学校の桜はチラホラ開花し出した。Spring has come round. ジッヘル〔確実〕に。県森《あがたのもり》の大木のケヤキにツノハキリバチ一種が盛に集まるのを採集した。又その朽ちた所を掘ったら、三頭の羽化したてと思われる同種を得た。恐らく、そこに去年営巣したのだろう。

皮下よりカメノコハムシ、アトボシヒメテントウを得た。

今日までの得物を少し書くと、

キバネアシブトサシガメ　　校庭　地上

フタモンホシカメムシ　　多数地上に見る。

4月9日小山に発った時、ヤマキチョウ、ルリタテハを目撃、唐松がホンノリ緑バンで何とも云えない。ハリバエ一種（ムツボシの類）樹皮に多し。唐松の幹よりミミズク幼虫、などを採集している。

4月15日（月）晴

快晴だが風が冷たく、初旬の暖かさは見られない。島々谷へ行って見た。詩の一節を得た。

このましき　からまつのめは
すでにして　もえもいでにき

島々谷へ入りこむ道で、風に吹かれて地上すれすれに飛んできたヒメギフチョウを捕えたのは、ひさしぶりに珍種採集の喜びを味い得た。

道は去年冬来た時より尚悪く、一回水を渉ったが遂に道つき、引返さねばならなく、結局冬行った時と同じしか進まなかった。

スミレ一種、フキノトウなどが見られ、コブシではないかと思われるキイロの花が印象的であった。一寸とした斜面に蝶の姿が見られるので、登って追いまわしたが、キタテハ、テングチョウ、クジャクチョウ等、皆逃がしてしまった。クジャクチョウは美しかった。産卵さすべく何とかして得たいと思ったが、駄目だった。スジボソヤマキを一頭捕え、生して持ちかえったが、この種は擬死をして、全く乾燥した標本の如き観を呈するのを知った。

ツノハキリバチ、ヒメハナバチ、ヒラタアブの類を捕えた位のものだが、特筆すべき事にセセリモドキの一種をかなり目撃し、二頭を採集した事だ。ルリシジミの新しいのも一つ捕えた。島々谷の涯にあった花はハシリドコロであった。

4月20日（土）晴

風少々あり。授業2時間だったので、組コンパの会場探しに浅間へ行く。エッセンをアルペンに頼み、附近の浴場の二階を借りる事にした。我ながらズクを出したと思って感心した。

東山温泉の道を行き、尚上に細い道を登って行った。菜の花が一寸あったがノラハナアブとモモブトハナアブのみであった。クロマルハナバチの大きな♀がブンブンと地表を飛廻っている。

枯草の生えた斜面、所々にタンポポやキイロのイチゴ類に似た花があり、ビロードツリアブが沢山居た。ところが一見赤みがかった個体がいるので注意したら、翅に斑紋がある別種であった。二頭を捕えた。他のビロードツリアブらしきものも別種かも知れぬとも思ったが、素手では捕えられなかった。コツバメの新しいのがよく目につき、オツネンイトトンボが止まって、ハナアブの如く腹をピクピクさせる。

とある石を起して、トビイロケアリと別種と思う蟻がウジャウジャいた。アゲハ（キアゲハ？）らしきものをチラッと見た。モンシロ、スジグロのみ多い。ヤマキチョウの類は一頭見かけた。

4月22日（月）晴　風強シ

採品。ニイクニヒメバチ。日本昆虫図鑑[*44]と一致するものを南松本の小川の岸で得た。

ツノハキリバチ一種。　小形ケバエ一種。

二時間やって学校を出てしまった。小川の岸で寝そべっていたら、つい一時間もいたらしく、三時間すました西田によび起された。

この頃体はダルク、消耗その極に達した。山へでも行かねば、この心はなおるまい。常念に雪が白い。ツバメ

（ノドアカでない）が多く風に逆らって飛んでいる。乗鞍は見る毎に雪の精の如き感じを与える。

4月23日（火）曇少シ晴　風アリ

浅間、東山温泉の裏へ登る。

ビロウドツリアブ9、クロスズメバチ、ヒゲナガハナバチ、

マツキボシゾウムシ数頭、アリモドキカッコウ数頭、

ミカドアリバチ二頭、ヨシダマルハナバチ、

フジハムシ三頭、コツバメ4、ルリシジミ1、スジグロシロチョウ1。

今日はキアゲハをかなり見た。アゲハも二頭見たし、桜の花でアカタテハ二頭、ルリタテハは数回見た。

不思議なのは羽化したばかりの様な真黄色のヤマキチョウ（スジボソ?）を見た事だが、遂にとり損じた。ビロードツリアブは少し少なかったが、20日に普通にいた翅に斑がある奴は遂に一つも見かけなかった。3日でもって一匹もいなくなるなんて変な話だ。

東山温泉の後ろを登りつめて少し行ったら、松のバッサイ後に出た。松の切株を注意して面白いアリを集めたり、甲虫を得たりした。アリモドキカッコウは一つの切株から一つずつ、計5、6匹を捕えた。マツキボシゾウもかなりいる。ミカドアリバチは、一つは松の切株より、一つは地上を歩いているのを捕えた。

体力とみにおとろえ、自分で自分に満足出来ぬ行動をとらざるを得ない事が多い。組のコンパの事でも無責任的な行為をしてしまった。しかし自分としては堪えられない程ハンザツだ。それで虫をとる閑があるかと聞かれたならば、虚ギなゴマカシ的行為をしないだけを誇りとすると答えたい。堀場[*45]はえらい奴だ。松山なる東行より来信。プラグマチストとならんとは自分は思わない。使命は夫々異なってもかまわんだろう。要は自己に忠実なる事だ。認識の神秘をキワめるのは、社会改革の一人者たる行為者に何等おとらない。方向が違うのみだ。

おとろえかけた読書欲が少しだが起ってきたのは嬉しいことだ。百三の絶対的生活[*46]を読んでいる。以前の自分だったら、宗教的臭みに堪えられないだろう。然し今の自分は切にそれを求むる。人を信ぜられず、自然とも同化出来ぬ時、人は必然にそこに落着くだろう。俺達はイデアとしての女をもっと考えてよくはないか。少なくとも生をかたむけて。そうする時、必ず自己を高めるある

ものを得るだろう。

コツバメやビロードツリアブを眺めるのは春の心にひたる事だ。然し今日の自分はあまり採集の事を考えすぎたので、その心を少しく損ねたのではないか。ギフチョウを期待していたのだが、その姿さえ見えず、一寸さびしい。トンボ（サナエならんか）を一匹目撃した。オツネントンボは20日より少ないが、よく目につく。

トンビとカラスのケンカを見た。又ホーホケキョと鳴くウグイスを聞けて楽しかった。山鳩の声もなつかしいものだ。

一人なるが故の楽しさ。然し、ただそれだけなら寂しさに圧倒されるだろう。自分には虫がある。虫は自分と自然との橋わたしだ。それを通じて、他の人よりも幾分は自然にとけこめる積りだ。

虫と共に植物にも少しずつ親しめる事は楽しい事だ。タチタンポポがこんなにも美しいと思ったのは初てだ。タチツボスミレ?の群落に稀にビロードツリアブがおとずれているのは夢の様だ。名も知らぬ——自分にとっては——花がどしどし開花しようとしている。鳥の声も楽しかった。

4月24日（水）（曇）雨

二年六組の出発コンパをヤる。後味が悪い。人を低く認識したとて、自己が高くなるわけでもない。親しみのない論争と云うものは不愉快なものだ。その奥底に人格に対するあこがれのないものが、如何に論争の為の論争をみにくくする事か。

とにかく自分は今度のコンパの諸事で頭をなやます事や切である。体力本より消耗している。寮の事にはズクを出す気がするし、一年との生活には明るい希望がもてる。然し組の事にはフリーな立場でありたい。少なくとも総代と云う名目よりは逃れたい。云いたい事も云えず、雑事に追われるのは堪えがたい。苦労が何ものかをプラスしてくれればよいが、刻々に自分が虫ばまれて行く様な気さえする。

逃げて自然に還ろうか。ヒメハナバチの活動する、ギフチョウの羽化する山道をさまよいたい。

後味の悪いのは恐ろしく嫌なものだ。

親父から代筆の手紙くる。*47 病気はよいらしく安心したが、勉強の事をうるさく云ってきたのには閉口した。

清流から手紙きた。早高は通るらしいが、来年又松高をやると云う。自分はそれを危む。共に同じ学校に学ぶのを求むる心は切なれども。

4月26日（金）曇後晴

五十嵐と三城牧場へ行く。バスで大手橋まで行った。

午前中は全く曇っていたので、わずかに石下よりエゾアカヤマアリや其の他少しの蟻を得た位だった。

石切場の辺から日が出たので、ヒラタアブ、ハリバエなどが少し得られた。三城へ行く道で美しいミヤマチャマダラセセリ〔現在のチャマダラセセリの春型〕が得られてうれしかったが、蝶は全く少なく、ヤマキチョウらしいのを一・二匹見た位で、コツバメ一頭得ただけだった。クソムシは小型の*Aphodius*に新しい一種を得た。

三城の辺は草もまだのびず、唐松の芽も小さく、ホンノリとかすんで見えた。ビロードツリアブもよく見られ、名も知らぬ孤独性套蜂《とうほう》〔両羽が重なってマントのように見えるハチ〕がよく石に止って日の光をうけていた。

三城牧場はさびれた姿を横えて、オオイヌノフグリにビロードツリアブが訪れていた。オオハリバエに似たより美しいハリバエを二・三捕えた。オオツチハンミョウも居た。イタドリハムシや、それに似て四個の赤紋のあるハムシは、よく地面を這っていたり、石に止っていたりする。

三城牧場には丁度昼頃ついて、二時半頃までメシをたいて、ねころんだり、歌を口ずさんだり、蜜蜂を捕えたりして過した。テントウムシに新しい小型種を得た。

帰りの道ではエルタテハのボロボロのものを捕えた。相変らずハリバエなど多いが、春尚浅しの感が深かった。

降りは四時半のバスに乗る為急いだ。ルリタテハは二・三回会ったがとれなかった。入山辺では梨の花が満開に白く咲いていたのを憶えている。

4月29日

一人で島々へ行く。曇ってきて冷い風吹き、ヒドイ目にあった。

蝶は全く見られない。ヒメギフは姿も見せない。スジグロシロチョウ、ルリシジミ位のもの。

ハリバエ二種、ビロードツリアブ、アトボシヒメテントウ、キアシクロハナアブ（続昆虫図譜）、イタドリハムシなどをとって引き上げた。

5月4日（土）晴

5月になってもどうもパッとしない。

でもよい天気でヒメセアカケバエ二頭を得たのは嬉しかった。レンゲの花が咲いている。クローバの花もあるし、その廻りをヒゲナガハナバチが飛廻っている。

5月5日（日）雨

王ヶ鼻へ行く予定だったが駄目になった。

でも、この頃本をモリンコ読む気が、又起ってきて楽しい。

今月になってもう五冊読めた。然し今日はヌカッて一日中ウツラウツラ寝てしまった。ダラシなき生活と言えば云えよう。蚤が多くて毎朝五匹位とれる。

5月6日（月）曇 後 晴

ひさ方ぶりに歩いて登校。ユウウツな天気だったが、川端の草に非常に沢山のメスアカケバエの♂♀が休んでいる。

いつの間にか桑の葉もひろがったし、エノキも芽をふいた。オオイヌフグリはまだ咲いている。

三時間でサボってしまった。五月晴となって、メスアカケバエが飛んでいる。東京方面で四月二十日～二十五日頃の様子だろう。路上でナラノチャイロコガネを拾ったのも春らしい。アゲハの春型が水たまりに来ている。カラタチもずい分ノビた。桜、白樺は緑が美しい。

鉢伏山にはまだ雪が一かたまり見える。

昼頃寮に帰ったら、丁度関屋さんが三棟視察する所だった。ノミの多いのに一驚した。歩いただけで這い上ってくる。

ヒーター紛失事件あり。フクちゃん（パフ）のシワザとにらんで対サクを立てたが、果してそうだった。夕食後の委員会でパフと駄べって、マアマア満足な結果を得た。彼はどこかピントがはずれているらしい。悪い人間ではないが。

5月7日（火）晴

よい天気で気持だ。

十時より浅間温泉の裏に行く。

アカサシガメが飛んでいるのをとったのは嬉しかった。

トンボがかなり目につく。シオヤトンボ♂♀とシオカラトンボ♀を数回も見た。シオヤトンボ♀を捕えた。

ビロードツリアブは一匹のみ見つけた。シロスジハナバチが多い。キマダラハナバチやツマグロコシボソハナアブ?もいた。

サビカミキリの飛んでいるのやコアオハナムグリ、ニジュウヤホシ〔テントウ〕。etc.

蝶では新しいオナガアゲハが一匹飛まわっていたが全く美しかった。かえりにカラスアゲハ一匹見る。いよいよ本格的に蝶も出てきた。ヤマキチョウの越冬したのでない様な奴を捕える。

ツツジが咲いていて、その花にコツバメ一つを見た。

松林でハルゼミの声が非常に多い。二、三飛んでいるのを見た。五月初めから出ているとすれば、東京と変りない。

5月15日
王ヶ鼻登山。

入山辺の登山口に新しいウスバシロチョウが多かったが二頭しかとらなかった。蝶は思いの外時期早く、ツマキチョウ1。上の方には新しいミヤマセセリが多い始末。ミヤマチャマダラセセリ二頭を捕えた。性質はセセリチョウとしてはノロイ方である。

収穫はテンデ少なく、王ヶ鼻登山道でエゾアカヤマアリが二匹  の如きヤツを観察したり、頂上附近でキアゲハが多かった位。

帰途、大手橋バス乗場附近の幹でテントウムシ成虫のコマユバチのマユらしきのを見つけ、アリの面白いの一一種。オナガアゲハ目撃した位であった。


王ヶ鼻頂でとりし花はオキナグサ。

5月22日
20日に王ヶ鼻で星野のとった虫を貰う。カバイロヒラタシデ、アトボシハムシ。
オキナグサの花は多かったと云う。
この日頃、全くズクがぬけた。学校の勉強は全くやらぬし、サボるし、欠課など数知れぬ。一応、昨日寮が急がしいので総代止めたので気が楽になった。この頃短歌会があってから作歌欲も起り、今の自分では前の歌よりよいと思われるのが出来る様になったのは嬉しい事だ。

5月23日（木）晴
又王ヶ鼻へ向う。バス中に五十嵐、ドロ縄と一緒になったが、大手橋の登口の所で早、ウスバシロチョウがフワフワ出てくるので、とても同行出来ないと思い、一人後からモソモソ登った。ウスバシロチョウは他の一箇所でも二・三見たが、その他には居ない。限定された場所にいる様だ。

ほとんど何も得ず。ただ馬フンにミヤマセセリがいるのを観察したり、4月に浅間温泉で得たマダラビロードツリアブ（仮称）がいたのは嬉しかった。ビロードツリアブもいる。

三城へ行く道では、マダラとビロードが普通だった。マダラはこの辺でも今まで一つも見ないのは不思議だ。ウント出現期が短いのかも知れぬ。

三城牧場でヒメギフチョウを捕えた。古びた♀だが、さすがに嬉しかった。又ミヤマチャマダラセセリがスミレにきているのを捕えた。

ここで又二人に会って、百曲りを登り、美ヶ原で横ぎり、王ヶ鼻より降りたが虫は一つも得ない上にクタクタとなった。オキナグサを二、三見つけ、唐松の植林してある30㎝位のを引っこぬいて、その日は桐原さんの所へ宿った。

5月28日（火）曇晴　シュウ雨数回　後曇

一人で島々谷へ行く。あやしげな道をとにかくどんどん行って、二マタまでは行けなかった。昼頃引返して、雨にあったりして急いだので駅に二時に着けた。

途中、ミヤマカラスアゲハ・カラスアゲハ各一匹。白い花からは大分得物があって、サカハチチョウ春型一。ハチモドキハナアブ一種三匹。美しいヒラタアブの雄を採集したが、全体に風のせいか少なかった。

発電所の所でアサギマダラを目撃。

シリアゲムシがもう出だしたのは嬉しかった。シリアゲ♂♀、ホソマダラシリアゲの小さい♂、プライヤシリアゲ♀を得た。

プライヤシリアゲは三角紙内で産卵していた。

キイチゴよりシロオビタマムシ多数を得た。

ルリスアシナガゾウムシ、オオゾウムシ、各一頭を採集した。

尚ツマキチョウみたいなのを二、三度目撃したが、ひょっとするとクモマツマキチョウであったかも知れぬ。

6月4日

6月1日山の映画会より帰って見たら、テントウムシの寄生蜂が羽化していた。早速翌日、蜜シロップを与え、

テントウムシを与えた所、頸部に産卵管をあて、腹部を曲げて、しばし追せキし尾端に産卵した様にも見えた。その後は全然ハンノウなし。新しい紋の多数あるヤツを入れたが見向きもせず。今日昼すぎ、後者を入れた所、触角でセナカにフレテ見、ついで尾端に産卵した様に見えた。その後は又ハンノウが無くなった。

6月5日　梅雨みたいで時々晴間アリ

午後二時頃形一匹を入れる。直ちに接近。尾端背面に産卵管を立てた様に見えたが、後横にマわり、の箇所に産卵したらしく、又ケショウ〔?〕を行った。

6月6日

島々谷をフタマタまで行く。

水を吸っているミヤマカラスアゲハが多かったが二頭しかとれなかった。ツマキチョウ一頭をとる。サカハチチョウ春型は多い。ウスバシロチョウの様な飛んでいる大形シャクガを二頭とった。

ヘリグロベニカミキリを草間と枯木より得た。オオゾウ3匹。ベッコウヒラタシデ、コマイマイカブリは石下より。クロナガタマムシ、シロオビタマムシ。シリアゲ一匹目撃。ホソマダラシリアゲ♂1。プライアシリアゲ♂♂♀♀採集。

二俣より3㎞ばかり前の石下のトビイロケアリの巣中より白色の蛹多数を発見。てっきりヒメシジミ幼虫だと思ったが、どうやら蟻の幼虫らしい。しかものは♀の幼虫か。ずい分大きい。センチコガネ、ムネアカオオアリ、アリゴミムシ二種 etc。

6月9日（日）

充実しない生活を送っていると、ついズクになって日記をつけない。

虫の事しかかかない事が多い時はどうもいけない。数日前から少しノートなど写し出したが、主食が一合一勺になって、試験も無いらしいとなると、又ズクがなくなった。

「舞踏会の手帖」[*48]を見たが、映画の侵出と云う事をつくづく考えた。何しろ視力にうったえるのだから、将来、本の領域に喰いこむのでは無いかとも思う。むしろフィルムを蔵書の如く集める様になるかも知れない。

この頃はモサモサ寝ている事が多く、それでねるのは一時頃が多い。ユウレイにフンして宿直教授の所に現われたりする。考え様によってはゴタ〔でたらめ〕だが、あくまでも肯定してよいと思う。

まだ青いと云うに過ぎない麦の畠の中を通った頃がつい昨日の事の様に思い出される。時間は何と云っても何時の間にか過ぎて行く。そして空間は？

夜にはカエルの声がしげい頃になった。自分が去年、孤独心を抱いて一人松本にやってきた日も近い。カエルの声を聞くと、南寮3号で一人で寝ていた自分の姿を幽かに思い浮べる。月日は夢の様だ。この一年何らかの成長があったとも思える。然し、自分はあの時の心を甘い傷《いたま》しい気持でだきしめたい。

6月12日　晴

松永、大貫[*49]と三城牧場の奥へ行く。大手橋登口ではさすがにウスバシロチョウは見られなかったが、少し上で傷んだ♀（尾端附属器あり）を採り、尚上では新しいのをかなり見、四頭を採った。

石切場辺でツマキチョウ一頭採集。之は他にもかなり見た。クモガタヒョウモン1、ギンイチモンジセセリ2頭。他にも1、2目撃。ミヤマチャマダラセセリは一つ目撃。ミヤマシジミ？1。ダイミョウセセリが多い。ミヤマカラスアゲハなど見た。

他の虫では大した得物なく。オオツチハンミョウ。面白いホタル。シロオビナガタマムシ多数。ハナムグリ。プライアシリアゲ普通。シリアゲ。スカシシリアゲモドキ2、3目撃、1採集。ビロードツリアブは尚1つ見た。クロオオアリが石下の巣で羽蟻が多数居た。トビイロケアリ巣中では幼虫らがマユになっていた。

二人は茶臼山へ登ったが、自分は活□〔?〕して、ハンゴースイサンして待つ事とした。所が、火がつかなく、紙は全部無くなり、ナカラナカラ〔だいたい〕沈痛だった。やっと炊けたらメシをコボすし、散々な目に会った。帰途、桐原さんのお宅に泊った。

6月15日　晴

考えて見ると、去年、寂しい又一種の喜びの心を抱いて松本へヤってきたのは丁度今頃であった。この一年の事を考えると全く感慨無量である。

この日、自分達は上高地へと歩いて居た。長く続いた天気故、明日の天気が心配だった。沢渡《サワンド》からの道は思ったより長かったし、ザックは重かった。が、焼が見え、ヤがて穂高がゴンシャン〔良家の令嬢〕な姿を現わした時は、さすがに嬉しかった。メシを炊いて二時半頃から、いよいよ西穂登山路に入る。ところが、途中の森林地帯から上は、雪が大分残っていて道がすっかり消されている。立木につけた斧の跡を頼りに何とか登って行った。大きな雪渓の中に小屋を見出した時は全く嬉しかった。夕焼はなかったが、笠ヶ岳がうす黒く霞んで行く頃には、榾火《ほたび》が赤々と燃え、自分等だけの山小屋は楽しかった。

　今日の得物は全く無いと云ってよい程で、上高地でヒオドシチョウ、シリアゲ類、蟻を少々採集した位のものである。

6月16日
　山頂の夜は冷える事おびただしい。目をさますと少し風が強いようだが、大体の天気は保証された様だ。

　9時半頃までに頂上？（とにかく四つの峯を越した）へ行って、又小屋まで戻ってきた。気を付けて見ると、何一つ無い様なお花畑の跡に、一つ二つと美しい花が開いている。コイワカガミなどもあった。

　雪の中をすべる様にして降った。上高地の登り口で少しゆっくり、ハバチやウンモンテントウ、ヒメヒオドシの幼虫などを捕えた。

　尚、西穂の尾根ではカラフトクロヤマアリらしいののみを見た。2900mあたりで這松の灌木に巣を作っていた。

　上高地をブラブラ行く。天気があやしくなってきた。コヒオドシらしい幼虫は普通でかたまって見出される。少しのシンドウで丸まって下に落ちる。河原でメシを炊く間、少し蟻を捕えた。

　徳沢園まではステキな道だが、天気があヤしいのでドンドン急いだ。思ったより美しい小屋で驚いた。この附近にはタンポポが極めて多く庭園の様だ。夕方から雨が降り出した。

6月17日
　雨の中をサワンドまで下った。思ったより雨は強く、下まで帰ってしまった。オマケに三人とはぐれ、互に追いかけっこをしてるのだから始末が悪かった。とにかく夕方松本に無事にたどりつけたのは幸だった。
　ヒメヒオドシ幼虫。19日一匹蛹化《寄生》。19日午後一匹前蛹20日午前蛹化。

テントウムシ寄生蜂死。6月18日。

6月21日

午前10時の汽車で帰京しようと思っていたが、学校で星野に会って寮で遊んでしまったので、一時の汽車にした。

暑い事おびただしい。途中から詩作にふけったが、短い五七調一つを得ただけだった。途中からブローカー二人余の坐席に腰かけ、モウケ話を始めたが、ウルサイの何のって腹が立つばかりだ。あんな奴等がウヨウヨしている限り、俺達は人種が違うと高言して然るべきであろう。

東京はさすがに暑い。が、夏服を着た人々でムッとする省線の中はチョイとなつかしかった。

6月22日

柿の葉のテンプラやカボチャやジャガイモの葉を食べた。エッセン問題よ、早く消えて無くなれ。山形へ行く様になった。近い中に立つ。松本で一月も自炊したい。そうしたら何等かの発見が出来るだろう。山形でもノンビリ附近をあさったら、面白い飼育や観察が出来るかも知れない。

例のテントウムシ寄生蜂が産卵したと思われるテントウムシは段々と死んで、遂に二頭残った。アブラムシを与えたらモリモリと食ってしまった。この二匹だけは何とか飼い続けたいものだ。ヒメヒオドシ蛹をスケッチする。テイネイに図示するズクは無くなった。この一つだけは何とか羽化させて種を確めたい。もう一つの蛹は蠅か蜂が寄生したらしい。中がガランドになっている。でも、その正体は見つけられなかった。ゴンヌカリ〔大失敗〕。

書き忘れたが、21日、帰京の汽車の中で、与瀬駅〔現在の相模湖駅〕附近でニイニイゼミの声を聞いたのが今年の最初である。

銭湯へ行っての帰り、ひさしぶりに東京の夏の夕を味った。甘いなつかしさは常にさびしさを伴っている。

24日には井ノ頭公園へ行ったが、人が沢山いるだけであった。荒んだ池に真赤のショウジョウトンボが葦に止っているのがただ嬉しかった。

6月27日

早昼をして丁度十二時頃上野についたのだが、7時の汽車には全然乗れず、不安の中に十時の汽車を待った。舗道に長く続く行列の中に坐って、夏の軽ヤかな服装をした人々が軽快に歩いて行くのや、市電の乗場に立つ人々を眺めてすごした。

汽車にのりこむのも窓からだったが、その混み方も今までにないただならぬものがあった。果して夜半立通しの苦痛をなめた。何とかして坐ろうと試みたがとーてい不可能だった。

6月28日

やっと三時半頃無理にねじこんでウトウトとした。6時頃までの仮寝だった。ただもう嫌な旅だ。それでも山形が過ぎたら、近づく大石田に対して嬉しくなった。

父は思ったより元気だった。

◎ヒメヒオドシと思った蛹よりコヒョウモンモドキが羽化していた。

7月1日

夕方最上川で釣をした。一匹もかからなかったが、初めて毛鈎をしたのでめずらしかった。それよりも夕暁に映える川下の水の美しさはたとえようもない程であった。

7月2日

毎日6時頃起きて水を二杯くんで、日に一時間半も草取りをして、後は勉強すればよい。が、仲々勉強はできないものだ。午後は眠いが、横になっても眠る事も出来ず、徒らに時間を過す事が多い。

昆虫の方は、こちらに来てからヨツボシオオアリが多いらしいのが目についた。他にアカアリの類で面白そうなのがいるが、まだ採ってない。昨日は大形のハチモドキハナアブを室内で得、ベッコウガガンボを捕えた。

今日はオナガバチの類とゴキブリに寄生すると云うヤセバチ（名失念）を得た。それから夕方最上川の岸を歩いていたら、ヘビトンボのまだ羽のくしゃくしゃで体も黄色い奴が這っているのを捕え、父に見せたら大変珍しがっていた。今日夕方ヒグラシの声を聞いた。父は昨日聞いたと云った。ヒグラシの声を聞くと、何時でも箱根を思い出す。又青山で稀にその声を聞いては、箱根を、夏山を恋い慕ったのを思い出す。あのもの悲しい声は永久に忘れられない。涼しいと云う軽やかな気で聞く時があるだろうか。又そう云う気分にはなりたくない。ついでにニイニイゼミの方はここに着いた日から毎日の様に聞いている。数も少くない。

7月4日　曇時々キリ雨

昨年の事を考えると夢の様だ。寮が休みとなって金瓶へ来ていた頃だ。昌子が真面目になって、戦争も近い中《うち》終るんですってね、後一月以内ですってと云った。自分は、そんな事はないが、今年中には目鼻がつくだろうと答えた。

毎日少し草ムシリをやる。メシを食べに行く。午前にドイツ語、午後に数学をやる。殊に午後は時々昼寝をする。もっとも大抵眠れない。夜は小説などを見る。「明暗」[*50]を読終った。この様な心の分析的作品はたしかに感心するところもあるが、それだけに美しさにかけている所がある。それに反して「硝子戸の中」[*51]は気持よく読み了えた。ツァラトストラ[*52]を読み初めたがさすがにむずかしい。驚くべき程だ。それでも気に入る様な言葉が出てくる。そう云うのを書き留めながら読んで行く。

夜は蛙の声がさわがしい。

7月5日　雨

雨が降る。梅雨の様な雨である。その中で郭公が消えいる様になく。雨が切れるとニイニイゼミの声が遠くでする。

色々な鳥が多い。朝はウルサイ位だ。その為に目がさめる。

白米のゴハンは食べればいくらでも食べられる。それはかまずにのみこむせいであろう。かもうとしても仲々かんでいられない。かまずにのみこむとうまい。前にこう云う事を読んだ事があるので、なるほどと感心した。

この頃はバアヤさんがテンコモリにつけてくれるから三杯ですます。それでも腹はへらない。が時々寮でこれだけのメシを自炊してノンキに食べてみたいと考える。

今日朝フンドシからシラミを三匹もとったからギョッと思って、ねる前にネマキやら、服やら、ズボンやらに、DDTを雨の如く、霧の如く吹きかけて安心した。夜の読書がヤはり一番せいが出る。もっともおそくまでやらない。十時位までが多い。眠くならない中に床に入る。

夜は昼の様にネコロがったりしないだけよい。漱石とシェクスピアと学生と哲学とツアラツストラを少しずつ読む。

7月7日（日）曇午後晴（二時間程雷雨）

毎日、勉強の時間を書いていたら、日増に能率が悪くなる。運動をしないせいと単調なせいとシゲキが無いせいだろう。

今日はそれで一人で山の方へ行ってみた。毒管一本と網と三角かんをポケットにつめこんだ。ジャガイモや桑や稲の間の白い道を歩いて行った。山道にかかってから体がダルイからモサモサと歩いた。きたない山だ。トラノオ類の花が白いフサをつけていてヒョウモンでもいる様な所だが、何一つ居ない。アザミにも何も居らない。天候のせいもあろう。いささかヒョウシ抜けがした。そうしてただシオカラトンボばかりむやみに多い。鳥の声もかなり多い。段々登って行ってもあまり親しみの持てぬ山だ。一本のコナラかクヌギの木を下から見上げたら、アカボシテントウが葉裏にたくさん居た。この種は比較的縁が無いのか、まだ二度しか捕えてないし、こんなに居るのを見たのは初めてである。枝を引き下ろして手のとどくところの三匹をとったが、メンドーになって他は捕えなかった。スズメバチのむやみに大きい奴がブンブン云っている。小さい時平沢から貰った奴位ある。そう云えば、平沢はやはり船が沈んで死んだそうだ。かなり登った時、地上にアカヤマアリが沢山這っていた。捕えて見るとツノアカではない。一寸したわき道を行ったら、美しいミズイロオナガシジミを捕えたが又、デカイ、スズメバチに会って退却した。その中に道はカヤ原を見渡す所を通る。少し以前から、この山が少しも箱根に似ていないにもかかわらず、箱根を思い出したが、このカヤ原を見るに及んで、益々その心は切になる。トラノオの花もある。そうしてヒョウモン類もすばやく飛んで過ぎた。ただドクゼリが無い。

ルリシジミの様なのが変な具合に飛んでいたので、注意したらウラゴマダラシジミであった。右図の様な草に止る。産卵をしそうである。惜しい事にそのまま飛び去った。杉の一寸した木立の下を通る。ヤンマの類がしきりにおまわりをしている。ギフヤマトンボではないかと思った。気を付けるともう一匹いる。勿論とれなかったし、名も分からなかった。遠くで雷の音がするし、一・二度霧雨の様なものも降った。又モサモサ引き返す。ヨツボシハムシを二匹とった。馬フンをほじくりかえして、その下から一匹か二匹かの *Aphodius* を見つけては採集した。計四・五匹とったが二種である。又アオイロヒメコガネが多いし、気を付けていると、八割から九割がこの var〔変種〕であるらしい。普通の奴は二匹見つけた。又クリイロヒメコガネと呼ばれるものであろうか、美しいのを一匹見つけて毒管に入れた。

それから夕方まで、床の中で小説を読んだり、色々先の事を考えたりした。そうすると、今の社会状勢がいささかシャクにさわったが、今更しかたの無い事である。シャクにさわるのも、今頃なるのは変であるし、馬鹿らしいと考えたがその時は。第一、こんな事は考えるだけでもくだらんし、低級であるではないか。ツァラツストラの云う套蠅〔市場の蠅の意か〕ではないが、こう云う事を書くのは腹が立つ。

今日は「それから」[*53]を読み終えた。代助にしても、兄の誠吾にしても、その妻の梅子にしても、割に気持のよい人間で嫌にならない。ただ親父は嫌であるし、平岡は気にくわない。その代り三千代はよろしい。もっとも、これは甚だ甘い私評であって、代助にしても歯がゆい所があり、誠吾は勿論ケイベツした上の嫌でない奴であり、梅子は所セン女としてのケイベツは掩うべくもない。しかし概して、たとえば明暗の様に登場人物に気のくわぬ奴ばかり多いのとは異る。その点「三四郎」[*54]は実に気持のよい作品である。その中の誰をとってきても嫌でなく、尊敬が持てる。与次郎でさえそうであり、美弥子やよし子にしてもそうである。最初読んだ時は別段の興味も持たなかったが、今度はすっかりこの作品が好きになった。キビキビしている。内容も高いし、会話だって凡でない。別に汝孤独の中へ逃げ込めと云う必要は無い様に思える。

夕方空はきれいに晴上った。そして西日が低くなる頃、やわらかいクリーム色をまぜた水色になって、夏の来た事を告げた。実際暑かった。しかし涼しげにヒグラシの声がした。と、向こうの森で数匹の声が唱和した。とたんに今日山で見つけた、一箇のヒグラシの脱殻を思い出した。それは杉の木立の下草についていた。それと共に、箱根の杉林の下草にたくさんの脱殻を見つけた事を思い出す。Erinnerung〔ドイツ語、思い出〕は無限につづく。そして今、七月の上旬である。箱根でもそろそろ一番ヒグラシの多い頃となるだろう。そして毎夕、毎朝、いや一日中、かのなつかしい、恋しい、声の合唱が聞かれる事だろう。

7月8日（月）　曇後晴

昼間は全く勉強が出来なくなった。申訳的に三・四時間を机の前に坐すが、全く能率が挙らない事おびただしい。その代り夜は集中できるので、昨日も十二時近く、今日は十二時半過ぎまで、勉強したり、本を読んだり、創作を書いたりした。昨日は虫界速報[*55]へ出す「松本地方の春の蝶短報」をざっと書き上げたが、今日は今まで考えていた山百合を書き初めて、㈠を二時間近くかかって書いた。松本で六月に書いた奴はどうもまずいし、手紙で続けると無理が出るので、今度は主人公を野上として普通に書いて行った。今度は何とか書けそうであるが、㈡以下の会話にツァラツストラやホールデン[*56]などの思想をもりこみたいので、うまくまとまればよいがと思っている。

7月9日（火）　雨

夜、創作を書き続けた。そしてさすがにむずかしいと思った。ためしに三四郎の初めを読みかえして見て、あらためてその見事さに驚いた。完璧の文章とはああ云うのを云うのだろう。如何にもキビキビしている。少し自信が落ちた。然し十二時までかかって、㈡と㈢とを書き終えた。共に㈠の二倍位ある。何とかまとめる事が出来そうだ。今の自分にはこれ以上の構成は出来そうもない。書いていると蚊がむヤみとくる。窓をあけてあるせいか、二、三十匹を殺した。が、窓を閉めに行くのもメンドーなのでそのまま書き続けた。

7月10日（水）　雨

今日も一日降っている。

午後はとうとう創作を書き通した。㈢の終りと㈣と㈤を書き終えホッとした。後で読み直したら㈠がいかにもカタ苦しく、シャチコバッテいるのであらためて書き直したが、大してよくならなかった。とにかく初めての創作としては自分ではかなり満足した。三四郎を参考の為、又読み直したが、その目で見ると全くすばらしいものである。うらやましくもある。思わず嬉しくもなる。

夜、裏の水田の所へホタルを見に行った。雨が止んで月が出ている。居ないと思っていると、水田のアゼに植えた豆の根本で光っているものがある。幼虫かもしれん。

と一匹、すうすうと飛んでくる。光りがすッすッと消えたりついたりする。光りが流れると云う形容である。それから一匹つかまえて、それをカヤの中へはなして寝た。カヤの天井の辺を光りながら飛んでいるのをしばらく眺めていたが、やがて寝てしまった。

7月13日

夕方、雨戸を閉めながら春寂寥〔松本高等学校寮歌〕を歌ったら、血潮が上ってきたので大きな声をしたら、親父が馬鹿声を出すなとおこった。何と云うベラボーな話であろう。むっとして少ししてから裏へ出た。水田の水を見つめながら、色々おこったり考えたりした。高校を出ていながら高校を理解しない。個人の罪であるか、社会の罪であるか。自分は寮へ逃げかえりたいとも思った。しかし自分は高校生をライサンするが、彼等が果してそれだけの人間であるか。こう厳正に見つめる時、自分の裡《うち》には恥が浮ぶ。自分とてもずい分ダラシがない。今日の午前中をネテ下らん事を考えて過したごとき時間を何と思っているのだろう。然し高校生の中がやはり自分には一番好ましい。より真実を、よりハダカを、より若々しさを見るからだ。比較のよりをつけねばならぬを自分は悲しむ。去年の十月頃はあらゆるものを美化して考えた、幼稚だったから。然し今の自分はあの当時より楽しくない、目をそむくべきものを高校生の中に見出すから。否定せざるを得ない生活を見るから、これは自分としては発展である。然しあの当時がなつかしい。あれだけの感激が今の自分に果してくるだろうか。それはそうとして、父の言葉は自分にとっては不愉快以上である。普通の父であるならケンカをするだろう。

今日板垣さんの所で思いがけなく豊富の蔵書にあった。ドストエフスキーやら世界名作がズラリとある。もう本に不自由しない。見て居れ!!

7月14日

大いにアセって本を読む。ドストエフスキー「賭博者」「貧しき人々」*57を読み終る。賭博者はインウツな迫力がある。然し賭博と云う罪悪をはっきりと感じた。それが人格の成長に何の係りがあろう。ノロうべきものよ。「貧しき人々」はドストエフスキーとしては不思議にアブノーマルでない。特にヴァルワーラの手記は、美しい、感じよい、気持よい読物である。ヴァルワーラが、パクローフスキイの本棚を落っことすあたり、パクローフスキイ老人の描写、パクローフスキイが死ぬところ、あたりは驚くべきものがある。マカール・ディエーヴシキンの心が最後の手紙にはっきりわかる様な気がする。「何も知らない。また読み返しもしない。文章も直さない。ただ書きたくて書いて居るのだ。少しでも長く貴女への手紙を書いていたいので…おゝ、おゝ…ヴァーリンカよ、私の宝よ、最愛なる友よ！」で終っている。

賭博者はあんまり気持のよいものではない。しかし、迫力が感ぜられる。主人公のアレクセイ・イヴァノーヴィッチと云う人間は、ケイベツすべき人間であるが、愛すべき人間である。実は自分はあんまり急いでこの本を読んだから、その筋さえもはっきり理解出来なかった。しかし、その人物、会話にドストエフスキーらしきものが一面に表われている。

7月16日　晴

本当の夏になったのであろう。あの空の色を見る事が出来るのは嬉しい事だ。午後この前の途をどんどん登って行った。もう虫には期待をかけなかったので道ははかどった。ウラギンヒョウモン、ウラギンスジヒョウモンなどがたびたび目につき、オニヤンマが路上をゆっくりセンカイしていた。オオシオカラトンボ♂を一匹見た外は、前の様にシオカラトンボのみ多い。

長い事歩いてジリジリと日に照りつけられた。カヤ原がつづく。キゴシジガバチらしきものが路上にいるのを見た。ジガバチによく似た種類が何度も道を行ったり来たりしているが、このキゴシジガバチの上までくると必ずつっかかって、ジイジイ翅音を立てさせた。

やがて道は細くなる。左側には水音がつづく。急に深山らしくなった。一人と云う意識が強く胸をうつ。緑の草、アザミの花、カヤ、くぬぎの葉。そう云うものをどんどん後にした。こんなにも何とも云いようのない気持。寂しいのか、悲しいのか、いくらか楽しいのか。

と、急に畠に出た。深山気分は一遍に無くなって、馬鹿らしくなった。もうこの山はつきたのだ。向こうに目標にした山がそびえているが、もう暑くてノビた。水田がある。人のいる小屋が見える。しばらく芝の上にころがった。ジャマをするアリを悪んだ。シオカラトンボが一つ、飛んでは止まっていた。その辺のスケッチをしたが照りつけられて参ってしまった。

帰には、美しい真紅のショウジョウトンボを二つ見た。嬉しい色だ。それからハチモドキハナアブの珍しい奴を花で得た。この大石田滞在中は昆虫とは縁が無いだろう。上高地が一寸うらめしい。八月初めにそこを訪れたい。然し――全くなさけない世だ。

歩きながら、ヒグラシの音にさそわれる様に、箱根の事を思い出す。ババアが作るシラタマの汁粉を思い出した。汗が出てヤリきれなくなると、あのなつかしい温泉の色を思い浮べる。

セミはこの三日ばかし前からアブラゼミが鳴いた。今日もずい分多く聞いたし、その姿も三回程見た。この山ではもっと前から出ているのだろう。山の登り口の所で柱にとまったアブラゼミを一米位近くで見たが、そのキインキインと頭にひびく鳴声が妙にさびしかった。このセミの声をさびしく聞くのは初めてである。エゾゼミの類は少ないが声が聞かれる。ルリシジミがよくいて一匹つかまえたし、イチモンジチョウ、コチャバネセセリを捕えた。蝶には少しも目新しいのが居ない。他の虫もそうではあるが。

ツルゲネーフの「父と子」[*58]を読み終えた。別に書く事もない。やはりツルゲネーフらしさ、美しさが感ぜられる。バザロフとアーカディーの友情と云うもの、その限界、性質の相異。バザロフの父、アーカディーの父ニコライ・ペトロウイッチの人の好さ位が目につく。バヴェル・ペトロウイッチはニコライに対照する人物。アンナ・セルギエウナに至っては何も分からない。アーカディーの田舎の景色などが美しく頭に浮ぶ。ニヒリストを通して現代と未来、新と旧との対照を表わしたものだろう。バヴェル・ペトロウイッチとバザロフの会話其の他にこれが表われている。結末は何を表わすか。新しさの敗北か。そんな深い意味はないのか。平凡の勝利と云う様な事がボンヤリと考えられる。結末に於て、バザロフの老父母がその子の墓に詣でるところの言葉――。彼等の祈禱・彼等の涙が効ないものであろうか。愛、神聖な、献身的な此の愛が無力なものであり得ようか、否々。墓に隠れた人の心が如何に熱烈で罪深く、反抗的であろうと、芝の上に育った草の花は、其の清浄な眼ざしを以って我々を清々しく眺める。彼等は我々に永遠の平和を語るばかりではない。彼等は「悠々たる」自然の、あの大なる平和を語る。彼等は又永遠の和解と、無限の生命とを語る。――これで終っている。このところはニヒリストの否定であると思う。解題に曰ク。保守派の人々はツルゲネーフはニヒリズムに同情して青年の歓心を買わんとする者だとし、青年派進歩派はツルゲネーフは若き時代を誹謗讒誣《ざんぶ》する者と非難したとある。然し小説の真の意味はそんな所にあるのではなかろう。これをもって普遍を律することなかれ。

7月20日　晴

暑い日が続く。昼頃から四時まではじっとしていても汗がにじみ出て昼寝も出来ぬ程だ。夜は電灯にくる虫が多い。サクラコガネは普通だし、ハンノヒメコガネが時々やってくるのは嬉しい事だ。15日頃よりトビイロケアリの羽蟻と不明アリの羽蟻がくる。後者は15日に無数に来たが、それからは稀に見る。前者は多くない。一夜に二・三匹が多い。イラガもくる。セマダラコガネもくる。ゴミムシもくる。嬉しいのは小さな *Aphodius* がくる事だ。二・三種あるらしいが、個体数は少ない。

7月21日　晴

朝「三太郎の日記」[*59]を読終った。何のために書を読むか。知らないのが口惜しいから読む。商売だから読む。現在の楽しみを求める為に読む。自分の生活の基礎を拵えるつもりで読む。と云う一節があるが、自分は之に心をひかれる。俺は知らないのが口惜しいから読むんだ。たしかにそうだ。今月になって十四冊読んだ。「三太郎の日記」をやっと読み終えたのは嬉しい。ツァラツストラも嬉しい。ドストエフスキーも嬉しい。自分の知らない名高い本が消えて行くのが嬉しい。

白樺復刊の懸賞小説を出そうと考える。「才五郎」とでもして、受験時代とその目より見たる高校生を画《えが》くつもり。

夜、*Anomala*〔セマダラコガネの学術属名〕の飛来あり。スギコガネ1（之は初めて）、サクラコガネ3、ハンノヒメコガネ3、ナガヒラタムシ、アカビロードコガネ etc.

この家の畳を穴をうがつ害虫はクシヒゲシバンムシ（日本昆虫図鑑）だソーだ。

7月23日　晴

昔々一匹の　油虫めが居りました
子供の時から正真の　間違ひなしの油虫
或ときふいと蠅捕りの　薬を入れたコップへと
のこのこは入つて行きました

ドストエフスキーは妙におかしみのある作者だ。「悪

霊」[*60]中でヴァルヴァーラ夫人にレビャードキンが彼の寓意詩を語りあげるところ。

上巻だけを読終ったが、個々の話法、戯曲とも云うべき会話のたくみさ、等に感心したが、筋は入りこんで何だか分からなかった。スチェパン氏、ヴァルヴァーラ夫人等の性質の描写には感心した。この中で作者はツルゲーネフの「父と子」の悪口を云っている。

ニコライ・スタヴローギンももやもやしてよく判らない。米川正夫の序に代えてを読みかえして合点が行く程度である。ニコライをシェクスピアの王子ハーリイ（ヘンリー四世の登場人物）にたとえたのは、作者がこの主人公に厚意をもっているのではあるまいか。

7月24日

「才五郎」を書く積りでいたが、朝の新聞に新日本社の懸賞募集が載っていたから、急にそれを書く事にした。二十枚以下とある。「虫けら先生」と云うヒョッとした思い付きで、午後一杯で書き上げてしまった。最初の一・二枚は、考え考え一時間もかかったが、中頃から一《いっ》瀉《しゃ》千里で、初めはなかなか二十枚になりそうもなかったのが、もう五・六枚無いとものたりない気がした。調子と云うものは恐ろしいものだ。読み返して見ると、大して感心した代物じゃあない。もっとも、たった五時間足らずだ。之で１５００円とれば虫が好すぎるだろう。

7月26日

ドストエフスキー悪霊後巻を読了。文豪カルマジーノフ氏が祭りで朗読するところは素直に面白い。これは早速「才五郎」にとり入れた。

……処で主題《テーマ》は？……此奴が又誰にだって分りっこないのだ。それはまあ言わば、色んな印象や追憶の総締めのようなものであった。それに又癪に障るのは、此の接吻の仕方が一般人類のそれと違っている事である。先ず辺りには必ず一面に金雀枝《えにしだ》が生えて居なければならぬ。（是非とも金雀枝か、或いは植物学の本でも調べなければならぬ様な草である事を要する）。それから空には是非紫色の陰影《ニュアンス》が必要である……何か水精《ニンフ》の様なものが藪の中で啼き出すと、突然グリュークが葦の茂みの中でヴァイオリンを弾き始める。彼の奏した曲は en toutes lettres と云うのだが、誰一人知ったものはない。音楽辞典でも調べなければならない。やがて霧が玉の様に渦巻き始めた。その舞うこと、舞うこと、まるで霧と云うよりは、数百万の枕と云った方が適切な位である。……天才は沈んで行く、――そして遂に溺死して了う、と読者諸君は思われるかも知れないが、何うして、何うして、そんな事は夢にも考えていないのだ。

午後、親父と散歩に出た。最上川は日照り続きに川幅も狭くなって砂地が現われていた。一寸した杉の木立にはアブラゼミが無暗といた。カンゾウが咲いていた。「この生命はや」と云う歌を憶い出した。大きな桑の木の下陰に腰を下ろした。あたりにはスギナが一面に生えている。一匹のシャクトリが完全な擬態を示して、枝の如くじっとしている。スギナの関節をとってはハメたりしていると、幼い頃の事、青山の原の事が夢の如く浮んできて懐しかった。日が低くなった頃、岸を帰って行った。夕焼けにはまだ間がある。川水は海の様に蒼かった。

7月27日

今日は親父の Birthday Party だと云うのでヌタ〔枝豆の餡、ずんだ〕のボタモチが出た。親父のタンジョー日は何時も箱根で忘れてしまって、ついぞやった事がない。ボタモチをもったいぶって食べていたら、ヘキエキしたと感違いされて、残しなさいと云われたので、実はもっと食べたかったが、一つ残して来た。少し残念である。夜は盛に才五郎を書く。昨日又三四郎を借りて読み出したが、もう五回目である。何回読んでも、そのたびにうまいと思う。夜、親父の肩をもんだり、たたいたりした。手が痛くなって閉口しても、仲々もうよいとは言わない。でも、死んだ時、後カイしても始まらないと思ってもんだ。人一倍親孝行なのに、どうも実行がともなわない。今日も煙草を吸うものじゃないと言われて、ハアハアと答えた。どうも困ったものだ。もっとも、もう一月も禁煙している。

7月29日

親父が肩をもめと言う。もみながら話すのを聞くと、子供の様な事が多い。夕食のカレーライスを大いに期待していたら、どうも甚だまずい。カレー粉にカビが生えたに相異ないと、三べんばかしくりかえした。ノミの話をする。ノミは甚だ利巧な動物である。金瓶でフクロには入って寝ている時、朝になって、捕えてヤろうと大いに楽しみにしていると、もう居ない。どうも利巧だ、としきりに感心する。ノミの方が数倍えらい様な事を言う。年をとると愚にかえるのかも知れぬ。随筆を三枚書いたら１７０円くれた——、への様なものでねと、驚歎している。どうも面白い。童牛漫語[*61]は70円だ、70円だぞと云ったが、それでも米一升だからな。いくら何だって米一升位の価値はあると、しきりにガイタンする。

かたをもみ終ってメンドウだからそのまま寝てしまった。今日「才五郎」を書き終ったからホッとした。百枚近くにはなると思う。自分には初めての大作？だから嬉しい。ところが、寝苦しくて眠られない。やっと寝たと思ったら、真夜中に眼がさめた。どうも苦しい。熱があるようだ。便所へ行ったらフラフラした。床につくと明らかに熱がある。くらやみの中で、歌数首を考えた。忘れるといけないと思って、ワザワザ電気をつけて手帳にかきとめた。風が外の木をザワザワさせていた。

7月30日

熱は八度ばかしある。朝からずっと寝る。

今年の夏は例年になく暑く、七月初旬・中旬の暑さは大したものだが、土用よりこの辺いくらか涼しい。少し

ぬ。

天気がくずれたのかも知れぬ。ずい分長い間、雨が降らぬ。

体のふしぶしが痛む。

然し病気も稀にするのは悪くはない。そう苦しくない病気なら、ただヌレ手拭を頭にのせるだけで気持よい。氷でひやすのを考えるとなつかしい。病気もずい分しなかった。幼い頃はずい分多くやった様に考えるが、やはり大きくなると強くなるのだろう。去年は大抵大町へ行ったのは今日の事だろう。

あそこで腹をこわして一人寝ていた事を思い出す。あの砂地の土地、エゾゼミの声、父母弟妹から遠くはなれて、然も明日とも分らぬ戦の中に、病でふしているのは心細いものだった。あの時、思わず熱い（言葉の調子ではない、真にあつい）涙があふれたものだ。そいつをむりにしぼり出して寝ていた。あの頃を思うと、数々の事がまぼろしの様に浮んでくる。工場内のコークス運び。終戦の時、放送を聞き終ってから、頭をたれて黙々と歩いて行く人々の後ろ姿。これは高校生である。朝鮮人だか何だか知らんが、工員がはしゃいでいたっけ。解散コンパの事。山形へ行くか、東京へ行くか分らず、一番後までボヤボヤしていたものだ。あの時工場の病院には、辻[62]や大橋、竹内なんかが寝ていたっけ。

7月31日
熱は朝7度で大体その位だった。然し、だるく、苦しい。少しもはっきりしない。

矢島さん[63]から葉書が来た。九月一日に入寮式らしいとあったので、すっかり嬉しくなってしまった。

新入生の入る事は、恐ろしい気もするが全く、はり切らざるを得ない待ちに待った事だ。食糧事情、ゾルの問題等々あれば、もうとっくに彼等と暮していたろうに。

自分はこの頃、以前の様に無条件に高校生活を讃美出来なくなった。どうも不愉快な事が目につきすぎるので、くだらん奴が多すぎるので。自分は去年の業火の頃と全く異ってきた。あれからずい分本を読んだ。一月十五冊から二十冊を読んでいる。全く西も東も分からなかった自分は、今では何とか目鼻がつく様な気もする。小説も、かなり読んでいる。文科の者と語り合うのにさしつかえは無い。認識論はもっとも好むところだ。唯物論だって批判出来る。然し、自分には、以前の感激が無い。寮歌を歌っても、あれだけの気持で段々と歌えなくなった。知識はふえた。頭も充実してきた。然し、自分は前よりも感激性がとぼしくなった。之は悲しむべき事だ。以前の自分の方が、たとえ無智にしろ人間として見られたかも知れぬ。今の自分は下宿にでも閉じこみたい気が一杯である。

　然し矢島さんの葉書に入寮生の事があったら、さすがに、やるぞと云う気がみなぎって来た。自分は神に助けを乞う。頑張る積りだ。

　毎日新聞の社説に、今年の稲はそだちよく、この分では平年作は大丈夫だと云う、大へんな予報である、と書いてあったので、思わずおかしくなって笑ってしまった。

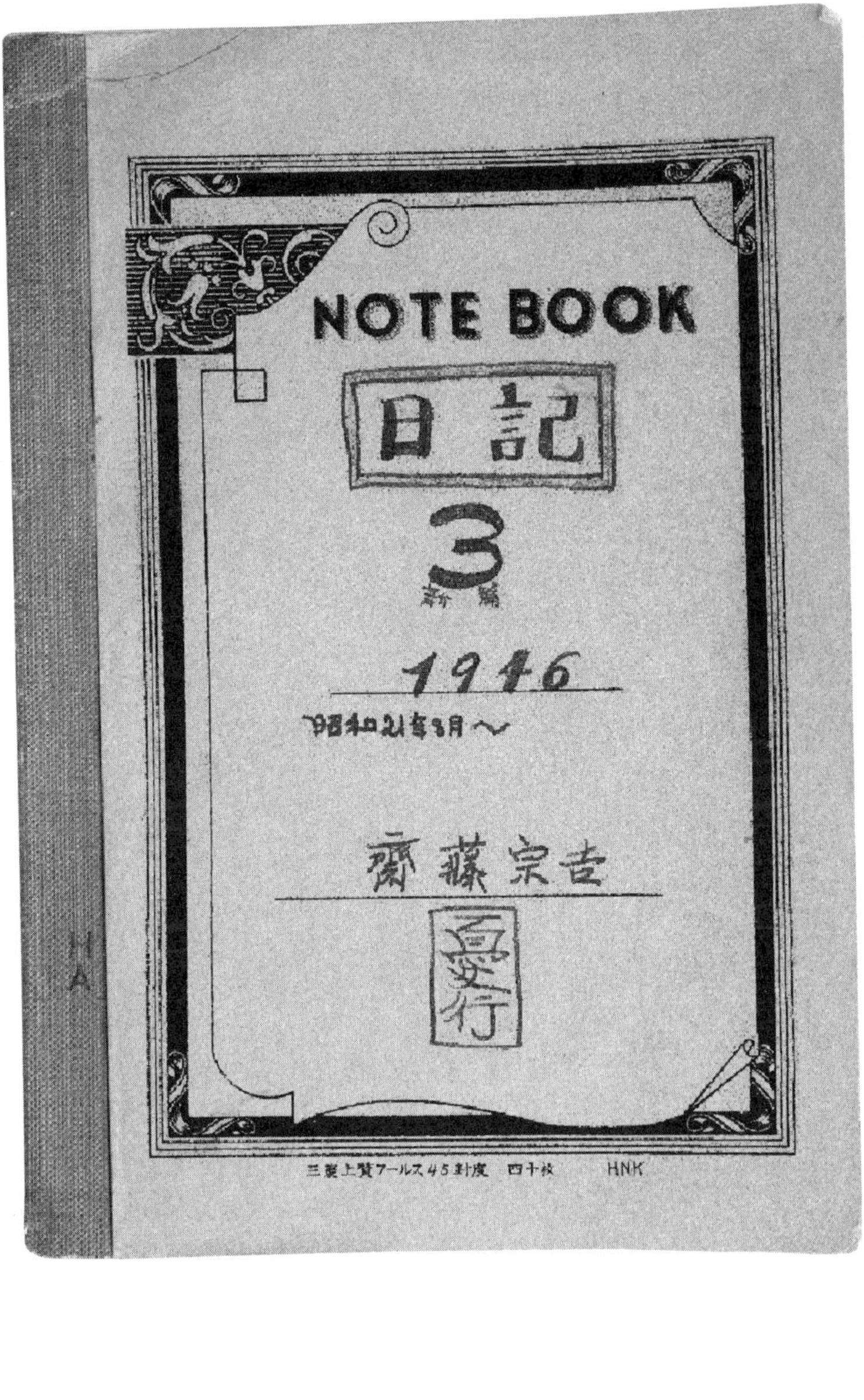
NOTE BOOK
日記
3
新編
1946
齋藤宗吉
三菱上質アールス45封度 四十枚 HNK

日記

新篇3

1946

昭和21年8月〜

斎藤宗吉

(印)憂行

自分は小さい頃――小学校三・四年頃からだろう――より日記をつけて居た。大きいのやら小さいノートやら、それらの七・八冊の日記がすべて無くなってしまった去年の五月末、自分は又日記を新しくつけ始めた。それは大きなノートだった。それから早一年と二箇月の月日が経った。二冊のノートが一杯になった。

自分は3冊目の日記をこの小さなノートに記して行く積りだ。自分は日記としては大きなのを好む。が今手元にこれしか無い。自分はこのノートを八月末、自分が大石田を去る日まで書き上げてしまう積りである。今自分には時間がある。それにまかせて、焼けてしまった日記の補充の意味で思い出す事なども記して見たい。その大略は既に新篇1に記したから、一つの細い事について書きたい。それからあるテーマに関して、毎日何かを書いて行きたい。そうして行く中《うち》に自分は成長するだろう。

3

昭和21年8月

8月1日

熱が落ちた。しかし節々が恐ろしくダるい。

星野清流から手紙がきた。色々書いてある。勉強しているらしいので安心した。星原、武藤、横山、茂作等の名前が出て来た。さすがになつかしい。宮尾さんからも手紙がきて、百子出産とある。女だそうだ。夕方手紙を書く。清流には忽ちにして六枚を書いたが、宮尾さんの方はそうは行かない。赤ちゃんおめでとうでつまってしまった。どうも真面目な手紙は甚だ困る。

カントの道徳哲学原論*1を読みながら、どうしてこう長たらしい云いまわしが出来るかと不思議な気さえした。訳のせいでもあるまい。哲学だからと云ってむやみに混み入らせる必要もあるまい。つきつめて考えて、それをそのまま写して行くからか。出来るだけ忠実に自己の考えを写し出そうとするためか。それはそうに違いないが、それでももっと簡単に歯切れよく切れる所もいくらも目につく。三四郎のテキパキとした文を好む自分にはこの長たらしい文章はどうも不可解だ。

何事も自分でやって見て初めてよく分かるものだ。

この四月、芸能祭で芝居をやって[*2]から、映画を見るのでも、筋を見ずにむしろ演技を見る様になった。創作をし出してから、ただ筋を追う小説の読み方をしなくなった。三四郎を讃美するのはその為である。

〔木下〕杢太郎[*3]が画がうまいのを初めて知った。芸林間歩[*4]と云う雑誌にそのデッサンの模写が出ている。どうも驚いた。上に書きたる画はどうも実に下手だ。よくまあこんな下手な画がかけると思う位だ。然し、この画は真の下手なものにはかけぬ。何か新機軸を出そうなどと考えるものでないと書けぬ。そう思ってウヌボれている。

サミュエル・バトラのノートブック抄[*5]は仲々面白い。神と悪魔は労働の専門化と分業の成果だ、などはケッサクではないか。

8月2日

県知事が蔵王山の駒草を持って来た。親父の歌ヒ〔碑〕の傍に咲いているものだと言う。

思ったより小さく思ったより気高い。

高山の狭霧の中に寂しく咲く花だ。

人の目にふれず、そっと岩かげに咲く花だ。

孤独を好む人の目にのみふれる花だ。
薄桃色の気高い花よ。
吾は汝を愛す、限りなく。
何時の日か、吾も又汝を岩陰に見出すであろう。

昨日の夜はツアラツストラの三部を読み始めた。たしかに名文である。よく分からぬともその調子が何とも云えない。この訳文も大いによい（竹山道雄）。まだ本棚にニイチェのもので、この人を見よ、人間的余人間的、がある。ここを立つまでに読み切ってしまぉう。ゲーテとの対話*6も二度程読みかけて中途で止めてしまった。今の中に読んでおこう。

板垣さんの所にはまだまだ読まぬ本がウンとある。三四郎ならずとも読書の限界を知りたくなる。死の家の記録*7を借りて来た。しいたげられし人々を読めば、ドストエフスキーの主なものはすべて読んだ事になる。

かつこうよ、そよぐ早苗よ　あけぼのの明るき歌を
そよかぜの愛のたよりを　われながく忘れ来しかな
新しきしらべのうちに　山河はわれにかへりぬ

鳶尾草《いちはつ》よ、野ばらの花よ、しづかにも匂へるものの
よき智慧と黙《もだ》す言葉を　われながく忘れ来しかな
天よりぞ降したまへる　この幸は今日ぞかへりぬ

麦秋よ、みどりの丘よ　仔羊のむれを追ひつつ
童らの吹く草笛を　われながく忘れこしかな
夕暮れの炊《かし》ぐけむりの　やすらひは今日ぞかへりぬ

夢多き胡桃の蔭よ　たちよりて汗をぬぐへば
なぐさめは涼しきものを　われながく忘れ来しかな
美しきのぞみにみちて　山河はわれに帰りぬ

ああ、今日し野中に立てば　乾し草もとみに香にたち
ものなべて活きて声あげ　ものなべて活きて息吹けり
見忘れし親しきものの　ああ、今日ぞわれに帰りぬ

大木惇夫*8の詩である。大したものでないが、われながく忘れ来しかな、と云う句は気に入った。

8月3日

昼寝をしながら、何と云う事無しに和田の事を考えて

いた。あの変人の顔や言葉をなつかしく思い出して、さて彼は今どうしているかと考えたら急に考えついてガク然とした。彼は三月十日の空襲で死んでいたのである。彼が高校に落ちた頃、卑下した様な顔つきでさびしく笑ったのが目に浮ぶ。三月十日と云えばあの幸太郎がヤられたのもこの日だった。日本青年歌を声高らかに歌っていた彼。多摩河原で吟じた詩。独特な奴だった。中学の友の中で、一番会いたいとも思う奴だった。畜生、二〇才にして死に忘れし友の多き事。戦争の罪でなくてなんであろうか。

月の光に酔うて菩提樹の花は
甘い匂ひを注いでゐる
さうして夜鶯《うぐひす》の歌声は
空と木立を満たしてゐる

愛する人よ、この菩提樹の下に
すはつてゐるのはどんなに愉快だらう
黄金の月のかがやきが
木立の葉越しに洩れるとき

この菩提樹の葉を見るがよい！
どうだ、心臓の形をしてゐるだらう
だから恋してゐるものは
この樹の下が一番好きなのだ

× ×

ほつそりとした睡蓮《ひつじぐさ》が
湖《うみ》の中から夢みるやうに目を上げる
——月は空から挨拶する
愛の悩みに燃えながら

するとさも恥しさうに睡蓮は
またも波間に頭を落してしまふ！
そしてその足もとに蒼ざめた
あはれなものの倒れてゐるのを見る。

（ハイネ詩集[*9]）

家からコンビーフのかんづめを四つ送ってきた。米軍の放出物資である。親父が余計な事をすると云っておこる。無闇におこる。例の通り三十遍もくりかえして怒らないと気がすまない。困ったものだ。

窓より、二題
(大森田、3.VIII-1946)

アブラゼミがうるさく鳴く。馬鹿の如く阿呆の如くなって居る今の自分にはただ喧しいだけだ。もっともあの蟬の声がうるさい以外の何かに聞える時は、よっぽど変調か、妙な心境になっている時だろう。そう云う時が稀にはある。よい時か悪い時か。俺には分からない。

裏に四角い小さい池だか溜りだか、分からんものがある。二藤部さんの小っちゃい男の子がよく魚などをとっている。きたない水だ。それが二階の室からよく見える。風で波が立っている。ヘイと丸太といくらか青いものが影を落としている。それから青い空も明らかに影をおとしている。影が時々乱れる。輪がひろがる。何だろう。メタンガスか。虫のしわざか。稀に風がその手伝いをしている。西日をあびて四角い池は静まる。まるで写真の様にものを写して。

夕方自分はそこの附近に飛ぶホタルを捕った事がある。ホタルももう居ない。夕方自分は、その池の附近でブンブン云う、虫の羽音を聞いた。コガネムシであろうか。それとも池から飛出るゲンゴロウであったろうか。

空は明らかに澄んでいる。刷毛ではいた様な雲がある。如何にも軽やかだ。じっと動かないが、あっと云う間に変る様にも見える。向こうの山の上には入道雲。それも濃く色づいたのがどっしりとかまえている。コンリンザイ動きそうも無い。油画の様に、彫刻の様に、何十年でもそこにすわったまま動きそうも無い。

西日に当って、稲の緑が、桐の葉色が、トウモロコシの緑が、夫々の色をして輝いている。物干竿が光る。トンボの翅がキラリと光った。シソの葉が風にゆらぐ。四角い池の上をトンボが旋回して去った。

8月4日　晴

自分は何と云うなまけものになったか。8月になってから勉強の時間もとらず、自由な気持で本を読む積りだったが、寝ている時間の方が多いみたいだ。

午後3時、最上川の川原に出た。

美しい緑の草原よ。速き最上の流れよ。

自分は緑の原についた道をたどる。風が心地よい。アブラゼミの声が対岸の桑畠からひびいてくる。キリキリキリともう草原で鳴く虫がある。クサキリか、ヤブキリか、キリギリスか。自分は鳴く虫を知らぬ。少しずつ覚える様にしよう。

牛糞が二つあった。石をとってひっくりかえして見た。見ろ、こんなに*Aphodius*がウヨウヨしている。珍しい奴がいる。こいつは又何て美しいんだろう。赤色に光る。*Aphodius*の中では恐らく一番美しいだろう。しかし牛糞はきたない。今度ピンセットでも持って来ようと、三、四匹捕えて止めにした。

草原にころがる。春寂寥を歌う。日が照ってきた。帽子をかぶせる。方々から光がもる。美しい光の輪が何十と重なって見える。顕微鏡をのぞいた様だ。百貨店の丸ガラスの床みたいだ。と思うと、虹の様に七色になった。マツゲがヤブの様に林生している。

体の上を風が過ぎて行く。後から後から過ぎて行く。かまうものか。こうやって何時までも寝て居よう。

8月5日

午前中郵便局へ用があって出かけたが、非常な人で一時間も待たねばならなかった。そのおかげで少々もてあましていたカントの道徳哲学原論をかなりよむ事が出来た。

行列の横から割り込んで早くすましてしまう男がいる。東京だったら誰か文句をつける所だが、誰も何とも云わない。ノンビリしているのか。しかしこれではズルイ者は益々ズルクなるだろう。喧《うる》さく文句を云う男を見ると、その品格をうたがいたくなる。然し文句をつけるのは正当であり、つけなければならぬ。しかし、つけ方もあろう。気持のよいつけ方をする程の男は少しもつけないのだ。教養ある者は吾関不とする態度をとる。之はヒキョウである。自分にしてもそうだ。然しこんな事に時間をかけてむきになるのも馬鹿らしい。とにかく皆が或る高さに達してくれればよいのだ。教育!

今日も三時前から河原に出た。緑の原にねころぶ。

空が青いし、昨日の如く風があるから、さして暑くもない。北郊雑記*10をとうとう読み終った。楽しい、よい本だ。草の葉のそよぎを聞きながら、川水の音を聞きながら、ねころんで読む。何と云う楽しさか。

起上って大分低くなった日を眺める。夕焼にはまだ遠い。平和、愛、孤独、そう云った語がしきりと胸をかすめる。最上川の流れ、変らぬ音を立てて不断の水量が流れて行く。之も一つの神秘であろう。

緑の原、鳥の声、最も楽しいものの一つ。

風が野バラの木をゆり動かす。Heidenröslein〔野バラ〕

の歌よ。なつかしくも我が胸の中をうるおしてくれる歌よ。

草の葉の影がこのノートの上を動く。

夕方ともなれば太陽の光はもはや淡い。

寂しさ。自分はこの言葉を何遍でもかみしめる。そうすると不思議に胸の底から安らかさが浮んでくる。

寂しさ。それは人を高めてくれる。いくらそれに打ちのめされた様に見えたとしても。

寂しさは楽しさに通ずる。

黄ばんだ繁葉《しげみ》はざわざわふるへ
木の葉ははらはら落ちてくる――
ああ、愛らしいもの、やさしいものは
みな萎れて墓へ沈んでしまふ

森のいただきにはちらちらと
かなしげな日光が漂うてゐる
それはわかれてゆく夏の
最後のキスではあるまいか

わたしはなんだか心の底からして
泣かずにゐられぬやうな気持がする
この光景《ありさま》がまたわたしに思ひ出させる
ふたりがわかれた時のことを

わたしはおまへを棄てて行かねばならなかつた
しかもおまへが今に死んでしまふと知りながら!
わたしはわかれて行く夏であつた
おまへは死んで行く森であつた

××

春はこの世にやつて来た
草も木もみな花咲いて
青い空にはうつくしく
薔薇色の雲が棚曳いてゐる

高い小枝の茂みから
夜鶯《うぐひす》はやさしくうたつてゐる
柔かな緑の三葉草のなかに
白い羊はをどつてゐる

わたしは歌ひも飛びもせず

病人のやうに草の間に寝ころんで
遥か遠くの物音を聞きながら
自分でもわからない夢を見てゐる
（ハイネ詩集・同前）

8月6日
今日は大変暑い。

午前から「才五郎」を原稿用紙に書き写して四時半近くまでに凡そ四十枚近く書いた。為にペンダコが少々痛く、手首がしびれる様だった。

家からの手紙に西洋叔父が縁切れを望んでいる由あった。何と云う馬鹿野郎であろうか。たかが一代で忘れられてしまう蛆虫の様な自分に気がつかないのであろうか。これで高校を出た人間か。市場の蠅[*11]と代りが無いではないか。Sache〔モノ〕ではないか。

俺だったらもっけの幸いと、離縁状をたたきつけて、以後俺の親類などとタワケを抜かすなと、タンカを切ってやるのに惜しい事だ。奴等は世を渡るのにたくみだと自負しているのだろう。その為には手段を選ばぬのだろう。ただ体裁上都合のよい見かけの悪くない様な手段をとるのだ。内部はエゴイズムのガリガリ亡者だ。物質的に俺達から受ける何者も無いとウヌボれているのだ。馬鹿は始末に困る。

俺は金もうけが上手か。断じてうまくない。然し奴等の手前もうけて見せる。価値ある者は必ず見出されるだろう。俺はいくつかの小説といくらかの戯曲を書く。之の一つも金にならなかったら俺は自信を失う、その時初めて。

俺はもう小遣かせぎや酔興から書くのではない。Sacheに対する挑戦だ。人をみくびりやがって。永久に俺の事を親類だなんて呼ばすまい。

人間と云うものをしみじみ考える。松崎さんなどはこの世の中では神様の様な人だ。ただの一面識も無かったではないか。それを浅からぬ関係にありながら、都合が悪ければ止めてしまう様な奴が人間と云えるか。

親父の名がどの位不朽だかも考えて見るとよい。貴様の名が死んだ次の年には忘れられてしまうのを考えて見るがよい。まして憂行と云う者がある。

憂行頑張れ。

ドストエフスキー「死の家」

名文だ。何とも云えぬ描写だ。囚人風呂の有様など何とかが「リャリャリャ」と歌い出す所など驚嘆に値いする。訳文もよい。

訳文の悪いのはゲーテの「親和力」[*12]だ。自分は之を一時間我慢して読んだがとうとうほうり出してしまった。「そして」だの何だの接続詞から何から何まで忠実に日本語にすればよいと考えているのか。何と云うタワケだ。訳者は久保正夫とか云う奴である。

阿部次郎の「北郊雑記」は全部草の葉の中で読んだ。かたくるしい所は少なくて、ねころんで読むによかった。雑録、随想の様なものを自分は愛す。

殊に軍国主義、超国家至上主義等の非難が再三再四くりかえされているのを見て、今の世と共に、再考をうながされる所が多かった。これだけの頭を皆持っていればそれでよいのに、それでもまだ戦にひきずりこまれたのか。

追記。

俺は西洋叔父に対して怒ってはならぬ。それは相手の低さに自分を持って行く事だ。

市場の蠅と云う言葉は俺のとるべき道を教える。ただEinsamkeit〔孤独〕に遁れればよい。

夜も「才五郎」を夢中で書いた。手の痛くなるまで、ペンダコがふくれ上るまで。

8月7日

志賀直哉「剃刀」[*13]速読。

これは短篇集で日本文学全集に載っているものばかりの様な気がした。

速夫の妹　気持のよい中篇である。直哉的なもの。
網走まで
襖　これも直哉的。
荒絹　物語的なものとしては直哉には珍しい。
子供三題
剃刀　中で一番鋭い作だと思う。
正義派
清兵衛と瓢簞　短篇と云うものを教えられる。
出来事
佐々木の場合
大津順吉　以上二つは割に潔いものを持っていると思う。
赤西蠣太　これが価値あるものかどうか自分には分

からない。

十一月三日午後の事

8月8日

大石田へ角力がかかったので父などと見に行く。つまらんものだと思っていても見ればかなり面白い。然し一日見ている程のものでは無い。

羽黒[*14]と照国[*15]の土俵入を見て、中入の勝負は見ないで帰ってきてしまった。

角力をとる人の人格に対する努力などを考えて見た。人間としてとるべき道でないとは云えぬが、好ましい道では無い。そう云ってはヒドイであろうか。

多くのプロ運動家のおち入っている道を考えれば、別に極言とも云えまい。

8月9日

依然としてあつし。

マルグリット・オオドゥウの最終作「光ほのか[*16]」堀口大学訳を読んだ。

初めは下らんと思っていたが途中から、殊にエグランティィヌ（ほのか）の恋が破れるあたりからは感心して読み続けた。

終末のあたりは殊によい。主としてその文体、きびきびとしたと云ってよいか、やわらかいと云ってよいか、現在〔形〕で多く止め用法。そうした文体が気持よかった。訳者の功かも知れん。

犬のトゥウ坊が死ぬあたり、より終りの方一体は感心するに足る。然し「悪霊」などと比べるとスケールの違いと云うものを感じる。要するに美しい文だと云う事は云える。いかにも女らしい美しさ、やわらかさだ。

別に過大評価したとは思えない。気持のよい小説だ。その著者の無学らしさから初めは何か馬鹿にしていたけれど。

親父の画はうまいのか、まずいのか。そううまくない事はたしかで、むやみとまずくもない事もたしかだ。平均から云ったらうまい方だろうが、自分で画など書く連中と比べたらうまくもあるまい。

武者小路の絵をさかんに云って、俺もあの位は書けると称していたが、今日ジャガイモがうまく行かず石の如くなったので、どうも武者小路はうまい、とさかんにほめ出した。

それからトマトを書いて、割によく行ったので得意そうだ。

親父が百日目とかで今日初めて自分と一緒に風呂へ入った。一寸は入ったが、どうもいかんと流しでさかんにこすってアカを出して、ホラこんなに出るホラホラと、まるで自慢している様だ。

8月10日

親父は食欲がないと云って昨日から昼食をぬきにしている。今日は昼前からアタゴ山へ一人で行って勉強すると云って、原稿をフロシキにつつんで出かけた。アナクロニズムの恰好である。サンダワラをさげている。腰に敷くためである。

家から手紙来てウチが見つかった由。

世田谷中原附近九間だと云う。先ず嬉しかった。

カガミで見たらアバラボネがへって見えた。ここに来てからフトッタと見える。それはそうだろう。食うだけで何もせぬから。

俺はシュギョウして食わずともすむ様になりたい。ゲン米二食主義者の云う様に、単にカロリー、云々と云っても駄目な事はたしかだ。そう云う所に人間が自然と合致しない所があるのではないか。

Das Nachtlied 〔夜の歌〕

Nacht ist es: ach daß ich Licht sein muß! Und Durst nach Nächtigem! Und Einsamkeit!

Nacht ist es: nun bricht wie ein Born aus mir mein Verlangen, — nach Rede verlangt mich.

Nacht ist es: nun reden lauter alle springenden Brunnen. Und auch meine Seele ist ein springender Brunnen.

Nacht ist es: nun erst erwachen alle Lieder der Liebenden. Und auch meine Seele ist das Lied eines Liebenden. —

Also sang Zarathustra.

Das Grablied 〔墓の歌〕

"Dort ist die Gräberinsel, die schweigsame; dort sind auch die Gräber meiner Jugend. Dahin will ich einen

immergrüncn Kranz des Lebens tragen."
〔「ツァラトストラかく語りき」〕

8月15日
何と云う馬鹿気た話だろう。又病気になってしまった。

もっとも今日はもうほとんど直っているが。

12日には8度9分まで昇った。

次の日には腹がメチャクチャにぶっこわれて、始末にいけなかった。

やっと昨日大体熱が下ったが、腹はまだ駄目だ。

何しろ四食抜かしたからフラフラで、せっかく太ったぶんまでやせてしまった。

親父は不相変《あいかわらず》、ケルペル・プレーゲル〔身体衛生〕だの何だのと云っている。いくらシャチホコ立ちしたって駄目だ。寮へ行きさえすれば直る。人間は自然物と異ると云う所はこう云う所でも分る。

もう頭がムシャクシャしてたまらん。

気が違いそうだ。

モーイカリだ。

ベラボーな話だ。

精神的苦痛と云うものの大いさ。

「マッコイ病院[*17]」に〝人を気狂いにするのは易しいことだ〟とあったが、全くそんなもんだ。このマッコイ病院の作者は高校在学中より応召したそうだが、下らん小説家（今までの）よりよっぽどましだ。世界の「花の死[*18]」も割に面白く読んだ。

面白いたって、それがどうだと云うんだ。それが何か俺にもたらすのか、ベラボーめ。

親父は人に昼寝してはいかんと云ってグーグねている。

俺は後一週間以上ここには居れない。発狂するだろう。

二〇日が限度かも知れぬ。

とにかく早く日が経て。

いや電報が来い。

馬鹿は死なきゃ直らない。


「才五郎」がどうだって云うんだ。

あまり幼稚なのにあきれてしまった。かつてはその幼稚さを得意になってたが。

しかし、どことなく面白い。彼等の会話は自分にはピンとくる。然し自分にだけだったら、それだけでないか。

とにかく分らん。

然し自信を失った事は確かだ。

それで之から戯曲を書く。題は未定。内容はオボロに前から考えて見た奴。昨日寝る前に、寝床の中で少しまとめて見た。

一体、幕を少くする必要はあるのか。少なくした方が都合がよいだろうが、書く方は不満だ。

と云ってシェクスピアの真似も出来ない。

とにかく世の中はベラボーばかりだ。

もうイヤになった、このままでは。

チクショウ!!

8月19日

病気——あらゆる自信を失いさせるもの。

病気も短かいのはなにかなつかしいものだ。

長いのとなると全く閉口だ。

それでも何とか今日は直ったらしい。後は腹だけだ。

帰る用意も少しずつしている。

ダ性　恐ろしいものだ。

平凡な生活を平凡と感じなくなる事は恐ろしい。

死にものぐるい、狂気、熱狂、そう云ったものを欲する。

戯曲「愚かなる者」[*19]も大して気乗りがしない。ボツリ、ボツリと書く。「山百合」「虫けら先生」「才五郎」皆自信を失った。

「才五郎」だけは何とかしたい。が、とにかく百枚書いた努力だけで満足せねばならないのか。

平凡な日を送るのは嫌である。その嫌が嫌でなくなるのは尚嫌だ。

本も思ったより読めなかった。然しドストエフスキーの主なるもの全部読んだ事は嬉しい。ツアラツストラも三部まで読めた。

昨日「この人を見よ」[*20]を読み終って、三木清の入門[*21]を又読み始めたが、今度は割に面白く読めそうだ。

エゾゼミの声はだるい。然し同じ声が1942の7月26日、早雲山の頂上であんなにも新鮮にひびいたではないか。

この辺にはアブラゼミがむやみと居る。それに交って稀にエゾゼミらしい声がする。

蛙の鳴声は驚く程へった。ヒグラシも一・二匹が夕方に鳴くのみだ。

はや夏も終ろうとしている。

この夏は乾ききった、平凡なダラけた夏だった。

自分の心は秋を切に待つ。秋虫よ、寂しさよ。

数日前からウマオイの声がする。コオロギの声も妙に多くなる。

　コオロギの声位聞き分けられる様になりたい。

「怒り」と云うものは悪徳だ。全部がそうではないかも知れないが、人は全体として怒る事も必要かも知れぬ。しかし他人に怒りを見せる必要の無い時に見せるのは罪悪だ。

　昨日ある事からシミジミとそれを感じた。

〝遁れよ、汝の寂寥の中へ〟この句程自分の心を安らかにしてくれるものはない。市場の蠅の思想、それのみが荒ぼうとする自分の心をやわらげてくれる。

〝食いしんぼう〟と云うものは悪徳か、今の自分には分からない。

「幸福者[*22]」の師は終いには御馳走を食べなかった。しかしそれは他人に対してである。自己に対してでは無い。自分でゴチソウを用意すればそれを食べるだろう。

　他を侵さぬ限りうまいものを食う事はそう悪い事とも思えぬ。しかしそれが、人格への成長をさまたげる時にのみ悪徳となるのではないか。とにかく、人間は人間であるとともに自然の動物である。これは「と共に」でムジュンするものではない。

　午後、親父が愛宕山（神社）へ行くからついて行った。稲の花が咲いている。この花は昼頃まで咲いて、後は閉じるとの事だ。

　神社につくと親父は腰を下ろしたり、セッセと歩いたりする。

　自分は呆然として何か考えようとする。

　神社のランカンの四角い柱の下部に何やら大きな蜂がは入って行った。オオハキリバチだ。

　ヤニをつめているらしい。

　珍しい事だ。丸でクマバチの様に丸い大きな穴をうがっている。そしてそれが幾つもあいている。然しまもなく、それがクマバチの巣を利用したのだと分った。

　ヤニは松のヤニである。

　ヤニを採集するところを見たいと思い、注意して見たが駄目だった。オオハキリバチは一定の所へとりに行かぬらしい。ヒンピンと飛び去る方向が異なるし、時間も違う。

その中に空巣と思ったとなりの穴にクマバチが帰ってきて30分程滞在していった。面白い事と思う。

穴の下に棒にヤニをつけてさし出しておいたが、ケイカイするだけでとらない。その中にクチ木のクズをつめ出した様だ。

ベッコウバチの小さいのが三倍もあるクモを引きずっているのを見た。ヤシロの縁の下の方へ引いて行く。見ると同じ蜂が同じクモを引いて行くのをもう一組見つけた。一組をビンの中へ入れた。他はとうとう縁の下へ入ってしまった。

8月20日

体はどうやらよいようだ。

今日思い切って「才五郎」を白樺へ送ってしまった。どうにでもなれ。多少恥ずかしい。時間が経つ程どうもいけない。

「愚かなる者」の方は益々いかぬ様だ。

それでこれからはサロンに[*23]でも投稿して少しずつかせぐつもりだ。俺もとうとう大衆作家になってしまうか。ああ。

午前中、親父の後からアタゴ山へ行く。

この辺にはムネアカオオアリが多く、稀に小型の奴が居る。

神社の木柵のクサッタ所を小さい奴が歩いていて、クチキの中にもぐったのでほじくったら、そこは洞になって居て  （コノ位）中に小さい（クロヤマアリ位）のが三匹と大きな♀が一匹居た。この小さいのはこの♀が養った最初の奴かも知れぬ。

昨日のオオハキリバチは穴の中にジッとひそんで居た。

ミンミン、アブラ、エゾゼミ。ツユムシの様な声の鳥の声。

オニヤンマが時々過ぎる。ミヤマアカネ、ナツアカネも見た。

昨夜、便所の窓から見た星空がうつくしかった。

昨夜、夜半に聞いた虫声はなつかしかった。

毎年の様に、毎季節に、又毎日に、見るもの聞くもの、変らぬもの。それでもそのたんびに新しい。

午後4時半頃、又アタゴ山へ行く。

クロスズメバチが大きな腰の太い□蛾〔?〕のふみつぶされた奴の腹を食いちぎろうとして、さかんに首をつっこんでいる。

又クロスズメバチがトウモロコシの食べた芯を盛にかみとっているのを見た。

ムネアカオオアリ中型の奴が、小さなクロマルエンマコガネの生きた奴を攻撃して、とうとうくわえて歩き出した。十分程してそこへ行ったら、まだその辺をうろうろしている。打撃をくわえて、コガネをはなしてみたら、コガネはまだ肢を動かしている。シュウネンブカクすぐよってきてくわえて行った。

ベッコウバチの一種が穴をほっているのを見る。

5時20分に体が丁度は入るだけ掘っていた。40分までに2回、多分クモを見に行ったのか、飛んで行った。（一回目30秒位）2回目は2分位してマダラのクモをもって帰ってきた（丁度5：40）一旦穴のソバにクモをおいて穴に入り、すぐクモをひきずりこんだ。ほとんど5秒の後、もうクビを出して砂を入れ始めた。そして砂を入れて、目にも止らぬ速さで体を振動させ腹をふりまわして砂をかためるらしい。非常にかわった性質で顔は全部外に向けたままである。

オオハキリバチの巣は黄色の粉末が一杯口元までつめられ完成した。となりのクマバチの穴に動いていたのをつつき出したらオオハキリバチだった。この穴にはまだクマバチがいるのに。

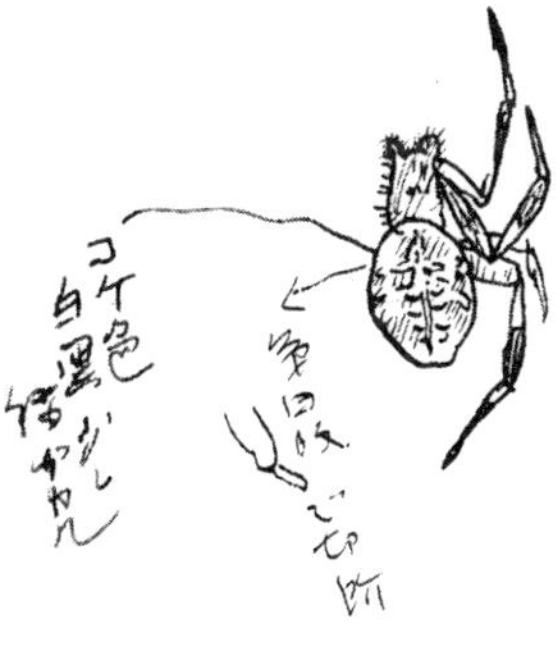

8月22日に掘り
約3cm下より現れる

8月21日

一人で山形へ行く。

山高の寮へ行ったら生徒が居て一時間程ダベって、寮生規約を一部パクって帰る。

寮は外観は割によいが、内部は松高と大同小異。

二ヶ月ブリでキザミをすってうまかった。

昼近くより「生命あるかぎり」[*24]を見る。下らん。時間がなかったが、松田さんの所を訪ね、オリクさんになど会い、急いで駅にかけつけたが間一髪で乗りおくれた。

で又引返し、色々昔の事など話してなつかしかった。

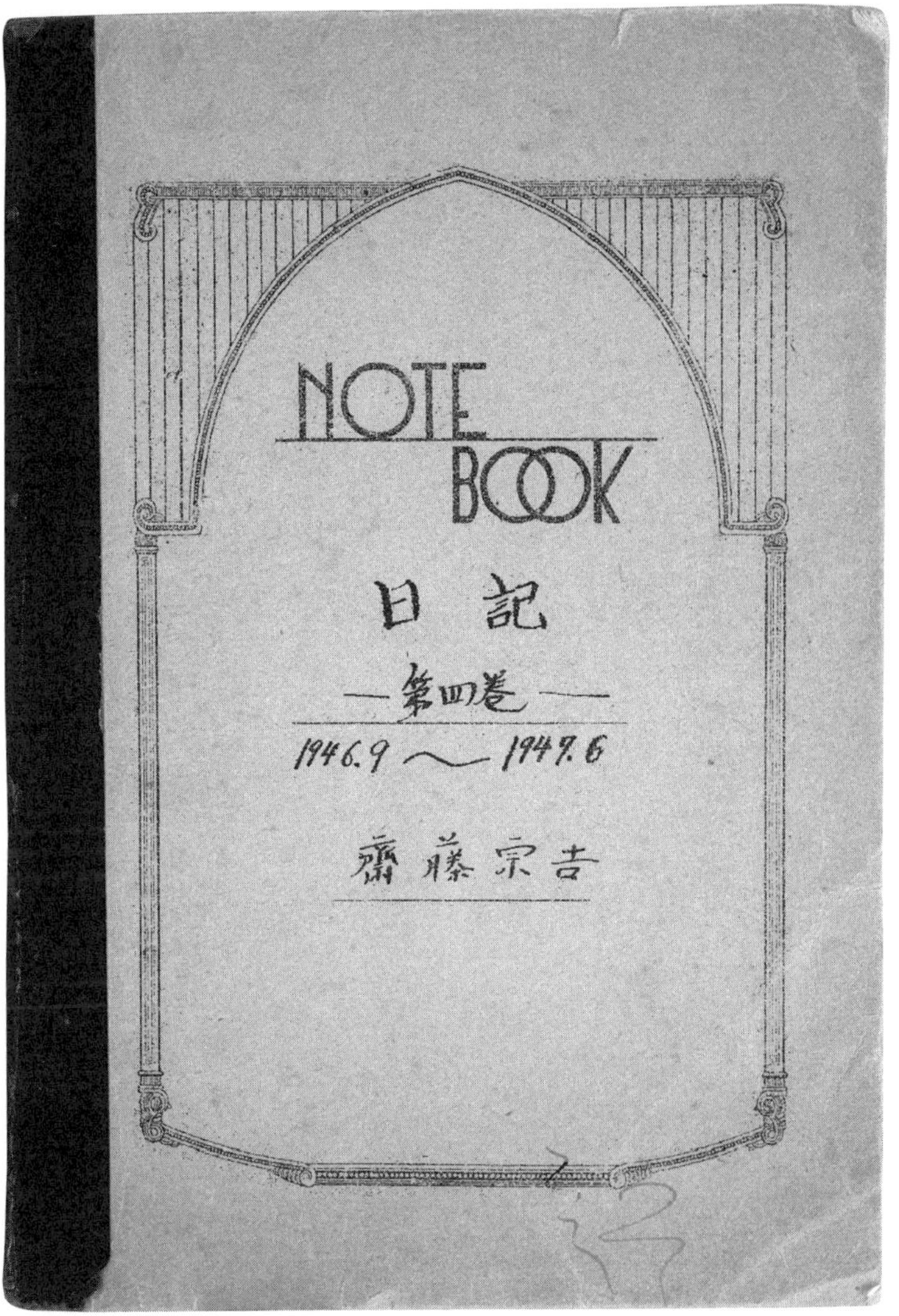
NOTE BOOK
日記
—第四巻—
1946.9〜1947.6
齋藤宗吉

日記

——第四巻——

1946.9〜1947.6

斎藤宗吉

どぶ川の流れはかなし幼くて笹を流せしどぶ川ぞこれ

この巻の終りにあたって

小さいけれど　はかないけれど
自分の心は　自分のもの
自分一人で　だきしめればそれでよい。
自分の小さな魂も
少しづつは　のびて行く。
このノート一冊で
私は自分の魂の成長を見まもる。
外の人には分からなくても、
私には一番ピンとくるのだ

さうだつたねえ。
何もかも灰になつてしまつて、
これからと云ふ気持でもつて、
あの青山の墓地かげの
青木叔父の家の机で
私は又日記をつけ始めた。
これで四冊
そして段々日記とは云へなくなつた。
ただ私の心が歌ひ　喜び　悲しむ
その跡がここにはつきりと映る。

私の心は、やうやく自分自身を見出してきた。
今はカオスのただ中で
どんな事があつても　ただ力強く、
生活して行けばそれでよい。
その間に　歌ふであらう心の、
その詩をかきつらねればそれでよい。

――1947．6．30――

4

昭和21年9月〜昭和22年6月

1946.9.

ジッヘルな〔確実な〕生活を送らざる時は日記をつけられないものだ。

しかし余り急がしき流さるる様な生活も又、日記をつける閑を与えない。

自分はこの事を今初めて感ずる。然しそれは表面的な自己満足かも知れぬ。自分の生活の奥底に着実な或物を求むる意欲が欠けているのかも知れない。

一年生を迎えた事。自分の一生と云えば大ゲさだが、この高校生活の一転機たる事には変りないだろう。与えるものと与えられるものと、与え然して与えらるるもの。上級生より自分の得たものと、下級生との生活より自分が得られるもの、それはどちらが大きいか。一に自己の生活態度にかかっているだろう。

今度は苦しかった。ずっと一時二時と云う日が続き、新入生を迎えては、デカンショ、東寮ストーム、説教ストームと続き、東寮が又ストームをかけてきたので、あの日はゴーチン〔轟沈〕だった。それから真のダベリの味に酔い、二時、四時と云う日が続き、いささか神経スイ弱気味であった。之は未だに変らない。然し之からは少し落着けるだろう。俺はもっと勉強しなけりゃならない。

大いなる　ただ大いなるもの。

寮歌の中に、山を見つめる時に、時々心の底から上ってくるもの。

俺は生き度い、真に強く。

強い生活、俺は逃避して居たのでは無いか。

ダベリの味を真に知ったのは今度だった。

試験は遂に全部休んでしまった。そしてそれだけの勉強をする筈だった。然し俺は今恥じねばならぬ。

恥じて、恥じて、恥じて、

強く　強く　強く、　生き抜いて行き度い。

9月16日

学校へ出た。今学期初まって以来、三度目だった。

卓球部へ入って少し練習をやったが、自分の弱いのもさる事ながら、皆の弱いのにもあきれた。インターハイにこれで出るのは押しが強すぎる。

伴*1と Trinken〔飲酒〕に行く。少しいい気持になった所でアイスキャンデーを食ったら、すっかり冷めてしまってモーイカリだ。ただ接して居てもホノボノと暖さを感じる人が居る。伴の如きはそれだ。

俺は今ヤヤもするとケンキョさを失っている。恥じろ恥じろ。

三年の矢島さんと伊藤さんが寮を出られる。別れのコンパの後で若き力に〔旧制松本高等学校寮歌〕を歌いながら、二人の心境を考えてみた。矢島さんの人間性のデカさにつくづく打たれる。俺から遠い世界か。

クスサン〔ヤママユガ科の大型の蛾〕が窓辺でハタハタやっている。信濃の秋はもう深い。

今度松永などとダベって、又創作欲がモリモリ出た。「暗い草原」は、松永と四時までダベッた後、異様な気持で徹夜して書き上げた七枚もの。「たそがれ」は私小説の形で前からの腹案だったので、楽に落着いて書いた。十枚。人は後者をほめるが、俺には単にそれだけ。それだけのまとまり、よさしか考えられぬ。「暗い草原」は元より変ちゃん〔風変わり〕ではあるが、俺らしさ、何かかくれたエトバス〔ドイツ語 etwas、あるもの〕を持っている積りだ。

人は何故泣くか　悲しいから。　悲しい時は思う存分泣けばよい。

泣き度くならねばウソだ。　泣き度くないのは　安易な生活を送っているからだ。

9月28日

別離と云う事はあまり考えなかった。

その事が目の前に現われてきたのは何よりも沈痛だ。

友情と云う事もこの頃あらためて考えている。

怠惰な生活による日記をつけない事。今日までのブランクはそれだ。自己満足なんてものは何時のまにか足下にしのびよってくる。否、体全体をおおってしまう。

灯にヒゲナガトビケラが集まる。*Aphodius* の一種がくる。去年の今頃、自分は東寮に入って騒いでいた。騒ぐだけの生活は悪い。しかし今考えて別にひどくぬかったと思わぬのは、それが力強かったからとも云えよう。

又本が読めぬ日が続く。

かにかくにさびしきものかこほろぎの声をきくべく
今宵はなりぬ

こおろぎのかそけき声を聞いていると、別離と云う感がひしひしとしてくる。昨夜は松永に捧ぐる、別離と云う五七調の詩をつくり出した。

たへがたき　わかれの曲は
うつつよの　さだめなりしか
よのつねと　人は言ふとも
うつしみは　うつしみ故に
かなしびは　やらんすべなし
なげかひは　やらんすべなし
おもひより　おもひにひたり
一人して　今宵ゐたれば
秋雨の　音のさびしき
秋虫の　声のかそけき
ふかまれる　闇の中より
せまりくる　うれひのみなる

美はしの　春の調べは
ゆめのごと　はかなくすぎて
信濃路に　秋はふかまり
うらがれの　あらくさのへに
ふりしきる　氷雨のみなる
すぎゆける　はやちのみなる

たへがたき　わかれの曲は
うつつより　さだめなりしか
近づける　わかれの曲は
うつしみの　つねと云はんか
いまはただ　せんすべもなく
うれひのみ　きはまらんとす

前の土、日（21、22）と、堤*2、山中*3と上高地へ行ってきた。

山への思慕を新たにし、山への概念まであらたまった気がした。

閑があったら、書き残しておきたい。

今の自分の生活は急がしい。欲求がもりもりあるのは嬉しい。時間の無いのがくやしい。体が一つなのが残念だ。いそがしさから、或いはぬかるかも知れない。が、後にふりかえって見て、どんなに楽しい事だろう。苦しめ苦しめ。


人間の表面のつき合いから現在の社会は成立する。俺達の現在の生活もそれが大部分だ。真夜中のダベリからのみ、一歩深いところへ到達できる。

今自分は希望にみちている。ただ学校の勉強が気にかかるのは何とした事か。それに追われてよいのか。ほったらかそうと思えばすぐできる。然し、それはよくない事だと云う事だけは判る。

10月1日
昨日インターハイの選手スイタイ式があり、後、デカンショをやった。今日は昼から練習に出て、正チャン〔正式の〕なショートをおぼえた。

夜松永の送別会でエッセンコンパをやる。

明日の二次会の予定でおそくなり、そのままねる事にする。

今月は勉強のべの字もしなかった。全く小学生の如き日記を見た。これは現実にながされた人間的、あまりに人間的なるものの縮図である。

こおろぎの声、うらがれし野。この中で友と別れる。この中からインターハイに出発する。東京へ、金沢へと汽車は行く。ああ。

10月15日
半月も日記をつけないとは、さびしい事だ。
松永からも手紙がきた。インターハイに敗れてから、モリモリくやしさが湧いて、この頃卓球はよく練習する。
それよりも本を読まないのは何とした事か。何も書かないのは何とした事か。それの誇から、たとえ学校の勉強をせずとも誇りを持っていられたのに。

ガサガサした生活と云う一語につきる、この頃の生活は。それでも、強い生活と云える面があるから、楽しんで行ける。もっとうるおいが欲しい。しんみりとした気分にひたりたい。毎日日記を書け。いや書けるだけのヌカラぬ生活をせよ。

人は本を読まずに生きて行ける。読まずとも考えればよい。然し実際問題として、本を読まない生活に思索が行われるか。今の自分には否としか云えない。本を読まないだけでその生活はヌカっていると断じて誤りであろうか。

〝フウテン〟と云う字が寮で流行り出して弱った。原因は記念祭の対外宣伝部にフウテンフィールハーモニーを設け、僕や山中や堤で猛ズクを出して宣伝したからだ。エセフウテンの出現を恐る。

吾のフウテンは真のフウテンなりや。この頃、真のフウテンの一端を見せる事あり。自分で感心する。

楽しい生活と云える。然し、その楽しさを分析せよ。単なる自己満足にあらずや。

今学校の勉強を全くしない。ノートのブランクを埋めようともしない。一種のダセイか。少しの閑が欲しい。

星を見、月を眺め、虫の声に耳をかたむける閑が欲しい。

この頃虫の声も細まった。現に今午前二時半近く、一匹の虫の声もせぬ。深い静寂があるのみだ。

寝床に入って考えたい。ところが眠いとすぐ眠ってしまう。その間の楽しさはあまりに短かい。朝の目ざめの方がよいかも知れぬ。

憂行よ、かまわぬ、強く生きよ。自分の声に耳をかたむけよ。それだけの声を発する力はもうあるではないか。これはウヌボレか。畜生！

考えず、読書せずに送ったこの半月に自分は何も得なかったか。体験より来るものを得た。どちらが大きいか。

駄目だ。内容の貧弱なものから、大きい体験は生れはしない。

節度をつけろ。これは今の自分には半分がた必要の声だ。友、単なる友、真の友、どう云う風に交って行くか。知らぬ。ただ行うのみ。

10月16日

対類の選手スイタイ式。

夜はアルペンで卓球部のコンパ。

下條がしっかりしていて、自覚していると云えるのを発見して嬉しかった。一年寮生でも彼だけ自己を見つめている者は十人といないだろう。

終電車に遅れたので浅間から歩いて帰った。十二時頃寮にたどりついた。帰ったら、杉江[*4]が勉強していて、他に森島や清水がゴロゴロ寝ているし、島岡が俺のフトンの上に大の字となって寝ているのには参った。

明日は野球で投げねばならぬ。もう寝てしまえ。

一人暗い夜道を歩いてきて、しみじみと考えた。こう云う時間がもっと欲しい。

10月26日（土）

また十日間のブランク。

やはり日記をつけないのは、ぬかった生活からだ。今日から一日々々と日記をつけて行けなかったら、鋭い自己反省を下す事にしよう。

一年の試験が今日と明後日の月曜にある。昨日は停電して沈痛だった。

無理して学校へ行って三時間目の数学をさぼって、校庭に一人ねていた。ノートを出して短歌を一つ二つ書き記したが、それからメイソウにふけるでなし、眠るでなし、凡そ平凡なtimeを過してカネがなってしまった。ただ秋の日ざしをうけて、バッタの動きや雀の囀声を耳にして何ものかを味わった。

午後は卓球の練習。市役所へ行って負けてしまって全然後味が悪い。

5時の汽車にのりおくれて、村杉[*5]と会い、エッセンを食い、歩いて、それから歌の話などして寮まで歩いて帰った。

夜に会計[*6]を何遍もやり直して大体整理し、ホッとした。ジェロニモの単語も少し引けた。何かやると、やはり気持のよいものだ。

10月27日
　市立高女にて卓球大会あり。商業と高女を敗りしが、医専には敗る。
　短歌の世界と云うものは今の自分には一番ぴったりくる。
　友去りて幾夜かへたる今宵おそくにぶき灯見つめて
　　ゐたり
松永はどうしているだろう。彼のハオリを着た写真をもらった。
　昨日から「人間的あまりに人間的」[*7]を読み出したが、この頃頭がボヤけて理解しがたい。猛イカリだ。
　危い線をたどりながら進む、と云う事を考える。今の自分の生活を堪えられない程、嫌な時もある。しかしかまわないと思う声もある。松永を失った事は、重大重大と、いくら重ねても云いつくせない。信濃路にも冬が来らんとしている。
　一年は明日の試験に具《そな》えて勉強している。俺は「つゆじも」[*8]などを拾い読みする。月日はこうして過ぎて行くのか。

10月30日
　朝ずっと寝ていて、相当、消耗している事が分った。体は無視出来ぬ。沈痛だ。

　11時の汽車が寝ている閑に出てしまったので川傍の道を歩いた。柿の落葉などに心をひかれつつ。

　記念祭の紙は三村氏が来なくて判らないので、一時の汽車で帰り、堤と清水（一年）と買出に行って、三貫目ばかし芋をしょってきた。その農家でもらった芋を食って川原で煙草を吸った折、楽しい中に又さびしい気持がわいてきた。

　本を読まない生活はやっぱり駄目だ。何と云っても駄目だ。絶対に駄目だ。又感慨を失った読書も役には立たぬ。

11月3日
　10月中に一度寒い日があって氷がはったりした。

　この頃も朝など冷々とする事が多い。もやが立ちこめたりすると、昨年の事が思い出される。

　昔のアララギなど見て作歌欲が起ってきたのは嬉しい。一日に三首ずつでも作って行こう。

　昨夜から引きつづきドイツ語をやって、朝の6時に至る。これから床に入る。かく勉強したのはひさしぶりで、気持のよいものだ。

　こう云う日の続くのを祈る。

　ポスターを書くのは、読書や思索するのにくらべて、下らぬ事だ。然し自分は、そのくだらぬ事にあえて力をそそいだ。結果は時の審判に待つ。ただ強い生活を生き抜き度い。

　記念祭が迫る。ガサガサした生活。或る物事に圧迫される生活。しかし、その背後に得られんものあるを信ず。

　神よ、何ものかよ、ただ信ず。

11月12日

　記念祭が済んだ。11月3日よりの10日間、日記はブランクだった。その間俺は猛ズクを出して出来るだけやった積りだ。何十枚のポスターを描き、デコレーションを作り、瀬古*9のアクターを努めた。3日に俺は、その背後に得られんもののあるを信ずと書いている。記念祭に求めていたものは遂にあった。やはりあったのだった。あれだけの感激がまだこの身内によみがえってこようとは予想出来なかった。俺は嬉しい。全く嬉しい。松永がいたら、大貫が元気だったら、と二つの残念事はあったが。

　やはり泣けたのだ。ファイアーの後で心から泣けた。俺はもうそれだけで満足だ。昨日は東寮の記念宴に出たが、やはり東寮はなつかしかった。又その日、堤などが三寮*10のコンパを開いてくれて、皆モリモリと駄弁《ダベ》ったそうだ。俺は嬉しい。ただもう嬉しい。

　寮劇の名を記して後日の備忘とする。西寮、ストリンドベルヒ*11　父、小山内*12〔薫〕　息子、〔有島〕武郎　ども又の死。東寮、チエホフ*13　路上、シーモノフ*14　プラーグの栗並木の下で、○○○○アルルの女*15

　デコレーションで頭にあるもの

　　西寮、狭き門、西方の人、ニヒリズム、
　　ゴミの沙漠、二十世紀の神話、青春彷向、
光は東方より（東宝）、若き哲学徒の死期、
　　万葉集研究

　東寮、男女共楽と狂学、地理学教室、夢術、
　　万国（穀）博覧会、朝に道をきけば夕に死すと
　　も可なり、天才部屋

　窓の外に野分を聞く。信濃は冬に入らんとしつつある。灯の下で、落葉の上で、本を読むぞ。読んで、読んで、読みまくる事を誓う。

11月29日

二日前に部屋替があって一寮に来た。三寮の解散コンパはよかった。ただ嬉しい心が多過ぎたのが難点か。最後の寮歌で又涙が出た。昔の心がよみがえったか。この心を見つめよ。

内田*16と二人部屋には入ってから、さびしくて困った。俺は結局さびしさに負ける人間か。沈潜どころか消耗する人間か。結局今日まで二・三日ぬかった生活をしてしまった。

第一、11月に入って日記をつけたのがこれで3回。これでデカイ面ができるか。

死せよ、成れよ、とゲーテは云う。所セン、冷き地上の一個の客にしか過ぎないのは分かっている。ただピエールが戦争と平和の中で云っている如く、人生を避けたくはない。

夕食がすんで後、堤の室《へや》に行ったら電気が消えた。二人で寂しさに抱き合って接吻した。別の寮に別れたのは悲しいが、共にいるのもマンネリズムに流れる。さびしさに強く生きよ。然し俺は負けそうだ。

今週はずっと学校へ出て、今日だけは休んだ。王ヶ鼻、鉢伏へ初雪。いよいよ信濃の冬がきようとしている。

11月30日

又、山へ雪。これが段々と近づいてくるのだろう。朝汽車にのりながらアルペンを眺めて、みすずかる西信濃路に冬来向ふ荒ぶる山を我が見つるかも、と云う歌を思い出した。

校友会の運動部の総務となってしまった。こいつにはさすがに少々参った。全く自分如きだらしない人間が寮の総務から何やらやってきて、又やって行く様になったのは不思議な位だ。別にでしゃばった積りもないのだが。自分を鍛えるものならいくらでもやる。しかし自分がつぶされる様な役は本当の所好ましくない。各寮総務と云う所が今の自分の全力を傾けてピッタリする役だろう。

三寮解散前の全く寮と一体と云ってもいい位ピッタリした楽しい気持も今は思い出となった。堤は一人もだえている。彼は全く弱い。いや弱いと云うより感情が強すぎるのか。自分には理解しかねる所さえある。然し彼の事を思ってくれる人は、俺か城作位なものだろう。自分の無力をあわれむ。俺は楽天的なのか、馬鹿なのか。もっともこの頃の寂しさに対する気持は、まだ体験したものは、この寮でもそうたんとはいまい。今日は一応三年と野球の試合をしたので、そう寂しさを感じなかった。

ああ友よ　まことあり　ひしひしと　抱かん。

何と云うよい文句だろう。俺はこの文句をひしひしと抱きしめたい。

俺は何しろ負けたくない。又逃げたくもない、このさびしさに。

12月1日（日）

今日は色々な意味で重要な日だ。

去年西寮が出発したのも今日。それから一年全く夢の様に過ぎてしまった。

自らの空虚さにあせって、すぐ始った冬休みに本を読み初めたのだった。あれから一年、俺は自分でよくやったと自讃する。

自讃はうぬぼれか、安易な妥協か。しかし一応は自讃してよいと信ずる。ただある程度やってきて力をつけた俺が、又表面に表われた。与えられた職は、俺以上のものだった。

全く力ない自分が一年寮の総務をやって来、又これから校友会の運動部総務をやって行かねばならない。下手をすると俺は、そのポストと堪えきれなくなって自滅するかも知れぬ。

ツアラツストラの没落と云ふ語句ありき思ひ出でつ
つ我身悲しも

今日は二寮会の方々、小谷、足立原[*17]、野島[*18]、伊藤、伴藤、桜井[*19]さん達、北山君、東寮の神田[*20]、佐藤達にきてもらって、ささやかな一周年記念の宴をやった。一杯の酒がきいて座が少々雑然となったが楽しいものだった。ただ堤が頭をかかえていたのには見るに堪えなかった。

俺は二年の者がよっぱらって、おどったり、しゃべったりするのが、一年生には分らんと思って、悲しくもあり、妙な気持だった。しかし意外な程、一年生には俺達の気持が伝わっていたのが分って本当に嬉しかった。望月[*21]が泣いてくれた。外にも泣いてくれた一年の事を考えると、全く微力ながら寮をやってきた努力が報いられた事に、身もとろける様な幸福を感ずる。絶対に誇張ではなく。

後、一学期の後、俺はこの寮を出て行く。俺には何と云っても寮生活がすべてだったと云う気さえする。一人して自己を見つめるなど、今の俺には出来そうにない。

神田が俺の歌をほめてくれた。お世辞でも嬉しい。うんと勉強したい。

12月3日
夜大消耗こいて床に入ったら、望月がきて内田と話し出した。彼はえらい。えらいと云うのは、あたってないかも知れないが、俺にはあれだけまだ真剣に考えられなかった。頭をたたかれた様な気がして、眠気などふっとんでしまった。彼は厭世的な、懐疑的な、一言にして云えば、馬鹿げた（と云ってはザンコクだが）な考えに陥っている。しかし俺にはまだそこに陥る力がない。

今四時近く、眠れぬままにノートを開いてこれを書く。

じょうだんはうっかり云えぬものだ。真剣に聞く人もあるから。

人は結局孤独である。然し孤独になりきれない。

哲学は骨である。肉がついていない。文学は肉である。然し肉だけでは駄目だ。骨だけではガイコツだ。

然し、あらゆる理論は灰色だと云う気持が今強く働くのは否定できぬ。

12月6日
今日も学校へ行かず、ごく少し勉強した。

昨日は学校へは行かず、ひさしぶりで浅間へ行ってアルペンでウドンを食って、満足した豚の如く、駅に腰かけていたら、常念〔岳〕の美しき事、けだかき事、すばらしいものがあった。それでノートを出して一生けんめい語句をひねくったが、とても写生など出来なかった。

アララギ二十五周年号[*22]を読むと、昔の人の勉強ぶりがよく分って圧倒されそうだ。

午頃とうとうチラホラ雪になった。体は具合悪いし、もー怒りと云う所。人間は手足ばかりでもないし、頭ばかしでもない。

この頃さびしさをうまうまと脱した形。ズボラさにあきれる。

客観状勢が主観にまで作用を及ぼす力は想像以上だ。

俺達位の人間に於ては。
12月7日
　校友会は随分学校の圧迫をこうむっている。
恐ろしい程だ。こう云う問題にたずさわって行く事はどんなものか。責任を持たされた以上、やるだけはやる。

　夜カイラン雑誌の原稿を書き出したら、興がのって快調に一時半頃までかかって書き上げた。

真冬の昼の夢は、例のから一歩も出ず、ごまかしてまとめた。

「おもひ出」を暗い草原、山百合などからぬいてデッチあげたら、割に気持のいいものが出来た。今までの作では一番自信がもてる。

　こうやって行く中にドッペル〔落第〕かも知れぬ。ああ。

12月16日
　試験第一日。坂井さんの解析はトンと手がつかぬ。即ち次の四首を答案に書きつけた。

　手のつかぬ問題なればたはやすく大いなるアクビ出《いで》にけるかも
　問題を見つめてあれどむなしむなし冬日の中に刻《とき》移りつつ
　なまけつつあると思ふな夜ふけて認識論をひた読む吾を
　ひたぶるに求むる者はあな尊し坂井教授よ点くれたまへ

　この日、予想点、北川70、坂井20、丸山70で、総計に於て予定通り。大いなる流動期にかたまるのは恐しい。いくらゴタにみえても、小なるかたまりになるよりはよい。ただその背後にひたすらに求むる心が欠けなければ。

〝夜は深い。白昼が思えるより深い。〟この言葉をじっくりとかみしめて行こう。

　世間のキズナ。それは俺達をむすびつける。タちきる事のできぬのがキズナたる所以である。その間にあってどう処すかが問題だ。俺は程度を云々したくない。信ずる道に掩いかぶさる波。それを乗り切ることこそ青年の全力を傾倒すべき神聖なる戦場である。

　作品。それはショセン彼一箇のものである。認められなくてもよい。ただ一人二人の知己によってなぐさめられつつ進んで行けばよい。世評を〔阿部〕次郎も無視せよと云ったではないか。

12月19日

試験も段々と進んで行く。今日は休みなのでナマケ暮してしまった。

堀場が変になった。自分は外部的圧迫がどの位自分に影響を及ぼすものか分らない。罹災以来の客観状勢は自分によいものを与えてくれた。戦争はよいものを与えてくれた。

物質の消失、それが何であろう。

明日ケイザイの試験がある。Ideology Capitalism の特質は富を最高価値におくと言う。見ただけでシャクにさわる。子供はかわいい。それでよい。

アララギの昔のものを見ていると、やはり実にうまいものだ。

試験制度の害と善とを比べたら、今のレベルの学生に対しては善の方が＋であろう。

今日、新潮の5月号を見ていて、ふと又読書に対するギワクが起った。然し今はそれを強く打消す事ができる。

上記の試験について。

然し然し、試験のために思索と云うことが、自己を見つめると云う事がどの位さまたげられているか。考えただけでゾッとするではないか。

人はノートを暗記するロボットと化すのである。

時たま、こんな事でよいのか、と思うことがある。そして又、面白おかしく騒いでいられる時もある。清く本をよめる、いやあこがれて本を見る時もある。こうした状態をくりかえして自分は生きて行く。

冬の山、ただならぬ山、雲の中からさしている白日光にかがやいている山、雪の迫るきびしき山。

そう云うものを見ていると、表わしたい意欲が猛然として起るが、それが出来ぬ。人間と自然との距離か。

やはり春の山に虫の生活を眺めるのは、この上なく尊きことであったのだ。

今の自分に云える事はそれだ。

試験が終って本を読み、下らぬ創作をし、そして皆とアソび度い。最後に於て小学生と同じ事を考える。

12月28日

白痴の如く試験を終え、白痴の如く生きている。

試験が終ってから実にもう一週間経った。その間自分は「トルストイとドストエフスキイ[*23]」を読んだのみ。あまりに転換出来ぬ弱い俺ではないか。

あれから面白い事が多かった。さびしい事も悲しい事も恐しい事も多かった。一日毎に一年が、リュックを背おって立って行くのを送る気持。

色々な人間を自分は見て来た。又これからも見て行くだろう。

25日の日だったか、靴ドロボーをつかまえた。それについても色々自分は覚えた事がある。それを経験と云う。

その夜ボヤがあった。一生の中で味った恐しさも色々あるが、何しろ恐しかった。セキニンと云う字によって圧倒される恐しさ。

然し、自分の行動はあとから考えて見ても、先ず先ず良かったと思う。これも又経験の一つ。

又あせるあせる。去年の今頃、自分は頑張って読んでいたろう。悲痛な客観状勢に押されながら。

この休みは夢の如くに過ぎてしまうに相違ない。ヌかるなよ絶対に。今自分には目的がある。虫と文学との融和。これが自分にとっての最大の希望。何となれば自分以外の何人にも不可能だから。

ファーブルが新しい意味で思い出される。やるぞやるぞ。

12月31日

29日に東京へ帰った。冷いしみる様な寒さはさすがに感ぜられぬ。

東京の街は嫌になった。新宿でテンドンを食べたら35円だった。闇市は身動きも出来ぬ雑踏だ。形而下の最たるもの。

街中でよいのはたそがれ。これは信濃の高原で味われぬものだ。もやと云おうか煙と云おうか、そう云うものがたなびいて、安けさがひしひしと感ぜられる。その中に街が段々と沈んで行く。

梅ヶ丘の鼠《ねず》〔根津〕山はなつかしい。初めて病院の焼跡を見た。トタン屋の中に灯がついていて、防火壁のみ寂しく立っていた。正門前の建物は残っていて、住宅の方は何の被害もない様だ。何とか云う表札がかかっていた。一寸した感慨が胸をかすめた。

夜「虫と共に」[*24]を少し苦労して書いた。

又人間の世が嫌になる。寮へ入って又ダラダラとなるか。「多磨のほとり」を又拾い読みして、一寸ではあるが一年前の気持がよみがえった。

この年の最後の日と云う気持は驚く程しない。今年は自分はどうだったかと別に考える事もない。もちろんこの二十年間では一番得る事の多かった年だろう。一年との生活は楽しいし、教えられる事ばかりだ。もっと真剣にやりさえすれば。

「虫と共に」を書きながら虫の事を思い出した。随分虫とも無沙汰ものだ。来年は、来年こそ自分にとっての浮沈を決める年だ。自己と寮と三年と大学の問題がこんがらがって押しよせる。恐しく思ってはいけない。

今年もあと一時間だ。時たま真面目になれる中はまだよい。

昭和二十二年に幸あれ。

昭和二十二年

1月15日

新年の日記十五日がブランクとは如何。

時間は有限。やりたい事、話したい事、読みたい事、etc は無限。

スランプ、ジレンマ、etc。クランケ、etc。

ドストイエフスキイのユーモアの荒さは自分にピッタリくる。地下室の手記[*25]の恐ろしき心理描写よ。恐しくさえなる。

昆虫。時たま開げる虫の本に哀愁を感ずるは何ぞ。何この国の習とかや。

今日卓球の初練習してゴン消耗し、一寸心配となる。

クランケンラーゲル〔病床〕に横わる身を想像せよ。ケルペルプレーゲルと茂吉は云いにけらずや。

色々面白い事がある。しかしそれは書くズクがない。

そんなものは消えてしまえ。然し、その様なものこそ、数年後に自分がよみたく思う最たるものではないか。

今日で出席三日、全出席で猛オサエ。組の雑誌を見たら、書きなぐった〝理想主義の弁護〟が仲々うまい事が書いてあるのでアキれた。

歌も段々と考えが変って前の歌が嫌になる。

　赤土の道は愛《かな》しも稚くて一人通へるこの細道は

1月17日

雪が降り出す。きたないものを掩うは何の神のたわむれぞ。

創作は書けず。いたずらに夜をふかし、スイ眠時間の少きを如何せん。体消耗とたわやすく云う勿れ。弱きもののみの憂いなり。

山と積まれしはやらねばならぬことのみ。時間は有限。再びここに書くはたわむれにあらず。

雪降り夜寒み、コタツの情緒又深し。父又如何におわすや。子なる者又思あり。友あり、友なし、又楽しく悲しきことにあらずや。

登校すれど、尚心をふさぐは何の憂ぞ。

スランプの無き生活は望まない。スランプに打勝つ生活のみを期したい。
落着かず、客観的に見るを知らず。軽々しさは何ぞ。恥じを知るべし。
口たわやすくすべるを如何せん。汝の道、友は肯定するとも、汝には汝の眼あるは忘る勿れ。
人あり。集まり散ず。吾又それに交る。人の世よ、寂しくあれかし。

1月18日
出来るだけ日記を欠かしたくないからペンを持ってノートに向かう。そして書くことを思い浮べ、或いは考える。それはたしかに書き度い事には違いない。然し書きたくて矢も楯もたまらず日記帳を開くのでなければウソだ。又そう云うのを待っていては月に三度も日記はつけられぬ。

全然調子のよい人がいる。或いは元気のよい人、騒がしい人もいる。寂しさなんてものは全く持っていないみたいだ。然し、人は皆寂しさを持つのだろう。他人は僕なんかに世にも稀なる寂しさのあるのが分かるはずが無いのだから。

一年生のよい所は、ひたむきなあこがれにあると思う。一年当時を思い出して、今の自分は知識に於て勝れても、果して如何と云う気になる。

今日堤と日記の見せ合をした。そして得る所あった。俺は寮の為に何もしないが、誰よりも寮を愛している積りだ。こいつは変か。又一年生も愛している積りだ。然し俺の日記には凡そ俺の事きりしか書いてない。これでいいとは思う。堤の事も少しはある。彼の事を思っているから。松永がいればその名も出ると思う。然し、もっと色んな人に目を向ける事も大切には違いない。

大人の世界と云うもの。僕の世界と云うもの。その範囲。

昨日は夜晩く、「恋しきは」と云う詩を作った。思い出は今ははかなさとなつかしさとを感ぜしめる。うたかたの様なものだ。

深い闇を見つめていると、ツアラトストラの文句を思い出す。

それは白昼より深いのだ。白昼に甘んじてはいけない。

真面目に真剣にダベル。これがあまりに少い。その代り、あこがれの心を持つ純な人と接すると嬉しくなる。

白雪に掩われた野山。その下には数千万の昆虫共が、或いは蛹で、成虫で、或は卵として、眠っているのだろう。春の喜びを味わうのは何時の日か。結局、人は自分の内部から、何物かを引き出さねばならぬ。

考えてもこれだけしか書けぬ自分がウラめしい。本を読むのだが、ムサボル様に、イヤ命がけで読んだ、かつての日の思い出をタメイキと共に思い浮べるのみだ。

どんなに落着かない、騒々しい、軽薄な、ウヌボレな男とみられるかと思うとゾットする。然し、一人でもいい所を認めてくれる人があるから、こうして尊大にかまえている。

ファーブルの生活がうらやましい。俺は結局、社交家と凡そ正反対になるだろう。医者となって開業しても、とても競争には勝てぬ。田舎に引っこんで、虫の生活を見る。そして文を書き詩や歌を作る。こいつを話したら、或人からおこられた。ヘエ、おそれいりました。

この頃なかなか夜おそく起きて、12時半の汽車のひびきを聞く。あいつはもうマンネリズムとなってしまった。

夜おそく歌を歌っている人がいる。かすかな声が流れてくるのはいいものだ。しかし、奇妙な声で流行歌を口ずさまれるのは閉口だ。

今なかなか自分で批判できない生活をしている。そう悪くないと自負する。しかしこれからなのだ。

1月19日
人の批評と云うものは無視できぬのが、悲しい人の運命である。自己を離れた作品でさえも。
まして人格自体をケイベツされたら怒るのは当り前だ。
Going My Way[*26]を見て、丸公の所へ話に行った。然し、腹をわる事はできなかった。先方があまりに小さいから。
　彼を教授として尊敬するかも知れぬが、人間として無視することに決す。
　夜、古島屋に泊る。

1月20日

　夜急に感興が湧いて寮歌を作った。三時間位でよいものができる筈がない。然し、詩と云うものに又感興が湧いたのは嬉しい。

1月21日

　夜又寮歌を改作する。たとえオンチでも、ある作品に全力を傾倒することは尊いことだ。人の世は懐疑に始まり、寂しさに終るものではないだろうか。自覚の時期はうたがいの否定の時である。

　　人の世の美《うま》しきものを　萌え出づる落葉松の芽に
　　想ひつつ一人わけ入る　細道はかそか続きて
　　夕映の赤きこころほひ　迷鳥の心慕はむ

　人は又寂光の中に死んで行くのが本当だと思う。寂しさを味うは易しいことではない。過程に於て征服の苦しみを経ねばならない。

　　人の世の寂しきものを　先人の求め歩みし
　　この道は遂に音なく　寂光のさしくる涯に
　　安息《やすらひ》の心抱くは　若人の幾人《いくたり》ならむ

　学校の勉強はこの数日又ふってしまった。しかし、くやんではいない。それに代るものを得ている間は。
　松崎さんを訪ね、又松本の沁みる様な寒さの街を味った。

1月23日

　今日寮歌の選定があって、僕の「人の世の」が当選した。これは全く意外であったから、又それだけに嬉しかった。寮歌は普通の歌ではない。それだけに二日で作ったこの作品は、寮歌としての提出に恥の心さえ抱かせた。又、単なる文芸上のよさのみを求めてはならないのではなかろうか。そう云う疑が自分のこの作品に自信を失わせた。然し、多くの人の投票を得た時、皆がこの作を理解（勿論皮相な目ではあろうが）してくれたのは嬉しかったし、又何となくもっと全力を尽さないのが申訳ない気もした。然し自分はやはり嬉しい。殊に神田が作曲をやると云ってくれたのは嬉しい。自分の思想をもった寂しい歌を高校生の作曲（神田のそれに対して敢て云う）

によって歌うことができるのは何とも嬉しいことに違いない。

人の世は迷いに始まって、嬉しいこと、楽しいこと、苦しいことを経て、ニイチェの云う超克されるあるものである人間は、遂にやすらいに到達する。このやすらいは寂しさと同一であり、表裏である。これが今の自分の考え。

やすらいを寂しさより更に遠いものと考え勝ちであるのはあやまっていると思う。

今2時近く、即ちもう24日である。体が心配だ。そう眠くないのだから、何時もなら猛然と本を読むか、書き出すかするのだが。

雪が又降り出した。昨日は朝ベントーのメシが氷った。今日は-15°〔C〕だとの由だ。

頭が重いのはカゼのせいか。もっと重大な病気のせいか。心配は不必要と敢て人は云うか。こだわる自分は人間だから。もっと何かをしたいから。今たおれてはくやしい。この一字。

1月24日

勉強しない日が続く。寮歌を改正した。ツァラトストラの永劫回帰の思想をもれたのには嬉しかった。

永遠に帰って行く。そこに寂しさを越えた安息がある。

ピンポンを三・四時間も今日はやる。この時間本をよめばとも考えるが、インターハイは単なる試合にあらず。寮の記念祭みたいなものだ。

点検後、岩村[*27]の所へ行って柳田[*28]と話す。読書会をやる事を考えたが、そうなるとテキストがないものだ。日記についてやるのが一番よいだろう。

その後岩村と話し、四時すぎに部屋にかえる。体が心配だ。

1月25日

朝さすがに眠かったが、校友会のこともあるのでモサモサと一人歩いて行った。授業中も眠くて気分悪くて弱った。寮に帰りすぐ床に入らんとして之を書く。客観状勢が主観に与える影響は思いの外大きい。まして自己の肉体においてをや。

カントが行為は幸福を第一意義とすることをいましめている。幸福であるのにふさわしい様に行為せよとある。幸福と云う日本語はどうもピッタリこない。さいわいと云う古語とまるきり違った感じさえ与える。

短歌が作れず、創作は書けず、体はつかる。学校のことも絶えてやらん。月曜を眠って新しく出直そう。

ひそかなる　おのがこころを
よみあげし　かなしきうたは
みづはやき　ながれによせて
ひとりのみ　くちずさむべし
おのづから　こころなごまむ

ひそかにひめる　むなうちの
かなしきこころ　よみあげし
かなしきうたは　うつしよの
ひとになつげそ　ほそぼそと
ひとりやまぢに
くちずさむべし

1月27日

一日中頭重し。寮中にも風邪多く、注意を要す。伴も昨日、生活にうんだと云って帰った。時世はたしかにノンキではない。

この頃少しく雑誌を見る。稀によい小説にぶつかると気持がよいが、さもないと時間の損失の様な気がする。

今日は予定通り学校を休んだが、なにもせず、「神の思ひ」[*29]を少し読み、ファーブル伝[*30]を見てわずかに心をなぐさめた。

部屋中のランザツ言につくせず。掃除をせにゃいかんと稀に思うこととあり。そんな事にも神経を使うのは、疲れているからだろう。

1月29日

硬球を一個20円で買った。正チャンな球で練習しようと思えばこれだ。全くなさけなくなる。これで校友会費の値上もなければ、とても優勝はのぞめない。

大貫が帰ってきた。夜卓球をして、手首をかぶせてドライブの強いのを出せた。

昨日は松崎さんのお宅に泊って「神の思ひ」を読んだ。カントは模写説の独断を打破して、我々の中に深き我の存するを示し、この我の純粋理性により外界なるものを造ることを認識であるとした。

個人のうちに君臨する超個人的普遍的「我」こそ神と呼ぶにふさわしいものであろう。

信ずること――これらの世界は超越絶対の世界で、非合理的であるから信ずるより他に道はないのである。

1月31日

学校をさぼり半日寝ていたが、かえって消耗した。俺もたしかに生活にあきている。何かの気分転カンを必要とするのではないか。

この三・四日、美へのあこがれに枯れた様な気がする。詩の世界への穴。寅彦の云う穴が小さくなった様な気がする。

要は主観の問題だ。本を読んでも、もとめてない限りピンとくるものではない。

昨日北山さんから、ある不安な話をきかされた。この事が本当になったらどんなだろう。しかたがないとあきらめてしまえばそれまでだが、この一年の俺達の努力は水泡とは云えなくても、ある程度消失する。やっと基礎ができたもの、それがすべてなくなってしまう。それは俺にはとてもたえられぬだろう。

――ファーブルとミル[*31]が並んで歩いて行くのが見える様だ。その世界を俺は何と離れてきたことか。大木惇夫の詩に、われながく忘レ来しかな、と云うのがあるが全てそれだ。春を待つ、ひたすらに。

ドッペリ点の通知が行ったから、今頃親父はモー怒りしているだろう。これも親不孝には違いない。が、もっと大きな目で見てくれと願いたい。しかし結局子供の言としてしりぞけられるか。

親父は俺が世に出て何かをするまで生きていまい。悪い成績を見て情なく思いつつ死んで行くかも知れぬ。どうも困った話だ。

親父の墓に何らかの業績をもって参っている事を想像したら、変な気持になった。親父も何も、兄弟も何だ、もっと大切なものがある、と云ってしまえばそれきりだが。

昨夜、渡辺が文科に転科したいと云う考えをもって部屋にきてくれたが、満足な答を与え得なかった。後で行ったら、理科でやると云った。しっかりやってくれと云うより他ない。

くだらない人間がいるものだ。そう云う者と仲よく交わって行く自分は果してよいのか。表面的だ、形式的だ、などと云って、表面的な事ばかりしているじゃないか。

今はどちらがよいか分らない。

人と云うものは実によいところもある。人はやはり人によってなぐさめられるものだと思うこともある。然し、実に嫌なところもある。自然の中に逃げこみたいと思うこともよくある。そう云うごちゃまぜの世の中に生きて行くのだから、確たる律法（心の）を必要とする事至極だ。

寮生活はもう一生味えないものだろう。後でふりかえってどんなになつかしいだろう。色んな欠点はあるが、回顧した時、自分の心を満たすものは、なつかしさとよかったなあと云う考えではないかと思う。それが判っていて、今、実にブラブラと日を送っている。

夜半の列車が行く。今日も消耗して床に入る。

2月2日

ゼネストも総司令部の命令でとりやめ。それは喜ばしいが、日本の政治に頼れない寂しさがある。英語の試験があるので、朝から夜までやった。つまらん事だ。プラトンの対話篇*32が折角面白く読めているのに。

チョクチョク雪が舞いおりてくる。短歌も作ろうと云う気が起らない。

今の生活ははりきっていると云えないが、つまらんとも云えぬ。何とかまだより所がある。ただ体の消耗があるのが大きくひびく。

夜、英語をやっていたら、フトンムシの鳴呼青春〔旧制松本高等学校寮歌〕が響いてきて一寸なつかしかった。寮は現在、たしかに静かである。その静かさが学校の勉強に追われる静かさであってはならない。

今の生活に一番必要なのは新緑だと思う。落葉松の玉芽の萌え出づる日をひたに待つのみ。

イヤみ——イヤみとよく云われるのは何か。人情の微妙な所であろう。こう云うものも人の世に生きて行く上には注意する必要がある。

この頃の日記の平凡さ云うを待たず。之、はりきれる生活にあらざる証なり。すべからく、反省すべし。

雪が止んで夜のしじまが極まった様な感じ。コタツでゴーチンした内田の寝息のみ。こう云う時にせまりくるもの、そう云うものは精神状態によって色々に異なる。世界は精神が中心なのだ。

2月4日

節分。豆を配給して豆まきをやる。明日の英語の試験の為2時までやる。この頃の消耗はスサまじく、2時までやると丸で徹夜した様な感じだ。

昨日は小説の筋を色々考えて〝狂詩〟と云う題を得た。閑を見て100枚位書いてみたい。

家にドッペリ点の通知が行ったらしいから、今か今かと家からの手紙を待ってるが、来ないので先手を打ってこちらから出す事にした。「小生は皆の考えるより遥かに大人物故、絶対に御心配無用」と書いてやった。ザマヲミロ。

2月5日

伴が寮に三年として残れと云う。本当に困った。寮生活、特に一年との生活にはなお期待がもてるが、身の破滅とも考えられる。一っそ、例の問題で寮打切となった方が気楽だとさえ考えたりした。色んな人、殊に若い求めてる人に、尚多く接したい気持も非常にある。一人して本をよみ、虫を眺め、静かな生活にも非常にあこがれる。ああ。

今二時、今日も学校の勉強は何一つしない。一つ、子供赤十字社の募集している童謡を作った。下らんことかしらん。分らなくなった。

伴がTの問題で友と云うものが分らなくなったと云う。人は孤独だ。しかし、美しい温かさも又ずい分人の間にあることもたしかだ。

今日ある事から、自分の行為を半分否定し、又他人の行為心情と云うものにイヤケがさした。こう云う時には逃げこみたい、自己の寂寥の中へ。

しんしんと夜がふける。犬の遠吠え。内田の寝息。水道の水音。

今の心は白痴の如く、心はうつろそのままだ。

下宿へ行こうかやっぱり。一人の生活へ。迷い!!

2月17日

長い日記のブランク。寮の残寮者の問題で頭がこんがらがって致しかたなかった。しかしそれだけに自分の生活が浮いていた事も事実だ。

寮にいて皆は寮を愛さないのだろうか。口ばかりえらそうな事を云って。

結局寮生活はある程度に達した人には否定されよう。しかしそんな人が何人あるか。腹が立つ。

今日は学校をサボってねたり、少し無理に勉強したりした。体の消耗より病気をひしひしと感じた。

夜ピンポンをやったら少しよくなった。が、新潮など拾い読みしていたら、又いけない。坂口安吾の「恋をしに行く[33]」には一寸面白い所を見とめた。しかし、たとえばデミアンと比較してどうだろう。比較すべきものじゃないと云うかも知れないが、そんな事は問題じゃない。

何しろデミアン[34]位心をほのぼのと暖めてくれた本は近頃になかった。

下宿で春になって虫を探《たず》ねて、落葉松の芽を眺めて、ぼんやり芝地にねころがろう。そうして勉強しよう。一昨日親父から手紙がきた。勉強しろとあった。そして勉強しようという気になった。不思議な位だ。

短歌にも時々疑いを抱く。しかし、朝の蛍[35]などの歌がどの位自分をなぐさめてくれたかは測り知れない。それに比べて、この頃のアララギを見ても心はなぐさまぬ。

急がしい十日ばかりの生活であったが、色々勉強になった。人の心、考え方、それから自分。そう云うものも分ってきた点もある。伴にあまり重荷をかけすぎる様で気の毒でならぬが、と云ってボヤボヤしているだけだ。

春の来訪が一切を解決してくれるのではないか。

2月22日

恐れ入った生活だった。次の残寮生の事で色々と気を使うのが自分の生活に食い入って全部を掩ってしまう。

今日、三年との送別コンパがあって、足立原さんが、寮にいた時はその一年に対する気持で一杯で日記をつけられなかったと云ったが、その通りだ。

殊に藤森[36]と森島[37]の事には全く恐れ入ってしまい、どうしてよいか分からなくなったが、今日十二時頃やっと、森島が出、藤森が残る事に決してくれた。沈痛そうな顔を見るといたたまれないが、他に方法がない。とにかく表面的にも解決したのでホッとした。早く勉強をしないとドッペリそうだ。

コンパに一年の文甲の連中がやってきて、色々寮の流れ、思誠寮の一つの形態と云うことを考えた。藤森達のことはそれに比したら小さなことだ。


俺は三学期又ぬかった。なぜ一年生ともっと話さなかったか。話したいと思った人とさえ話さない。くやむのみ。

寮を出たら、寮にジャンジャンきてダベろう。寮を出て寮を考えてみよう。

人生の一人旅と云うことをしみじみと感じた。


何しろ残寮生がきまり、当面の問題は片付いた。後は勉強しよう。今はたしかに希望がある。これを失いたくない。

3月1日
明日から試験。こう云う風に何かにとらわれると、自分の生というものをしみじみと考える様になる。人間の本質は真面目なのだろう。
昨日は sole〔単独の〕と云う単語を引いたら、なつかしい solitude〔孤独の〕が出てきて、それについて、島々谷の春やら、スミレ咲く三城牧場を思い起して一時間もメイ想にふけってしまった。そう云う事が随分多く、それは楽しいものなるが故に、くだらぬ試験などクソくらえと言う気になる。

春からの生活は楽しみだ。去年今頃寮にやってきて、信州の冬に閉口し、どんなに春の来訪を待ったことだろう。*Aphodius* が飛び出す陽ざしにどんなに嬉しい気持を抱いたろう。イヌノフグリやハコベの花を訪ねて山辺の路をたどった事もあった。流れの岸のオオイヌノフグリの花の中に長い事ねそべっていた事もあった。そう考えると、そう云うことで頭が一杯になる。どうしようもない程だ。

食べる事が根元悪の一つなのは確かだろう。それは悲しい人間の運命か。神の試錬と云う風に、まかせきった態度に出るには、自分はあまりににごり、あまりに理知的になってしまった。それだけでは満足できぬ。もっとつき進んだ所からそう云う境地に達するか。或いは年が解決してくれるか。

短歌への欲求は今強い。赤彦のやつゆじもを閑々に見る。「つゆじも」の歌は最初見た時そうは感じなかったが、今はかえって朝の蛍などより親しめる歌が多いようだ。

試験前にこんな事ばかり書いているのだから、アイドルボーイ〔怠け者〕には違いない。

試験への情熱を失って夜に至った。明後日のものなどやって、たえて落着いている。今はドッペラざるように最小の点をパクるのみである。

浅流[*38]の歌はものたりない、今の年齢の自分には。秋の一章だけには頭が下る。赤彦の「太虚集[*39]」をマークをつけて行った。親父のもの程親しめないが、やはり一番合致する一人である。

つれづれに一寸ツァラツストラの三部をめくっていたら、何とも云えぬよい気持になった。かの美しく力強く魂をゆすぶる詩よ。何時の日か吾が毒舌となってほとばしれ！

星野清流のことも忘れていた。今度こそうかってくれればよいが。

前に書いた上高地の思い出などをみかえしていたら、もう春より夏へのInsect〔昆虫〕に対するあこがれで一杯になった。明日の試験のことなど眼中になく、十二時すぎ床につこうとしている。

夜半の風吹立ちにけり心むなしく赤く炭火を吹き起しけり

家ゆりて風の過ぐるをききながら細き煙草に火をつけにけり

のぼりゆく温き煙のごとくにも吾生きなむか短き生命を

この生にふるることなきものにさへ悩みて夜を寝ねぬ悲しさ

これは試験をよみしもの。今の気持にあらず。

みちのくの父しおもほゆ一人して細き煙草に火をつけるとき

新潮社

新刊案内

2021 10 月刊

夜が明ける

思春期から33歳になるまでの友情と成長、そして変わりゆく日々を生きる奇跡を描く、再生と救済の感動作。著者5年ぶりの長篇小説。

西 加奈子

10月20日発売

●2035円

307043-6

邯《かん》鄲《たん》の島 遥かなり 下

一ノ屋の血を引く信介の活躍で、島は戦後の復興を果たした。穏やかな営みが続くかに思えたが……。渾身の大河小説、感動の大団円へ！

貫井徳郎

10月29日発売

●2530円

303875-7

2021年10月新刊

ラウンドトリップ 往復書簡

片寄涼太
小竹正人

10月29日発売

●1650円

涼太と彼をデビュー前から知る作詞家。出会いから懐かしい出来事、プライベートな話題まで、戦友のような二人が互いに宛てた書簡集。

354271-1

黄銅のきせるはかなしうつしよのうつしみのこと思ひてみたり

乱作も心のままとおもほゆるこのひとときはさびしきろかも

夜ふけて隣室に学ぶ声聞ゆ即ちわれは眠らんとするも

あはれあはれはかなき歌をかきつづる夜半のひととき風立つらしも

「つゆじも」のかなしきうたにこのいのちなぐさめんとす心知らゆな

松永は眠りたるらむこのわれも汝《な》をしのびつつ一人かもねむ

悲しかるWonne〔非常な喜び〕の中に生きんとすあげつらふ人数多ゐるとも

うつしみは悲しからずややせほそりし腕の太さをはかりてみたり

おとろへしわが心かもかなしかるうたにすがりて生きむとするも

落葉松の萌え出でん日をおもひつつ冷き床にもぐりけるかも

3月2日

終日雨降る。何と云っても冬が去らんとしていることは争えぬ。

夜半すぎに寝ようとしている。大体この試験は夢の様に大した苦痛もなく過ぎてゆくらしい。

3月3日

朝晴れたが、冷い風終日強く吹く。然し春のけはいは争えぬ。

試験も何とかすます。はぎを猛烈につって（コムラガエシ？）世にも痛く脳貧血を起した。後から考えるとおかしいが、その時つくづく人間の肉体のはかなさ、もろさを感じ、ぅつしみのぅつしみたる所以を味った。
　点検で村杉の所へ行ったら、思誠の原稿の歌論をみせた。随分勉強している。もっと苦しんで作歌しよう。

3月6日
　試験もずい分ぬかりつつ平凡にすぎて行く。今日で最後だと思ぅとあっけない気もするし、今日のゴンvolume に嫌にもなる。
　解散コンパ、各寮コンパの相談などしたら、これで寮も終りだなとつくづく思った。何でもない様で、さすがに感傷的な気分にもなる。
　九月以来自分は本もよめなかったし、とりたてて勉強もしなかった。然し、これから一年が入ってくるのなら、相当ジッヘルにやってみせる自信がある。半年の二年としての寮が与えてくれたものだろう。それもうたかたの様なものか。これから一人の生活が始まるのだ。然し、自分はこのぬかった、悪《あ》しい、又随分楽しかった生活を永久に忘れまい。
　一年をうたかたのごとくおもひ出で春さる中に別れんとする
　寮の灯のまたたくを見てつどひたるこの若人は今別れなむ
　友の顔をみかへりにけりかの岡に寮のともしのかすかにゆるる
勉強と云ぅより試験に情熱を失っているから、最後と思ったって駄目だ。短歌などまとめたりして始末がわるい。然し一年半の作にとるべき歌と云ぅと十位しかないのだから寂しい。
四時半、ようやく眠けがさめた。便所へ行ったら王ヶ鼻から鉢伏がはっきり見えて、あやしきまでに月が照っている。「才五郎」の終りに書いた様な月だ。
　悲しかる今宵の月の極まりて遠山脈も明らけくこそ
　夜をこめて遠山脈に照る月を寂しき人は眺めゐるらむ
くだかけ〔ニワトリの古名〕の声も聞く。犬の遠吠えも聞く。風は止んだらしい。ただ月のみが冷たく照っている。

3月7日
とうとう寮生活もこれでお終いになった。昨日東寮の解散コンパに呼ばれて、今日西寮の解散コンパをやった。

何か大きなものが去って行くと云う感じだ。

　たしかに大きなものがそこにある。たしかに寮は自分の生活のすべてと云ってよかった。それだけの寮に対する情熱をもってきて、今去って行くのだから本望だとも云える。

　皆で、半年やってきた二年と一年と皆で、最後の寮歌を歌った。初めの中《うち》は色々の思い出が次々と浮んできた。本当に全情熱をもってどなったら、何もかも消えてしまった。寮歌を本当に歌えると云うこと。それだけでも寮生活の意義がある。

　松尾[*40]が「人の世」の作曲をしてくれ、今日のコンパで歌ってくれた。実は寂しいものを望んでいたが、力強い中にふっと寂しくなる。そう云うものが寮歌だろう。いたずらに感傷的になるのは、意志と云う点においてかけている。その意味に於て自分は満足した。

　この数日、風が吹く。春の風だろう。然し冷たい。然し、その中には希望がある。色々の人がいた。愛と云うことも考える。一人の生活にも愛があるだろう。

　毎日の日記に春のことばかり書いているのでも、随分春を待っているのが分る。終った、終ったなあと云う感じと未来と云う気持。

3月19日

　3月11日（12日、10日？）、下宿[*41]にひっこす。色々な経過を経て杉江と一緒になった。一寸不思議な気にさえなる。まあ役に立つならそうしてやろう。

　この日、*Aphodius* が飛出すのを初めて見た。又伴、井口[*42]と浅間に行ったらアカタテハを見た。3月13日、ドッペリ会議。

　3月14日、桐原さん宅へ泊る。青春彷徨[*43]、饗宴などを見る。

　3月16日、生魚[*44]、望月と帰京。八王子を過ぎて平野を眺めていたら、いよいよ3年となった、もう春は過ぎてしまった様な気がした。

　17日、都立[*45]へ行ってナンバーワンと少し打ったが、強いのなんのって恐れ入った。腰が痛くて弱る。

　18日、春日和。モンシロチョウを二回見る。ドブのふちには翅をひらひらさせる微小なハエが又生れてきた。

　エンガワで日の光の中で庭の畠を見つめていたら、春がきた事と、自分の春が逝こうとしている事を妙にセンチメンタルに感じた。カボチャの穴を掘りながら急に詩心が湧いてノートに書きつけて行った。

追憶と云うのを8枚程書いた。寮の廻覧雑誌のために。自分としてははしり書きだが、この様に心から書いたことは少ない。


昨日切符の為に新宿へ行って、ある本屋には入ったら、ステキに厚いドイツの鳥の原書が2冊で400。安いと思った。ぜひほしいと思った。家へ帰ってそう云ったら先ず買ってもらえると思った。ところが、趣味まで手がまわらぬと兄貴が言った。それで一時はあきらめてしまった。

今日又本屋へ入って原色の図版や、精密なペン画を眺めたら、その世界が、自分の知らぬ世界がどんなに展開されるかと思ったら、又欲しくてたまらなくなった。どうかしてゲルが欲しい。夏までの生活費をもらえるから、そいつをキリツメやるか。400はチトイタイ。そうしていたら、もう一つの貯金通帳に気がついた。家へかえって見たら、11月分からとれる。早速3月分まで引出した。これで明日行って買ってしまおう。然し、案外売れてしまっているかも知れぬ。自分はこんな事を、現実の世界より小説の世界の様に感ずる。

柳田から手紙がきたのをざっと目を通した。それから、それをフトコロにして郵便局の帰りに梅ヶ丘の方へ行こうと思った。ところが見なれた道に出た。幼かった頃自動車で本院へ通ったあの通。中学の頃日曜毎に胸をおどらせて自転車をとばしたあの途。ここにも小説の世界があった。

自分はそれから梅ヶ丘へ出て、ピーナッツを一袋買ってネズ山へ登って行った。日は当っていたが風が冷たかった。ここにも幼い時の、いやほんの少し前の、だがもう昔の様な気がする思い出がある。くぬぎや楢も炭にするため伐られてしまった。笹だけが風に吹かれてサラサラと鳴った。と足音にオドロいて見知らぬ鳥が十数羽飛び立った。これだけの木立でも、これだけの鳥があつまる。自分は上の方の笹と赤土と芝の中に腰をおろしてピーナッツを食べた。すると森の中で木の実を拾って食べている様な気がした。それから柳田の手紙を読みかえして、自分を極端に美化している後輩を見た。これも一つの誤解である。然し、自分には真面目なところもあるから、そう云う所だけを見てくれればよい。悪い所まで理屈をつけられたら恐れ入る。

あまり寒いので山を下りた。麦がこんなにも大きくなっている。一つの家の庭に梅が咲いていた。ドブ川を一つわたりかけたら、ここにも大きな思い出が残っていた。この川にササ舟や板キレをうかべて昌子や透ちゃん、喬ちゃんなどと、この岸をかけながらついて行ったのは、あの頃だった。梅ヶ丘の停車場を見つけて、随分遠くへ来たなと思ったあの頃。恐らく麦がのびていたに違いない。


この様なのは詩の世界。然し、ただ詩の世界に遊ぶだけの人。そう云う人を自分は肯定もするが、それだけではすみたくない。現実から逃れるだけではいけないだろう。理論だけでもすまないだろう。

昨日「追憶」を書いて停電のローソクの光で何べんも読みかえしていて本当に楽しかった。ユラメくローソクの光でフロに入って、そんな事を考えていた。現実はきびしいが、この頃の気持はともすると、そう云う方へ走り勝ちになる。詩の世界へ逃れるのでなく、現実と詩とを一致させる。それが理想だろう。

今ドストイエフスキイの短篇をみている。正直なヌス人〔盗人〕や白夜など*46にさすがに心にしみる点を見つける。そう云うものによみふけりながら、今自分の心には例の狂詩の物語りが段々と萌生《めば》えている。ある形となってきつつある。それがほとばしったら、今度こそ何か書けそうな気がする。本当にそう云う気がする。今本当に書きたい。この日記だって、ペンをとって一語一語考えながら書く時もあった。が今は、次から次へとペンが追いつかない程早く流れている。このすばらしいものを現わしたい。それが結局何にもならなかったら、今度こそ自分は自信を失うだろう。

3月20日
4日駅へ通ってやっと名古屋への切符を手に入れた。それから胸をとどろかして本屋へ行った。もうないんじゃないかしら。そしたらチャンとあった。もう一回口絵を眺めてどうしても安いと見極めた。（ココテイデン）
毎日夜は停電。空襲時と同じである。
とにかく、その鳥の本のズシリと分厚いのが僕のものとなった。何だか「貧しき人々」を思い出す。
それから都立へ行ったら尋常科の子供に負かされてあきれてしまった。

4月1日

10日間のブランク。これは何となくダラダラした生活だった。然し面白かった。だが面白いものを求めるには、もう自分は過ぎてしまったのではないか。

名古屋行は木賃宿へねたり、(ジンゲル[47]かも知れぬ)学校の宿直室へとまったり。やっと三日目に長縄の所へヤッカイになった。堀場も見にきて、二人の前でシングル二人を敗った。インターハイで当った富山の柴山さんと会って世話になった。高校生と云うだけで、何と云う親しい感じだろう!

高校生と云えば面白い文にぶつかった。

「現実の人間の根深い利己心に突当つて無力と気付けば、どうしても二つの道の一つをえらばねばならぬ。

その一は人間への一般的な絶望であり、その二は大衆への絶望である。

エリートの意味を信ずるニーチエ主義が新しく彼等を支へることにならう。街頭の青年の巨大な群でなく、一握りの高等学校の生徒がその相手となる。」

これは世界2月号のヒューマニズムの性格(清水幾太郎)だが何となく嬉しくなった。

あれから毎晩、狂詩を書いている。もう40枚以上になるだろう。然し、又自信を失い、止めたくなり、疑問になったりする。すると又、猛然と書きたくなる。

昨日、堤の所へ行って望月と御祖先[48]に会った。友達と馬鹿話をしている時だけはまだ元気である。

4月15日

半月が夢の様に流れ、柳が芽を吹き、あわただしい車窓に再び眺めたアルペンも春の姿だった。流動する流動する。この世と吾と、そして自然と。

追憶はすでに失いを前提とする。春。そして矛盾。その中に平凡に馬鹿らしく生きていた。いや、息をしていた自分。流動から舞い出ずるもの、それは今は期待してよいのではないか。

黄色い花が開く。アンズがほころびかけて、ツノハキリバチが集まる。青山のスダレにたわむれていた。向丘公園の梅の香に酔っていた彼等を再びここに見る。しかし、見るものの如何に異なれるか。時は直線、すくなくとも眼前に於ては。寮が始まる。一年生がやってくる。昨日は西寮の歓迎宴、ファイアーストーム、説教ストームに出て、消耗し、去って行った日々の事を痛感せざるを得なかった。
幾多の屈曲の後、今中野の一室に杉江と二人で落着く。伴、星野が近くの部屋にいる。これ以上の事は望まない。これからの努力あるのみ。
俺はもう、体系、そう云ったものにあきてしまった。組み立てて行く。そう云った事のズクが無くなってしまった。山・花をポカンと眺めるアイドルボーイ。それだけではすみたくない。

4月16日
暑い。6月の天気だ。アンズの花が咲きそろう。
卓球部新部員十名程入ったが[illegible]ーが多くて弱った。然し二名有望なのがいてインターハイに[illegible]ど困る事はない。然し台二つで十数名の練習は無理だ。
美しいものに引かれるのは人のロマンチシズムなる証拠。ゲーテは若い時と老年期でロマンチックなるものの考え方がずっと変っている。段カイがある、人間には。それは征服されるあるものであろう。アンズの花は咲く。つかれて余は眠る。

4月17日
夜池田さんの所へ将棋をやりに行き、2対1で勝つ。1時就寝。時間のもったいなさを痛感するが、まだまだ無駄な時間があまりに多い。ためになるブランクと真のブランクとがあるのを知らねばならぬ。

4月18日（金）晴
午後、木下盛夫の街頭演説をやる。選挙がどんなにゴタなものか、それがどんなにそのアクドイ競争を現わしているかをはっきりとしった。
然し、いくら超人思想を持ち、ラスコリニコフの考えを身につけているつもりでも良心にとがめた。その代り半日のアルバイトで得たフンデルト〔一〇〇円〕は自分の初めてもうけたゲルである。一種不思議な気持である。
小型トラックで田舎道を走ると、アルペンがかすんで、小川の水が清い。桜もほころびかけた。

4月20日（日）
市内の桜は満開となった。
島々谷[illegible]一寸のぞく。キオビセセリモドキがたくさんいた。新しい材木の香でも好むのか、新しいマキの上や新しい橋の上に集って、日が照ると飛んだり、翅をふるわせて動きまわる。その際、後肢の長毛はひろがってある種子の羽毛の様に見える。ガケの土に止ったのを一つ見た。極めて普通で、新しいもの、一寸痛んだものもいた。前胸の脊のはげたのもずい分いた。

梓川の橋の石上でヤナギハムシをたくさんとった。彼等は一寸ふれると擬死をする。ヤマキチョウ、ルリタテハ、ルリシジミ?などを見、クジャクチョウは普通だったし、イカリモンガも二頭程見かけた。

4月23日
アンズの花のさかりは一・二日である。はかなさを感ぜざるを得ない。もう庭のそれも数日前にすっかり散ってしまった。

校庭の桜もそろそろさかりを過ぎようとしている。この二・三日寒い日がつづく。

卓球を連日やってモモが痛く、夜はゴーチン。語学だけは何とかやっている。

今日ひさしぶりに詩心を起して、作り出したが駄目だった。短歌も少しも作れない。スランプ。

4月27日
午後坂井さんのところへ行く。低い声でボツリボツリと語る話に、又私の詩が始まる。盾ジュン〔矛盾〕して調和している——この人の世。

とても堪えられぬと思つたが、けつかうかうして生きてきてゐる。

苦々しい古傷も年月のヴエールを通せばなつかしい。

一人の若い老人が私にかういふ話をした。

——この世の中にこんな所があるかと思う様な——原野の話に私の詩が始まる。

夜、遅くお宅を辞して夜道を帰りながら考えた。ロマンチックな夢と不思議なほほえみが私の顔に浮んだ。夜だ。大気は冷たい。

私を尊敬すると云う人よ。まぼろしにふけるな。人世にはそんな絶対なものがどれだけあるか。超コクされる——坂井さんは脱皮と云う語を使った。それだけをはっきりと認識せねばならぬ。

現実と遊離した男が
小夜の小床に
はてのない思ひにふける。

——それが果して詩であるだろうか。

5月7日
いやな　みにくい世界が私のまはりにひろがる
雨が降る　萌え出てきた柳の緑をゆり動かして
私は一人街を行く　狂ほしき心にみちて
今しがたあの辻に別れしIのことを思ひつつ
私は私の心がかくもみじめにうちのめされて
私の心がくるほしくみもだえしてゐるのに
私の口から出る言葉があまりにも平静なのに驚く
人の内と外　それはこれだけ違ふのだ
街を人が行く——
人の内なるものが皆現はれたら
この世は成立しないだらう

私はマントをかぶつて街を帰る
ひとりごとが口からほとばしる
マントの中に何もかもかくしてしまひたい
下宿のガランとした床の上にすわつて
私は短歌をかきつづる、四首・五首と
そして私は初めて平静な気持になつて
静かな雨の音をきく

ずつと以前　吉岡がガイセン〔放校〕した時
私にくれたストリンドベルヒの「ダマスクスへ」[*49]
それを私はこの頃ひらいた
かつて「幽霊曲」[*50]を見て驚いた心が
また萌ぶきかける
何と云ふ調和だらう　今の心と
全く私の心は狂的なものにあこがれてゐるのかしら

私は私の詩の如何に無力なるかを知つてゐる
これは私のひそかごとに過ぎぬ
然し　現実とぶつかつた時、私は身もだえして
そこから又　新しい詩が始まるのだ

夜よ、雨よ、
うつしよの人々の悩みの上におりまひかぶされ
かの雨だれを音を
涙して聞く人もゐるだらう

5月8日
真夜中に一人寂しく　細い煙草に火をつけて

はき出す煙がものうげにくづれて行くのを
じつと見つめた者でなければ　この寂しさのどこが
分る？
真夜中に一人寂しく、灰皿を叩いた者でなければ
真夜中に一人寂しく、ノートを開いて悲しい歌をか
きつづつた者でなければ
人の世の　この寂しさのどこが分る？

恋と云ふには　厳しすぎる
悩みに云ふには　なよなよした
かう云ふ気持を抱く人が
この世の中のどこか寂しい部屋の中で
やはりかうして辞書をくつてゐるのだらう

今日私は駅伝のコースを調べるために
一人自転車で信濃の野辺を走つた
養魚池の黒い水がひつそりと沈んで
近くの山の落葉松がかすんでゐた
そして私の哀愁がそこにただよふ

今日私は妹の手紙を受とつた
家も兄妹も遠い世界の如くなつてしまつた私に
かうした嬉しさを味はせたのは不思議な位
話をするのにぜひ原稿を書いてくれ
書かずにはゐられなかつた
私はくだらぬ事を　私にとつてすでにかたまつてし
まつた思想を
ただ走り書きして封筒に入れた
人、肉親、私は結局それと結びついてゐる

今は真夜中の一時半
深き夜半は何をか語る
遠くの犬の鳴声が
私にゾッとしたものを感じさせる
この静かさが　どれだけの矛盾を含んでゐるかと思
ふと
この人の世が恐しくなる

私は思ひ出した
過去一年何回となく通つた西寮からのあの道で
蛙の鳴き出すのを聞いたつけ
私が初めて松高へやつてきて　南寮三号で悲しんで

ゐた時に
無数の蛙が天降る如く鳴いてゐたつけ
あれから二年
私はかうして　夜半に煙草を吸ひ　詩をかきつらね
そして辞書を引いてゐる

5月11日
要するにくだらん事なんだが
くだらんですましてゐる事はできぬ
それが人の世のありきたりの考
夢想家は結局ケチヨンとなる

人は孤独だとあれほど心に決めた私なんだが
この人恋しさはどうしたことか
これも又　人の世の常と云はんか

義務にしばられるのは苦しい。理解されないのはくやしい。理論外の事が主張できないのは尚しやくだ。
田舎道、麦畠の中に白く通る一本道に
雨を含む風が荒々しく吹き過ぎて
白い土埃が立つ中を
今日も又　自転車で駅伝のコースを調べる
養魚場の黒い水がさわいで
白い道に女が一人
不安さうに立つてゐたつけ

昨日木村健康*51の講演があった。オンチの奴は何と聞いたろう。人には色々の段カイがある事と、超克されるあるものであると云う事を理解できぬ人々は、あの近頃心をはげまし、すっきりさせてくれた話を又つまらん事に利用するだろう。馬鹿は死なねばならない。

苦しさが極まると狂ほしくなつて
消耗が極まると死人みた様になる
人間と云ふ者もあはれなものだ
——遠き灯のかのまたたきはたまきはるわれの命のかそけきに似む——

白秋の花樫*52を買ってきた。やはり上手なことはうまい。なまぬるさ、女学生的な感傷、そう云ったもの足りなさはあるけれど。

南風薔薇ゆすれりあるかなく斑猫飛びて死ぬる夕ぐれ

これはたしかに疑問と云えるが、いい所を捕えていると云えば云える。そこには結局、才と云う字で代表されるものが占めているだけなのだろう。

遠き真菰《コモ》に雁しづまりぬ　と云う様な句は出てはきまい。

夜、駅伝の地図を書いてツクヅク嫌になった。今日一日もその為に終る。歌集をひもどき貧しきわが手帳の歌をながむ。

夜半の風とどろき過ぎるたまゆらにさしせまりくる断想一つ

これは少なくとも若い力のある歌だ。老境の立場の歌、例えば親父の「冬の夜の飯終るころ新聞の悲しき記事のことも忘るる」という絶唱とは又別の一つの立場だと信ずる。

今宵又一人起き居り
夜半過ぎて雨止みぬらし
しづくの音寂しくききて
うつしみの寝息を目守《まも》る
悲しかる歌とは思へど
貧しかる詩とは思へど
一文字に心わづらふ

煙草火のすでに消えはて
つくるにもマッチはやなし
むさくるし小床の上に
這ひ出づる一つ小虫を
一人して見つむ寂しさ

遠蛙《かはづ》鳴くべくなりて
信濃路に春逝かむとす
つかれはて廃人のごと
なりはてし吾なりしかど
夜半過ぎてまなこさえきて
はつかなる文字と云ふとも
かきつらねんとす寂しきろかも

5月12日（月）
生活破タン者がうす暗い公路から首を出して

ニヤリと笑つたその顔が
目の前にひろがる様なこのたまゆら

遠方から友が来た　私の悲しさと嬉しさをのせて
彼の言ふなつかしいフトンにもぐりこんで
私に昨年の九月を思ひ起させた
どれだけのギャップが彼と私の間にできたことだらう
半年の生活は形容さへできぬ
然し　そのギャップは一夜の語らひで
無くなるのではないかしら
僕等は若いし　それで違つた所は二人の夫々の道なんだ
何よりも夜半のもたらす
エトバスが　かつての気持を呼び起してくれるだらう

超人を夢みたラスコリニコフの悲哀が
今僕の上におほひかぶさる
ツアラツストラの影のその又影の
小さな一部分とはどうぢやい野郎共

5月13日

泣くにも泣けず
笑ふにも笑へない
これほどつらい事があるかしら

あいつの笑顔はなつかしい
ニヤニヤしてゐる馬鹿みたやうな
こんなこころを人は友情と云ふのだらう
あいつの言葉が胸をついて
妙にまじめに僕の顔をのぞきこむと
こちらが妙に自信がなくなつて
ドブの中に飛び込みたくなる

何しろ僕はこの詩を書いて
しばらくの後に闇の中に出てゆくだらう
さうしてTとMと一緒になつて
電熱をそつと下げるだらう
単なる思ひ出にふけるのみを
否定しなくてはならないが
そこから又新しい詩が生れるのサ

あつけないものごとと云ふものは
人をポカンとさすけれども
又気持のよい時もある
夏を思はす光が流れて
黒白ダンダラのあのなつかしい
コミスヂが校庭で翅を開閉さしてゐたつけ

麦の少し茶いろみがかつた奴が
真白いライスの中から首をもたげてる
そいつに塩をぶつかけて
アングリとほうばつたら　それが調和さ

人の力と云ふものは
タケノコみたやうなものだ
一枚はげれば又新しいエネルギーが湧いてくる
それなのを人はどうしてはぐことをきらふのだらう
思ひ切つて素肌を出して
死ぬなり生きるなりの境地さへ
味はつてみようなんて、奴は一人もゐない

昨日だつたか
井口[*53]と二人で薄川[*54]のほとりに行つたつけ
その行く途ばたで
幼子が二人　真白なウサギを遊ばせてゐた
そのウサギの真赤な目を見つめたら
おとぎの国のオモチャの様に
何だか思はれてをかしくなつた――そして突然悲し
くなるんだ
水はつきず　音立てながる
腹白のツバメが　とびかひ　とびちがふ――過程
石はかたくてつめたくて
水は砂をまきかへし　石をぬらす――哀愁
ああ　何と云ふ　まだるつこい　静けさか
あの夕日を見たまへ
じつと眺める事ができるだらう
まだアルペンの境界線まで
あれだけの距離があるといふのに
もう日の光はこんなに淡くなつてゐる――思ひ出
かげらふ如き高山の群
それがほんのりと僕の心を暖める
逝く春　　さうなんだ
ふとさむくなつて見かへつたら

荒んだ川原の石の間の
名もない雑草の葉がゆすれてゐたつけ
エッセンがなくてラオヘンがなくて
腹がへつてもの足りなくて
ケチョンと坐つてかうしてる
これが現実で遠い世界から眺めたら　アッハッハと
云ふことになるのさ
人つて不思議なものだね
何しろきちんとわりきれず
ぐにやぐにやしてるが案外こわれてもしまはない
それをつらぬくLeben〔生命〕の流れが
それを高くけだかくささへてゐるんだらう

今日は調子がよい
かうして0時半になるのに　まだねむくない
しかし何と云つても　俺には自信がない
つかれるつかれる　そしてああ身もだえる……あ
せり
ねえ　俺がかうして時にはこんな気持になるのも
ああ　さうなんだよ　だから　だから……

断えざるは　水の音なり
断えざるは　かのおもひなり
止まざるは　舞ふつばめなり
止まざるは　このおもひなり
ああ人よ　うつしみわれの　小さなる　胸の底には
人の世の　常とは云へど　たまきはる　いのちのな
やみ
あにありて　たぐひなき　たふときものぞ
ああ人よ　汝のえくぼの　おもかげに　たちくる
ときに
ひそかなる　まなざしあげて　夜半深き　ぬばた
まの闇に
ひびかへる　犬の遠吠　かたむくる　耳　ありと
こそ
知れよかし　闇深みかも

5月17日
本当に心配した天気が先づ先づよくつて
あわててせきこんで　ウロウロした時が過ぎて
そして赤や青や白の旗がひるがへり
タイコの音がひびき　応援歌がどなられる

やつと　やつと　　とうとう駅伝の日がきた

エビ茶の色がビリから二番で
ゴールに飛び込んで来た時に
なさけなくなつて　それから腹が立つて
つくづくと　あのだらしのない組の有様をなげいた
ことだ

しかしどうなつても　駅伝はすんで本家が優勝し
一人でよくやつた　気の毒だつたと云はれてみれば
せいせいするし　妙な感傷さへ訪れる

一高と云ふ所はやはり恐しいところだ
自殺する奴がでるだけでも……
今晩　時報を眺めて　ちよいと残念だつた
白痴子の心悲しも　と云ふ句さへ　そのおかげをか
うむつてゐる

何しろ　これでなんとか片がついたし
新しい　明日も　あると　云ふものさ

5月18日
一杯《パイ》の酒が
疲れきつた頭脳を　益々トロンとさして
ヒマラヤ杉の黒い梢の間に
さかしげにかかつてゐる星座を
この上なく尊いものと思はしたんだ
そしてその星影が
チラチラと動いてゐると感じた時
やつと身が冷い空気に包まれてゐるのを知つて
　私は一人で身ぶるひした

さうなんだ　一切が過ぎて行くんだ
この事をはつきりとつかんだら
モヤモヤと立ちこむるけむりの中で
くしやみをせずには居られない

ああ夜半の風が窓をゆすつて
遠く遠く吹き過ぎて行く
どこまで吹いて行くんだか
誰も知らないから　かうして身ぶるひをするんだ

今日上演された「幽霊」が
ああ　何とかけはなれたものだつたらう
そしてそれと反対に　私の心をゆすぶつたのは
ストリンドベルヒの妄想が私の心をねむらせて
イプセンにうけわたしたに過ぎないんだ

泣けばいいさ　一人で
もう私には堪えられないのだ
ねえ　かうしたはりつめた神経が
まひする時が　私の永久の眠りの初なんだらう……

〝そんな事を期待するのが
大体無理な話なんだよ〟
から云ふ声がひびいてくるんだ

ああ風が吹く風が吹く
そして酔が私の頭をくるくるまはす
さうさ　結局さうなるんだ
恐しいと云へば　恐しいが……

没落は果てこそなけれ
　一人して涙おとせり
かの人を今宵目守りて
　今一人夜半に眠らず……

――超人を夢みし後の悲しさは人に知られずひたむせぶなり――

ガラスの管びんが冷たく光つて
　一匹の蛾のしかばねが
その中に横たわつてゐる
そしてそれを眺める目にはもう力がない

乞食よりきたない部屋
浮浪児よりみにくい生活
そしてその中から
　おとろへきつた肉体が
はてしない没落をせおつて
また　にごりきつた世界へぬけ出して行く……

こんな事を書きつづつても

私には希望があるし　けつからうぬぼれてゐる
そして夜半の風音をききながら
寂しさを楽しんで　又きたない寝床にもぐるのだ

私の日記が半月程前から詩に変ってしまったことは、結局私があきらめてしまったことを意味するに外ならない。私はもう生活を直視し、批判し、反省する力と熱を失った。そして、うわべをかざるごまかしの下に生きようとしている。

日記は一つのあらわれかも知れぬ。

ただ実際の生活は、又この日記の如くあってはならぬ。

それだけをつかんでいたら、この形式の日記を続けることが許されるのだろう。

5月19日
昔の日記をひらいてゐたら
大石田のことや父のことなんかが
妙におもひ出されて
又あのやうでも別の生活ができると
ひそかに考へてみた
ああ　時の流れよ
それがすべてをおしながすのを
私はじつと見てゐるにすぎない

夜おそく昔の日記をパラパラとくって、くりひろげられた三城や王ヶ鼻の虫共とまみえると、もうがまんができぬ。おお僕はどれだけ野山と遠ざかっていたことか。

――くわつこうの声を寂しみからまつの枯枝の散る道を来にけり――

望月、西沢と一年生と〔の〕三人と一緒になり五人(杉江)と石切場まで同行。

ウスバシロチョウはあまり多くない。コミスジなど目につく。シナノビロウドツリアブがいる。これは三城にもかなり居たが、一匹しかとれなかった。

三城へ行く尾根でヒメギフの尾部附属器をつけた♀をとった。古びてはいるが完全品。赤いハリバエなどいる。三城をとおり百曲りの下まで行ってメシをたく。ねているとチャマダラセセリがやってきては止まる。六匹を得た。越冬した、けだかきばかりのキベリタテハを渓流の上にとる。ツマキチョウ、モンキチョウ、ミヤマセセリ、コツバメ普通、ヒメシロチョウと思われるのを逃がしたのは痛かった。シリアブ一種、珍しいトラガ（ベニモントラガ近似）をやはりチャマダラセセリなんかと一緒に捕えた。ヒメギフは三城でもう一匹見たがとれなかった。

まちゐたる　くわつかうの声
今ぞききぬ　ここの山路に
こぞききて　寂しさ生《あ》れて
ひそかなる　歩みとどめぬ
つつどりの　声もこそすれ
四十雀　つづきてききぬ
ああ山は　若葉の山は
かくもこそ　寂しきものか
ああ山は　若葉の山は
つかれたる　身にこそしむれ

5月20日

校友会新会則の評ギ員会を終えて運動部総務を止めることができた。夢、そして悪夢、今こそわが道を行ける。夜阿部と話し、今ぞ知りぬ、この身の弱さを。俺はお人好なのだ。

昨日より作り出した詩をかきあげた。それはかの幽玄境の緑の芝の上で、渓流の流れとあやしくも影をつくる木々のそよぎの中から生れ、そして夜半の風すさぶ、この下宿のうすぎたない机の上ででき上った。

これを自分は憂行悲傷集の㈠としたい。

悲傷集㈠　——ゆうかう——

没落は　今しせまりつ
赤き日の　山に落ちゆき
あやしくも　風なきゆふべ
ひとひらの木の葉　散りけり
恋しかる　かのひとみこそ
たまきはる　命なりけれ
おもかげの　あらはれくれば
一人して　涙おとせり

およづれの　おとづれにけり
夜をこめて　星かげまばら
山すその　灯をこそ見つれ
たらちねの母し　おもほゆ
かなしかる　なれがひとみの

むなしくも　きゆるたまゆら
うつせみの　心極まり
くらやみに　涙おとせり

さしせまる　ものおもひこそ
ありの世の　常とは云はめ
ふきすさぶ　夜半の風音
いつしかに　なべては過ぎて
よりそへる　よすがもむなし
寂しさを　今ぞ知りぬる
息づくや　淡き星かげ
床内《とこぬち》に　涙おとせり

薄明の　身をこそつつめ
しかすがに　宿を出でけり
ふるさとの　かの灯火も
遠き世の　はかなそらごと
よみさしの　あやし文字のみ
せまりくる　このたまゆらぞ
虚しかる　いきの命《いのち》と
一人して　涙おとせり

5月27日
今日も又授業をさぼつて
古びた寝床にもぐりこむのさ
さうしてとりとめもないものおもひにふけり
笑つたり泣いたり悲しんだりするのさ

今日も又授業をさぼつて
ヒーターを赤くつけてはパンをやくのさ
さうすると下宿の婆さんがやつてきて
何だかんだと文句を云ふのさ

―○―○―

さうなんです　初めてなんです
あの落葉松の何とも云へない芽ぶきを見たのは
私は一人佇んでじつと眺めて
さうして又山路を登つて行つたのです
さうなんです　初めてなんです
あの寂しいくわつこうの声をきいたのは

私は一人佇んでじつと耳を傾けて
それから又山路を下つて行つたのです

――――○――――○――――

上高地の梓川の水

悲しい悲しい水の流れでした
本当に悲しいくらゐ早く流れるのです
山峡が段々くれて行つて
空には一つ二つと星が見え初め
流れの音だけが高くひびいて
その外は恐ろしい位静まりかへつて行つたのです
ふりむくと宿の灯《ともし》が明くまたたいてゐました
私は岸辺を離れて
その灯の方へ引き返して行つたのです

それは私の心が
小さい　本当に小さい私の心が
初めて　悲しさにふるへた時だつたのです
それから　ふたとせの月日が流れました

今私は　むさくるしい小床の中で
音のない夜半の空気の中で
にぶい電灯の灯の下で
さうした心をひつそりと抱きしめてゐるんです

6月1日　　三高卓球リーグ戦
富山3――4新潟
松本3――4新潟
松本5――2富山

6月5日
げんげんの花畠
ここはすきかへされてもう水
それにさざなみが立つて
夕日のかげがうつる

和田村のたそがれ
チヤイロコガネが灯にやつてきた
白い小さい兎の子
オモチヤのやうで
俺はどうかしてゐるぞ

山の話
雪渓の話
新緑の話
さうした話が今夜の夢の色どつて
その山里にひつそりと一人息をする

6月6日
親父から手紙。ゲルと歌の紙。やはり、平静な作をとっている。
きびしかりし冬逝かんとす……をとっているのは分るが、萌え出でし青きが上に降る雪を床より出でて見てゐる吾は、はどうも自分ではピンとこない。

馬鈴薯の花の歌を写す
もう俺の力はこれきりだ
ときたま身を細めて作歌する
それでもときたまいやになる

人嫌ひにたまたまなると
俺の心はどんなに小さくなつて
体の中にかくれやうとすることか
今日は何べんもあつた
俺は知らん顔をする
あいつはこつちを向いてとほる
ああ　人の姿よ
とこしへに移りゆく姿よ
この世を美しいなんて言ひたまふな

でもやつぱり
寝床の中で目をつむつて
おもかげを追ふ時が
一番楽しいんぢやないかしら
然しときにはまぼろしにいきどほつて
リツ然とする時もあるが
又時には馬鹿々々しくなつて
あくびさへ出かかるんだ
ああ　あの童女の歌を
作りつつあつた俺の心が
どんなにはりつめてゐた事か

何だ
さつきは寝床に死んだみたやうになつたのに
今明日がきつつあるのに
眼のやつがこんなに冴えてくる
俺の体は日毎におとろへて
俺の心は日毎にむしばまれる
没落の歌を作つてそれが何になるんだ

俺のまはりの人間共に
なぐさめられ　いたはられ
そして又随分きずつけられるんだな俺は

俺は灯を見る
にぶき灯　なんて表現はもう嫌《イヤ》だ
昔の形は　もうそのままイドラ〔幻像〕になつて行
く
ああ　断えざる流動よ
それは書きなぐるペンの動きとは違ふんだ

6月7日
校友会雑誌山脈の原稿として短歌十首まとめ、「六脚虫の世界[*55]」と云ふ随想を書いた。虫のものなど書くことが自分にとって何になると考えないでもないが。

今外のくらやみで鳴いてゐるのは何だ?
こほろぎぢやないか
ああ　もうこほろぎの生れ鳴く
土の香をもう一度かぎたい

ひさひさに風呂へ行つて
ああ　楽しくも何ともなかつた
湯上りにのんだサイダーが
妙にまづくつて
俺の胃の中をひつかきまはしてしまつた

6月10日　桐原。　二先生と次の如く山へ行く。
6月10日　島々 7.00——徳本 14.00——徳沢——横尾 19.40
11日　横尾——一ノ俣 10.30——槍沢小屋 12.00——上高地 18.30
——中ノ湯 20.30

12日　中ノ湯——サワンド

山水よ　断えざる流れよ
私は山中にきて　又お前を眺める
お前はいつも　変らないけれど
お前を見つめる私の心は
もう何度か変つてきた
ああ　このもの恋しさ
この気持は　お前には分からないだらう
私はただ黙つてお前を見つめるばかりだ

ああ　腐植土の感覚よ
私の心に原始人の心の片すみが浮んだ

萌え出づる春の若芽よ
私は再びそれを見る
山かげのはだら雪と
かはいい深山の花々と
私は黙つて歩みを進める
恋　それは私一人のものにすぎないんだ

夏の　そして春の空気の中に
生れいづる虫達の羽音に
虚しく息づく私の希望が
又芽を吹きかけるのだ

ああ　私は又きたんだね
イワナ止の　あの小屋なんだ
どうだ　あの大きなカツラの木は
この前に変らぬ影を宿してゐる
朽ちた小屋のまはりには
昆虫達の集会場が　舞踏場が開かれ
彼等の羽音でブンブンしてゐる
私は今年になつて又生れでてきた
あのビロードツリアブのワタ毛のかたまりが
黒い土にくちばしをのばして
蜜をすつてゐる姿を見ることができた
蜂よ　蟻よ　虻よ　甲虫よ
私は一人　うすぐもりの空を眺めてほほえんだ

徳本の登りに
あの白い雪が　冷たいすべる雪が

こんなに出てこようなんて
ちつとも思つてみなかつた
まだ木の芽も開いてゐないんぢやないか
ここではまだ春はきつつある状態だ
そして恋の歌には　ちつと早すぎるんだらう

吾は又見つ
白き穂高を
息づき来たる
ここの峰に
あはれ雪は
冷たく光り
灰なる空に
かの峰立ちて
しばしもだし
しばしみつむ
ああ山よ
三嘆す　われ
このすがた
これあるがため
はるばるきつれ

吾にこそあれ
ああ山よ
恋よ　怒りよ
とこしへに
かくもこそあれ

神苑とはよくも云つたと思ひます
この無数の花々が
あのみにくい俗世界にある筈もありません
身をうちなげて　泣いてもよいのです
ころげまはつて　笑つてもよいのです
でも私は　無数の花の間を
たださまよふのを　もつと好んだのです
それが私の心をいやしてくれるとは信じなかつたけれど！

横尾の小屋につきたるは夕闇すでにせまる頃なり。小屋あかず。雨は夕方よりふりつづく。すなわち屋根下に野宿と決す。山なれば、春なれば、フキノトウ、タラの芽、山の味こそかなしけれ。この味はとわに忘れじ。しかれどもろうそくの灯を吹き消せば、あわれ闇は身をこそつつめ。ふりしきる冷雨の音に、はるばるときたりつる身を、しかすがに、おもいおこして、これの身に、又感なきにあらず。

闇 雨

私はじつとそれを見つめ
じつとそれに眼をそそぐ
私の心をおしつつみ
きびしくはあるが
又あたたかくいだいてくれる山の夜
しんしんと冷える山の夜
ふりしきる夜の雨　山の雨
トラツグミの啼き交はす声を
私はふるへながら聞いた

採集品、ウスバシロチョウ、サカハチチョウ普通、ミヤマカラスアゲハ（目撃）。

6月11日
　雨は止んでゐる　山の朝だ
　　冷えびえたる空気　　灰色に沈んだ空

　　でもさあ出発だ　　槍を目ざして
すぐ雨になつた　　鳥の声がする
　時たま雨脚が強くなつて
　不安さうに見上げる空は低くたれ
　山の姿もおぼろにかすむ

一ノ俣の小屋で　槍沢までは行かうと
又雨の中　だまつて進む
ああ途がない　川をわたる
この冷たさ　そのをかしさ　山なればこそ
雪だ　どんどんふえる
息づく息　ふみ入る足　白　寒さ　又雨
けむるけむる　山が　樹が　そして岩が
息が白い　　木の芽かたく　春いまだし

ここにみる　大いなる雪の原
下になだれて　見上ぐる岩はだ
きはだちそびえ．あはれかすむ雨の山に
無言のきびしさ　今ぞ知りぬる
雪渓の上　人は行きて　岩の上を　人又行きぬ

もの恋しさ　つかれはてて　小屋見えぬ　雪の中に
榾火《ほたび》恋し　この火の色や　火火　ほのほ
　吾は人ぞ　山よ自然　岩よ雨よ
霧流れ　小屋をつつむ　あはれ山は霧にうすらぎ
大いなる　きびしかる　山の姿に　うつしみの目を
見張る
恐しき　偉大さは　小さかる　命をきたふ
　雪よ　雨よ　岩よ　吾又かく叫ぶ

6月21日

あれから生徒大会　そして休校
なるやうになるさ　さうして俺はかうして生きてゐる
インターハイがせまつて　ツライ　苦しい　そして張りがある
昨日は選手推戴式を終へたよ　やつと
これで俺はもう自由　やつとホツトして息をする
何と云ふ消耗だこれは
寝床の中でまどろんでやつと意識ができるだけなんだ
俺の目のふちには黒いくまが出来て
やつれきつた顔は死人みたいだらう
然しその奥で俺はほほえんでゐる
人間と云ふのは　をかしきものさ
ほめられれば　嬉しくなり
悪口を云はれれば　腹が立つんだ
それ以上の事が何で望まれよう
でも色々苦労して
それを認めてくれる人がある時は
ほのぼのと心の中まで暖まつてくる
この世もいやな時ばかりではないとも思ふ

ひさかたぶりで　妙に細くやつれた感じのFをチラリと見たが　急がしいのを口実の様に
どんどん歩いてきてしまつた
これは一つの人間の心で
俺が一生もちつづけるものなんだらう

今日で一切の授業は終り
各部へわたすゲルを数へ

少しいい気持になつて俺は床にもぐる
「異常者」と云ふ文を書いたりして

ああいやだいやだと何万遍も
くりかへす様な時もあつたし
思はずニコニコして胸にだきしめる様な
さうした気持も味はつた
これが一学期
そして　それはもうはかない夢
これからさ　夏だ　光だ

6月12日　補遺
夜おそく中ノ湯についた
つかれと山の夜の冷気が　私の熟すいをさそつた
便所のはだか電球に集まる
深山の Insect が
ただ印象に残つてゐる
ジヤウカイボン　種々の蛾　チヤイロコガネの一種
そして翌朝
数羽のヒメクチバスズメが
身動きもせず、ハリや電球のまはりに、とまつてゐ

た……

さう云ふ追憶が
松高云々　運動部云々と云ふことよりも
どれだけ私にピツタリするだらう

6月24日
私は胸ををどらせて街を歩む
キヤンデー屋が氷のカンバンをぶらさげ
何となく夏らしい気分がたそがれの街にただよふ
私はほがらかに街を行く
嬉しいから
私はある映画を見に行くところだ
その映画は？
　曰く　凸凹お化け騒動*56

夜がふける
たはやすく笑つた後の寂しさは
かうした気持を味はつた人でなければどうして分か
らう
今日も嵐に似た風が窓をゆする

私は一人ノートを開いて
又私の詩をかきなぐる
さうなんだ　書きなぐるだけ
そしてそれによつてのみ　なぐさめられる
あはれなはかない存在である私
さつきからガラス窓の外でバタバタしてゐた
白い蛾が一匹動かなくなつて
じつと窓ガラスのサンに止まつてゐる

私はたれかかる髪をかき上げて
私の詩をつづる
長くなつた髪の毛に
一沫の哀愁を感ずるは何のわざぞ
ノスタルヂア――No No.
そこにはそんな甘い感情なんてあるものでない
陰惨な空気
そしてもつと明るいほんのりした何ものか
そいつの入りまじつた混合物を
今宵も私はグイと飲みこむ

白くふくれ上つた

大してうまくはないが食欲を満足させてくれる
できたらヱンドウか何かで色どつた
そのようなパンにかぶりつきたい

毛布
そいつは濃いねずみ色をしてゐた
私はそれを好んでゐた
そのはづつこに赤い毛糸が使つてあつた
そのあざやかな色彩が
今夜は別して目に沁みる

フンとあざ笑つて
そのままだまつてスタスタと歩き出したら
或ひはさかしげに
訳のわからぬ論理をこね上げて
あたりを見廻したとしたら……
そんな人間は御し易い
俺の始末に困るのは
もつと別の人間なんだ

俺はお人好だと

人からも云はれ　自分でもさう思ふが
別段悪いことでもないし
無理に変へるのもヅクだから
そのままかうしてゐるのです
困る事もありますが
そんなに人に害も与へぬし
困るのは自分だけなんだから
別にかまはぬと思ふんです

6月27日

きたない水がゆらゆらと動いて
夏の日ざしがちらちらする
一回泳いだらもう動悸がして駄目になつた
私はプールのふちにねそべつて空想にふける
あの青い空が又見られるやうになつた
今に入道雲が小さな心にかかはりなく
湧き立つやうになるだらう

紙くづとボロシヤツと本とバツトとほこりたくさん
あちらをかきまはしこちらをひつくりかへす
乱雑の極の私の整理

本をランボーにつみかさねて
その上にマントをかぶせてハイおしまひ
下宿のババアが首を出して
驚いた様な顔をしたが
それでも笑つておせじを云つた
これが人間　エヘエヘエヘ

寮にきて青いキウリに塩をつけて
原始人の様にカブリついたら
モヤモヤした胸の中が晴れて行く

寮にきてピンボケみたいな一年生を見たら
あの苦しさがほんのひとときではあるが
しばらく後退して行く

寮にきて西寮リツヒの行動を見るにつけ
をかしい中に涙ぐましくなつて
それでもやはり気持が悪くない
これが二寮会の心の中さ

あやぶみまもる

そんな必要はありはしない
やつて行くさ一人で
みんな強いんだ
雨の中で蛙も鳴いてゐる
たくさん群れてはゐるけれど
一匹の蛙をつかまへれば
やつぱり一匹なのさ

6月28日
昨日は寮で雨の音を聞いた
今日はむかしなつかしい西松本から汽車にのる
雨にかくれて見えないけれど
山々よ　おせじなんか使ふな
空は重くて心は軽い　ああ人の心のたよりなさ　自分のでさへ

俺が一番きらひなのは人間で
一番好きなのはやつぱり人間
これだけははつきり言へるさ

山のせまるのを見て
湖の白くかすむのを見て
雨のしぶきに顔を打たれて
思ひ出した様な日ざしに空を仰いで
時には死んだみたいにゐねむりし
時にはほがらかにうち笑ひ
そして汽車はやうやく関東地方に入る

これが例の貯水池さ
へへエ　なかなかシャンだね
白いユーラン船が馬鹿みたやうに浮いてゐる

ここがなつかしの小仏路
あの小道で虫を追つたのさ
それももうすぎてしまつた
汽車は走る

都会
私はそれに何も期待しないし
ただポツコリやつてきた
家
私はそれはちつとも好きぢやないが

いたしかたないからやつてきた
肉親
もう私は全く違ふ世界にゐる
もう言葉さへ通じない
でも身ぶり手ぶりでなつかしい時が
ほんのちよつぴりあるのが肉親の特徴
友達
あの人達が私と友達か
それだけで嫌悪の情が湧いてくる
友達なんて俺にはもう必要ないし
一人あつても堪えられない
俺にはもつと遠いかそかなものか
もつと近くて暖かいものだけが必要だ
弟
こいつだけが欲しい

夜全くひさかたぶりで辞書を引く
Vogel〔鳥〕のごく重い原書もとり出したが
ああてんで手がつかなかつた
松本ではこれからそろそろと云ふ頃になると
家の者はみなねてしまひ
するど妙に自分まで眠くなる

6月29日
ああ俺と云ふ人間は
もう大抵の人の間では堪えられない
ただほんのちよつぴりの人の間では
別人の様に快活だが

今日カビの生えた様な床屋へ行つて
去年の夏以来の髪の毛を
きれいさつぱり丸ボーズにしてしまつた
思ひの外のボリユウムの髪の毛が
白布の上につみかさなつた時
アンリヤと思つたがもうおそい
鏡にうつつた自分の顔は
亡者の相で　生ぐさボーズの様で
しかめつらをしたつてどこかピントがはづれてゐる
もうどうしたつて
俺は子供には帰れないのだ

ウチの庭にトマトだの豆だのが生ひ茂つて

春とはおのづから感じを異にする
患者が少しはやつてくる
俺はそれらを何枚ものガラスをしきつて眺めてゐる

ああ俺は　かうした家でかうした人と
共に生きては行けるけど
どこに魂の喜びがあらうか
高校時代　それがあと半年だと思ふと
思はず涙が出さうになる
その半年も　参考書と辞書の間に明け暮れるんだ

一の真理
「女は、ぐちや不満を云わねば生きて行けない動物である」

6月30日
西洋叔父の所へラヂオをとりに行つて
さて　ありふれた義理の言葉に送られて外の闇に出ると
声をひそめてバアヤが追つてくる
「これオババ様がお母様へと」
さしだした包みと薬りびん
バアヤの暖かい心が俺の冷え切つた気持をときほぐして
世の中の他の反面を示してくれる
くらやみに病院の建物を眺めて
思はずホロリと云つた気持にまでさせてくれた
駅へ重いラヂオをかつぎこんで
包を見たら　中はタマネギ六つ　びんは何とオバホルモン[*57]
この愚の裏に　それを越えたものを認めたから
俺は笑ひ出さなかつた

郊外電車の夜の駅
淡いはだか電球に照らされた石だたみを
僕はじつと見つめる
まだ虫の声もきこえないね
さうだよ　それに空気はこんなに冷いし
俺の心さへこんなに閉ざしてゐるのだもの

茂一〔兄・茂太の長男。茂吉の初孫〕はひもにつながれて立つたりころんだりして一人で遊ぶ

僕もはかない詩をノートにかきつけて一人で遊ぶ
そこにどんな区別があらうか
ただあの小さな魂は
このやるせない苦しさを知つてゐないに過ぎないのだ

ああ　あの日から
私はこの一冊をよごしはじめた
そして今最後のページをよごしてゐる
あの頃は大変だつたねえ
でも僕の心は今の様によごれてはゐなかつた
あれから一年近くが経つが
もう十年も昔みたいな気さへする

友達と云ふものをお前は随分持つたねえ
さうして友情と云ふものに随分冷やかな口をきいたねえ
でも僕はこの頃又分かつてきた
友はありがたい　人はありがたい
殊に弟の様に私に甘えてくれる人達は

そんな夢にふけつてゐてよいのか
だつて外にしやうがないじやないか
　俺は頭を丸ボーズにして
　東京の家にかうして坐つてゐる
　そこには孤独があるばかり
　だから暖かいものを求めるのさ

明日は七月　七月は夏　夏はさはやか
その中で俺の心がどう変るか
　俺はゆつくりそれを見つめ
又かうしてそれを書きつけて行けばいいのだ

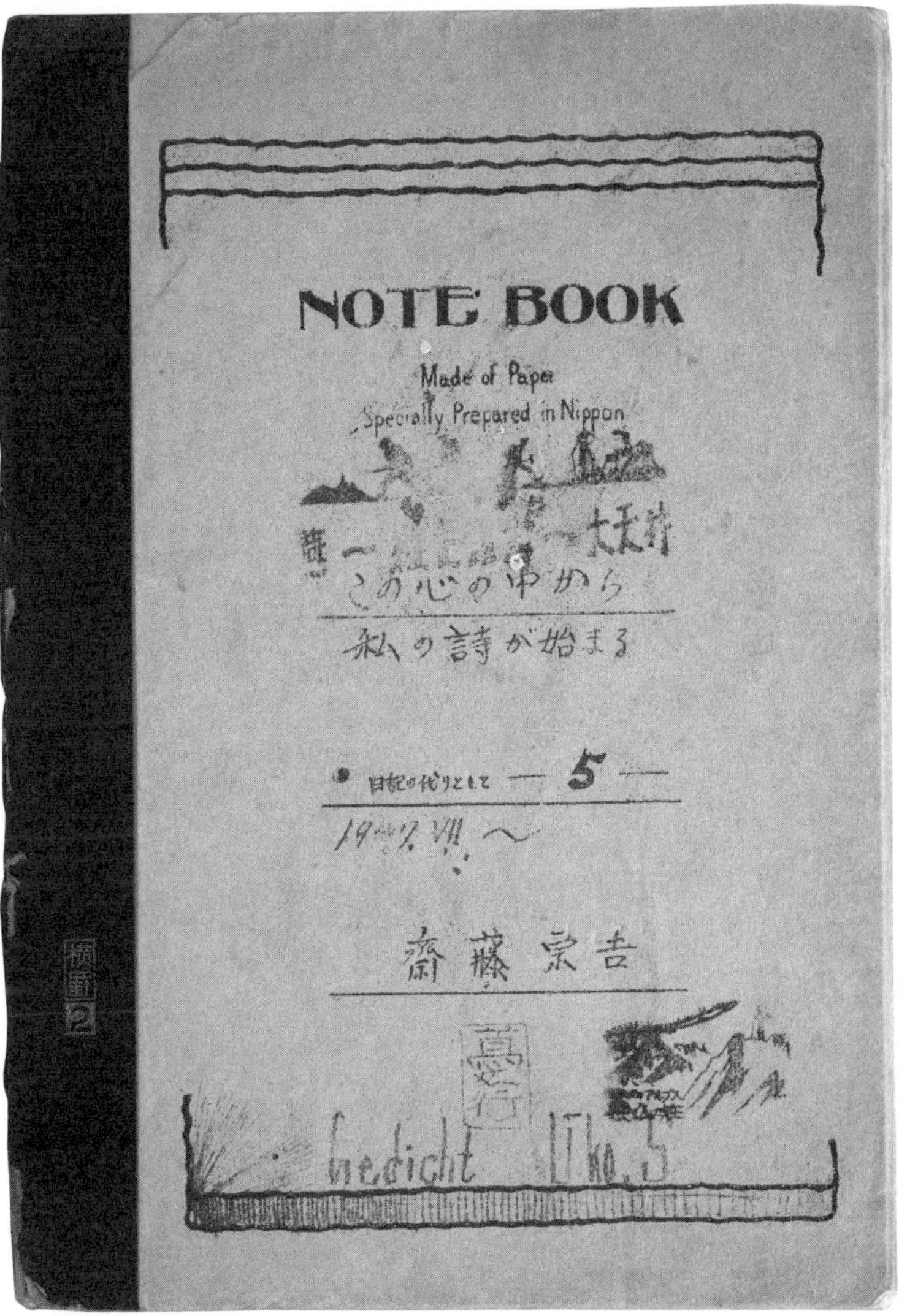
NOTE BOOK
Made of Paper
Specially Prepared in Nippon
この心の中から
私の詩が始まる
日記の代りとして —5—
斎藤宗吉
Gedicht No.5
横罫 2

この心の中から
私の詩が始まる

日記の代りとして――5――

1947.Ⅶ～
斎藤宗吉
憂行

Gedicht Ūko. 5

今年の四月末から
私のひそやかな反省の記録が
詩の形式に変つてしまつた時
私は驚きもし　あやしみもした
しかし　それが私の途なんだ
私はその途はつき進まねばならない
……おとろへきつた肉体が
　はてしない没落を背おつて
　又にごり切つた世界へぬけ出して行く……
かつて私はかう歌はざるを得なかつた
そこに一つの私がある
然し私と云ふ人間は
まだまだ征服される流動体である
私は一本の途をしつかり見つめよう

1947.6.24

5号を書き始めるに際して

——4号抄——

結局なるやうになるさ
それが私の途でさへあれば
私は今　後をふりかへつてみよう
これから先の役に立つ事も
その中にはないとは限らないから
　現実とぶつかつた時　私は身もだえして
　そこから又　新しい詩が始まるのだ
　　　　　　　　　　　　——5．7——

結局さう云ふ態度で好いんぢやないか
いや態度ぢやあない
事実　なればいいんだ
　要するにくだらん事なんだが
　くだらんですましてゐる事はできぬ

それが人の世のありきたりの考
　夢想家は結局ケチョンとなる
　　　　　　　　　　　　——5．11——

はかない夢想家
自分ではそれにほほえんでゐる
まだ美しい夢を見てゐてよいだらう
その中《うち》にそんなものはこはれるに決まつてゐるから
　苦しさが極まると狂ほしくなつて
　消耗が極まると死人みたやうになる
　　　　　　　　　　　　——5．11．——

生活破タン者がうす暗い公路から首を出して
ニヤリと笑つたその顔が
目の前にひろがる様なこのたまゆら

超人を夢みたラスコリニコフの悲哀が
今僕の上におほひかぶさる
　　　　　　　　　　　　——5．12．——

夏を思はす光が流れて
黒白ダンダラのあのなつかしい
コミスヂが校庭で翅を開閉さしてゐたつけ

たしかに苦しくつらかつた
僕はたしかに廃人だつた
然しコミスヂに目を向ける
さうした余裕はまだあつたんだ
　泣けばいいさ　一人で
　もう私には堪へられないんだ
　ねえ　かうしたはりつめた神経が
　まひする時が　私の
　永久の眠りの初なんだらう……

――5．13．――

かう云ふ詩が
かきなぐつたペンの先から生れてくる事その事が
私の小さい魂のはかなさを立証する
「ふるさとのかの灯火も遠き世のはかなそらごと」
私はかうも歌つた
私にはノスタルヂアなんてものは全く浮んでこないのだ
　俺のまはりの人間共に
　なぐさめられ　いたはられ
　そして又随分傷つけられるんだな俺は

――5．18．――

私はかう歌はざるを得なかつた
そしてそれが人間の悲哀である

――6．6――

　僕はこれでいいと思ふんだ　この形式で
　僕の心が流れ出るリズムにのつて
　多少変化はあるだらうが
　一番本当の気持ではないのかしら

――6．24　まとむ――

5

昭和22年7月〜11月

7月1日

毎日梅雨みたやうな雨がふる
あのさかしげなきれいな空を
私はどんなに待ちこがれてゐることか
それを一目みたならば
私の夢は又あの山路にかへつて行くだらう

重苦しい空がたれ下つて
じめじめした空気が身体をつつむ
あのおもひ出をさそふニイニイゼミの声を
私はどんなに待ちこがれてゐることか
それを一声聞いたなら
私の想ひは遠い昔にかへつて行くだらう

私は新宿駅に並ぶ　切符を買ふ為に
松本から往復切符を買つてきて
ホホウ俺も仲々頭がいいと一人感心してゐたが
もうその切符は失くしてしまつた
家中の者が馬鹿にし　悪口を言ふ
かつてに言ふがいいさ
俺はもつと俺を知つててくれる人を何人も持つてゐるんだ

かうしてちつとも僕を理解してくれないところにゐると
たまらなくあの連中が恋しくなる
寝床の中でものおもひにふけり
或ひは電車の駅で本によみふける
さう云つた時が一番楽しいんだ今は

別　離　（自由讃歌の節[*1]）

1．はかなきことは　うつし世の
常なるものと　知りしかど
せんすべもなき　この心

いづちと知らに　流れ消ゆ
星影を見て　別れなむ

2.
たかはらのへに　萌え出でし
うつくしかりし　かの夢も
うたかたのごと　消えはてて
うらがれゆきし　あらくさに
音も寂しく　氷雨ふる

3.
友去りてより　幾夜へし
よるべもなくて　さまよへる
秋野の土に　こぼれちる
草の実いぢる　ひとときの
むなしき心　誰か知る

4.
ひそかにくるる　たかはらの
ゆらぎしづかな　ともしびに
すがるる虫も　身に沁みて
今宵も汝を　偲びつつ
一人ふみをば　ひらくなり

7月2日
代田の駅[*2]で電車を待つてゐたら
不意に横山[*3]が現はれたのでびつくりした

午後　成城へ行つたら
みんなに負かされてしまつた[*4]けれど
本当の試合は違ふんだと
うそぶいて帰つてきたよ

遠いはかないおもひ出も
何かのことによみがへつて
思ひの外にあざやかに
自分でびつくりするくらゐ
はつきりと視界には入つてくる事がある
何年経つても　あいつはあいつで
僕は僕と云ふわけなのか

7月4日
昨日から千葉の中村さんの家へ行く
ひさしぶりの海をわたる心が
どんなに昔と違つてゐることか
でも　くだけちる波がしらを見つめたり
遠く遠く水平線と灰色の空が一所になるあたりを
ぼんやり眺めたりするひとときは楽しいものだつた

夜は蛙が鳴いた
フクロフみたいな声もした
パンパンと云ふ音がするので
どうも変だと思つたら
翌朝やつと　昨日捕へた紙包みの中の
ウバタマムシモドキのしわざと分つて
思はず苦笑せざるを得なかつた

帰りは又　船
黒い波　しろくくだけるしぶき
三角の帆が見える
とんできたしぶきをなめたら　からかつた

黒い波がうごいてゐる
ここは東京湾のどまんなか
私はぽつんと梅干のタネを
黒い海にはきすてた

重いリユツク　これが生活　区別がつかぬ
悲しい　いやなことなんだが

7月5日

卓球などなぜやるかと聞かれたから
インターハイつて変なものさと心の中で考へた
こんなことでいいのかしらと思ふと
やはりインターハイの事を考へた
そしてあんなに弱かつた卓球部が
富山を破り　新潟と対の勝負をやるやうになつて
いよいよ晴れのインターハイになつた時
こんなに悲しいことになるなんて
さうさ　運命はあまりにむごいことがある
病気は天の配慮さ
でも泣きたくなるのがやはり人の心

ひさしぶりで百様の所へ行つて
かう云ふ時間をどんなものかと考へたが
無駄な時間にいらだつやうでは
やはりいけないのぢやないかしら

いやな　あまりにかけはなれた世界
うちひさす都を私は離れる
むなしい心を暗い車輛の中にひそまして

然し　夜列車は
満員の夜列車は　あまりにも苦しかつた

7月6日
なつかしい山がくもつて今日は見えぬ
西寮も皆窓がとざされて
益々僕の心を暗くする
人を見たらドロボーと思へ
そんな気持を考へて
広い門をくぐつて行く人の心を考へた
ああ　あの記念祭で作つたデコレーションも
単なる偶然にしてはあまりに符合があひすぎる

暑い日ざしの反射するナワテ街
水の流れは変らないが
時はどんどんすぎて行く
王ヶ鼻の山肌がこんなにも緑でこんもりしてゐた
夏だなあ　やはり
あんまり時の流れが早いので
俺の心がとりのこされさうになる

友はなつかしい　いくら何とか云つたつて
人には人がかかせない
そんな事を考へながら
押入のガラクタをかきまはしてゐたら
テツキリパクられたとあきらめて
俺はこんな世の中に生きて行く人間ぢやないのだと
ウチの玄関でヤケ気味にはき出した俺が
思はずニヤニヤして頭をかかざるを得ない
その　ローライレフがころりと出てきた
ああ俺は
あまりと云へばあまりにも
ああ　ではやはりいいね俺は　俺は俺が大好きさ
でも又　ずるい分　悪口を云はれるだらう

夕方
常念の肩のあたりの落日光が
あまりにおごそかだつたので思はず歩みをとどめた
黒い影絵にも似た山脈
若い心のあこがれが
あのうすいヴエールのやうな水色の空にとけこむ

7月7日

ゆふべは御祖先のところにとまつた
シユライベン〔物書き〕のひいふうみいとそろつて
それに闇屋のをぢさんと
去年の記念祭のことなんか話してゐたら
どうしてあんなことをやつたのだらうと
疑ふやうな事ばかり
俺の心はもうこんなにしなびてしまつた

私はバスにのる
又大手橋のたもとに降り立つ
又あの木が枝をひろげてゐたよ
そして夏だ　ひざしも　木々も　昆虫も

私は又あの道を行く
ほらテングテフが現はれた
道端からパッと飛立つたのはヤマキテフ
ヒヲドシも空中で円を画く
私は又あの山水を飲む
一声二声くわつこうが鳴いた

私は又馬フンをくつがへす
Aphodius にエムマコガネにハネカクシ
細かい連中がウョウョしてゐる
でももうとる気も起らない
暑いんだ　アンマリ

何回もきたね一人で
そして又　友達と
私はふりかへつて西山[*5]を見る

石切場の茶店
ここの水は冷たいね
人の好いバアさん
では又あした

一番この道がものおもひにふけさせるんだ
三城へ行く　なだらかな道が
なぜつて　落葉松も立つてゐるし
きれいな芝も生えてゐるし
虫が葉をまいてゐる灌木もあるし

道にはダイコクコガネがころがつてゐるし
フタスヂテフなんかが道案内してくれるのだもの
それに　又くわつかうの声が少し聞えたぢやないか
その道を歩きながら私は歌つた
そして口から出まかせの詩をくちずさんだ

私の夢はかへつて行くだらう
長い長い夢なんだ
その夢が又夢を生むんだ

さげすさむ奴はかつてにさげすめ
私はもつと力強い生き方をしてるんだ
夢の中にだつて
力のあふれた生の流れはあるのさ

ひそひそ声におどおどする
そんな耳を私はもたぬ
目くばせに顔赤らめる
そんな顔を私はもたぬ
うしろゆびさす者にふりかへる

そんな目は私はもたぬ
私は歩いて行かう
もつと大股に
なんでオドオドなどするものか

私は又やつてきた
もうツツジは過ぎてしまつたね
でもあの緑の草原を見たまへ
一日でもねころんで　ものおもひにふけりたくなる
だらう

母親の馬が子馬をつれて歩いてゐる
私はいつもの水場に行つてリユックをおろす
ジヤガイモにタマネギ　それにクジラのクンセイと
私はゴッチヤにたたきこんで火にかける

腹は一杯だ
まあ一服つけようか
もう山かげに日がは入つた
水音ばかりいやにやかましいね

でもそのおかげで
泣かないでゐるのかも知れない

タキ火はいつまでも煙りをあげてゐる
私は一人で飯の後シマツをする
一人なんだ　山の中に
友達ともよくきたね
一人でかうしたこともあつたねえ

私はくれのこつた空に乗鞍の姿をもう一回みかへつて
それからホテルへの道をタドる

どうだいシヤンぢやないか
詩人が宿るところだよ　ここは
見ろ　そんなにブスでないメチ[*6]が出てきたわい

ここのながめはすばらしい
遠く遠くアルペンが紫にかすんでゐる
その上にねずみ色のくもがよりあつて
水色の空には　うす桃色の雲が
牛乳の中にイチゴをつぶした　そんなやうな雲が
綿をひきのばしたやうになびいてゐる

書いてゐる中にもう変る
ねずみ色がかつてゐた山々と雲は
あまりにもあざやかな紫だ
コバルト色の空の色だよ
クローバの咲く緑の原だよ
いつも変らぬ水の音だよ
遠くにアルプがかすんで見えるよ
何回きたか分からない
ここがなつかしの幽玄境だよ

いいな　やはり美し原だ
霧ヶ峯のかたはらに富士がかすんでゐる
さあゆつくりと草原の上を
高天の中ほどを
おのづからなる道に沿つて
恋の詩でも口ずさんで
ブラブラ行かうぢやないか

王ヶ頭の頂上の芝生
どかんと腰を下ろせば
一面の草原の上を
風が吹きすぎて行く
おや　これはキバナノコマノツメだよ
こんな所にたくさんあるね
何てカレンな花だらう
あたりはアブの羽音で一杯だ
天高くイワツバメ（イワヒバリ）が絶えずさえずる
まだ春だねここは
キアゲハが風にとばされながら草の上を舞つて行つた

ニワハンメウかミヤマハンメウか分からぬが
あつと云ふ間にかみ合つてひつくりかへつて
共喰ひかと思つたら
ちやんと雄が雌の上に乗つかつた
ああヒラタアブが何て多いんだ

7月23日
ああ詩人なんて駄目だね
生活は詩を圧倒する
ほらごらん　このノートのブランクを
これが生活の姿なのさ

くやしいね　全く
この為にはらつたギセイなんだよ
それが水戸と浦和に敗れ去つて
然も俺自身オンチな試合をやつて敗れたなんて
涙が汗とごつちやになつた

あいつはやつぱり僕が好きなのかも知れぬ　Y
でも僕はどうしてかう知らぬ顔をするのだらう
そして　又もう一人のあいつも僕は好きなんだ　H
そしてあいつも　よく僕の顔を見てゐたつけ
それから又一時あんなにも僕の心を苦しめた
あいつは遠くはなれてゐる　F
然しこの人の部屋で　僕はどんなに息をつめたか
あんな手紙を見るなんて　然しこれが当然か
僕は予期してたやうな気持でそれを読んだつけ
でももうよい　僕は一人さ
僕を愛してくれる人がゐたつて

僕は一人なのさ　ただ時にはそれに堪えられぬのだ
考へれば中学二年頃から
心を引かれた人は二・三人ゐるね
でも親しくなつてしまふとすぐあきてしまふ人もあ
る
Yなんかはいつまで経つてもなつかしい

7月25日
今日は一日ゴロゴロしてゐた
夏は暑いね全く
昼メシがすんでのひとときを
応接室の寝台の上で
あいつの事なんか考へてウトウトとしたら
こんなにも汗をかいてゐた

トマトが青くなつてゐる
俺は全く非生産的だよ
口幅つたい事は金輪際云ふまい
ああ　嫌だ嫌だ
ただ逃れるところが一つある　詩の世界
恋の世界も詩の世界

私のそれには区別がない

人生は一行のボオドレエル[7]の詩に若《し》かない
そんな言葉を妹が憶えてゐる
あはれな者よ　痛める心を知らぬ者よ
でもお前にも　ボオドレエルがのりうつるかも知れ
ぬ

あいつは何をしてゐるだらう
あいつは何を考へてゐるだらう
あいつは不思議な奴だ
これだけのタイムが流れたのに
これだけの人が俺の心には入つてきたのに
たつたえくぼ一つで俺の心は
又あいつの姿で一杯になる

飛行機の音がさかんだね
松本にゐるとそんなものは一度も聞かんよ
田舎者になつてしまつた
そして赤光なんかに喜ぶのさ

俺は眠くなつた
こんな状態で日が過ぎて行くのを
だまつて見送るのか
今日は長い間の沈黙がつもつて
創作も相当な張りをもつて書き出した
でも結局はかない詩に過ぎないぢやないか
古本屋でもPoemの文字でも見つけやうものなら
不思議に胸が躍つてくる

シュテイフテルの深林[*8]に
ローランのジャンクリ[*9]に
私の求めるものはただ詩だけ
その他のものは私に不要だ

人間往来[*10]を買つてきたが
こんな下らんものに喜ぶやうな人間が
ゐることとさへすでに不思議だ

今夜も暑いだらう
でも電気を消して
ゆつくりとおもかげが夢に出てくるのを楽しめば
明日は又　新しい日が訪れるだらう

7月27日
青いトマトがぶざまになつて
少しづつ赤くなるのをとつては食ふ
トーモロコシ粉のパンも仲々うまいよ
さう云へば庭のトウモロコシにも穂が出てきた

茂一の遊んでゐるのを見てゐると
私の孤独が妙にせまつてきて
泣きたくなる様な時もある
さう云ふ時　あいつの笑顔や
親しげな言葉を憶ひ出す

オットーやオリヴィエ[*11]のことをくりかへし読んで
私は私の物語を作る
あの頃の一つの動作一つの言葉を思ひ浮べる

昨日の夜はイウウツさに堪へかねて
私は私の弟の家を尋ねた
彼は留守だつた

私は弟の代りに
古本屋から詩の本を買つてきた
ヴァレリイ[12]の本や　父の歌の本や
そしてクリストフの一巻を

ヒグラシの声がわりにする
然し感傷は意外に少ない
外のことで頭は一杯さ
それに昼間はあんまりあついので
俺の頭はボヤけてしまつた

7月30日
やつと辞書でも引かうと云ふ気分になつたと思へば
もう友達と称する奴がやつてきて俺のじやまをする
俺はもう嫌だ　会ひたくない
でも　しかたなく一緒に世間話をしたり笑つたりす
る
ああ　時間が無駄だ　時間は大切だ

僕は神田の本屋へ行く
本は高いね　驚くほど
ほしい本はウンとある
光太郎のも　サク太郎のも　米次郎[13]のも
僕の心を満たしてくれる本本
そいつをみんな買ひこみたい

本屋で杉江に会つた
小さい一つの魂よ
僕はお前がかはいさうだ
でも　僕はもう一人で　進んで行かねばならぬ
お前も一人で進んで行けるだらう

夜
私は詩を作る
さう云ふ時私の心がどれほど喜びにふるへるか
たとへ空気がどのやうに暑苦しくても
ああ　天よ神よ
一すぢの道を行く私を助け給へ
さうだ　道程だ　この遥かな道程のため

7月31日
私は待つてゐた

あいつはたうとう来なかつた
私は外に出た　ねづ山の木立が黒かつた
私は詩の題材を考へながら　ひそか歩みをつづけた
ふりかへると月が丸かつた
こんな都会の上に　こんな月が出るのかと思はれる
やうな月だつた
たうもろこしの葉がさやさやとなつた
私は頭に手をくんでのせたり
うでぐみをしたり
ブラブラふりまはしたりして
ノロノロと夜道を家へと引返して行つた

ああ夜よ
私の心をなやましさで一杯にする　夏の夜よ
私は赤光の歌をかきつづる
かやりの香をかぎつつ
アヲバハゴロモが灯にやつてきた
くそ　時に腹を立てる
今朝は夢を見た
私はあいつと並んでねころんでゐた
あいつは嬉しさうに　私の胸のあたりをいぢくつて
ゐた
あいつは何かの事でカンシヤクを起した　何といぢ
らしくかはいかつたらう
私は思ひきり　あいつの首をだきしめた
自分でも意外に思ふほど力強く　目がさめたら
朝の光が流れてゐた
私は起きねばならなかつた

ああ夜よ
お前は又私の頭をかきまはすのだね
無数の無形のものが
あたりにテウリヤウする気配に
私は思はずあたりを見廻す
明日は又　明日の風が吹く
今夜は今夜の風が吹く
ごらん　あんなに庭の野菜をしひたげる風の音を
眠いやうで又　眼がさめる
書けぬやうで　案外スラスラとペンが走る
これも夜のいたづらさ

ああまだ十時を過ぎたばかしだと云ふのに
まるで午前二時頃の気配がする
下宿では皆で茶をのんで雑談を一しきり
さてこれから歌集を開くか　たまにはドイツ語をや
り始めると云ふのに
ここではもう床に入らざるを得ない
もしここが寮であつたなら
私はまだ方々の室々を廻り歩いて
あと一時間もした頃
どつかの部屋にやどりを決めて
さて　電熱器を赤くして
エッセンを作つては　楽しく悲しい語らひをするの
だが
ああ都会のイウウツよ
家のシツコクよ
山よ　樹々よ　自然よ　自由よ　どこへ行つた
なにゆえにかくも我は捕はれの身となりたるか
知らず　ただこの重苦しい空気あるが故に

8月1日
時の流れは　生活の相違は
なつかしい友の間にこれだけのギヤップをこしらへ
た
悲しいことだが　これは必然である
ギヤップは人の進歩を現はす
山の端を出た月は　もうあんなに上つてゐる

そのギヤップを埋めるものは愛
多摩川の河原は強い夕日をうけて　輝く
放水路より水のしぶきの流れが生ある音をひびかす
人は立ちつくす　夕日を見て

嬉しい心を抱いて　渋谷で東横線をおりる
見下ろす街は思ひ出の町
もうあんなにマーケットが立つて
地下鉄が空間を疾走して行つた
人の群　バスの車体
ここはあの渋谷
あやしい程赤い　しかも透明な月が
焼けただれた上がなおりかけた街の上にかかつてゐ
る

8月5日

長い間あこがれた海の香は
わきて　悲しいものでもなかつた
砂の触感も
別に僕の魂には触れなかつた
昔の友とはもう言葉が通じない
波はよせてきて白くくだける
あそこにはゑぼし岩がかすみ
こちらには江ノ島があんなにもチンプだ
きづいた砂の城は
かなしく波にくづさるる
細く高い砂の塔は
わづかに波からのがれてゐる
人はそれに砂をなげる　砂を
どろどろの砂のとばつちりが
あいつの白い背中にあたつて
むやみになげる砂のかたまりは
又も　その背中にぶつかつて
むざんにも砂のまだらを作る
ああ　砂まみれのあいつの　何とかはいかつたこと
だらう

午後のあげ潮は　砂の城をおしながし
やうやく日ざしもにぶつてきた
白い乾いた砂の上を　潮風が強く吹く　砂を飛ばし
ながら
ああ　砂に埋めた棒切れをほりあてる
悲しき遊びにふけるには
あまりに俺は苦しみすぎた
でもまあ何て俺はほがらかさうに笑つたことだらう

帰りの小田急の中でひぐらしの声をきく
赤い夕日がはるかな地面線にころがる
僕は日にやけたほてつてかうふんした頭脳で
無理に何かを考へようとする
ああ　何もない　何もない
一つの歌も一つの詩も生れてこない
ああ　俺の心はもうくされかかつて
肉体は遠い海に流されてしまつたのか
知らず　ただ赤い光が曠野に流れる

8月8日

ああ何と云ふケンタイであらう

何と云ふイウウツであらう
日が日を追ひ　時が時を喰ふと云ふのに
私は今日も汗をかきながら
古ぼけた夢を追ふ

朔太郎の写真を眺めて
朔太郎の詩集を抱いて
汗をかきながら
かうして　じつと坐つてゐよう

勉強せねばならない
さうだ　夜起きてゐよう
私は起きてゐた
時計の針がくるくる廻つて
今日が明日になり
いつしかキリギリスの声しか聞えなくなつた
みだれた頭は無闇ととばして勉強をすつとばす
ああやつと例の気持になつたね
これでいいのだ
この空気の中にだけ
本当の私があると言ふのさ

それに私は　蚊を何十匹たたきつぶしたことだらう

8月9日
ああ僕は
アルトハイデルベルク[*14]を開いて
泣いてゐなければならない

8月10日
知久の家へ行く　さあ大変だ　ガッツカネバナラヌ
とかう考へた
そして家へ帰つて　朔太郎の詩を写してやつた
ああ天来のアイドルボーイはかくして息をする
ああ赤い大きな夕日がゆらゆらと地平線にかかる
多摩川の水はその影にきらめき
火の如き雲はひととき　西空をあざやかにする
ああ　この芝地も畠になつてしまつた
淡いノスタルヂアに似た感慨が胸をかすめる
それよりも　あの心が水の如く淡くなつて
私は富士の影を眺めたり　西方の空を打見たりして
川原を行く
ああ　どう云ふ気持だらうか

なつかしく　たのしく　ただそれだけだらうか
電車の中で中学の加藤にあつた　分からなかつた
一人　新宿の雑踏の中を歩いた

8月11日
明星岳の肩のあたりの曲線が美しい
アザサキの花も咲いてゐるね
そして電車は又トンネルには入る
私は昔の夢をたどつて眼をつむる

オニヤンマが遠くの木立へ消えて行つた
そしてヒグラシが
さうだ　あのヒグラシが　私を迎へてくれる
私は黄色い温泉にすつかりひたる
ああ　そして思はずひとりごとを言ふ
たそがれがせまるとヒグラシが鳴く
それからウマオヒが鳴く
灯にはササキリがやつてくる

8月16日
黎明がせまつてくると　薄明の中でひぐらしが鳴く
私はウトウトと夢うつつの中でそれを聞く
やがてひぐらしの声は頭一杯にひろがつて
過ぎ去つた日々が私の夢に現出する

ザワザワザワザワ
この騒々しい馬鹿馬鹿しいことができる間は
私はまだ生きてゐる
14日には早雲山から大湧谷へ降りた
早雲山のあの尾根も
灌木がほしいままに茂つて　かつての展望をさまたげる
ただ　あのフエアリーの如きアサギマダラの姿が
登り道の木立の間にフワフワして　眼をなぐさめてくれた

温泉の香　登山電車の音　それらは私の頭にはつきりと残る
四人の友とかうして楽しめる間はけつかうだ
いまに　これらの事も遠いはるかな夢となるだらう

ああ　帰つてきた暑い東京の庭にそれでもウマオヒが鳴く
さうして　ウスカがむやみに飛びまはる

さうだ　私は医者にはなるまい
まつぴらだ　動物でも植物でも何とか fressen〔食べる〕して行かう
それにしても　俺も功名心の強い人間だな
でも　あんなにも迷つてゐたけれど
ああ今晩は　やつと分かつた様な気がしたよ

8月18日
大変だね全く　勉強と言ふものは
目がかすむよ
ウワッ　腹がへつてきた　餓死しさうだよ
ふん　むづかしいね　数学と言ふものは
これが試験以外に役に立たぬのだから
一寸腹が立つぢやないか
語学はまだいいね　でも単語はよく忘れるね
俺は本当に頭が悪くなつたのかな

弱つたことだ　コリヤコリヤと

蚊の羽音に気をいらだたせて
かうして寝床の上に腹ばひになつてゐると
水道の水のたれる音と
隣家のラヂオと
遠い電車のひびきとが
私の耳をうつ
ああ何と言ふ重苦しい空気だらう
かうやつて書いてゐよう　何も忘れて
歌も仲々作れない　でもかまはない
単語もどんどん忘れてしまふ　でもかまはない
一つの時間に　悔のない様
かうやつて　ノートを開いてゐよう
それでなかつたら　口をあいて
ヨダレをたらして　眠つてゐよう

8月19日
父は天皇と会見*15
私はわがことの様に喜ぶ
ああ　異なるかな　偉なるかな

私の詩への眼をひらいてくれた父の歌よ
永遠なる　うつくしさよ　きびしさよ　かそけさよ
松風のつたふる如き
杉間の砂を照らす月の光の如き
その父の歌によつて
どれほど私はなぐさめられたか
ドストイエフスキイ　ニイチエ　ゲーテ　ヘツセ
朔太郎　光太郎　その人々の中にまじつて
私の父のゐる事を　私はほこりたい　喜びたい

代田橋の太平へ行つてきた
何から何までの孤独
そして何から何までのつながり
人の世は変なものだ

ちつとも勉強できない
今晩はヒロポン[*16]をのんだ
ねてはおき　おきてはね　得意の奴だ　まあ見てろ
駄目だね　勉強ぎらひだ俺は
でも創作をしたよ「金井君の追憶」さ

ほら　にはとりが泣いた　もう朝だ
もう頭はつかれきつてゐる

8月20日
昼間一日何もせずねる。ああテツヤはマイナスになった。

8月21日
我知らざりき　父の偉大さを
無理解な父にいきどほりき
頑固な父にいきどほりき
白線を見て涙ながしき
ああ家焼けて赤き炎を見き
遠くはなれて暗き寮の一室に蛙の声を聞きたりき
始めて　父の歌集を見て一人泣きたりき
初めて　歌を作りき
ああ　初めて父の偉大を知りき
むさくるしき小夜の小床に
父の歌に一人　かなしみをまぎらはしき
遠くアルプに夕日の入るを見て
明るく落葉松の芽の萌ゆるを見て

山路に郭公のあひ呼ばふを聞きて
ああ　詩歌の永遠を思ひき
みちのくの父の許に帰り
偉大なる父のしりへに従ひて
畠の道を歩みき
かたじけなさに　かうべたりき
ああ　幸なるかな我
未だ死せざる
わが父の偉大さを知りき

古本屋にてアララギを買ひき
赤光　あらたまを一人写しき
夜半ふけてこたつに歌を詠みき
恥ぢらうて父の許に歌をおくりき
寒空に星の氷れるを見てき
芸術の価値を胸にたたみき
勉強はおろそかにしたりき
試験はうけざりき
あやふく落第せんとしたりき
教授をなぐりてにくまれき
白紙の答案に歌を書きたりき
不孝にリンゼンとしたりき
しかれども
しかれども
我はたのしき
この歌あるがため
父の歌あるがため
とことはの美しき歌あるがため

一人ではあんなにしかめつつらをしてゐる
無理に心をいううつにさせて
いたいたしげに眉をひそめてゐる俺も
下級生の間ではこんなにも快活になる
つまらない詩を自慢し
さきいな事を誇張し
ゴー然とかまへてゐるのだな俺は
でも身を細るやうにして詠みあげた
自分の歌をいばつてみせることが
まだできる間は幸ひだ

数学の神様と言はれたね小学校では
たつた一回97点をとつてくやしがつたね

数学だけは自信があるつもりだつたね　中学では
試験の時も実力だと云つて
わざとやつて行かなかつたね
それが今は
何かの拍子に一題でもとかうものなら
有頂天になつてデカデカと得点板に書きつけるのだ
ね
大抵は手のつかぬ問題を横目で眺めて
いたづら書きをしたり　はなくそをほじつたりする
のだね

みんなの中でさわいでる時が本当の僕だか
一人でかうして坐つてゐる時が本当の僕だか
時々自分でも分からなくなる
両方とも僕には相違ないんだが
あまりにもかけはなれてゐるので
ジイキル博士とハイド氏みたいな気さへする
時が経つに従つて
ますますこれはひどくなるだらう
さうして　僕が死ぬ時には
もう両性に分かれてしまつて
別々の墓に埋められるだらう
天国か地獄かへ行つてから
そこで二人はハイラーテン〔結婚〕するだらう

ああ　このままでは
いくら時が流れても勉強ははかどるまい
試験にはまた白紙を出さざるを得まい
大学の入試にはタメイキをつかざるを得まい
そして父から大目玉をもらはざるを得まい
ガミガミと雷の如き声を頭上に聞いて
カメノコの如く首をすくめざるを得まい
親不孝だと家中の者が白い眼をし
不肖の子だと親セキ中からさげすまれ
俺をにくんでゐる者はザマを見ろと舌を出し
シメンソカの中に
白痴の如く眼をつぶらざるを得まい
でもかまはない
俺の中にある何ものにもこわされない
何ものにもとけさうもない心棒が
まだシヤンとしてゐる中は
俺はまだゴー然とかまへてゐる

だが　一寸こわれさうだな　この棒は　　ああ
人から愛されるのはいいことだ
だが　それと共に白眼視されねばウソだ
聖人みた様な人はゐるもんぢやあない
妥協はヒケフ〔卑怯〕だ
強く強く　はりあふ者をなぐりとばさねばいけない
そしてもつと敵を作らねばいけない
さうすれば俺は
もつと本当に人から愛される価値のある人間になれ
るだらう

今春俺は初めて敵を持つたと思つた
俺の芸術観がそれによつてはつきりした
なぐりなぐられ　悪口のかぎりをつくして闘ひ
そして初めて　人ははつきりと自分をつかむ
闘をしないなら　人はそこに安住してしまふ
敵をもて　なぐりあひをしろ　ののしれ　ひつか
け！

本気になつて万葉調の歌を作つたら
おせじにも古今の歌がいいなんて言へたものぢやな
い
歌人はケンクワばかりするなんて批評家は
芸術のゲの字も御存知ない
ああ　かぎりなき闘争よ
ケンクワ　ケンクワ
これだけだ　浄め　高め　進歩さすものは
ああ　ケンクワ　ケンクワ
我サンビす　　ケンクワ　ケンクワ

何によつて　かく激したるわが心ぞ
しばし無言の中におもひたかまりて
半時間を畳にころがりゐたり
吾にかへりて　いまさらの如く時計を見やれば
時ははや明日をきざまんとす
あはれ　こは　ひとときの妄想にあらずや
我のまなこあやしく光り
ものぐるひの相を呈せるにあらずや
粗雑にもかきなぐりたる文字の跡を見れば
そは　あやしき思想なれど
一つのまことあるをうちけしがたし

われにかくるは　まさにこれなり
われ　不断に戦の歌を歌はんかな

8月22日

我長じて何になるべきか
今まさに別道に立てり
いづこの道をえらばんか
考へは考へにかはり
想ひは想ひを殺す
愚かなる妹の言にも迷ひつつ
われ未だ決する能はず
ああ　清貧もとより恐れず
ただ　研究にさしつかふるを恐る
よし　さもあらばあれ
今我の心ほとほと窮したり
これなるかな　世は深し
われ未だ　世を知らず
ただ　ひたぶるに進まむのみ
たとへ餓死せんとも
一つのまことあるがため
清き一つの道あるがため

8月25日

たまに飲んだビールの泡が
私の胸の中にモヤモヤしたものを発散させて
くれ行く庭に一人静かに向かはせる
それでいいのだ　私の心は落着くところに落着く
ああ　何とひねくれてゐたことか　私の心は
家の者にはあまりにきびしく
その愛に反抗し　ぴつたりに殻を閉ぢてゐたのだな
俺は
だからこそ　山や虫や川から裏切られて
堪えきれなくなつて　甘い夢を追つたのだな

夜は停電　俺は又家を出る
何と云つても　ありがたいものは友
シシガシラのバケモノの様な頭を見ると
なやましい心も　思はずなごむ
帰り
帝都線[*17]の窓から首を出して
不思議な位の快速力に
じつと身をまかせて　心の行辺を見守つた

とある駅に止つたら
電車の明りに照らされて
白茶けて乾ききつたサツマイモ畠が目に入つた
くねくねにまがりくねつて弱つたサツマイモ
ざまを見ろ　お前は枯れて行く
こんな事をつぶやいて見たつけが
けつからうあのイモもイモを作るだらう
そして　俺もたやすくは枯れはしまい

8月28日
中房温泉*18の入口の渓川のふちの石の上
私はだまつて頭をかかへて水の流れを眺める
望月はノビてねてしまつた
私は早い早い流れに足をひたす
ジーンとした感覚がキイロスズメバチの
恐しくヅキヅキした痛みを薄らげてくれる
私はピースの吸ひかけをポイと水にはふる
またたくひまにそれは視界から流れ去る
行つてしまつた　私は思はず　さうつぶやく
非人情の山からくる恐しい圧迫が
小さい人間を益々小さく見せる
そして心の底までつきとほすするどい力に
思はず深く頭をたれさせる

ああ　日がさしたと思つたのもつかのま
又ポツポツ雨らしいものが落ちてきた
つかれてゐても　登らねばならぬ
かはいさうだが　望月を起さねばならぬ
登り行く深い木立の奥のその深さが
私の心を恐れさせるのを無理におし切つて
私はノートをしまつて立上る

山なかの　木立がおくに
かすみ立つ　きは立つ峯の
肩あたり　いかづちきこゆ
恐れつつ　ふみしむ足に
腐植土の　むなしくくづれ
あふぎ見る　灰なる天の
みなぎらふ　雲の中より
雨つぶぞ　落ちそめにける

俺はノビテしまつた　こんなにのびるなんて
雷はバリバリと空気をふるはし　空を仰ぐ不安な眼
には
ようしやなく　雨がかかるのだ
これは下手をすると　宿らなければならないと思ひ
且つ期待した
合戦小屋はいつになつてもあらはれぬ

まだまだと不安と戦ひながら　岩かどをまがると
思ひがけぬボロ小屋の姿が目に入る　ブラボー　ブ
ラビツシモ
榾火《ほたび》にくすぶられながらシャツがかはいて
一杯のあたたかいカユができ上つた
それに火はやけどする位もえ上つたぢやないか

たそがれがあたりをつつみ
キリが視界をさえぎつてゐる時
私達は一寸した広場に石標の立つてゐる
三角点の傍にデンと体をなげ出した
じつと耳をかたむけると天地に音はない
ただしんしんと迫る山のゆふぐれの気に
ただ黙して灰色の空を眺めてゐた

もうこつちのものと　たどり出した尾根道は
たのしいものに違ひないが　何しろかうへばつては
ただ黙々とキリの中を　行くばかり
一寸の上りにもアゴを出し
一つ上ればひつくりかへり
岩かげに身を投げ出し　天地創造の静かさを味ふの
さ　と云つても
実はキソクエンエン　ただ息をしてゐるだけだつた
かも知れぬ

キリの中の岩かげに　幻カクの如く浮び出た小屋の
屋根
灯も見えぬ　待ちに待つた小屋
てつきり無人に違ひないと　胸をとどろかせて
重いトビラをぐいと開いたら
オバケの様に番人が出てきたよ

でも　山小屋風の小つぽけな窓のわきに
ねどこをとつて　疲れた体を投げ出せば

こんな楽しいことは　又とあるまいと思ふほど
外は　はげしい雨になつた

ああ一杯のあつい茶は何とうまかつたことか
床には入つて　まなこをつぶらう
さうして　又雨にたたかれるかも知れぬ　明日の夢
を見よ
でも　眼をさました時
この窓の向かふに　あのなつかしくも恋しい峯々が
朝日にかがやいてゐたとしたら
嬉しがつて死んでしまはう

ああ雨の音は静かになつた　明日に幸あれ

8月29日　大体晴
白い雲が棚引いて　黒い山々がその上に顔を出して
ゐる
向かふの雲の上には　恋しい太陽が光を流す
幸にめぐまれた僕等は　いさんで燕山荘を後にする
ああ　槍が見える　あの秀《ほ》が見える
三俣レンゲ　ワシ　野口五郎と続く山脈側から
冷い風がふきまくつて
思はずケイトのシャツの中の体をちぢめる

アルプス銀座と云はれる道ははかどる
もうおそいには違ひないが
それでも数々の花々が目をなぐさめてくれる
一寸した花畠で
ゆつくりと飛びかふ　クモマベニヒカゲを追つて
何て気持よく　すべつたことだらう
アルプスモンキテフも稀ではない

大天井《おてんしょう》の登りからさすがにアルバイトの感がます
近づいてくる槍のあの色あひと　フイルン*19に
目をかがやかせて　私達は又岩かどをまはる
ああそして　西岳の小屋でのんだ茶がどんなにうま
かつたらう

さていよいよ東鎌尾根だ
これだけ上つたのに　又こんなに下るなんて
ああ私は岩かどにぶらさがつて　腹を立てる
一つ二つ三つ四つ五つ　見上ぐるかなたにつづく
峯々
ベニヒカゲが傍らからとび立ち
雷鳥が大きく空をかけるのに
私は野蛮人の如き無関心さを示す
道をまちがへて谷底へくだりかけた二人は
岩の根につかまつて悲鳴を上げる
下に落ちこむ目もくらむ断がいにキモをひやす
ザックのひつかかる岩下をはらばつて通る
馬鹿まる出しのところがいいのさ　山では
ああ正に心胆を寒からしめられてしまつた

槍はにぶい死人の様な鉛色の肌を
思ひきり目近く　二人の前にきはだてる

とある砂まじりの石かげに
ミヤマリンドウが群つてゐた
何と愛らしい花々よ
私は燕〔岳〕で愛でたタカネナデシコの清楚な姿と
この紫のつりかね形の小さな花とを比べて一人ほほ
えんだ

殺生の小屋は上から見るとチョイとシャンだ
私達はこれを後にして　又がらがら石の急斜面を登
る
槍はあんなに間近く
夕日がこんなに青いと云ふのに
私は完全にアゴを出した
フウフウ云つてたどりついた肩の小屋
槍の秀にゐた三人は下つて行つて
ゆふぐれせまる絶天地に
私達はとりのこされた

槍の秀は大きな石をむらがらせて
二人はやつとその山頂に立つ
もうたそがれがせまつて
きりがあたりをつつんでしまつた
ときどき夢の様にキリがうすくなると
峯々の姿がまぼろしの様にういて
むかふの入道雲のかげに　白い太陽がもの恋しく浮
んでゐる

私は岩にねそべる
白い雲がある　私の上一杯の空だ
石の感覚は冷たい
もし私が失恋したら
この山頂に一人のぼつてきて
冷たい岩に身をもたれて
あの冷《すず》しい空を眺めるだらう

槍の秀を極めてこれからが大仕事だ
水のないここでは　かなり下から雪をとつてこねば
ならぬ
ドラムクワンをせおつて
もう薄暗くなつた急斜面を急ぐ

白い雪がかたくて冷くて

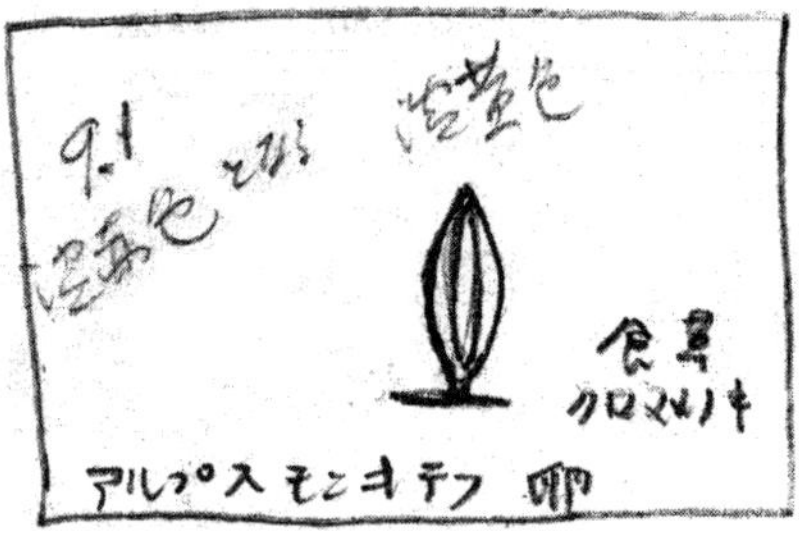

そいつをカリカリとかくのさ　一寸面白いが
もやがすつかりあたりをつつんで
思ひかけぬ冷たい月が円の中からこちらを見下ろす
荒涼たる岩だらけの天地
月の世界におきざりにされたやうな気持が
白い雪の色感をにぶくさせた
重いカンをせおつてつらい斜面を登りながら
私はふりかへつて月を見る
槍の秀は死火山のやうにそびえ
何万と云ふ　石　石　石のハンラン

そしてもやの中に沈まりかへる月
さうだ　月の世界でなくて　どこであらう

火を起して　雪をとかせて
暖かいミソ汁とメシをつめこんで
さて出て見た外界には
星があんなにも　美しく
月が十五夜のやうに円くて
白雲は低くたなびき
山々は黒く眠り
雷雲らしい白雲から　ピカピカとイナヅマが発し
その美しさ　私は寒さも忘れて　思はず立つくした

〔この日の日記欄外に〕
　アルプスモンキ産卵を採集
　中房ではツマジロウラジャノメ採集
　　槍頂上でケバエ一種目撃

8月30日　曇時々晴　一時夕立
天空3000米をこえた世界の夜は
数枚のシャツではふせぎきれはしなかつた

シンシンと押しよせる寒さに堪へかねて
私は又火を起す

あんなに明るくこの死の岩世界を照らしてゐた月は
もうかたぶいて
もやがあたりを流れ初めた

ぼんぼんと燃え上る榾火に赤く照らされて
私は一人がんがんする頭をかかへて煙草を吸ふ
望月はあんなにイビキをかいて眠つてゐる
腹が立つ程眠つてゐる
私はしかたなく　榾火の明りで日記をつける

辛うじてまどろんだ夜が明けて
寒さにふるへながら見る外の世界は
早く　早く　白いキリが流れるばかり
私はタメ息をついてマキを投げこむ

ただ真白な世界から
魔術の様に大槍の姿が現はれて又消える
あつと思ふ間なく日ざしの影が動いて
黒い山脈が視界には入る
そしてそれも一瞬の夢の如く　又白いキリの世界と
変ずる

ガラガラとくづれ落ちてゐる岩の洪水の上を通つて
きり立つ一枚岩のくぼみにへばりついて
小槍の下まで行つてやつたよ
へんな道をシャニムニ登つて
再び大槍の上に立つてやつたよ
そしたら　ひととき　キリが流れて
あの恐しい北鎌尾根がぼうつと見えたよ

さぞ登るには骨が折れるだらうと
いらぬ心配までさせられる
槍沢の道を降つて行つたよ
そしたら　色々な高山の花々が現はれて
だからこそ来るんだと
一人胸につぶやかさせたよ

ところどころからベニヒカゲが飛立つが
アミはザックにしまつてあるよ

かうしてお前等の美しい姿を眺めてゐられるのは
かうして生きてきた　そのたまものなんだよ

お花畠

黄いろいのもある
紫のもある
桜色のもある
見わたすかぎり
一万尺の大花園
つくりものぢやない
こしらへものぢやない
ころかわ
ころかわ
だからこそくるんだ
だからこそ……
空があんなに青く
白い雲がふんわり
この香り
この光り
眠さの中にとけこもう

そしてこれと名ざしできる小つちやいかはいいクル
マユリの
真紅色も咲いてゐる
それから又今頃タンポポが黄金色に日を受けてゐる

冷たい雪どけの渓流を飲んだよ
そして岩かげにねそべつて
流れて行く白い雲を眺めたよ
空を行く希望の流れ
思はずさう口ずさんだよ

長い長い例の道さ
足は機械的に動き　ザックは肩にくひこみ
そしてようやくシヤンな徳沢の小屋の前に出る

ジリジリと音を立てるランプの灯の傍で
かうして過ぎ去つた今日一日を
思ひ出し　思ひ出しつつ
書きつづけて行くと
やうやく私の心は静かになつて行くのです
人の世も自然もかなたへ遠ざかつて

ただ　このランプの光りと
白いノートがあるばかりなのです
それから又私は吾にかへつて
静まりかへつた山の夜の音に耳を傾けるのです

8月31日
〔この日の日記欄外に〕
（黒色に橙色の紋のあるタテハ科の幼虫採集）
徳本峠越　帰松本

9月3日
山からかへる　グッタリする
学校が始まる　ケチョンとする
夜はおのづから秋となつて冷たい風に身をふるはし
昼は秋空に白い雲の流れて行くのをボンヤリ見送る
ああ　あの島々谷でカンタンが鳴いてゐたつけ
そして今はコホロギの声で一杯だ

秋がきたのだな　秋がきたのだな
かうやつてじつと虫の声にきき入つてゐると
又あいつが恋しくなる　これだけ離れてゐると云ふのに

槍の頂上から一つの石をもつてきたよ
重い思ひをして　長い道をかついできたよ
青くて赤くて白つぽくて　変な石だよ
かうして　箱物の上にすゑておくよ
そして眺めるたびに　あのたかやまの
荒い清い空気を思ひ出さうよ

9月8日
毎晩電気を消して床にもぐりこんで
一日毎に冷えこんで行く秋の空気に　すつかり心をひたらせるのです
もうあんなにこほろぎが鳴いてゐます
いらだつたり　あせつたり　さう云つた気持が
秋虫の声によつて　やうやく静まつて行くのです
表現　私はこれに苦しみます
語感　声調　それを掩ふところのリズム

短詩形の苦しみが　そして楽しさがそこにあるのです
いで湯はひとり湧きぬ　いで湯は
私はまだこのリズムを捨てることができません
いくら考へても味つても　捨てられないのです
あれだけ赤光より進んだつもりでも
父から　朝の蛍時代の傾向だと云はれました
たしかにさうに違ひありません
だからこそ　毎晩
私はこんなにも心を集めて虫の声を聞くのです

昨日だつたか
暗い夜空を大きな流星がゆつくりと流れて消えました
その後の Eitelkeit〔虚栄心〕その恐しさ
私には堪えられなかつたのです

さうしてゐる中に　Examen〔試験〕がやつてきます
私は全くうつろな気持でかうしてゐます
くらやみの中では　全くプラトンをもち出さねば説明できぬ

何時まで経つても　うすれさうもない
さう云つた感情に身もだえるのです

生活と云ふものは　もつとせつぱづまつた苦しいものです
それなのに　一体このありさまは何でせう
流れて行くのでせうか　いやいや
私はまだ一本の棒にすがつてゐます
時計が11時をうちました
私はこれから二・三時間の勉強をせねばなりません
でも私の心は　sole〔単独の〕と云ふ一つの単語でも
智恵子抄の一節からでも
もう彼方へ飛んで行つてしまふのです
このフワフワした
さあ何と云ひませうか
クラゲみたいな
タンポポの綿毛みたいな
そしてヒラヒラと舞ひ落ちるモミヂの種子みたいな
それさへも消えて行く
とても私には分かりません
小さいものはあはれです

強いものはガウマンです
それすら私の心には重荷です
ワッと云つて叫びませうか
否　せいぜいウルさいウンカをひねりつぶす位で一杯です
又　夜の風が吹き立ちます
星がまたたきます
道徳の影がうつすらと脳裏をかすめては消えて行きます
人世はかうしたものでせう
人は死んで行きます　あのこほろぎの様に
その前に　あのあはれな歌を
歌ひたいのです　私は

9月9日
乾ききつた大地と空気をうるほして
ひさかたぶりの雨が降つてゐます
夢　さうです　ただ夢の中に生きるのです
ふとんを頭からかぶつて　この世とシヤダンするのです
この世の明るい光から　くらやみの世界へとのがれるのです
さうです二年の歳月が流れました　ちやうど二年なのです
この感情は益々そだつて行くらしい　さうにちがひない
私はただから　ただから思ひつめるのです
あの雨の音をお聞きなさい
今夜は虫も鳴きません
――ひそやかにものを言ひたり今のうつつ訣れむとして何かなげかむ――
わかれと言ふ語　その美しさが私にはたまらないのです
一日一日　秒又秒　私はかぎりのない別れの中に住んでゐます
人世は別れです
今日の私は昨日の私ではない
然し　この気持は未だにぬぎすてられません
このままでは　蛹になれないでひからびて行く　幼虫の様な
実もむすばずにくさつて行く　花の様な
だめです　だめです

私はじつとしてゐます　雨は急に強くなり又急に雨
だれの音だけが耳をうちます
Aktivität〔活力〕私はこの語を恐れます
私の夢と詩がおびやかされます
ただ私は　かうやつて坐つてゐます
時が　時がすべてのさばきの神です
さうして別れの神なのです

9月10日
明日から試験
でも私はいつもよりなほなまける
一とほり目をとほせばおぼえなくとももうかまはぬ
あさつてのものを手をつけたり
寝床に夢にふけつたり
今の私はしまつがいけない
――かんたんのかそかなる音やほそぼそと谿行く道
は行くべかりけり――
島々谷のあの道　そして穂高のあの岩塊
今日のあけがた　私は夢を見た
それは　不思議なほどはつきりしてゐた
穂高小屋の庭からすばらしい岩場がのぞまれた
駄目だ　駄目だ　こんなことではいけない
声がささやく　虫が鳴く
ヒゲナガトビケラが　灯にくる頃になつたなあ
これで三回だ　あの頃は
なつかしいのか　ふりすてろ　そんなものは
今日私は源池の小学校へ行つて
メスアカムラサキを同定してきた
美しい蝶
でも私はつまらない
分類につきない興味はわきさうもない
迷ひから迷ひへ
でも　あつちはいけない　そこは駄目だ
かかづらつてゐる心は半分用をなさぬ
ああ紙がむだだなあ
秋は寂しいなあ
試験がすんだら
すすき川の河原にねころんで　青い空を眺めよう
うらがれて行く草の実をいぢつてゐよう
このままではいけない
何回かうくりかへしたことだらう
常に夜がやつてきて　秋虫が鳴く

なぜか知らないが
今晩は虫も少ない
常に人は床にもぐる
夢は同じである
それさへもくりかへす
やはり心ははりつめてゐるのだらう
ちよつとの事でもピンとくるから
一切がよくて　すぐ一切がわるくなる
常に時計の針はくるくるまはる
神の思ひは遠くはなれ
一つの細い細い尾根の道である
早くつきねばならぬだらう
でも　まだこの眺望が眺めたい
——die Jahre kommen und vergehen ——
〔歳月は来りてまた過ぎ去りぬ／ハイネ〕
常に　常に

人は嫌になつた
恐ろしいが自然はそのままである
あいつがこの心の大半をうばひ
外の人への暖い目さへも失はせる

と言つて　この世はいやでない
一つの瞬間は絶対である
一切が知性の中に消失する　彼にあつては
一切が夜の中に消滅する　僕にあつては
この夜ふけに　外を通る人がゐる

9月13日
Suddenly it happened affectionate for insect tonight.
The insect that come light are many MIDORIUNKA (male is large, female is small and has black crest in feather) and a great many ants that have feathers. Ants have two species, one of them is KEARI.

At still night in autumn I don't grow tired of the insect's song hearty.
It has been third years since I began to think that song lonely.
Be quiet! I command my own heart this word.
So my ears hear the voice of *tief* night apart from insect's song.

At this time, old recollection flow out from my heart well.

9月24日

　ものなべて　ながらふるこそ　悲しかりけれ
　一人してかうつぶやいた
　それは分かつてゐる
でもあんまりぢやないか
一年の相違で人の心がこんなに変るなんて
単純で物に感じやすい若い心が
表面だけ複雑さうになつて　へ理屈ばかり並べて
僕にとつて美しかつた学園も神聖だつた寮も
すべてみにくく　打ちこはされて行く
それをだまつて見てゐなければならない
腹を立てる気持がない
然し俺達のはらつた犠牲　それは一体どうなるんだ
ああ秋だ　すべてのものはほろびて行く
私は秋が好きです　なぜならそれはほろびの季節ですから――
そんな事を云つた奴もゐたつけ
いい奴だなあ　あいつは
そしてあいつは病気で家へ帰つた
美しいものはほろびる
ほろびられるだけ好いぢやないか
このままかうして時が過ぎて行くのか
勝手に過ぎて行けばいいさ
俺は俺でしつかりと進むさ
下らん奴は下らん事をほざけ
さう言へばツアラツストラもこのごろ開かぬ

赤光批評号*[20]を2冊80円で買つてきた
永久にほろびないね　このほろびの歌は
さうして僕はつくづくと芸術の偉大さを三嘆する
個性　さうだ
今失はれて行くものはこれだ
　狂じやひとりかやより出でてまぼしげにいちご食べたしと云ひにけらずや〔茂吉『赤光』〕
これだけ歌へればかまはない
それもできぬ中に口幅つたい事をほざくのを止めろ
断はつておくが　これは自分に云つたのでは無いですよだ

美しいものはほろびる
ほろびの歌　秋はそれを奏でる
もう一つの歌　それもこんなに淡くなつた
段々と空間の中に消失する

松高はもうおしまひさ
そして俺はこれからさ

9月27日

二・三日前の晩歯ぐきがはれた
一晩痛がつてねむらなかつた
大げさにほつぺたがふくれた
シソーノウロウは死ぬと云ひやがつた
嫌だつたが病院へ飛んで行つた
ズブリと注射してザクリと切りやがつた
目から涙がこぼれた

それ以来　とみに体の具合がわるい
風邪らしいけれど体に毒がまはつたやうな気がする
今日はほしたフトンの上にねそべつて
青い日の光をうけてウツラウツラしたら

亡者の様な顔になつた
夜フトンの中で苦しがつて
熱ぽくて　鼻がつまつて
それでも山・山・山と口ずさんだ
山脈と言ふ小説を書いて
それがウけた事になつた
どんどん原稿を頼まれる
色んな評をする奴がゐる
そんな空想をふりすてて
苦しみながらもドイツ語をやつた

又月が出る様になつた
ねようと電灯を消すと
驚くほど光の流れることがある
体が一番だ　何てぐなことを考へるんだらう
新雪に輝く尾根へ
ピッケルをかいこんで消えて行つた人
それが見おさめかも知れないと
それを見てゐる
一つの物語り

9月30日

今月も終りか。そうつぶやく日が十二回重なって僕は一つ年をとる。小さかった自分だが、とうとう職業を決めねばならぬようになった。

でも僕は幸いだ。こんなにうぬぼれが強く、いたずらばかりし、勉強はできなくても、本当に僕の為を思って下さる先生もいる。おととい、望月さんがとにかく父へ手紙を書けと云われた。今日、物理の時間に半枚書き、休みに半枚書き、又カバンにつっこんでおいたが、今池田さんの所で将棋をして帰ってきて三十分ばかりで書いてしまった。ズボラな性質はこんな重大な手紙さえ、もう丸一月おくらしている。

もう十二時半だ。ズボンを縫おうと思ったが、もういかぬ。シャツもズボンも上着も人のものだ。困ったものだ。

10月4日

毎日毎日眠られない。夢ばかり見る。考えてみるとこの頃勉強できぬ。親父には手紙を出した。医者になりたくないと。体は具合悪い。そんなことetc. 下宿が見つからぬ。人は益々嫌になる。どうも神経スィ弱らしい。岩村などを見て、フンと思ったが人ごとでなくなった。つまらん事に気を使う。ああよく眠りたい。

夕方〜夜、ススキ川で火をたいて芋をにた。別に面白くもなかった。やはり、山へ一人で行かねばならぬか。

10月12日　秋晴

10日に父から手紙をうけとった。反対だが、割に理解はないが親切な手紙だった。それから急にアワてて方々とびまわり、或いは下宿のことでヤキモキし、とうとう昨日土曜日、一人で山へ行こうと決めた。街をウロついて外食券のパンを買い、マッチなど買っていたら、オタマジャクシに会って太平で話をしていたら、妙に愉快になってしまった。それから彼と別れてリンゴ等買い、ケイタイネンリョウを買い、与曽井さんの家へ下宿のことで行き、夜は岩村からコッフェルなど借りた。杉江がとまりでいないので一人で荷作りし、ライスを炊き、それからタバコをまき、さて父へ手紙を書き出した。ところが妙におかしくなって、快調な気持となって、どんどん成績やら何やら書いてしまう。これはうまく行くと非常にうまく行くが、下手をすると、父のモー怒りを買う手紙となった。でも愉快な気持で、それから杉江と清水、大貫へ手紙をかき、ねてしまったのは十二時半。

今朝目をさまして、やはりきんちょうしていると目がさめるわいと時計を見たら六時だった。もうオタマジャクシとの約束は過ぎてしまっている。弱ったと思ったが七時の電車にのることにし、途中でチクワを買った。島々の駅前で8時アメを10買い、寒い中を歩き出しボサボサと例の如く歩いて、発電所の前で、コッフェルでミソ汁でチクワをにて朝メシを食べた。ここでウンチングをしてから、早く歩いたりおそく歩いたり、歌ったりだまったり、色々モー想をたくましくして歩いて行った。イワナ止についたのは十二時二十分頃で、大分おそくなり、それから少し行った川原で、チクワ、ジャガイモ、タマネギにコンビーフと煮こんでゴーユーなエッセンを食べ、二時前に出発。トチの実?を拾って感心したり、カツラや殊に白樺の黄葉の美しさをたたえたりして歩いて行った。

忘れたが、島々谷のイワナ止まで、ハタケヤマヒゲボソムシヒキが多く、交尾して飛んでいるのを外の奴がおっかけているのや、セップンの如く向きあってアイブ?しているのやを見た。アシナガアリみたいなのと、カラフトクロオオアリ?を捕り、イワナ止小屋の上空をランブする虫群に感心したりした。

さて、土の上を眺めてボサボサと歩き、渓流とわかれてから、これまで一点の雲もない秋晴だったのが　雲が出てきたので少し急いで、四時一寸前に徳本《とくごう》についた。ケネンしていたがホタカの姿はものすごくイカメシく、あらけずりのチョウコクそのまま、無限のイアツとおごそかさ。丁度夕日をうけて、くっきりと陰影をのこし、その影がジリジリと動いて行くと思われた。明暗の対立。秋空にギザギザの稜線のくっきりとしたアザヤかさ。これだけのホタカはまだ見たことはなく、胸の中のあらゆるものが逃げ去ってゆく感じで、脱帽してケイレイした程である。

白沢五時少し前着。上高地はすっかりうらかれて　梓川の水だけ例のとおり美しい。徳沢小屋6時一寸前着。野天風呂に入って星をながめ、いい気持になった。明日は大滝〔山〕をやるのでイソがねばならぬから、ジャガイモを切り、タバコを巻いた。

10月13日
丁度5時に目がさめたが、真暗であった。それから六時になった時、全く明るくなっていた。7時に宿を出て、大滝の道を歩いて行った。道はかなり荒れていたが、やがてよくなり、渓流に沿ってどこまでもつづいている。歌をうたったり人を恋しんだりしながら登って行った。渓流と別れて登りになってから、下山してくる二人の人に会った。大滝小屋の下では、お花畠らしいのが霜枯れて、霜柱がいっぱい立っていた。途中から雲が出て穂高から何からすっかりかくれている。霧の中から太陽が時々のぞいては暖かい光を送ってくれたが、かくれてしまうとふるえる程寒かった。小屋の前にある、鉱物質を含んだ赤い水でミソ汁をつくって、メシを食べた。ここについたのは10時35分であったが、ここでサカんに食べ、パンを食べリンゴをかじりしている中に、十一時半になった。出発して這松の尾根を行くと、どうも蝶岳への道らしい。あたりは霧で方向も分からなくなった。引き返して逆の道を行くと大滝の頂上に出て、どうも徳本の方の道らしい。その中に一寸霧がはれて、上高地に光っている梓川やホタカの中腹が美しく日にてりはえ始めた。やはり違っている。アワてて引返して、地図やら参考書やら首っぴきで思案したが、それらしい道もない。ままよと蝶への道を行ったら、さっき引返した所から一分も行かぬ中に、大きな道標が立っていて、立派な道がついているではないか。随分時間を損して12時15分、大いに馬力をかけて下りる。かけんばかりにして急な道を行く。小倉との別れ道から急になり　渓川に下り、又S字形の道を下る。つかれて腰を下ろすと、ただシトシトと霧のふる音がして、しみじみと生きているこの身がいとおしい。大滝の登りに白樺などの黄葉がパラパラと散り始めると　谷一帯が葉をまいおとす壮観と比べて、この霧の中の風景は又何と陰気なことか。渡り鳥の群にも少し会ったが、もう生けるもの見ずである。坂の途中でウンチングしてから本をよみ出したら、ついつい読みふけって、又あわてて下る。やっと渓が二つ合流しているところまできて、ここで又道を探すのに一骨した。メシの残りをかきこみ、今度はソリの道に出てブラブラゆく。近いと思ったが、長い長い道。須砂渡に出てホッとしたが、それから又々、豊科まで実に長い田舎道。東山の山脈が段々くれて行くのに向って長々とただ長々と歩いた。うまく6時半位の電車に間に合って、7時の汽車で西寮に行った。望月の部屋でコッフェルで飯などたいて、いい気持になってねてしまった。

10月14日

朝下宿についたら何と親父から二通、家から一通、手紙がきている。オソルオソルあけたら、果してまずいことになった。しばしボーゼンとして、折角山でなおりかけた心が又しおれてしまった。然しどうしようもないではないか。こうなったら勉強をするより他ないではないか。後の事は又その時のことである。

〝白樺の黄葉の　散る道をゆかうよ
渡り鳥　移りゆく　谷から谷へと
この道は　絶え絶えと　どこまでも
一人でわけ入る　この細道は〟
一人でかう口ずさんで　歩いて行つた
ひらひらと一ひらの　黄葉が散つてくると
一つの木から　無数の黄葉をまきちらすのだ
さうすると　それが谷中につたはつて
ぱらぱらに　黄いろいもみぢが空に舞ふのだ
そして　秋の日をうけて　金色に輝くのだ

ただ　霜柱がくづれてゐた
何もかも　残つてゐなかつた
つい一月前まで　色とりどりに
百花の咲きみだれた　この花畠は
ただ霜にうたれて　見るかげもなかつた
その間につけられた　ギザギザの道を
私はひとりで　登つて行つた

霧が這松をぬらして流れてゐた
コツフエルはやうやく音を立て始めた
私は思ひ出した様に煙草に火をつける
白い白い霧の世界の中に
紫の煙りがゆつくりとひろがつて行くと
一切が失はれて
この白い世界と　この私とがあるばかり
過去はすでに遠く　未来はあまりにかすんでゐる
コツフエルがしきりに鳴つて
ケイタイ燃料のアルコホルの臭ひが
寒い冷い空気をつたはつて
私の鼻まで流れてきた

愛する者も
にくらしい者も
すべての絆も

すでに遥かに離れてゐる
ただ霧のしづくにゆらぐもみぢがあるばかり
じつとりとしめつた道がつづくばかり
そして私はだまつてアメをしやぶるばかり
無際限に渦をまいてゐた意識が
やうやく本来の私の中に
ピッタリとおさまつた感じ
さあ　又降らねばならない
ここの空気とはあまりにかけはなれた
あのうづまく人間社会の中へ

10月19日

あはただしい滞在がすでに終りとなつて
私は荷物を前にして　しきりに新しい短歌を夢む
どれだけの方向と力が流れてゐるかは
やはり東京へ出なければ分からなかつた
過去の一切は美しかつた　そして未来の一切は美しいであらう
それが　あの三十一文字に関する限りでは
初めて見るロダンもピカソもセザンヌもゴッホも
予防注射に熱をもつた私には重苦しかつた
でも結局　芸術以外の何ものも　もはや私には無用だと
こほろぎの鳴いてゐる草原にねそべつて　さう考へた

心まちにしてゐたが　人はあまりに多く
時間はあまりにくひちがつて
私はただまぼろしをゑがいて引返す
姉の所へ行つて赤んぼを見て
マントをかついで家を出る　街の子供が遊んでゐるばかり
血のつながりは　かりそめではなく
たまに会ふ昔の友には　ケンヲがつのる

10月20日

昨日は2時半の汽車で東京を立って西寮に宿った。そして一年生などが帰省してもってきた色々なエッセンを山の如くに平げたら、この世のものと思えない程腹が下った。クレオソートもセメントも、てんで効果がない。やっと昼すぎ下宿に帰ってきたら、父から手紙がきていた。愛する宗吉よ、と言う書き出しである。もうどうにでもなれと思った。結局自分は芸術以外に価値を認めない。だから何をやって食おうが知ったことではない。

セザンヌも音楽を絶対に理解しなかったそうだ。ワグナアーと云う名前が気に入っただけでヒイキのヒキ倒しをしたそうだ。体にさわられると気違いの様に怒ったそうだ。これらの事が私には非常に親しく思える。

人間嫌いには又僕にぴったりしたセンスがある。堤式のゴンがある。〝ちっともおかしいことはないです〟は堤と同じではないか。

もうこうなったら勉強する外ないではないか。ごく僅ずかな時間を利用して他の本を読み、〝山脈〟を書き上げよう。それよりしかたが無いではないか。

10月21日

塩やら　イモやら　粉やら
リユツクサツクに入れてもつてきたよ
クジラの肉も　コウナゴのツクダニもあるよ
やつとリユツクサツクを下宿の部屋に下ろして
さて　コワれた腹をかかへてホツとしたよ
腹がコワれたことは　もつとも困る事の一つだよ

一体、こうしたことを心にひめていることはいけないんじゃないかと思うことがある。でも世の中にはこうしたことが案外多いんだろう。あいつはこっちを見て目をそらして、又こっちを見て通る。僕も同じことをする。それでいいのかしら。

午後は勉強できなかった。夜はとうとう映画を見にいった。でも、暗い川水にチラチラと夜店の灯が映っているのを見たら少し嬉しかった。夜半、下の部屋でガアガアブッブッと中風のオヤジやSohn〔息子〕がシャベリちらすのが聞えて、随分腹が立った。うるさくて眠れないなどと言うのが聞える。何しろ早く下宿を移らねばならぬ。

10月25日

結局駄目だな
山は白くなつた
冬の日ざしがこんなにも暖かい
童どもがさわぐ
雀が落ちる
木の葉がそよぐ

蠅がうるさい
ああ結局駄目だな
この世界あるかぎり
この美しき　悲しき　世界あるかぎり
人は親不孝にならねばならぬ

午のサイレンがポウとなる
うつとりとした意識さへ
こんなに淡くなつて
すみわたつた空を私は見上げる
〃ああ　たとへばこれだな〃
からつぶやけば　涙がこぼれる

あの声を　聞いてしまつたのだ　はつきりと
この耳で　この目で　この魂で
そして私はひとりになる
一切が反逆し　一切が逃げ去る
そして一切が　こんなにも美しい
あの声を聞いてしまつたばつかしに

日ざしはこんなにもあたたかいが
さつきまでは床の中までしみとほる冷い空気だつた
ドイツ語の単語を三つ憶えて
私は澄んだ空を見る
ああ　たとへばこれだな
とても埋めておくことはできさうもない
あの声を　聞いてしまつたのだ　私は

10月28日（火）
西日をうけた山々が新雪をジーンと光らす
今日も山々はあんなにも雲をめぐらし
私にあの雪姫の物語を思ひ起させる
屋根の上にフトンをほして私は
キボシアシナガバチの乱舞のさまを荒んだ目で眺める
山を見てはタメイキをつき　首をかしげ
あの声を聞かうと耳をすます
ドイツ語は一つの新しい Reiz〔刺激〕であり
物理はあまりに古いなきがらである
下宿のことは随分心を悩ますが
結局　私は何一つやらうとはしない
ただドイツ語を見て　或ひは無駄な時間をむさぼつ

て
かうして生きてゐるだけだ

風が冷くなつて
夜店の灯がチラチラとゆれる頃
マントを頭からスッポリかぶつて
あんなにも急いで夜の街を歩いたものさ
赤いリンゴや橙の柿の色を
横目で眺めて歩いたものさ
川水が黒く流れて
片割れの月が　暗い雲間からのぞいてゐた
柳の木も枝をたらしてゐた
黒い水を見て　赤いリンゴを見て
又大急ぎで　帰つてきたものさ

10月29日（水）
夜は月がさす
毎晩　又ヌカツテしまつたとくやみながら
暗いカイダンを降りて行つて
便所には入つて　しみじみと尿をする
窓にもたれて外を見ると
冷い月の光がながれてゐる
それを体にしみこませて
私は又　そつと部屋にもどつてくる

冷い外食券のメシをかきこんで
ドイツ語の参考書を開きながら
粗末な生活をつくづくとがいたんする
でも外にどうしようつて言ふの
そこには黒いひとみとあの細おもてが浮ぶばかり

ヒーターのコードをふたまたにさしこむと
電灯がくつと暗くなつて
ジーンと言ふ音と共にニクロム線が赤くなる
私はそこにキセルをさしこんで
白い煙をプウとふいて
つかれた頭を一層ぼやけさせるのだ

冬がくるなあ　一日一日と
蹴球をやつてテニスをやつてピンポンをやつて
たまには砲丸なんぞを投げて見て
さうして冬がやつてくる

〝冬の奴がカアンとせきをすると〟
風邪を引かぬやうにせずばなるまいて

何時の間にか
あんなにもたくさん鳴いてゐた
虫達もみんな死んでしまつた
冷い夜の空気の中に
それより冷い月の光が流れるばかり
すべてがほろんでゆく季節に
私は新しいものを生み出さねばならぬ

ああ　私は思ひ起す
黄に照れる　あのもみぢの感覚を
一人して見つめた山水の走りを
西日にあんなにもおごそかだつた岩の殿堂を
ああ　とぼとぼと一人歩きたい　あの細道を
そして　とある川原に恋しい火を起さう
音を立てるコツフエルの傍で紫の煙の行方を見つめ
よう
やがて　あのなつかしい峠の上にしよんぼり立たう
さうすれば　今は
真白い　銀色の
この世のものとも思はれない景観を目にして
息もつかずに三嘆することだらう

Raupe〔幼虫〕から Falter〔蛾〕や Schmetterling〔チョ
ウ〕が生れて
緑の原や山間の花や小暗い密林に生きてゐる
Schlankjungfer〔イトトンボ〕が飛び　Duft〔香り〕
が流れる
この Geruch〔におい〕の中に　私はひたつて　息を
する
ああ Göttin〔女神〕よ　Amor〔愛の神《アモール》〕よ　Hymen
〔結婚の神〕よ
かの一つの思ひ出をかぎりなく生かしてくれ
そして　もう一つの未来ある物語を作つてくれ

10月30日
街中をたださまよひ歩き
今日も今日とてさまよひ歩き
そして飛驒山脈の向かふに赤い日が落ちる
ブドウ酒をクヂラ肉を肴にのみ

ドイツ語をやり
イモを煮て食ひ
水を飲み　煙草を吸ひ
さうして時はやうやく夜半をまはる
ヒーターは赤く赤く熱を放ち
手をかざせばニクロム線の香が鼻をつく
さうした時　私は
本当にひさかたぶりに原稿用紙に向かふのだ
これは一つの運命である

11月2日

東寮の記念宴
そこには　うるさいだけのくわんせいと
なつかしい幾人かの顔と
沢山の皿とがあつた
中村[*21]は泣き
大貫はよつぱらひ
そして　あいつは僕から四人目のところにゐた
消耗した　寮歌祭
あとで
数人で　又　ブドー酒をのんで
よつぱらつて人生を過ごさうと
酔生夢死しようと
ガチャンと杯をぶつけあつた

11月3日

くらやみの中で火がもえあがり
皿のおでんをわしづかみにし
くらやみの中を火に向つて歩んだ
はだかになつて　しばしあばれた
もう終つてしまつた
人々は火に手をかざして
立つたり　坐つたり　話しあつたりしてゐた
アナクロニズムの残党は腰を下ろして
スパスパとキセルをすつた
火の粉がパチパチと暗い夜空に昇つては消えた
数万の火星であつた
一人去り　二人去り
それから　誰も居なくなつた
それでも　私は残つてゐた
私の傍には長い髪をした
残党が一人坐つてゐた

二人は又火を起こして
低い声で寮歌を歌つた
白い月が冴え
山は黒々と眠つてゐた
ふりむくと東寮の灯がいつまでもともつてゐた
ただシンとしてゐた
最後の火をふみにじつて
二人の残党は下宿に帰つて行つた

11月5日
今日は残党が三人集つた
ミルクセーキでメシを炊いた
頭がフラフラとした
オートミルはまづかつた
空は毎日まつ青である

シユーベルトが云ふ
アインマル　アイン　イスト　アイン
子供達が云ふ
アインマル　アイン　イスト　アイン
シユーベルトが歌ふ
ザー　アイン　クナバイン　レスライン　シユテイーン
子供達が合唱する
ザー　アイン　クナバイン　レスライン　シユテイーン
さうすると残党が一人ためいきをつく

昨日は4日
私はメチをつれて歩いてゐた
もう暗かつた
そのメチは髪は長かつたが
ケズネであつた
ひたひが広すぎた
でも二人は得々として歩いた
少し風邪を引いたらしかつた

たうとう勉強はしないらしかつた
夜の風は冷たい
未完成*22の帰りに
マントをかぶつて私は歩いた
夢はかへつてゆくであらう

いや　よい声ではなかつた
明らかな声をしてゐた
おちついてゐた
立派であつた
あらゆることがよく見えた
私は思ひ出さねばならぬ
頭がどうかなつてしまつた
友達にベラベラしやべりつづけた
これが恋でないと　どうして云へよう
私はズタバタと破れた地下足袋をひきづつて歩いた
音楽が分からないことは悲しかつた
芸術以外に何もない自分にとつて
道造の詩がよみがへつて
月は黒い木の影を地上に落してゐた
電車通りはしづまりかへつてゐた
外にしかたがないので
私はむやみに足を早めた
下宿の二階にそつとは入つて
勉強しようと考へた
気がついたら
あのまま眠つてゐた

二時だつた
そつと便所に行つて窓から外をのぞいたら
月の光は流れてゐなかつた
ネマキにきかへて床にもぐつて　目をつぶつた
私は眠つたのであらう
夢は見なかつた

11月6日
喜劇役者か
悲劇役者か
どつちも入れまじつてゐるのだから始末が悪い
人はハーモニストなんて言ふが
内面はカオシスト〔混沌たる者〕なんだよ
今日も空は青い

11月7日
毎日毎日何もせずに
本当に何もせずに
電灯をつけたまま眠つてしまふ
夜半すぎて眼をさまして
この上ないくやみをもちながら

床の中にもぐりこむ　ねまきにきかへて
その時床は冷たかつた
幼い時のことが何かしらよみがへつて
私はくらやみの中でそつと目をしばたいた
幼い時
それは随分遠い昔であつた
古ぼけた部屋と七畳半の間取りであつた
高校受験の為
私は冷いねどこにもぐつたものだつた
あれから　もうこれだけの月日が流れたのか
私は毎日下宿を探ねて何もせず　しかめつらをしてゐる
寮の窓もしまつてゐる
楽しくもない
この様な事をくらやみのなかで
冷いふとんがあたたまるまで考へて
そして私は眠つてしまふ

朝がくると決まつた様に青空だ
山はかすんでゐる
夕方には夕映にくつきりと浮ぶ

対類が今日から始まつた
二年前の感覚では
割り出せない対類
でもかまふこつちやない
やつらはやつら、俺は俺
ところで私は鼻風邪を引いてしまつたのさ

11月9日
対類はすんだよ
インチキだつたけど
つまらなかつたけど
大ベラボウだつたけど
下宿の事では大いに困った。金光教やら営団やらを廻ってコトワラれてノびてしまった。寺島が一つの下宿[*23]につれて行ってくれた。それで決まった。ヘンなものだ。でも、この事では大いに恐れ入ってしまったよ、俺は。
野球で三戦勝利投手となったので少し気持がよいが、早く一人の部屋のフトンの中にもぐりこんで、俺一人の世界になりたい気持さ。夜は星が光る。
ああ、ああ、冬がくるなあ。恋しい心は氷りつくなあ。そして時計がチクチク言うなあ。ねるとしよう。ねるとしよう。夢でも見れれば幸いだ。

11月10日
新しい下宿に
例のガタピシヤの机をすゑて
何もかもシツクリしない気持で
私は冬の空気を呼吸する
かなしきはたましひのふるさと
さう光太郎は歌つた
悲しい　悲しい
しばしヨダレをたらして私は眠つた
眠れる中は幸ひだ
暗い電気を消してふとんにもぐつてみたが
又ぞろ起き出して机に向かふのだ
この下宿もうるささうだ
でも一人だからなあ
一人の心がふるへるのだ
そつと息をつくのだ
冷い空気の中でセキをするのだ
朝は
山が見えるだらう
心が白けわたるまで
十時の時報のかねがなる
古びたカーテンはおしめをひろげたやう
隣室のひびきが完全にしやだんされたもの
口を利くべくものはなく
ただ一人はなをかむ
これから何日の生活だらう
いいさ一人だから
やうやつと一人になれたのだ
生きてからこの方
初めて一人なのだ
寮の生活がうたかたの如く思はれ
私はじつと　あと味をかみしめる
県森《あがたのもり》のけやきの葉が茶色になつた
やがてがらんとした林の梢に
冷い空が仰がれやう
落葉がかさこそ言ふだらう
さうした時に
私はだまつて佇んでゐよう
マントをかぶつて　人が通るだらう

寮は相変らず建つてゐるだらう
校庭が荒んでひろがつてゐるだらう
さう云ふ時に
私はただだまつて何か考へてゐよう

11月12日
しんしんと冷える信濃高原の朝めざめ
流しには氷がはつてゐた
ぶるぶると身ぶるひして私は朝のメシをかきこむ
屋根の上に冬の日ざしが淡々とさして
今日も水色の空がひろがる
山はかすんで
8時のサイレンがポウとなる

昨日　追分まで行つてきたが
かりつくされた稲田が
だまつて夕光をあびてゐた
北方の山は　あんなにもおごそかに
斜光の中に連つてゐた
パノラマの様な　東の山々
この中に立ちつくす私は

しばし　もだして　時の移りを
五体にしみこませて　じつとしてゐた

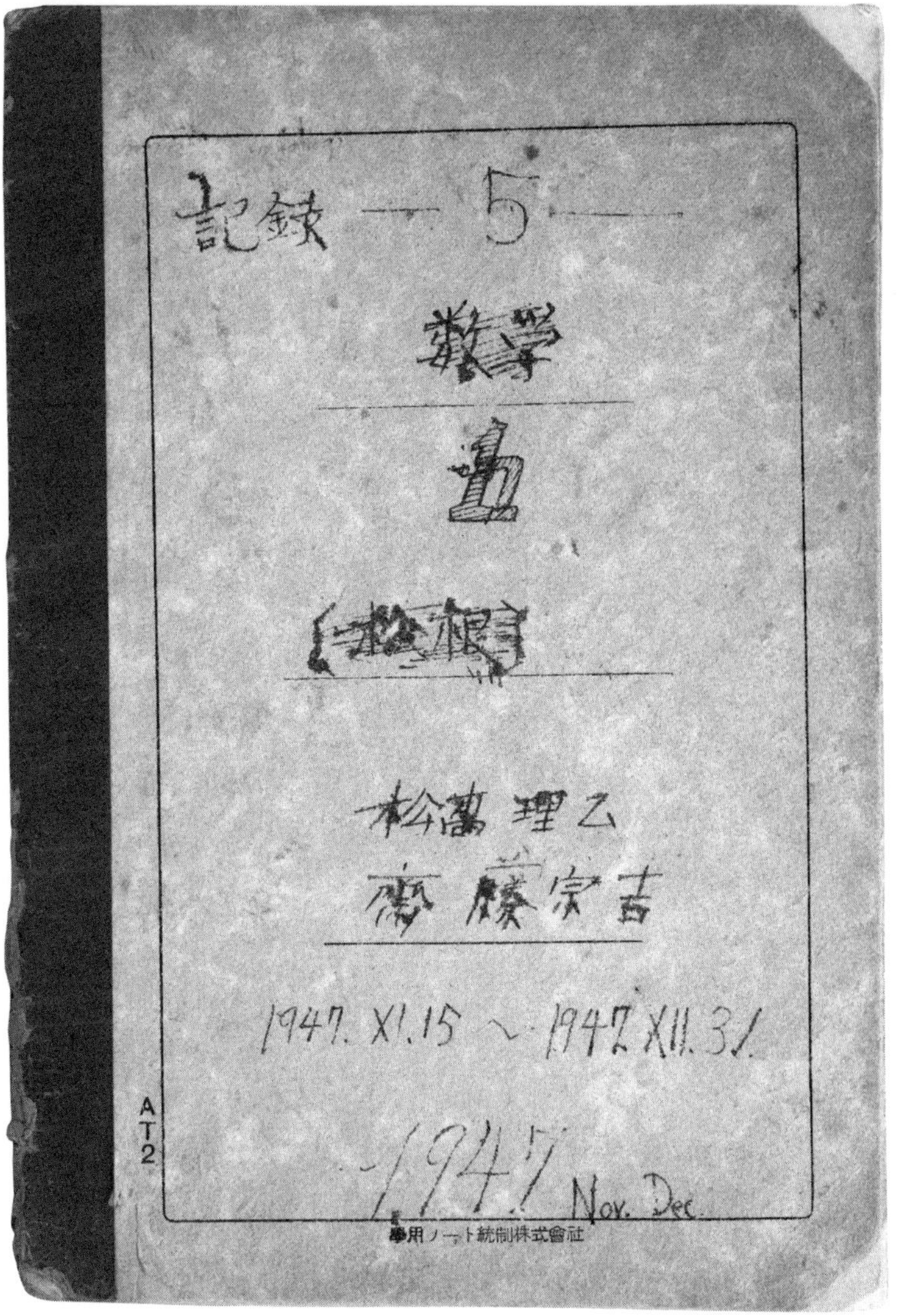
記録 —5—
数学
松高 理乙
齋藤宗吉
1947. XI.15 ~ 1947. XII.31.
AT2
1947 Nov. Dec.
學用ノート統制株式會社

記録—5—（赤鉛筆で6に直してある）
数学（上から横線で消してある）
五（横に赤鉛筆で6）
［松根］（横線で消してある）

松高理乙
斎藤宗吉

1947.XI.15〜1947.XII.31

1947 Nov. Dec.

冬眠[*1]

秋の陽はローラン・サンの絵に溶け
羊歯の葉はその色を失ひ
音なべてその性を離れる。
こんな日の夕暮方
からだを深々地中に葬り
玻璃《ハリ》色に疼《ウズ》く朝にも
生を希つては、
眠るもの、その痺《シビ》れを知らず〈ない〉

——精二——

昭和二十三年ノ正月

——私は自分の心の底から生れ出ようとするものを
歌つてみようとするに過ぎない——

心の歌

憂行日記——新5——

6

1947.XI.15～XII.31.

ひそかにひめし　むなうちの
かなしき　こころ　よみあげし
いとしき　うたは　うつしよの
ひとになつげそ　ほそほそと
ひとりやまぢに　くちずさむべし
おのづから　こころなごまむ

ある魂の記録のうた
ある心の記録の歌

昭和22年11月〜12月

6

11月15日

私は雨にも負けてしまふし
風が吹けば飛ばされさうだし
暑ければぐつたりするだらうし
雪なんか降らうものなら忽ち風邪を引く
米はありさへすればいくらでも食ふし
ミソや少しの野菜ではとても承知できない
でもどうしてこんなにも
本当にこんなにも
あの詩が死ぬほど好きなのだらうか

いい気なものさ
全くいい気なものさ
今にも　何もかもが根底からひつくりかへると言ふ
のに
そんな夢ばかりみてゐて
現実の世界には通用しない
妄想ばかりしてゐて
一体どう言ふ気なの
でもこれが僕の本領で
これなくては　僕の一切が
全く消滅すると云ふのだから
まあ　しかたがないと言ふものさ　と
まだそんなことを言つてゐるつもりなの

代用灯が唯一のたより
あんまりひんぱんの停電に
もう腹さへ立たなくなつてしまつた
いい気なものさ

雑木林の歌

かさこそと　落葉　動きて
入りくれば　樹々の寂しさ

いつしかに　季節《とき》の移りて
見上ぐれば　空のはかなさ

渡り鳥　梢を去りて
見渡せば　四方《よも》の淋しさ

生けるもの　土にひそみて
佇めば　音のともしさ

しんしんと　幹冷くて
よりそへば　息のはかなさ

かさこそと　落葉動きて
さすらへば　我の悲しさ

木々の列　ただ黒くして
原始以前の心は瞬間バランスを失ひ
なやましき黒き眸のひそやかに心にしのび入る時
血の如き赤き月はしまし地平線にもだせり

峯の連りただ黒くして
没落を願ふ心は　絶望の淵に身を投げ
既にかへらざる　夢のなごりの空にたゆたふとき
月はやうやく白けわたれる　光を大地に流せり

虫達よ　お前達は死んでしまつたと云ふのか
しごくかんたんに死んでしまつたと云ふのか
微細ななきがらは氷つてゆくに違ひない
意志も〈でも〉何も〈でも／かも〉ふみこえる
あらゆるものの影を十把ひとからげ
すべての影をさはれぬくらゐ冷くして
ものの影を触れぬくらゐ冷く横へさせ
おまけにここいらの空気の分子分子を
石のやうに固く縮みあがらせてしまつた

ただ白いだけの月の光の中に
それでも虫達よ
お前達は又よみがへると言ふのか
永遠のつながりが新たな形となつて現はれると言ふのか
希望も何もなく
こんなに何もかも氷つてしまつたと云ふのに
生命などとは凡そ次元を異にした
白い光がただ脅怖に満ちて流れてゐると言ふのに
虫達よ
それでも大丈夫よみがへると云ふのか

11月16日
おしつけるやうな注射の感覚
世界の滅亡と言ふやうに大げさな痛さの中に
歯医者は血にまみれた僕の歯を抜きとつた
血はこんなに流れるし
石もかみくだくホウロウ質の
金よりも重い大事な歯をぬかれてしまつては
ああ体重が減つてしまつたよ

煙草の歌

お前はまだ煙草を吸ふと云ふの？
こんなに舌も荒れてしまつて
それでなくつてさへ　お前の口からは
やさしいやはらかい言葉はもう流れ出さないと云ふのに
頭もすつかりぼやけてしまつて
ただささへ分からぬ二次曲線は
どこかの遊星の住民の暗号みたいに
すつかりお前を悩ますと言ふのに
それでもお前は
まだ煙草を吸ふと言ふの？
あのもやもやした
凡そこの世の現実とは食ひ違つた
うすのろみたいな煙草の煙を
ぼやけた頭で
見えなくなるまで追つてゆくのが
そんなにお前にぴつたりしてゐると云ふの？
涙を流しながら

まだ煙草を吸ふと云ふの？
そんなにもむきになつて

人に

君を愛してはいけないと言ふの？
白い霧が山々を君の眼からかくすやうに
もう何もかも遠くなつてしまつて
君の好きだつた丹の花も
とうに散つてくさつてしまつたから
あはただしく移つてゆく自然の成行を
無理に昔にかへすのはよしてくれと言ふの？

君を愛してはいけないと言ふの？
二人してよりそつて見送つた渡り鳥の群も
今頃は遠いどこかの国に行つてしまつて
君の好きだつた林の樹々も
とうに　すつかりはだかになつてしまつたから
もうこれ以上　君のふるへてゐる心を
無理に痛がらせるのはよしてくれと言ふの？

君を愛してはいけないと言ふの？
青かつた空を梢に仰ぐ林の中で
あの長い睫毛をしばたたかせてただじつと
若葉の戦ぐのを見つめてゐたと云ふのに
葉の一つ一つには日の光がこぼれてゐたと云ふのに
もう返らない夢を追ふのはやめようと
そんなにかすかな声で僕に告げようと云ふの？

君を愛してはいけないと云ふの？
日の光もこんなに淡くなつてしまつたから
山々も白く見えなくなつてしまつたから
林も落葉の音だけになつてしまつたから
水引草が静かにゆらいでゐただけだつたと
君にあの頃を思ひ出させるやうに
君のひとみをのぞきこむのはよしてくれと云ふの？

11月17日

新しい神話

その空気にひたると　新しく生れ出るものがあると

言ふ
何もかも白けわたつてしまつた季節に
中世紀の話をたそがれの空にとけこませてゐた峠も
すつかり雪に埋もれてしまつた季節に
あなたの小さい手も心もかぢかんでしまふ朝
雪姫が降りたと云ふ山がバラ色に輝く朝
夢の様に遠くの空にかすんでゐる山に登つて行つて
あなたの孤独を楽しみながら登つて行つて
白く冷たい景色の中で
一つの神話を思ひ浮べてゐると
ここいらあたりとは違つた空気があなたを包むと云ふ
あなたの心の中まで　しのびこむと言ふ
その空気にひたると　新しく生れ出るものがあると
言ふ

季節

もうそんな話は止めてくれ
君はよく知つてゐるはづではないか
僕の心はもう底の底まで冷くなつてしまつて
君と一緒に何回も登つて行つた
今はもうすつかり雪に埋もれてゐる
高原の牧場の昔の夢の様に
又季節がめぐつてくるまでは
すつかり氷りついてしまつてゐると言ふことを
世間一般に通用するなぐさめの言葉では
表面だけをやさしくなでてくれる言葉では
決して心の痛みはなほらないと言ふことを
だからもう　そんな話は止めてくれ
季節がくるまで　だまつてゐてくれ

詩集のはじめに（夢）

あてもなく流れてゆく雲の影を
だまつて見送る少年の夢
一つの詩を抱いてのたれ死にをした若者の夢
ふるさとを忘れてしまつた遍歴者の夢
さう言ふ夢に私は生きる
木枯の吹き荒ぶ冬の夜に
蟬も鳴きやんだ夏の日に
友が遠くへ去つて行つた日に

自分は手のひらをじつと見つめてゐた夜に
そんな夢は捨てようと
もつと強く生きようと
もつときびしい　はげしいものでなかつたら
この人の世は生き抜けないと
さう　つくづくと思つてもみた
でもこの夢の中にだつて
その時々の生命がある
今の私は　今の私
今の私を捨てて　私はない
毛虫はいつのまにか脱皮するし
人は時がくれば超克する
私も今の私を殺したら
もう一歩前へ進んだら
その時こそ　この夢をいさぎよく捨てよう
それまでは風が吹いても日が照つても
ただこの夢をひしと抱かう
この夢の中に生きてゆかう

未完成

私の心はさまよつてゐた
何か知らないが思ひ出さうとしてゐた
それははるかなものにつながつてゐるらしかつた
緑の原に白い羊達が草を食べてゐたのだらう
無心に草を食べてゐたのだらう
日の光は一面に流れてゐたのだらう
そのくせ　なやましい心があたりに満ちてゐた
私はやつと何かにつきあたつた様な気がして
はるかなものが　かへつてきたやうな気がして
私はそつと空を見上げた
その時シユーベルトは野を歩いてゐたのだらう
一つのつきつめた心を抱きながら
一人野を歩いてゐたのだらう

11月18日

服部遭難

松高生が一人遭難したと云ふ
雪に埋まつて死んだと云ふ
白馬連峯の一つの谷に

その生命は氷つて行つたと云ふ
そうさくを打切つて山岳部の人がかへつてきた
新雪の話を聞いて
吹雪の話を聞いて
忘れてゐたものが　かへつてきたやうだ

探さなくてもよいやうと思はれる
そのままそつと
雪の中に埋もれてゐるのが
天然の中に抱かれてゐるのが
山へ行くものの希ひではないか
来年の春まで氷つてゐてよいやうに思はれる
雪がとけて
死体はくさつても　かまはないと思はれる
鳥がつつき　虫が集つて
魂は初めて本当に遠い国へ帰るのだと思はれる
別に探さなくてもよいやうに思はれる

何日も何日も青い空がつづいたが
今日は朝から　すつかり曇り空が氷つてしまつて
心の底までかぢかんでしまつた

雲の中にけむる白い山々の向かふに
一人の松高生が死んで行つたのだ
私は静かに心に云ひきかせた
人からブジョクされても
もうかまはないと思ふ
この一番大切な心を傷《きずつ》けられても
もうかまはないと思ふ
別に自信もないけれど
これだけ本気に打ちこめる
一つの世界をもつてゐるのは
誰にも負けぬ強みだと思ふ

人が死ならうが　死ぬまいが
山は平気でそびえてゐる
罪は人間が作る
善悪を越えて山は平気でそびえてゐる

あの時僕はもつと歌つておくべきだつた
あらゆるものの萌え出る息吹を
生命の流れを
復活の喜びを

冬を越した蝶が舞つてゐたと云ふのに
唐松の玉芽がふくらんできたと云ふのに
でも今は何もかも終つてしまつて
冷い悲しいものしか心には浮かんでこない
ただ一つ春の心に私をささふ
黒いひとみをもつてゐる人以外には
たまに顔を見合せて
大急ぎで別れてしまふ人以外には
あの時
僕はもつと歌つておくべきだつた

小さいヘッセ

白い雲が流れてゆくのを見るのが
あてもなく漂よつてゆくのを見るのが
小さいヘッセの喜びであつた
白いもの　定めないものを彼は愛した
自分もさうありたいと彼は願つた
詩人になること
それが小さいヘッセの念願であつた
然し詩人は　生れつき詩人であるべきで
詩人になると云ふことは不可能である
さう云ふ言葉が小さい彼を悲しませた
でも　今日も白い雲を見てゐると
終りのない旅に出てゆく雲を見てゐると
彼にとつてはそれが一つの詩であつた
この世界をこはさうとする者は
悪魔にでも食はれてしまへ
小さいヘッセは　草の中に寝て
白い　定めないものを見つめてゐた
その心と
この心は同一である

11月19日

神話

――たそがれは　なぜこの様にかなしいか
然し遠い山の向かふに
まだ明るさの残つてゐる空があると云ふ
幼さの漂ふ空があると言ふ
その道は遠い道

人の心から遥かな道
——私はだまつて目をふせよう
遠い山の向かふに
定めない雲の生れ出る
魂のふるさとがあると言ふ
もう思ひ出もかすんでしまつた明るい月の夜に
別れて行つた人達が
そこでは再び　瞳を見合せて
昔の微笑《ほほえみ》を交すと言ふ
その道は遠い道
人の心から遥かな道
——私はだまつて目をつぶらう

——くりかへしはなぜこの様に悲しいか
然しやがて時がくるだらう
その夢は遠い夢
本当にかすかな夢
過ぎ去つたものは
さう　過ぎ去つたものは……
——神話も今は消えるだらう

街に出て停電の為のランプをかって、やぶれたマントをひっかけて、人の往来する中をただボソボソと歩いて行った。外食券の食堂で、ヘッセの詩をよみながら、やはり人の往来する通りを眺めていた。それから元の下宿へ行って、長井から「余情」[*2]の斎藤茂吉研究を借りた。

　かたはらに黒くすがれし木の実見て雪近からむゆふ山をいづ

この様な父の歌がある。私の詩も何も、この一首の前にはただ消えてゆくばかり。捨てていた歌がよみがえってきて、私は勉強もせずにただ首をふっていた。分からぬ分からぬ、芸術のあそこのかんどころが。詩も何も、ああ。この歌一首のもつ圧迫の大いさが、私を心からたたきのめした。私はドイツ語をやろう！

11月23日
おととい西寮へ行ってきた。劇をやると云うので。停電で練習も初め一寸しか見られなかったが嬉しいと思った。ところが堤は面白くないと云う。村杉もスランプらしい。そう云う人達と会って話をすると、自分は妙なオプティミストみたいな気がして、又その話によってユウウツになる。二・三日勉強はブランク。今日は桐原さんの所へ行って昼間は何もせず。夢にばかりふける。

おとといオール松高個人戦をやり、昨日OBと現役の試合。宇留賀[*3]や僕も負けて3対3となり、松崎さんまで行って勝ったが面白かった。仲々一年も強くなって、来年僕が残れば今年より強そうだ。こんな事を考えていると勉強が手につかぬ。夜は相変らずの停電。

南寮がグスコー・ブドリの伝記[*4]をやってから宮沢賢治が好きになったが、今日桐原さんの所で名作選を読んで、その感が又強くなった。以前読んだ時に比べてずっと気に入った。本を読むことはむずかしい。

11月24日
又月の照る夜頃となった。ただそれだけだ。
停電は六時、六時半〜30分、7時半〜30分、11時〜30分、以後30分おき。
代用灯のゆらぐ油煙に顔よせて本を読むにもなれゆくらむか

私達は別れるだらう
わづかな追憶だけを心にひめて
それもやがて消えてしまふだらう
あのうたかたのやうに

瞳はなぜその様に悲しかつたのか　その黒い瞳は
二人は互に目を外らして行き違つて
後をそつとふりむいてみたと
空行く雲は知つてゐただらう

知ることもなく　知られることもなしに
知りたかつたと云ふ希みだけをひめて
二人はいつか忘れるだらう

山は白くなり
あらゆる意志も氷るだらう

人は利己的だとなぜそんなにプンプンするのか
そんなことは決まりきつた話ではないか
冬がくれば山が白くなるやうに

11月25日（火）
雪でも降りそうな天気。
夜、池田先生のところで将棋。

11月26日（水）

無為、無為。

11月27日（木）

夜、井口のところでコンパ。伴、寺島と四人。

ひさかたぶりのビールはうまいね
馬の肉とておいしいね
人間食べて飲んでさ
勝手な事を云ひはうだいに云ひちらかして
プゥと煙草でもふかす時が一番花さ

この感情は変だ　益々そだつてゆく
どうしたらよいのだ　それでも恋とは違ひますか

電気がフッと消えてよ
代用灯に火をともす
黒い油煙がゆらゆらあがる
暗い火かげがチラチラうごく
じーんと静かでよ

外は闇でよ
恋はかすかさ
夜はしづかさ
おやねずみだね

さびしうてよ
ただ文字をつづってよ

ゆらぐほのほで
一人文字をつづってよ
さびしうてよ

笑顔を見てもよ
遠くを通つてもよ
ふかいふかい海の様な心です
ひとみを合せてもよ
すれちがつてもよ
たかいたかい山の様な心です

ズボンはやぶれ　マントはさけ
人は乞食と云ひ
街を行けば女学生がふりかへる
思へば全くまあこんなにも
うすぎたなくもなつたものさ
冬の日が雲間からさす
下宿に帰らうか

いや　意志が過去にさかのぼるのを欲するのか
どうでもいいや

外は寒いがコタツはあつい
俺はねるといたさう

――三城牧場のゆふべを思ひ起して――

山かげに　日は入りにけり
ちろちろと　火はもえにけり
ゆふぞらに　けむりほろほろ
たゆたひて

〈山かげに　日は今入りぬ〉
〈岩かげに　ほだ火チロチロ〉
〈ゆふぞらに　けむりほろほろ〉
〈たゆたひて　消えゆきにけり〉

なげかひも　今ははつるか
ちらちらと　ゆらぐほかげを
見つめつつ　刻はうつりぬ
人ありき　今は眠るか
木枯も　今はとだふか
夜ふけて　月のかげはや

11月28日（金）
今日も今日とてナワテをうろつき
ズタバタと破れグツをひきづつて歩き
やうやくかへてもらつたよいマントをなびかせて
得意になつて馬鹿みたいに歩くのさ
学校へ行つてはピンポンを夕方までしてさ
困つたもんだとつぶやきながら
それでも気持がよいもんだ
いろんなことで頭は一杯
かまつたことか　ベラボーめ
俺の知つたことか

ランプの灯チラチラ
頭はフラフラ
硝子戸ガタガタ
恋の意識がフンワリつつむ

憂ウツか？　なんのなんの
希望は？　遠い未来には及ばない
要するに明日を追ふのさ
その次は又その明日

かうして時が過ぎてゆく
悲しいみたいなもんですが

白菜の季節《とき》とはなりぬ
あさごとに　冷たき白き
歯にし沁む白菜かみて
遠々し　過ぎにしものは

白菜の季節とはなりぬ

11月29日（土）
又あまりにも妄想が頭を支配してきた
いけないいよ　本当に
勉強などとは凡そ　えんの遠いもの
遠いはるかな　あこがれさ
あいつを何にたとへよう
何しろよいね
ものをみんな美化して考へるのはわるいことだが
さうもつてゆくのは　あれのしわざさ
哲学は悪魔にさらはれて
ここではミューズだけが通用する

汽車の汽笛が聞える
外は風だ
代用灯ばかり　むやみにほのほをゆるがせる

11月30日（日）
夜、西寮。モリエール「人間嫌い*5」。

夜の空気が白けわたつて
大地だけが無言に廻転してゐるとき
私はあの雲の色がどうしてそんなに紅かつたかを
おづおづとしたまなざしの人に語らうと思ふ
虹の光を身につけた　とかげについて語らうと思ふ

笑つてはいけなかつたか
さう　でもしかたがなかつたのだ
心がそれだけ　苦しんでゐたから
とかげのしつぽは　動いてゐたよと
さう　ピクピク動いてゐたよと
大口あいて笑はねばならなかつたのだ

夜は　眠られぬ夜は

時間の断続をもはや私は語らうとは思はない
むしろ　なぜ私は詩を書かねばならなかつたかを
なぜその文字が曲つてゐたかを
だまつてゐる人にそつと語らうと思ふ

人は　一つの空間を占め
霊魂なんてものは　お伽話に過ぎぬ
だから　私は空しく帰つてきた

愛は　じつと考へて　くらやみの中に
シユッとマッチをすることから出発する
そのマッチのもえさしについて　私は語らうと思ふ

12月1日
西寮創立記念日。伴東、小谷兄東京よりくる。

何といつたつて駄目さ　このおちぶれ方は
いいやつもゐるが　タイプは小さい
又それでも自信がなくつて　弱つた顔でもすればい
いが
得意になつてるのもゐるよ　はげしいね

12月4日
何だつて又　議論なんかするんだ
何もならぬよ　凡そ
もつと馬鹿みたいな顔をしろ
それでなかつたら　テッテイ的に
ツンとすまして　ござつしやろ

僕はもう古い話をもち出すのはよさう
あれはあれでしまつておいて
やみの中でそつとツバをのみくだした時間を
ここにかきつけておかうと思ふ
それから　おもむろに安ものの代用灯の芯を
長くひつぱり出さうと思ふ
要するに何でもなかつたと苦笑するのは
それでも　まだまだ先の話ですよと
かうしてここに書いておかうと思ふ

となりの室にフウフ者が入つた
おまけに赤んぼダスキンまである
そいつが泣きやがる　キンキンした声で

悪魔よりももつと嫌な奴を　私はこの世で発見した
ゆつくりとねそべらうか
昨日もおととひも　それがいけなかつた
目をさますと二時頃だつた
あれには閉口さ
だから目をつぶつて　まぼろしを作るのも
さう　むやみにするわけにはいかないのさ
それの結果について私は吟味しようとは思はない
要するにブランクの意味をつきとめようと
私はくらやみの中で目をあくのだ

たそがれに　ひぐらしひとつ
都路に　ひぐらしひとつ
かなかなと　夢をさそひぬ
幼き日の夢　しましかへりぬ
ひぐらしに　夢のかへりて
しかすがに　まなこつむりぬ
このわれも　童《わらべ》なりしが　いとけなき
物心なき　わらべなりしが

ひぐらしの　殻をさがしつ
ひもすがら　暗き森辺に
かの時は
童なりけり　ひぐらしの殻をさがしつ
ひもすがら　暗き森辺に
ぬけがらは　むなしかりけり
はかなきは　かなしかりけり
ひぐらしは　ゆふべになきぬ
むらがりて　しばし奏でぬ　思ひ出の歌の調べを
ひぐらしは　さびし
くれゆきし森と　小暗き森の下草に
ひぐらしは　かなし
くれゆきし山に　せみのぬけがらを拾ひ集めし日よ
わらはべの　小《ち》さき耳にも
あどけなき　小さき胸にも
ひぐらしは　なほも　ひびけり
ひぐらしの　声をききつつ
わらはべの夏を想ひき
杉の下途に道はありけり
朝つゆのかかる道なり
ひぐらしの　ひびく道なり

わらはべの　夢はかへりぬ
うばありき
童を抱きて　たそがれの山に向ひぬ
ひぐらしのなきてゐしとき
かなかなとなきてゐしとき
童はうばの胸にすがりて
かなかなと口に真似しぬ……

かのおうな今は無く
——追憶も今は果てなむ
童も大人となりぬ
ひぐらしの声のみ変らず……
ひぐらしのしましの夢か
ひぐらしは　かなしかりけり
ひぐらしは　さびしかりけり

ふるさとは　消えはてにけり
さびしきも　今はとだえぬ

パン

夜半ふけてひとりパンをかじりつ
かびくさく　かたく　冷きパンをかじりつ
木枯の遠く遠く流れゆき
夜半なり　しんしんと寒し
古きパンなればボロボロとくだけつ
硬きパンなればボロボロとこぼれつ
むしやうにかじりつ　眼《まなこ》をこらし
真剣にかじりつ　耳をばすまし
そは
かびくさく　かたく　冷きパンなりき

12月5日
寒い教室に今日からストーブがは入つた
みんなはまはりにぐるりとあつまつて
バチバチと上るほのほを見つめ
手をのばし　肩ごしに凡そ世の中の下らぬ事を話し
合ふ
騒音　雑音
もう人々のこんな垣根ができてしまつては
私は手をかざすこともできない
ほのほが赤くをどつてゐる

山小屋の夜に見つめてゐた　あの火がをどつてゐる
さう云ふ火を知らない者共は　ただわあわあと
温気《うんき》にのぼせてゐるばかり
僕はあたるのはよさう
むしろ寒い教室の片すみで
まだ直らないインキンでもかいてゐよう
いくら寒くても氷らない夢にふけつてゐよう

何のために？
それが言へないからこそ　むしろいいのだ
では　なぜ？
さうは云つても　やはり　恥づかしいのだ

ポウポウと竹をふく
一点の赤きものをどりて
瞬間　火の粉をちらせば
やうやくに黒き炭共はやけどを起し
ボウボウと叫びをあげぬ
昨日はすでになく
今日のことは後《あと》半日の思ひなり

理解されざるをいきどほるにあらずして
むしろ理解しあたはざるをいきどほるなり
くやし　くやし
それ故にフンヌをたたきつけんとて
むしやうにポウポウと竹を吹く

青きほのほ　黄なるほのほ
ボウボウと音を発すれどなほわが心なぐさみがたし
赤き火の粉　舞うては消え
何もののくすぶるか　いたき煙に我はなみだ涙せり
涙ながるれども　なほフンヌやりがたくして
ポウポウと力をこめて竹をふく

ライ病くわん者の如き男　今日も町にて会へば
かぶりしマントの中から　ニヤリと笑ひて
手をとり映画を見んとさそふにあらずや
ことわれば即ちかくしより短きすひがらをだし
我にあたへんと云ふにあらずや
なほ人あり　ストーブの煙にかくれて
授業中に煙草を吸ひて快なりと誇る
なほ人あり　フランスの話をして去りぬ

尚人あり　会ふや直ちに人を面罵し
人のパンをぬすみ食ひて得々たり
尚人あり　人の顔を見るやをかしげに笑ひて去りぬ
ああ　フンマンは大地に満ちぬ
されぱポウポウと竹を吹く

十二月の松本の空気は
すでに石の如くに固し
傷口はうづきて　こたつは未だ寒し
然り　なほ人あり
わがそばにきたりぬ
われ見ざりき　見ざるを悔ふ
おのが胸中の我にも不明なるをもつて
おのが心にあきれかへりしを以て
何が何だか分からなくなりしをもつて
ただヤケなり　ポウポウと竹を吹く

隣室の幼子は悪魔よりもにくし
その泣声は今は堪へられず
今宵　彼女をなぐり殺す夢を見ざればむしろ幸なり
炭は赤く赤く叫びたれど
火の粉をどれど
ああ　人々々
われのいきどほりはやまず
世にわれあること　疑問にして堪へがたく
むしろ　かの人も　……いや分らず
この事のみ口にするべからず
されぱ　むやみにポウポウと竹を吹く

光太郎の詩集は空気だ
かつて表紙をすりへらした本を片はしから売つても
買はずにはおけないアイスキャンデーだ
いきどほりをあたへるは彼にして
弱さにあきれるは俺だ
道程と云ふか　俺にあつても
きれぎれの断続と云ひたまへ
(教授をひげをぬいて
ストーブにくべて
新馬鹿時代さ　ひいふうみい
赤　白　桃色　角状だった)
ウンチングはむしろしないがいい

小便はバウクワウがさけるまでためるのだ
こらへきれなくなるまで詩を読むのだ
半分もらしても詩をかくのだ
それでなかつたら
むしろ死んでしまへ　カビでも生えてしまへ

言葉を俺はにくむ
あまい言葉　美しい言葉
裏に何があるか　へどだ
あからさまはよいと云つても
美しい言葉を使ひたがる
人　人　人　そして俺
ヘドだ
消えてなくなれ
無言　価値のない世界

あいつは又血をはいたと云ふ　くちびるがまつかで
美しかつたと云ふ
〝休学する位なら学校を止めるさ
かうした空気の中に少しでも多く生きてゐるのは
穴だらけになつた俺にとつてはあんまりむごいよ〟

あいつは青い顔をしてさう言つたと云ふ
血をはいて　あいつは寂しく笑つたと云ふ
血はただ赤くて　大層美しかつたと云ふ

12月7日

長い時が過ぎて行つても
ふと思ひ出す時があるだけでも
かまはないことかも知れない
どこか遠い山国の小都会の
駅の広場をころがつてゆく落葉に
このことがよみがへつてくるのなら
山の向かふに真赤な雲が流れるとき
胸の底に忘れてゐたものが浮んでくるのなら

ヒマラヤ杉の花粉が水の面に
黄いろく流れる冷たい朝に

かぞへるかぞへる　ひいふうみい
定めの数字を　ひいふうみい
時は夜半だよ　ひいふうみい

外は寒いが　こたつはあつい
外は闇だが　電気は光る
にぶいまなこに　沁みわたる

かぞへるかぞへる　ひいふうみい
定めの数字を　ひいふうみい

新馬鹿時代さ　ひいふうみい
恋と云ふには　あまりにかすか
一時の時計が　余音を引けば
胸はなやんで　息をつく

かぞへるかぞへる　ひいふうみい
定めの数字を　ひいふうみい

赤白青黒　ひいふうみい
とげぬおもひか　あはびの恋か
時は直線　定めはつらい

つらいはずだよ　うみがでる
つきぬ数だよ　ひいふうみい

あついこたつに　心はぼけて
夜もふかいが　なやみもふかい

人はねむるか　おいらもねるか
ねれば窓辺に月がさす

十一時にねた
便所に行つて
水を無理して五杯のんだ
体中がジーンと冷くなつた
床に入つて目をつぶる
なにしろ寝付きがわるい
うまく目をさますやうに
さうやつて祈つてねた
夜半
目がさめる
懐中電灯をつける
正に四時
月の光が流れてゐた
鉢伏の上の空に
細い細い三日月だつた

さあ　やらねばならぬが
何しろ私は
眠いのである

12月8日
松本わずか初雪、王ヶ鼻大いに白し。

本を開いても
数学をやつても
ねそべつても
パンを食つても
シユライベン〔自家発電〕すれども
満たされぬ心の空虚

昔と言へば　楽しかつたね
山にかげろふがもえて
早瀬の上にセキレイが鳴いてゐたもの
あせりは心の落着きを失はしめ
断想の連続に新旧の別を無くさしむ

何事かなさざるべからず
生きざるべからず
否　強き何者かの意志は余をして
遠いはるかな心にさそはしめ
ただ忙然とコタツに向はしむ

肩の小屋

凡そこの世にて最も冷厳なるもの
月よ
汝は何ゆゑにかかる夜を生みしか
霧の海はすでに沈みて　黒き峯々黙々として安らぎ
大槍の肩よりくづるる　岩　岩　岩の洪水は
むしろ汝の世界を思はしむる
かかる夜になにゆゑに我を立たしむるぞ
月よ
霧の中に　霧が流る

秀

白き霧　ただ早く流れて
大槍の岩秀《いはほ》　めまぐるしくも流動す

白き日輪　霧の中に沈みて
超絶の世界　やうやく夜来らんとす
岩の秀にわれは来れり
見上ぐれば　ただ白き空気われを包む
知らず　無限にして　仰ぎ見るのみ
岩を抱くのみ

岩は冷たかつた
抱いてゐる岩は冷たかつた
無限に遠い空の涯に
白い太陽が落ちかからうとしてゐる
槍の秀の荘厳
黙すべきのみ

ふりむけど
見上ぐれど
見廻せど
目にうつるものなし
何者か来り
部屋の一隅に坐せるは感ずれど
無表情に我を見つむるを感ずれど
化石の如く動かざるを感ずれど

夜半の空気は極度に稀薄にして
湿度ゼロに身をば包めり
部厚き辞書はわが前にあり
世に音絶え
わが息また氷らんとす
無生物の触感はわが身を掩ひ
血ばしれる眼《ひとみ》に追ふ活字のみあやしくゼン動す
む！
空気の均衡は破られたり
エーテルの波動あやしく　わが耳に達し
氷れる血は青白き血管内にちつそくせり
何者か来る！
何者か来る！

ああ目にふるるもの更になし
見廻せど　ふりむけど
すでにかさかさとなるわが体
重圧の前に堪へることを得ず
がばとうちたふれぬ

意識氷りゆく中につぶやきぬ
何者か去りゆく
ああ　何者か去りゆくと！

12月9日

我　に

聞け、汝没落せんとする者よ
乾き切つた冬の夜の空気から
一切の微粒子を洗ひ流さんとする雨の音を
白き壁は極度に緊張し
厚き辞書は固く黙し
机は三年の来歴にゆがみ
毛布は恐怖に横はる
このかうからうたる夜更に
汝　没落せんとする者よ
この感覚の湧き出づる室内にて
なほ古き夢を追はんとするか

見よ、汝没落せんとする者よ
一切の色彩を吸収し尽くせる闇の色を
汝　若き困憊を心に抱く者よ
没落の淵に立たんとする者よ
闇の色を見つめよ
肉体を焼く飛躍と信ぜよ
弱きもの　危ふやなものを放テキせよ
汝自身をぎりぎりの際限まで追ひつめよ

火をともせ
汝没落せんとする者よ
汝の過去を物語る　短きよごれはてたローソクに
世の矛盾を包ガンする光を見つめよ
ぬけ殻の一切を火中に投ぜよ
汝の根本たる原子以外のものを破壊せよ
従来汝自身と信ぜしものを死滅せしめよ
ゆらぎ止まざる焰より
真の汝自身をつかみいだせよ
もだえ、叫べ、死ね
新たに生れ出でよ

汝　没落の底より生れ出でんとする者よ

静かに　湧き出づる　息吹にて
この燃えさかるほのほを吹きけせ
今はすべてを忘却せよ
然して　矛盾を越えて絶対なるこの深き闇の色を
魂もて見つめよ
汝の　あらたなる　苦しみのため
汝の　あらたなる　喜びのため

冬

冬がきたね
空気がカーンと乾き切つて
白い山が思ひ切り近づいて

冬がきたね
木の葉が木の根に吹きよせられて
子供が日だまりにしやがんでゐて

冬がきたね
木枯が陰気な空をうめかせて
過去を語つてくれた虫達も死んでしまつて

冬がきたね
ものみなが冷く痛くて
ああ　なにもかも　冬なんだね

木枯

「木枯が吹いてるね？」

「木枯は冷いの？」

「さう　木枯は冷いだらうね」

——炭火が赤くて
——子供達のほつぺたも赤くて
——をぢさんの鼻も赤くて
「さう　ひらひらと空を飛んで行つたのだよ」

「箒に乗つて飛んで行つたの？」

「魔法使は空を飛んで行つたの？」

「魔法使は焼けてしまつたの？」

「魔法の箒も焼けてしまつたの？」

「さう　やつぱりぼうぼうと焼けてしまつたのさ」

——炭火が赤くて

――子供達のほつぺたも赤くて
――をぢさんの鼻も赤くて
「木枯がまだ吹いてるね?」
「木枯はどうして冷いの?」
「さう　とにかく木枯はまだ吹いてゐるね」

12月10日

汝　自ら卑しむる者よ
自らのすりへりし運命をあざわらはんとする者よ
汝自身の力を体得せよ
汝自身の素質を認めよ
幾多の戦闘にて勝を占めてきた力を信ぜよ
汝の力未だ尽きざるを自覚せよ
放棄は男として恥づべきを知覚せよ
若き力をほとばしらせよ
敗けるな、勝て、絶対に勝て
勝ちたる後に思考せよ
右コ左ベンするな
ただ敵をうちのめせ叩き殺せ
勝利の中から新しき運命をつかみとれ
汝、卑下する勿れ
何者にも勝りたる汝の素質を
今汝は疑はんとする
少なくともその一部をあきらめんとする
汝の責を知れ
あらゆる点で勝者たれ
一部の勝者として満足するな
すべての超人をもつて自任せよ
汝　自ら卑しめんとする者よ
汝の喜劇を悲劇たらしめよ
恋の苦しみもてすべての苦しみに打ち勝て
一瞬はむしろ永遠なるを知れ
ガムシヤラにやれ!
ただそれだけだ!

12月11日

大滝山

霧は白く流れる
這松をぬらしてながれる
私をつつんでながれる

過去を遠くへおしやつて
未来をはるかにかすませて　ただ白く流れてゆく
一切を絶したこの山頂で
それでは一本の細い巻煙草に火をつけよう
ゆつくりとひろがつてゆく煙の行方を見つめよう
そこはかとなく霧の分子の中にとけこんでゆく
あぢきない　やるせない気持を味《あぢは》はう

愛する者も
憎しい者も
すべての絆も
すでに遥かにかすんでゐる
ただ白い世界とこの私とがあるばかり
霧のしづくにゆらぐ心があるばかり
無際限に渦を巻いていた意識が
やうやく本来の私の中に
ぴつたりと収つた感じ
それでは静かに眼を閉ぢて
静まりかへつた山の息吹に耳をかたむけよう
天地創造のきびしさに心をひたらせよう

魂を売渡す者

時の停止を叫ぶに非ずして
むしろ時の逆流を求む
未来への飛躍を望むに非ずして
古きなきがらを慕ひ抱く
時を刻む微かなる響もわが胸をむしばみ
想像は過去にのみ涯もなくさかのぼる
弱者をあざける木枯の叫びを聞けど
心に沁るローソクの焔のゆらぎを見れど
むざんにとけゆくロウのはかなさを思へど
なほ己を殺すこと能はず
悪魔よ来れ
今こそ己のが魂をさらはるるも可なり
さなり
己のが魂を売渡さんとす者
ふるへる手にて煙草を吸ふ我ぞ

もう時が逝つてしまつた
すべてはさばきにまかすより外はない
ヒマラヤ杉の花粉が黄いろくこぼれてゐた朝も

もう昔のことになつてしまつたね

12月14日
思ひより思ひをたどりと昔の人は歌ひき
げにそはこよなに悲しきことぞ
地上における冷き客と云はんは悲し
超人を思ふは寂し
なぞと言はんはあまりに虚し
人生よ
なれはなにゆゑにかくもあるか
木枯叫びて　心冷たし

何と言ふ奴だ
目はどこをむいてゐるの
極度に困惑しきつて笑つてゐるの
縮開線、法曲線*6
又何か考へてゐるの
くやしがつたのを忘れたの

12月15日
世が真白になる

一切が真白になる
意志がとだえてしまつた……
私は消えのこつた炭火に
わづかに両手をあたためようとする……

〈雪〉
〈白くなる〉
〈一切が白くなる〉
〈——意志もとだえ——〉

雪よ
一切をおほひつくせ
もう　あらはなものはいやになつた
一切がかくれてしまへば……
それもあまりにかなしからう

夜寝ようとして便所へ行つて
世が白くなつてゐるのに気がついた
闇が白くなつてゐるのに
夢は冷めたかつたのだらう
さうして私は今日

又又数学をスコンクをとつた[7]

あの大きな影は何だらう
（ゆらいでゐる　ゆらいでゐる）
雪はもう氷つてしまつたに違ひない
一つ一つの断続に
私はせめてもの慰安を見出す
夜風の音
明日は又冷いな

木枯はかうかうと天に吹く〈を渡り〉
星屑がこほりつき
私の神経はこんなにはりつめてしまつた
ただ歩むのみ
祈るのみ
内在するは神
外在するは我
鳴るは木枯
またたくは星
天の河が白く流る
又木枯がふきつける

冷い
歩むのみ

夜道をゆく——

木枯が空に叫ぶ
星は空に氷りつく
樹々も氷る
家々も氷る
電柱の影も氷る
木枯がひとしきりどつとふきつける
又かうかうと空に叫ぶ
木枯よ　俺の心の中まで吹きすさべ
弱い　なまはんかな　あやふやな
さう云つたものをふきとばしてくれ
しれんにたえぬものがあつたら　うち倒してくれ
木枯よ　もつと吹け
父なる自然の配慮を胸一杯に感じて
俺はひたすら歩むのだ
木枯に向つて
氷りつく星の下を

12月17日
つらいこともありますが
あなたの広大なる配慮を信じて
ただじつとがんばつてゐます
父なる自然よ
思ふさま僕を打ちのめして下さい
あのなよなよした一見弱さうに見える心も
あなたの底に根ざしたものであることを
僕は祈つて止みません
自然よ　神よ
僕は神は信じませんが
ただ　かうして祈るのです
祈らずにゐられないのです
時の流れの重圧は
随分はげしいものですが
生をもつて燃やさうと思ひます
すべてのものの萌え出づる日まで
春の息吹が聞える日がきたなら
僕はやはらかい日ざしをうける枯野に立つて
新たなる祈りを捧げませう
自然なる父のために
12月20日
岩村、伴と赤羽氏のところへ行く。試験終る。

ここのおやぢは名人気質だ
よつぽどの腕自慢だ
壁には関西理髪技術協会かなんかの
賞状がかけてあつて
理髪なんとか委員長のハンコが押してある
コメカミのところは一本一本かぞへてそるのだ
頭の角度は一分一厘違つてもいけないのだ

12月21日
堤、岩村と望月先生のところへ行く。

ドイツロマン主義のやはらかいしわくちやな言葉
俺の部屋よりまだよいが
きたない部屋
リルケは外界に求めたと言ふ
内界を現はす客体を

己は停電の闇の中で
じつとコタツにひたひを押しつける
腹を立てて昔なぐつた頭
なつかしくてひにくたつぷりな頭
まだまだ分かりさうもない頭

お宅を辞して俺達は雪の道を歩いた
身がおしつけられる寒さの中で
寮歌をうたつて歩いて行つた
空にばらまかれた星
行きちがふ寒さうな人影

12月22日

みんな帰つてしまつた
この氷りつく冬の休暇に
誰がこの田舎びた　きたない街に残つてゐよう
がらんとした校庭に立つと
成層圏の空気が体をつつんで
ずつとひろがる乾いた土と
むかふに寮の建物と
生はんかな考へをはぎとつて行く

寒風とがあるばかり

ひとりぽつちになつてしまつた
きたない街をさすらつても
笑顔であいさつをしてくれる人はもうゐない
ぞろぞろぞろぞろ人は歩いてゐるけれど
ああ　みんな帰つてしまつたんだ

己はひとりでこたつにあたる
生来の己をたたきあげようとする
外は木枯
まあ本でも開かうか

Bembex Julii
Cerceris
Ammophila Julii——H. Fab
ファーブルはひとりルーペをのぞく
小つぽけな蜂だ　何のへんてつもない
みすぼらしい　黒茶けた
だが彼にとつては宝石の様な
蜂の体をのぞいてゐる

だれも知らないこの蜂の物語りを
うまく自然の懐から盗みとつてきた
その代りに一人の愛児をその懐にかへしてやつた
何と云ふ馬鹿げた骨折に
何と言ふ小さな物語だらう
あれほどこの蜂と仲良しだつた息子のジウリィは
この蜂の歴史と引きかへに神様に召されてしまつた
お前の為に書くはずだつた
この本のでき上るのもまたずに
やうやく明るみにだされたこの蜂と
あの児は友達のやうにつきあつた
季節がきて蜂達がとびまはるやうになつて
あの子の墓にも巣をつくるだらう
〈墓の上にも翅を休めてゆくだらう〉
ファーブルはペンをとりあげて
まだ名もついてゐないこの蜂に
愛児の名前をつけてやつた
Bembex Julii
　ルリの
　値も分からぬ
　ヴァントウ山の珠玉だ

お前の為に私はこの本を書くはづだつた
　せめてお前の名があれほど好きだつた
　この勤勉な美しい蜂の名となつて
　　この本の中に止まられん事を
ファーブルは又ルーペをのぞく
昆虫記一巻を書き終へた彼の庭に
蜂達の季節が近づかうとしてゐる

〔以下の連は12月24日に書かれたが、22日の詩とのつながりを示すように、冒頭に赤鉛筆の線が引かれている〕
　ファーブルはじつと目をつぶつた
　ファーブルはもう見えない
　ファーブルはもう聞かない
あれだけ耳傾けて聞いた虫達の奏でる調べも
あれだけ喜びにあふれて眺めた虫達の生タイも
もう見えないし　聞けないのだ
ファーブルの生命をかけた凡そ馬鹿げた骨折が
ありふれた　ちつぽけな虫けらをもこよない尊い姿
に還元させた
ファーブルの美術家の眼《まなこ》に虫達の美を探り出し
哲人の冷徹さに虫達の行為を追求し

詩人の筆に比すべくもない物語りを書きつづつた
ファーブルによつて初めて人間の目にふれた虫達は
ファーブルのまはりに舞ひ　飛び　歌ひ　奏でた
一匹のお祈りかまきりが
秋の日をあびてただじつと祈りをささげてゐた
然しファーブルはもう見えない　もう聞かない
ファーブルはじつと目をつぶつてゐるのだ

12月23日

時のながれと云ふものは
数学のできない子には苦手です
向かふの山の白くなつたのを見上げた朝は
ずゐ分昔の話になつてしまひました
太陽はどこか知らない国へ引越してしまつて
プラトンの太陽の子は寒さうにふるへてゐます
それが僕には分からないと　つぶやいてゐます
霜柱がくづれて行く　その瞬間のこころもち

Heimweg　(Carossa)*8

Dämmert mein Garten?　かの庭ははやたそがれし？
Rauscht schon der Fluß?　かの流れはやさざめきし？
Noch glüht mein Leben　わが生なほも燃えゆく
Von deinem Kuß,　なれのくちづけによりて

Noch trinkt mein Auge,　わがまなこ今も酔ひ
Von dir erhellt,　おまへが明るくなれば
Nur dich, nur deinen Bann　おまへによつてのみ(＊)
Im Bann der Welt,　世界の命令に於いて

＊〈おまへのミリョクによつてのみ〉

Vom Himmel atmet　月の夢
Des Mondes Traum,　空に息づき
Bleich webt eine Wolke,　ひとひらの雲蒼白くただよひ
Grün schmilzt ihr Saum.　そのふちは青くかがやき

Das Wasser führt Schollen　水は土くれ（＊）に流れ
Herab aus der Nacht,
Es trägt jede Scholle　土くれは　光に
Von Licht schwere Fracht.　重き荷を運ぶ

＊〈ふるさと〉

Eine Harfe von Drähten
Summt in der Allee,
Spuren von Rädern
Glänzen im Schnee,

Glänzen und deuten
Heilig zu dir zurück,—
Ich weiß, daß du noch wachst,
Tief, tief im Glück.

Der Schirm deiner Lampe
Färbt dich wie Wein,
Du hauchst in das Eis
Deines Fensters hinein,

Deine Augen Träumen
Herüber zum Fluß,—
Du bist nur noch Leben
Von meinem Kuß.

〔家路／ハンス・カロッサ〕

12月24日

ラヂオが今日一日の終りの音楽を奏でてゐる
はかり知れぬ悔いにせめられて私はコタツにひたひをおしつける
絶望と云ふにはあまりにはげしく
歓喜と云ふにはあまりに冷たく
この小さな生は燃えてゐる
音楽が止み　アナウンサーの声がとぎれ
人々は安らかに眠るのだらう
凡そ安らかさとかけはなれた魂が闇に一人息づく

冬の祈り

がらんとどこまでも澄みわたつた冬の大気だ
無限に遠い空の涯まで満ち満ちた冷たさだ
天地はただに広大
生はんかな夢をのみつくして
白野の涯に立ちはだかる白い山々は
地の涯にぐるりと立ちはだかる白い山々は
〈凡そちつぽけな私をおつとり囲んだ白い山々は〉

がんとあけつぱなしの〈透徹した〉きびしさに　固
く大地に黙し
高原に氷りつく冬の荘厳と
森かんとたそがれに沈む大パノラマの偉容に
私はふるへながらもかぢかんだ心を自然に手渡す
（氷つた大地の底に何千万の生命の眠るを思つて
私はかりつくされた稲田の道にいつまでも立ちつく
す）
人間本来の弱さを
あまりにも白々と見せつけられて
今はたたずみ黙すより何があらう
神を信じない私も
ただひざまづき　ただ祈る
すりへりし運命を自ら卑《いやし》めんとする心を
ぎりぎりの淵まで追ひつめてゆかう
（ともすれば絶望と置きかへられる
自己の素質を信じよう〈心の奥に信ずる門〉）
枯草の上になごやかな日の光がふりそそいで
春の息吹が聞ける日が来た時に
〈枯草の間に春の息吹のもれる日が来た時〉
新たなる祈りを捧げることのできるやうに

あけつぱなしのきびしさ
自然の苛酷すぎる愛に身をゆだねよう
もう薄明の中にうすれてゆく天地の姿に
父なる自然の配慮を胸一杯に感じて
私は思ひ出したやうに歩き出す
がらんとだだつぴろい冷たさの中に
無数の生命の躍動〈放射〉を思ひながら

フット電気が消えると
思ひがけない月の光が部屋の中まで流れこむ
身体がじーんと引きしまる様な
ダ協を許さぬ月の光だ
あせつた心が充分冴へかえるのを待つて
この一本のローソクに火をともさう
ゆらぐ黄いろい光の中で
細い、弱い、なよなよした
それでゐて　まだまだ心棒はしつかりしてゐる
私の魂の歴史を書き記さう

12月25日
穂高よ

堪へがたい心に信州を去らうとする車窓に
穂高の姿を見た
穂高よ
あなたはすべてに超絶してゐる
その代り又何と云ふ力を私の胸につぎこんでくれる
か
斜陽をあびて　あなたは立つ
あなたの姿を仰ぎたいばつかりに
私は何回重いリユツクをせおつて歩いたことか
徳本の頂上であなたを見出すことはWonne〔この上
ない喜び〕だ
穂高よ
思ひがけない塩尻近くの車窓から
あなたをこんなにはつきりと見たことは堪《こら》へがたい
喜びだ
私は進むだらう
何と云ふ荒々しさ
あなたはすべてに超絶する
そのくせ小さい私にまで　その力をそそぎこむ
穂高よ
あなたを仰ぐことは力だ
もう消えようとするあなたの姿を
私は冷えわたる大気の中に
むさぼるやうに見るのである
見るのである

Der alte Brunnen〔古い泉〕

Lösch aus dein Licht und schlaf! Das immer
wache
Geplätscher nur vom alten Brunnen tönt.
Wer aber Gast war unter meinem Dache,
Hat sich stets bald an diesen Ton gewöhnt.
ともしびを吹きけして眠りなさい
古き泉よりひびきくる断えざる水の音は常に目ざむ
れど
然しわが家にきたりし客は誰でも
つねにまもなくこのひびきになれてしまつた
Zwar Kann es einmal sein, wenn du schon mit-
ten
Im Traume bist, daß Unruh geht ums Haus,
Der Kies beim Brunnen knirscht von harten

Tritten,
Das helle Plätschern setzt auf einmal aus,
あなたがもう夢の中にあるのなら
家のまはりにはさざめき〈不安〉が起るだらう
泉のそばの砂礫は　かたい足取りにぎしぎしと鳴る
甲高い（鋭い）ぴしやぴしやと云ふ水音が同時に起る

Und du erwachst, —dann mußt du nicht ers-
chrecken!
Die Sterne stehn vollzählig überm Land,
Und nur ein Wandrer trat ans Marmorbecken,
Der schöpft vom Brunnen mit der hohlen Hand.
そしてあなたは目ざめる〈がさめて〉——その時あ
なたは驚かないに違ひない（別に驚くこともなく）
大地の上には　星が一面に輝やき
そして一人のさすらひ人のみが
大理石の水槽から歩み出た〈出て行つた〉
彼はうつろな〈くぼんだ〉手でもつて泉から水を掬
ふ〈汲む〉

Er geht gleich weiter. Und es rauscht wie immer.
O freue dich, du bleibst nicht einsam hier.
Viel Wandrer gehen fern im Sternenschimmer,
Und mancher noch ist auf dem Weg zu dir.
彼は同じやうに続ける〈すぐ遠くへ去り〉そしてい
つものやうにざわざわと啼かわす
喜びたまへ　あなたはここでは孤独ではない
多くのさすらひ人が　遠くまたたく星の中へと消え
て行き
まだ多くの精霊はあなたへの途上にある

愚と言ふにはあまりにも　おろか
子供と言ふにはあまりにも　幼稚
なにしろここでは理屈は問題ぢやない
一切を絶した六十七歳の肉塊だ
古へを思ひ起さす白い長いひげだ
むやみに怒るはげた頭だ
聖と同意義の馬鹿げた理論だ
さうやつて茂吉親父は超然としてゐる
俺も一切承認
ではそろそろと勉強をしながら〈するとみせかけ

て〉
俺にとつてあまりに reizend〔魅力的〕な雑誌類をのぞくとするか
ロダンも言つた　若さには代へられないと
美のかたまりも若さがなければ没落だ
俺は平気だ
杢太郎なんか眼中にない
レントゲン色の吹雪がくると言ふ

岩手の山の中にうづくまる
やはり六十五歳だかの美のかたまりだ
彼の脱却の歌[*9]を見た
空を仰げば空は広い
俺はもう問題にしてゐない
ただこれは理屈ぢやない
理論ぢやない
世間一般のしきたりぢやない
これが分からなかつたら一切の詩とオサラバだ
理論ぢやない
理クツぢやない

古い泉　（カロッサ）

さあ　ともしびを吹き消してお休み！
でも常に目ざめてゐるものがある
あの古い泉からひびいてくる水の音ですよ
でも私の家にきた人達はみんな
まもなくこの音に慣れてしまふものでした

あなたがもう夢の中にゐるのなら
いつも家のまはりにはさざめきが起るでせう
泉のそばのじやりは　重い足取りにぎしぎし鳴り
甲高いぴしやぴしやと云ふ水音が同時に聞えます
そしてあなたは目がさめる——別に驚くこともなく
大地の上には　星屑が満天にきらめいて
さすらへる精霊がただひとり　大理石の水槽から出て行つて
くぼんだ手でもつて　泉から水を掬ふのですよ
たちまち精霊はかなたに去り　あとには水がいつものやうにさざめいてゐる

おお喜びなさい　ここではあなたももう孤独ではない
多くの精霊達は遠くまたたく星の中へ去つていつたが
あとからあとから　たくさんの精霊達があなたの所へやつてくるのですよ

12月27日
それでも時計は動いてゐると言ふ
僕はフトンをかぶつて　かうして机の前に妄想にふける
遠く遠くかすんでしまつた昔の話は
もう一寸しつかりとはつかめないやうで
もうそうぢやない
もうあれぢやない
それは過ぎてしまつたのだ
あのやるせないあぢきない　くもり空が泣き出すやうな
あの感情はかへつてこない
さう思つて坐つてゐた
昨日はくだらぬ中学の友がきたが
又何と言ふ時間の空費
僕は自分から作つた空想のワクに
自分を無理におしこんでゐるものではないかしら
もう恋なんかはどつか違つた世界のものではないかしら
何しろ少し待つてみよう
昔のことがかへつてくるかどうか
あいつのひとみをのぞきこんでみよう

Und wie manche Nacht.　(Carossa)

多くの夜にさうであつたやうに
私はふと目がさめた
月はこんなにも明るくベツドの上にかかつてゐる
谷から外を見たら
夢のやうにあなたの家が立つてゐた——
私はふたたび深い夢へと落ちて行つた
Tiefer träumend schlief ich wieder ein.

目ざめけり　夜のならひに
月読は　ただにさやけく

世に満ちて　谷の中なる
夢のごと　君が家見ゆ—
落ちゆきぬ　われはふたたび
いとふかき　夢のさなかに
〔夜な夜なを～／カロッサ〕

Blasser Mond mit blau verschwommnem Rande

青くぼんやりしたリンクワクをもつた　蒼白い月が
白昼の大地の上に　かかつてゐる
私は酒を楽しまうと　峡路を登つて行つた
その時　ひそやかに　するどい光りが流れ始めた
今や　深い　うす暗い　谿間の底に
月は　薄明《たそがれ》に似た光りを投げてゐる
〔ほの白い月の光が／カロッサ〕

夜は冷えるのだ
煙草は禁じられたのだ
ただ本を読むのだ
静寂はむしろ恐怖をともなひ
反逆はどんな人をも　つまらなく見せるのだ
かう冷えてしまつては　詩もできないのだ
Yのところへ行かうかなどと考へても
大して楽しくもならないのだ
それは無色の谷底のどんぞこに　落ちて行つた人間
の悲哀である

An ein Kind (Carossa)

雪があなたのお母さんの家の上に降つてゐた
お母さんはまだお前について何も知つてゐなかつた
お前もその眼でまだお母さんを見なかつただらう
まるでお前の悩みがお母さんをおびやかすやうに
お母さんはしばしばそんなに心配げに日を送つた
そしてかよはい手でお前の生命をかばつてくれた
夏の太陽の様に　お母さんは
くらやみからお前の運命を引き出した

お前はまだ地上に居なかつたのだが
もう至るところにゐるのである
〔ひとりの子に／カロッサ〕

12月28日
都に何の思ひもなく帰つてきて
かうして冷い雨の音を聞いてゐる
それがなんであるかは結局分からずに
ただ肩をすくめて坐つてゐる

Geheimnisse（Carossa）

星は大気の中に眠らずにまたたかねばならぬ
大地の上にいのちの流れが芽ぐむやうに
血は流れ　そして涙は落ちねばならぬ
大地が吾々にとつて　ふるさととなるやうに
病める憎しみへ力が狂ふところでは
よい死から高い薬効が流れ出す

我々が迷つてる間は　力が目ざめてゐる
きびしい調和の中で　我々は光を求める
そしてあらゆる不思議は岸に起る
我々は自由な海辺へとすべてつきすすむ
我々は太陽の素材を負うてゐる
我々はそのやうに強く　消えうせなければならぬ
終りと云ふものはなく　白熱せる奉仕があるのみだ
我々は崩壊して　光をはなつのだ
〔秘密／カロッサ〕

一寸名前を書いてみたりしてゐる
君のおもかげを思ひうかべてゐる
Fよ
海のやうに深くそして透明な世界を
私は君によつて初めて知つた
なぜこのやうなことは　悪いこととされてゐるのだらう
なぜひそやかにかくれてゐねばならぬのだらう

君の肉体をだきしめたとしても
責は神様にあるのぢやないか
くだらない sünde〔罪〕の意識が
君の目を外らさせるのだ
僕は君をこんなに愛してゐるよと
かう告げることができないのがこの世の常だ
雲のやうにか
これは時の産物だ
昔のことはかへつてこない日がくるに違ひない
君は reizend〔魅力的な〕な Liebling〔大切な人〕
それがどうしてわるいと言ふのだ
君のひとみの深さには
誰だつて浄められるのだ
罪は神様にゆだねよう
遠いはるかな心に　かうして雨の音をきいてゐる

このはやりたつ駿馬に　はたして僕は主たりうるだらうか
ふりみだしたたてがみと　もえ立つひとみとを持つこの馬を
かなたの岸へと御してゆけるだらうか

自分に値せぬ騎手をにべもなく　ふりおとさうとするいななきを聞け
一切の絆をたちきつて　をどり狂ふ馬の姿がそこにある

12月29日

そおつとぺーヂをめくつたが
それでもパラリと音がした
こんなにあたりが静かでは
自分の息さへはばかられる
冬至の夜、二時か三時か
憂愁の詩人の詠める
詩《うた》かなし心冷えゆく

蛭公*10

乞食の様な男が
ヘソを出して空を眺めてゐる
——あれが蛭公か——
先輩の話には聞いてゐたが
やつぱりこれには僕も驚いたものだ

凡そ教授とは縁の遠い風テイに
世間の殻をぶちやぶつて運動場をかけるのだ
その風ばうで貴公子を驚かすのだ
自分の子供には無闇と変な名をつけるのだ
生徒の下宿でコムパをやるのだ
要するに一風変つてゐるのだ
赤んぼのヘソのヲを自ら切つて　二十四時間ほつて
おいたのだ
要するに彼は苦労したのだ
松本にフニンするまで　甘いものなぞ食べたことが
なかつたのだ
だからこそ陸上競技部の連中をひきつれて
縄手に並ぶ屋台店を　はじからはじまで食ひ歩いた
のだ
然し　蛭公も人間だ
親としての悲しみをもつてゐるのだ
子供の教育について心配してゐるのだ
蛭公は悔をもつてるかも知れないのだ
でも蛭公には外にしかたがないのだ
乞食みたいなフウテイをして　ああやつてヌウボウ
としてゐるより　ぴつたりしないのだ

ケツの穴の小さい連中には理解できぬのだ
要するに
蛭公を入れるには
社会があんまり狭すぎるのだ
——蛭公よ——
今日も運動場にひとり立つて
カウゼンとヘソを出し空を眺むるか

12月31日

冬空

自分でも何だか分からぬ位
この血をこんなにかきたてるのは誰のしわざだ
いやな社会はくそくらへと
きれいな冬空に向つて
うそぶくのは何がもとでだ
白痴のやうに暮してきた己の上にも
そろそろひとしけくる頃だ
今日も今日とて無賃乗車でつかまつたが
罪悪なんかはてんで感ぜず

何かの到来に心はかきむしられて
ぐれつきはまる説教をきいたのだ
あのチンピラの駅員をあのやうに
ずぶとく　意地悪に　威丈高にさせるのは
一体全体どいつのしわざだ
反逆の血潮五体にみなぎり
泣きたいくらゐ澄みきつた冬の空を
今もかうしてにらんでゐる
もはやすべてが善悪以前
ただ一切合切ぶつかるのだ
戦のみが己を浄める
だがしんと冷えきつた大気にまじつて
こんなに俺の全身をゆすぶるのは
本当に何のしわざだらう

30日、中村さんの宅へ行く。

始

こんなにひどい汽車でも
何時の間にか海の近くに俺をつれてきてくれる
キシヤはゴロゴロとなぎさを見下ろして走つた
海はたそがれて悲しかつた
房総の片すみの凡そつまらぬ海浜だ
海は氷らうとしてきしんでゐた
思ひもかけぬずつと向かふの夕映のなごりの空に
ウソみたいな富士がかすんでゐた
(輪をなしてゐる水平線も)
何んと云ふチンプさと
何と云ふなつかしさだらう
氷りつくデッキに立つたまま
俺は海と一緒にこごえてしまはうと思つた

もう脱皮の時がきた
でも俺は昔の殻にしがみついて
最後の告白をしたいのだ
こんな荒んだ気持も
あいつの前では夢となる
もう理解しがたくなるのを恐れて
脱皮したら駄目になつてしまふのを畏れて
最後の告白がしたいのだ

一荒れきさうなもんだ
この感情が根底からでんぐりがへるのだ
ボサボサ暮してゐる中に
コヨミは新しく変へねばならぬ時がきた
俺の中にも何かありさう
気配に俺は身ぶるひし
ちよつと信ぜられぬやうな鋭い眼で虚空をにらむのだ
見ろ　今に見ろと　歯ぎしりするのだ
この足指の冷めたさはどうだ
そんなことにおかまひなく
地球は動くとでもおつしやるか
見てゐろ
そろそろ一荒れきさうなもんだ

みんな敵にしてやらうと
己はひとりではがみした
つらぬきとほす冷たさに坐して
過去の己を叩き殺すのだ
何もかも分解させねば
このみなぎりのやりばがない

今日は大みそかでございと
分かりきつた口を利くのはどこのどいつだ
皮肉だけで生きて行けるか
むしろノドぶえに食ひついてやりたい

年があらたまると言ふのは
一体どこの世のたはごとですか
時もなく空もなく
このとほり血脈のみひしひしとなってゐる
60燭光の光の下に息づくもの
むしろほろびるのを願ふもの
生きかへるかどうか予断は許さぬが
とにかく死んでしまはうと思ふもの
さう云ふ者にとつて
新年とは一体　何のことですか

戦がどうして悪い
人同士が殺し合うことが
悪いこと位分かりきつてる
でも何が何でもこのとほり
戦を悪夢だなんて

聞いてきたみたいなことは抜かすな
殺し合ふ戦はすんだけど
もつと高い戦がのこつてゐる
ストライキなんかして何が面白い
愚レツを極めたこの世ぢやないか
生きるためと云ふのが切り札か
それでお前は果して生きてるのかどうか
あの透徹した冬空にきいてみろ
生きてゐると言ふことは
ただメシを食つて
半分が流行の恋をして
利己のガリガリ亡者のくせに
乙にすましてることとは　凡そ全然違ふのだ
くやしかつたらあの冬空を
ものの二時間も見つめてみろ
僕のいふことが
あなたに分かつたかどうかしらないが
ただ限りなくケイベツしてゐると言ふことを
もう一度ここにくりかへします
僕は自分をもケイベツする
人には一寸アイソがつきたのだ

それをあなたみたいに
もつとも愚レツの極にゐて
なほエラさうにしてなさるつもりか

十二月八日のあの朝に
開戦のラヂオを聞いた時
俺の血潮を逆流させた
あの一寸つかめない正体の
五体をびりりとしびらせる
電流みたいなきやつこそ
俺にとつてはこよない友だ
戦が悪いかどうか知らないが
きやつが心にしのびこむだけ
俺には戦争は有難かつた
戦争時代の詩集を見ながら
とことんまでつきつめた
人間の生死の底によこたはる
ただならぬ美しさに身ぶるひするのだ
ぴりりと己の体をしびれさせる
きやつの出現を
平和でございとすましてゐる

この年の瀬に恋こがれるのだ
へえ悪夢でござい
へえ侵略でござい
何を抜かすんだたわけ共
ピントはづれなことをぬかして得意になつてろ
これほどぐれつの横行する世の中は
一寸俺には住みがたい
平和の正月が明日くるだつて
どこに平和のへの字があるのだ
何から何まで敵だらけぢやないか
ノンキづらさげて生きてゐるとでも言ふつもりか
みんな　くたばつてしまへ
美だけがのこればよい

亜属《サブヂイナス》がどうのかうのと
昔はルーペをのぞいたものだ
ひとかどの自然科学者の面をして
シヤーレなんかをいぢつたものだ
成績優良
品行方正
優等賞状とかなんとか貰つたものだ

親父が目玉を三角にする
このろくでもないごろつきは
昔はさう言ふ奴だつた
でもこの世の中はあんまり美しすぎるし
一寸目鏡をかへればあんまりみにくすぎるし
これではいくら模範生でも
いささか変るのは無理ではござらぬ
こんなくだらぬことを書くやうになつたのも
世界の底のてにをはがさせたわざだらう

光太郎「記録」[*11]をよみて

世論が戦犯ものだとさわぎたてる
老詩人の詩集を読みて
尊敬の念いよよ加はる
美の深底につちかふもの
美の中核に食ひ入るもの
美の堂奥に生くるもの
まちがつたと言はれる戦争の
ちつとも美しくもなんともない

今から見ると馬鹿げたやうな詩篇でも
老詩人の生命の脈うちだ
美のマッセゥに走るもの
生の深厳を知らぬもの
汝等の無理解はむしろ幸ひだ
戦犯でもよい
愚蒙でもよい
ただ美に生くるもの
一切をこえたものがここにある

老いた父が僕の勉強のためにと
自分のをもつてきてくれた火鉢にふとんをかぶせ
はりつめた心に詩十数篇を作りしが
一ときふとんにひたひをおしあて
何のために生きるのだか分からなくなつたと
童子の如くしのびないた
俺にもこんな純な時がある
でも一転して眼をあぐれば
ただ反逆　戦闘　撃破あるのみ
猛然として人生を棒にするのみ
神は未だ入らず
わが素質にたよるのみ

ああ僕はもう家をもたない
どこに僕のふるさとがあるだらう
　僕のふるさとがどこにあると言ふのか
　僕はもうわが家をもたない
親父はあまりに偉大すぎる
外の人達はあまりに別の世界だ
みんないい人達だけれど
肉親と言ふ名前がじやまをする
肉親故に一寸のことも堪えられない
僕は又なんだつて又肉親に苛厳なんだらう
そして自分を甘やかし……
妹よ
お前は愚だ
でも　お前はまだ　この世にけがされぬ童心をもつてゐる
愚なのはよい
ぬけてゐるのはよい
今はもう愚だけが僕をなぐさめる
妹よ　お前だけが味方だ

僕のコ大妄想の話を
八分は馬鹿にして　でも後の二分は本気に
お前の人のよさは　きいてくれるのだ
僕は愚かな妹だけを相手に
馬鹿げた自慢をし
やつとふるさとを見出すのだ

Ausblick

もうたそがれてくる
古い公園は褐色の壁の様に垣を高く厚くめぐらして
私はひとりだ
日が灯した火は　霧の風の中に消えてしまふ
舞ひおちる葉が　枝を慕ふやうな心もち

突然　木の垣はこはれてしまふ
私は戸外を見まはす
でも近くには村も家もないし　動物もゐやしない
ただ私は　もう秋もすぎてしまつた荒涼たる風の吹
きまくる野面を見るばかり
たとへやうなき明確さへと近づく石山を見るばかり
重き無欠の月がその後にかかり
凡そ金色の氷が天の冷気の中に輝く
Ein Wunsch umhaucht mich, diesen Erdenblick
Dir, o Geliebte,
Mit allen seinen Schauern hinzusegnen.

〔眺望／カロッサ〕

Warum geben wir uns hin

なぜ我々は　うつろな恐怖をとびこさないのか
けだかき心もて　み空の星を信頼せしめよ
それは　もう永久に　我々の喜びやなげきを　聞く
ことはないのだ
その光は　我々がそれを耐へると云ふことを　そん
なにやさしく奏でるのだ

〔なぜ私たちは／カロッサ〕

Von Lust zu Lust
Mysterium der Liebe

ほのかな遊びは　青銅の業績となる
私達の行く道は　だんだん狭くなる
我々を偉大に自由にする魔法は
日や夜の如く我々を超越して支配する

あまりにはつきりした幸ひの前に　我々はわななき
無感情にもどるのを望む
あの最初の　はつきりした喜びがわき出た　その感情に——
いたづらに！　生成の叫びは消えてゆき

我々は又　天の息吹きを感じ　腹を立て
そして要求をおぎなふ
しばしば我々は　我々がお互に憎みあつてるのか
愛しあつてるのか混同してゐるのを見る

我々の真の生命を尋ねるために
我々はとける言葉を交はさねばならぬ
小唄がうたがはしい　禁止をつぶやくことから
完全を得るために人は死を得るのだ

〔愛の謎／カロッサ〕

見たまへ一切を超越して時はゆく
除夜の鐘を聞く心だけは
ずゐ分と変つてきてゐるが
あのひびきには何かがこもつてゐる
幼い時からつちかはれた何かが
僕達の血の中に感ずるひびきを
かうしてマントをかぶつてきいてゐる
この一年がかうして過ぎてゆき
今やつと僕も新しく生れようとする

また凡常の如く暦のあらたまる時がきた
私に
メカニズムの使者ですよと
せつぱづまつた心には凡そ無関心に
新年はにべない顔してやつてきた
一百やつつの鐘の余韻に
しきりにすべての決算をいそぐのさ

一年のあらたまりゆく鐘の余韻に
しきりに恋の決算を急ぐのは

馬鹿に冷たい夜半の空気のしわざだ
よし一切をくつがへす時が今なら
すべての慣習におさらばしよう
つらぬきとほす冷たさに坐して
過去の己と叩き殺すのだ
何もかも分散させなくては――
根底からでんぐりがへさなくては――
切羽づまつた感情に身もだえして
己はひとりはぎしりした

あらゆる矛盾を秘めた歴史をのせて
人間なんかのコヨミは知らぬと
地球は白けきつた宇宙を廻転してるのも事実なら
新年おめでたうございますと
妙に新しがつた顔をするのも事実なら
かうやつて60燭光の中の下に
冷い空気を吸ひこむのも
俺にとつてはかへがたい事実だ
よし一切を破壊したなら
ねむさの中にとけこんで
白々した夢でも見るとしよう

よし一切をくつがへす時が今なら
地球が冷えてから何年経つたか知らないが
ただ地球はくろぐろと
宇宙の中を廻転し
1947年の最後の時間は
きびしき冷たさをもつて身をつつむ
一切をなげうて
一切をうばへ
戦ふは宜しきかな

一年があらたまる鐘の音を聞きながら
切羽づまつた感情に身もだえるのはいい
ダケフを許さぬ冷たさに坐して
心を高揚させる愛について考へるのはいい
年はにべない顔してやつてきたが
今年は総決算の年だ
この弱々しい奴がどれほどまで
たくましく成長してゆくか
俺は一寸期待して眺めてゐよう

眼を光らせて凡そ白けきつた感情に
一寸別世界みたいな恋を夢む
どうせ一切破壊の時だと
ふてぶてしくもかまへてゐる
思ふとほりにならなくても
それだけ俺がきたへられるさと
又冷い空気を吸ひこむのだ

もう新年はきてゐるのだが
ちつともピンと来ないぢやないか
人間なんかのコヨミは知らぬと
地球は平気で廻転して
別に寒暖計の指標が変つたぢやなし
相変らずの冷たい大気だ
ねむさの中にとけこんで
恋の夢でもみるとしよう

事件は別に記すより他に方法がなくなるかも知れない。

　父は十一月末に山形県大石田から世田谷の家に帰り、そして僕は去年の夏以来初めて会ったわけだ。このすばらしい芸術家は、白いひげを長くのばし、全く翁と言う感じに僕の目がしらを熱くする。でもその意見はあくまでも頑迷。でも僕は理屈はぬきに、それを安心させてやりたい。親孝行がしたい。でもこの気持では駄目だろう。あと五・六年、僕の詩集のできるまで生きていて貰いたいものだ。

後記

羅災後の第5〔6〕巻の日記。

　以前、僕の日記が詩体になってしまったけれど、それはあくまで、その時の感情、その時の生活を歌っていたものだった。

　それが丁度本巻の初め頃から、猛然と詩作の欲求起り、動物でも医者でもよいが、結局はただ詩人となりたいと念ずるようになっていた。これは日を追うと共に益々固い気持となっていて、然し随分と疑いも起り、なやんでもきたが、とにかく自分は針路を見つけたと信じた。だからこの集には、純然たる日記でなく、詩として作ったものがかなり多く、益々日記としての性質からはなれてしまったことは争えない。あまりこれがひどくなれば、

Geheimnisse

Stern muß verbrennen
Schlaflos im Äther,
Damit um Erden
Das Leben grünt.

Blut muß versinken,
Viel Blut, viel Tränen,
Damit uns Erde
Zur Heimat wird.
⋮
Es gibt kein Ende,
Nur glühendes Dienen.
Zerfallend senden
Wir strahlen aus.

——Carossa——

編注

【I】

＊1　神武天皇即位を元年とする日本の紀年法。皇紀。元年は西暦紀元前六六〇年にあたる。Ⅳは Ⅵの誤り。

＊2　斎藤茂吉著『小歌論』第一書房、昭和十八年十二月刊の歌論。なお、この時北は兄嫁の実家である小金井の宇田病院に身を寄せていた。住所としては東京都北多摩郡多磨村是政蛇窪台、宇田病院内となる。

＊3　斎藤茂吉著『寒雲』古今書院、昭和十五年三月刊の歌集。昭和十二年から昭和十四年十月の間の歌一一一五首を収録。

＊4　織田公明。東大アララギ会のメンバーで、父茂吉がこの年の四月に疎開した際に荷物の配送などを手伝っていた。

＊5　世田谷区松原にあった青山脳病院本院は昭和二十年五月に東京都に譲渡され、東京都立松沢病院梅ヶ丘分院として開業していた。

＊6　青木義作。斎藤茂吉の従兄弟にあたり、青山脳病院の副院長として茂吉を支えた。当時青山墓地の近くに住んでいたが、火災を免れていた。

＊7　正しくは国府台病院。国府台の読みは「こうのだい」で、北が音だけで覚えこんでいたため「鴻」が先に頭に浮かんで書いたと考えられる。巻末の編者解説を参照。

＊8　R・L・スティヴンスン著『ヂィキル博士の奇譚』、石井正雄訳註、研究社、昭和四年刊。

＊9　松崎亘。松本市元町に住んでいたアララギ派の関係者。土屋文明夫人の推薦で、北の松本滞在中の面倒を見る役割を果し、しばしば食事をご馳走したりしていた。

＊10　松本電気鉄道浅間線、昭和三十九年廃線の路面電車。

＊11　旧制高校では軍人のことをドイツ語でゾルダートということから、軽蔑した口調で「ゾル」と呼ぶことが珍しくなかったという。

＊12　旧制高校のコンパには二種類あり、一つは「ダベリコンパ」で駄弁りながら人生の問題を論議するもの。もう一つは「快調コンパ」で隠し芸をやったりして愉快に騒ぐものである。

＊13　関屋光彦教授。北が書いた「道義」という講義のノートが残されている。後に国際基督教大学教授などを務めた。

＊14　松崎一教授。物理の試験で北のインチキ答案に五十九点をくれた。後に松商学園短期大学学長を務めた。

＊15　藤森良夫著『初等微分学学び方考へ方と解き方』研究社、昭和十年刊。

＊16　ここで注目すべきは3000（円）という定期預金の額だろう。もちろん父から渡された学費であろうが、相当めぐまれた学生と考えてよいのではないか。たとえば企業物価指数で見ると、昭和二十年から令和二年までの間に約一九三倍になっているので、当時の三〇〇〇円は五七万九〇〇〇円ほどになる。

＊17　宮地数千木［みやじやちぎ］教授。植物学者。アララギ派の歌人で、斎藤茂吉から北の松高入学時の身元保証人を頼まれていた。

＊18　旧制高等学校の寮などでおこなわれていた英語のストームを語源とする馬鹿騒ぎのこと。夜中に新入生を叩き起こして入学の抱負などを言わせる説教ストームが代表的で、他にも歓迎ストームやファイヤーストームなどがあった。

＊19　来信者のうち、受川、矢野は麻布中学の同級生、百様は姉の百子のこと。発信者のオババ様は祖母の斎藤勝子。この日、「今日、寮に初めて手紙がきた」と書いているが、山形県の金瓶にいた父・茂吉も六月二十五日付で宗吉に手紙を書いていた。残念ながら茂吉の手紙は遅れたようだが、この時の宛先は、「長野県松本高等学校思誠寮、南寮三号」であった。この手紙で茂吉は「ひとの家を訪問するときには必ず弁当持参のこと。（松崎さん、桐原さん、どなたでも）」と注意を与えているが、寮生活の北はそれは無理だと思ったに違いない。

＊20　北の少年時代の愛読書に、虫屋で画家の小山内龍が書いた『昆虫放談』があった。その中で小山内氏が「第三地区」と名付けた場所でオオムラサキの幼虫をたくさん採集し、蝶にまで育てたという挿話がある。麻生中学に通っていた北は近くの有栖川公園で昆虫採集などをしていたが、ある時近くで長い板塀に囲まれた広い空き地を発見。雑草が繁茂し有栖川よりもっと多くの昆虫がいることを知って、「麻布第三地区」と名付けて毎日のように塀を乗り越えていたという。

＊21　こちらのババは長年斎藤家で母代わりに子供たちを育ててきた松田の婆や（本名・松田ヤヲ）であろう。

＊22　平山修次郎著『原色千種昆虫図譜』は三省堂より昭和八年八月に刊行され、当時ベストセラーとなった。『原色千種続昆虫図譜』は台湾や朝鮮などの虫が集められており、昭和十三年刊。加藤正世著『趣味の昆虫採集』もやはり三省堂、昭和五年刊のベストセラー。

＊23　近くの原っぱで野球をやっていた子供たちを手なずけて総監督に収まった青年。新聞配達をしていて身なりがボロだったので子供たちがボロ監と呼んだ。『幽霊』に詳しく書かれているが、北をチームのエースに抜擢した。

＊24　縁日の夜店などの遊技場で並べて立ててある木の棒に離れたところからボールを投げてどれだけ倒せるかを競わせ

るゲーム。
＊25　昆虫趣味の会機関雑誌として昭和八年に創刊された昆虫専門誌。三巻十七号までは四条書房より出版された。
＊26　後年になって空白のところにルリツヤハダコメツキと名称を書き込んでいる。
＊27　デカンショ節は丹波篠山市を中心に盆踊り歌として歌われる民謡だったが、明治後期以降次第に学生歌として広まり、かけ声の「デカンショ」は「デカルト」「カント」「ショーペンハウエル」の略であるという説も広く流布している。
＊28　斎藤茂吉は昭和二十年三月の東京大空襲後、故郷の山形県金瓶に疎開し、四月から妹なをの嫁ぎ先である斎藤十右衛門氏の土蔵に暮らした。六月には母の輝子、妹の昌子もここに合流していた。
＊29　斎藤茂吉の歌集。『白桃［しろもも］』岩波書店、昭和十七年二月刊。昭和八年から九年の間の一〇三三首を収録。『暁紅』岩波書店、昭和十五年六月刊。昭和十年から昭和十一年の間の九六八首を収録。
＊30　神谷一男・安立綱光著『原色甲虫図譜』三省堂、昭和八年五月刊。
＊31　この日の点呼はいったい何だったのか。この日北は十八歳だったが、理系の学生だったので徴兵検査は翌年のはずだった。そもそも徴兵検査の場合、前日に壮丁学力調査とレントゲン検査が行われるのだが、何も行われていない。その上一緒にやるはずがない「オッサン連」が加わっている。そうすると一番考えられるのは在郷軍人を対象とした「簡閲点呼」だった可能性である。その場合でも、北たち「若い者」がどうして呼ばれたのかは不明である。
＊32　上記の二冊はそれぞれ、塚本閤治／ほか著『丹沢山塊・日本山岳写真書』山と渓谷社、昭和十九年刊、石川寅治著『肖像画の描き方』崇文堂、昭和十六年十一月刊。
＊33　明治四十一年から昭和三十四年までの間、日本で発行されていた月刊野球専門誌。
＊34　「東海水滸伝」監督伊藤大輔・稲垣浩、主演阪東妻三郎。昭和二十年七月十二日公開。
＊35　昭和二十年六月から全国の主要駅に旅行統制官が置かれ、申請された旅行内容にもとづいて旅行を認めるようになった。終戦後の十月に廃止されるまでこの制度が続いた。
＊36　「三十三間堂通し矢物語」監督成瀬巳喜男、主演長谷川一夫。昭和二十年六月二十八日公開。
＊37　桐原義司。当時、里山辺国民学校校長。斎藤茂吉はアララギの関係で四月に自身が山形に疎開した時から子供たちの衣類などを預けていた。
＊38　与曽井湧司。松本市内で印刷所を経営していた茂吉の崇拝者。「豊君」は子息。

＊39　八月一日に入学式が行われたが、新入生は全員そのまま大町にある昭和電工のアルミ工場に動員された。長野県北安曇郡大町皇国三九九工場高瀬寮松本高校一年六組斎藤宗吉宛の茂吉の手紙が残されている。
＊40　星野昭治。北と同期で昭和二十年理甲に入学。
＊41　山崎貞著『新英文解釈研究』英語研究社、大正五年刊。
＊42　石井悌著『南方昆虫紀行』大和書店、昭和十七年八月刊。
＊43　藤森良蔵・藤森良夫共著『代数学・学び方考へ方と解き方』上下、考へ方研究社、昭和十一年刊。
＊44　塚本哲三著『国文の学び方考へ方と解き方』考へ方研究社、大正九年刊。
＊45　石野勝五郎著『代数のあたま』有精堂、昭和二年刊などの「あたまシリーズ」を指す。
＊46　高見豊著『数学読本』春陽堂、昭和十四年刊。
＊47　吉田絃二郎『白日の窓』新潮社、昭和二年十月発行。今回の底本は『吉田絃二郎感想選集』第七巻『白日の窓・生の悲劇』新潮社、昭和十四年十二月発行による。
＊48　明治三十五年、博文館創業者の大橋佐平の遺志を受け継ぎ息子の新太郎が創立。私立図書館でありながら都道府県立の規模で斬新な設備を備え、公共図書館としての役割を担った。北が通った頃は現在の千代田区九段南一丁目にあり、昭和二十八年に閉館された。
＊49　正しくは「青年日本の歌」。「昭和維新の歌」とも呼ばれる。五・一五事件に参加した海軍中尉三上卓が作詞して一九三〇年代に発表されたが、昭和十一年に禁止された。
＊50　満田巌著『昭和風雲録』新紀元社、昭和十五年十二月刊。
＊51　斎藤茂吉著『文学直路』昭和二十年四月青磁社刊の随筆集。
＊52　「海峡の風雲児」監督仁科紀彦、主演嵐寛寿郎、昭和十八年十二月二十二日公開。

【2】

＊1　この十一月二日に初めて清流という名が登場するが、これは麻布中学の同級生だった星野の下の名前である。つまり翌三日の冒頭の「星野と会って」と同じ人物である。なぜ名前で記したかといえば、松本高校の寮で同姓の星野と親しくなったからであろう。麻布時代の友は名前で書いて区別しようとしたのに、うっかり姓になってしまったと考えられる。
＊2　磐瀬太郎。日本の蝶学の研究者、愛好者。代表作に『アマチュアの蝶学』『日本蝶命名小史』ともに築地書館、昭和五十九年刊がある。

＊3　軍関係の教育機関からの転入学者としては、陸軍士官学校、幼年学校、海軍兵学校などの在籍者がいた。
＊4　十一月二十三日付で茂吉が送った手紙によれば、宛先が「松本高等学校思誠寮、中寮二」に変っている。
＊5　ファーブル昆虫記は中学時代からの北の愛読書であったが、ここの記述から岩波文庫が重版されて手に入るようになったことが分かる。では、昆虫記で手に入るようになった十冊は何かと調べてみたが、残念ながら昭和二十年に重版されたものは出てこなかった。
＊6　石澤慈鳥著『四季の昆虫』アルス文化叢書、昭和十七年刊。
＊7　ズクという信州弁は「まめにやる」というくらいの意味だが、これにドイツ語のガンツ（まったく）がくっついてゴンズクという不可解な用語が生まれた。
＊8　たった一日で閉鎖となった西寮だったが、十二月六日付で茂吉から手紙が届いていた。宛先は「松本市出川町日本ステンレス会社誠和寮、松高思誠寮西寮南寮」だったが、実際にそこに住むのは翌年三月になってからのことである。
＊9　長縄克己。北と同期で昭和二十年理乙に入学。
＊10　斎藤西洋は東京都立松沢病院梅ヶ丘分院精神科医。青山脳病院の創立者斎藤紀一の長男。斎藤紀仁は同じく斎藤紀一の庶子で、太平洋戦争中ウエーキ島で米軍の捕虜となっていた。この叔父が旧制松本高等学校に昭和十一年に入学しており、北が松高にあこがれるきっかけになった。なお、少しあとに出てくる米国が斎藤紀一の次男で、昭和十九年に結核で死亡していた。
＊11　この時の茂太の家の住所は、東京都杉並区大宮前六丁目三四〇だった。
＊12　小谷隆一氏。昭和十九年に松本高校文科に入学した北の一年先輩。昭和二十五年東京大学法学部卒業。昭和四十年京都府山岳連盟でカラコルム・ディラン峰に遠征。ドクターとして参加した北が『白きたおやかな峰』を執筆するきっかけとなった。
＊13　十二月四日付の茂吉からの手紙では、「ツベルクリン十でも何でもない。ただ無理がいけないから、東京に来ても図書館通いなどは無理でいけない」と書き、松本市立病院長の診察を受けるよう勧めている。当時の結核が恐ろしい病気だったことは確かである。
＊14　昭和十六年四月から米の配給制が始まり、米穀通帳を持って行かないと米が買えなくなった。同時に外食券の発行が始まり、会社員や学生など外で食事をせざるをえない人は、米穀通帳を持って役所に行き外食券を貰うことになった。食堂で料理代に加えて外食券を渡すことで食事ができた。
＊15　パウル・ハイゼ著『忘られぬ言葉』、淵田一雄訳、岩

波文庫、昭和十一年三月刊。

＊16　夏目漱石の『虞美人草』は明治四十一年に春陽堂から出版されたのだが、大正七年には早くも岩波書店から漱石全集第三巻として刊行されているので、北がどの本で読んだかは分からない。ただ、しばらく後に「坑夫」も読んでいるので、その二作がセットになっている漱石全集の可能性が高いと言える。

＊17　尾崎喜八著『雲と草原』朋文堂、昭和十三年刊。

＊18　吉川英治著『宮本武蔵』全六巻箱入り特装本、大日本雄弁会講談社、昭和十一年～昭和十四年刊。これが最初に出されたものだが、すぐに全八巻の普及版が昭和十四年に講談社から刊行されたので、北が読んだのはこちらの方だろう。

＊19　吉田絃二郎著『多磨のほとり』改造社、昭和十六年二月刊。

＊20　前日に西洋叔父のところに出かけたときの話なので、このオババは祖母の斎藤勝子であり、次に出てくるバアヤはおそらく祖母付の女中であろうと考えられる。その後の松田ババもそうだが、バアサンというものの使い分けは北の中ではきちんとできている。

＊21　佐々木邦の「ガラマサどん」は昭和五年に「キング」に連載されたユーモア小説。二度映画化されるなど人気を博した。

＊22　中西悟堂著『野鳥を訪ねて』日新書院、昭和十七年刊。

＊23　高田浪吉著『島木赤彦の研究』岩波書店、昭和十六年刊。

＊24　松高で新しく作られた西寮には、思誠寮から図書を半分借り図書室が設けられた。その中に岩波書店から刊行されていた芥川龍之介全集があったという。では、その全集で北が読んだかといえば、残念ながら西寮は閉鎖中だったので、春陽堂から出されていた明治大正文学全集第四十五巻の「芥川龍之介篇・室生犀星篇」だった。

＊25　ここでは芥川作品に「あまり満足を感じなかった」と記している北だが、果たしてそれは本当か。たとえば「芥川龍之介と私」（『人間とマンボウ』所収）の中で、旧制高校に入り闇雲に文学作品を読み始めた北が、「日本作家の中で、一番魅かれたのが、漱石と芥川であった」と書いている。これは北の評価としてきわめて納得のいくところだが、結局のところ、北自身が創作を始めてから芥川への評価がどんどん上がっていったのではないだろうか。

＊26　岩田久二雄著『自然観察者の手記』研究社、昭和十九年刊。

＊27　江崎悌三等著『原色日本昆虫図説』三省堂、昭和十四年刊。

＊28　河合栄治郎著『学生に与ふ』日本評論社、昭和十五年

刊。河合の本の中ではこの本が一番名高い。
＊29　大町文衛著『虫・人・自然』甲鳥書林、昭和十六年刊、大町文衛著『日本昆虫記』朝日新聞社、昭和十六年刊。大町の父の大町桂月も随筆家で名高いが、ここはやはりコオロギ博士で有名な文衛の方だろう。
＊30　この一月六日の日記には五人の名前があるが、初めて登場する人もいるので見分けるのが難しい。最初の馬場は麻布時代の友人で、蟻専門の昆虫マニアとしてもうお馴染みだろう。次の金子は青南小学校時代の友人として名前が出てきたことがあるのだが、最後までいくと「伊原の感化か本を読むらしかった」とあるので、麻布時代の友人とわかる。中沢も自動的に麻布とわかるが、難しいのは星野だ。＊1に書いたように、松高の星野とも考えられるが、旧制高校生のシンボルの白線帽を模したものを北に渡したということは、旧制高校への憧れが強い麻布出身の星野の方がふさわしいという気がする。
＊31　額田晋著『科学的人生観』社会教育協会、昭和十一年刊。
＊32　「幾山河」。「婦人倶楽部」連載の武田麟太郎の小説を田中重雄監督が映画化したもの。戦時中検閲保留となっていたがマッカーサー司令部より上映許可となった。昭和二十一年一月十日公開。
＊33　武者小路実篤著『人生論』岩波書店、昭和十三年刊。
＊34　『現代日本文学全集第29篇里見弴集・佐藤春夫集』改造社、昭和二年刊。
＊35　この検査は、肺病の心配をしていた息子を気遣った茂吉が、茂太に手紙で頼んだもの。
＊36　北が上ノ山まで出かけていったのは、東京にいる茂太の家の食糧事情を心配した茂吉に呼ばれたからである。前年十二月に食糧難で松高の寮が閉鎖された時、茂吉は散々悩んだ末、上ノ山にくるように速達を出したのだが、北はそれを待たずに東京に出てきてしまい、父の怒りを買ったという一幕があった。この時茂吉は生まれ故郷の金瓶で妹の嫁ぎ先に疎開していたわけだが、日本の敗戦で事情が変わってきた。斎藤十右衛門家から出征していた息子も復員してくるので茂吉自身の新たな疎開先を探さねばならなかった。幸い、同じ山形県の大石田町に住むアララギ派の歌人板垣家子夫「かねお」氏の熱心な勧めがあり、大石田の素封家二藤部兵右衛門氏宅の離れに二月一日に転居した。また、上ノ山で茂吉の弟・高橋四郎兵衛が経営していた山城屋旅館は戦争中は陸軍軍医学校療養所として接収されていたのだが、終戦で解除されたので、茂吉が「御願に御願した結果」として輝子と宗吉がしばらく置いてもらえるようになったのである。
＊37　このときの北の住所は「山形県上ノ山町湯町、高橋四

郎兵衛方」となる。
＊38 『現代日本文学全集第46篇山本有三集・倉田百三集』改造社、昭和四年刊。
＊39 新円発行の頃のことは『どくとるマンボウ青春記』に詳しく書かれている。「その十万円の札束をしっかりと胴巻きに収め、東京まで運ぶ役割をした。周囲の人間がすべて盗賊に見えた」という。
＊40 三月にようやく学校が再開され、南松本の寮に入った北にすぐに茂吉から手紙が届いた。「宗吉も独立人だから、三百円＋百五十円（在学証明書、罹災証明書等）で合計四百五十円が毎日の学費として受取られ〔る〕から、毎月それを受取って、積んで置きなさい」と指示している。茂吉はこの時新しく設けられた財産税の対策に頭を悩ませていて、茂太宛の手紙によれば、その一環として高等学校三年間の学費として「宗吉には二万五千ばかり」を渡したことがわかっている。なお、この時の宛先は「松本市出川町誠和寮松高思誠寮」となっている。
＊41 河合栄治郎著『トーマス・ヒル・グリーンの思想体系』上下、日本評論社、昭和五年刊。
＊42 『明治大正文学全集第7巻森鷗外』春陽堂、大正九年刊。『現代日本文学全集第3篇森鷗外集』改造社、昭和三年刊。どちらも、うたかたの記も舞姫も含まれているので絞りきれないが、いずれにせよ円本ブーム時の全集の可能性は高いと思われる。
＊43 阿部次郎著『人格主義』岩波書店、大正十一年刊。
＊44 内田清之助等著『日本昆虫図鑑』北隆館、昭和七年刊。
＊45 堀場英也。北と同期で昭和二十年理甲に入学。
＊46 倉田百三著『絶対的生活』先進社、昭和五年刊。
＊47 この時茂吉は聴禽書屋と名付けた二藤部家の離れで一人暮らしをしていたが、三月に左湿性肋膜炎にかかり、治癒するまで三か月間病床を余儀なくされていた。
＊48 「舞踏会の手帖」一九三七年のフランス映画、監督ジュリアン・デュヴィヴィエ、出演マリー・ベル、フランソワーズ・ロゼー、アリ・ボール他。日本では昭和十三年六月に初公開。
＊49 大貫泰。北と同期で昭和二十年理甲に入学。北が卒業の時に心許せる友人に思い出などを書いてもらった「寄せ書き帳」が残されていて、大貫は寄書き帳執筆者のひとり。
＊50 夏目漱石著『明暗』岩波書店、大正六年刊。
＊51 夏目漱石著『硝子戸の中』岩波書店、大正四年刊。
＊52 フリードリヒ・ニーチェ著『ツァラトストラかく語りき』竹山道雄訳、全三巻、弘文堂、昭和十六〜十八年刊。
＊53 夏目漱石著『それから』春陽堂、明治四十三年刊。
＊54 夏目漱石著『三四郎』岩波文庫、昭和十三年刊。

＊55　「虫界速報」。昭和二十一年一月五日に東京の虫界速報社より創刊された昆虫専門誌。八月に出された一三・一四合併号まで続く。以後「虫・自然」に改題されて継続し、昆虫研究会によって飯田で昭和二十四年の二〇号まで出された。この時斎藤宗吉名で書いた原稿は、結局、昭和二十二年五月に出された「虫・自然」一六号に掲載され、初めて市販誌に載ることになった。

＊56　J・B・S・ホールデン〔一八九二―一九六四〕。イギリスの生物学者で集団遺伝学の開拓者として知られる。

＊57　『ドストイエフスキイ全集』第五巻、「賭博者」原久一郎訳、三笠書房、昭和十一年刊／『ドストイエフスキイ全集』第一巻、「貧しき人々」外村史郎訳、三笠書房、昭和九年刊。ここは前日に板垣氏のところで蔵書の山に出会って、早速借りてきて読んだことは間違いない。問題はどんな本があったかだが、最初に著者名をあげているので、当時の代表的な「ドストエフスキー全集」をあげておく。

＊58　『世界文学全集』二十一巻、「父と子」米川正夫訳、新潮社、昭和二年刊。

＊59　阿部次郎著『三太郎の日記』岩波書店、昭和十三年刊。

＊60　『ドストエーフスキイ全集』第五巻「悪霊」前編後編米川正夫訳、新潮社、大正八〜九年刊。「悪霊」の場合、米川正夫訳で前編後編という条件だと新潮社版の全集になる。

＊61　斎藤茂吉著『童牛漫語』斎藤書店、昭和二十二年刊の歌論。随筆三枚で一七〇円くれたと驚歎した茂吉が、それに対して童牛漫語は七〇円だというくだりは、「アララギ」の連載コラムかなにかの原稿料の話かと思った。しかし、「アララギ」を調べても、童牛漫語らしき連載はない。一方、童牛漫語を引くと、斎藤書店から昭和二十二年に刊行されていたことがわかった。つまり、この時点ではまだ本は出されていなかったのだ。「後記」「又後記」にその間の事情が書かれていた。つまり、茂吉は第一書房にいた斎藤春雄氏に頼まれ、「童牛漫語」の書籍化を承知したものの、その後春雄氏が応召したため、いったん沙汰やみとなっていた。戦後、復帰した春雄が斎藤書店を創業したので、律義にも茂吉が応じたという事情だったのだ。とすると、問題の「七〇円」は原稿料ではなく、本の値段だということになる。すでに斎藤書店側と、本の値段はいくらぐらいでというような話はあったとしても、本の出るのは一年後で、しかも大変なインフレのさなかである。昭和二十二年七月二十日に初版が刊行された時の定価は二五〇円であった。

＊62　辻邦生。昭和十九年に松本高校理乙に入学した辻は一年先輩で、この時日記に初登場。卒業は文乙で北の一年遅れとなった。辻は「寄せ書き帳」に三ページの宗吉評を書いている。

＊63　矢島光。昭和十九年に松本高校理甲に入学した北の一年先輩。

【3】

＊1　イマヌエル・カント著『道徳哲学原論』安倍能成・藤原正訳、岩波書店、大正八年刊。

＊2　四月に芸能祭で芝居をやったと書いているが、それにつながるような記述は一切ない。試験は三月に終わっているので、なぜ書かなかったのかは不可解である。

＊3　木下杢太郎［一八八五―一九四五］。詩人、作家、画家、医学者（本名・太田正雄、東京帝国大学医学部教授）。

＊4　「芸林間歩」。野田宇太郎の編で昭和二十一年四月に東京出版より創刊された文芸誌。木下杢太郎には昭和十一年に岩波書店から出した全く同じ書名の単行本があった。野田は当時亡くなったばかりの木下の追悼のつもりか、表紙に彼のデッサンを起用するとともに、パンの会につながる木下の路線を意識して書名も踏襲したと考えられる。

＊5　サミュエル・バトラー［一八三五―一九〇二］。十九世紀後半に活躍したイギリスの作家。名言、警句などで日本でも知られる。サミュエル・バトラ著『サミュエル・バトラ覚書抄』中柴光泰訳、古今書房、昭和二十一年六月刊。別タイトルとして「The note-books」と国立国会図書館サーチにあげられているので、この本で読んだことは確かだろう。

＊6　ヨーハン・ペーター・エッカーマン著『ゲーテとの対話』上中下、亀尾英四郎訳、岩波文庫、昭和十五、十六年刊。

＊7　『ドストイエフスキイ全集』第四巻、「死の家の記録」上田進訳、三笠書房、昭和十一年刊。

＊8　大木惇夫［一八九五―一九七七］。詩人。太平洋戦争中に「戦友別盃の歌」で知られる。『大木惇夫詩全集』全三巻、金園社、昭和四十四年刊行がある。

＊9　ハインリッヒ・ハイネ著『新詩集　ロマンツエロ』「ハイネ全集」第二巻、生田春月訳、越山堂、大正九年刊。

＊10　阿部次郎著『北郊雑記』改造社、大正十一年刊。

＊11　ニーチェの『ツアラトゥストラ』（手塚富雄訳）にある言葉。愚衆の「市場」のもろもろの害悪を蠅に例えている。

＊12　ゲエテ著『親和力』久保正夫訳、新潮社、大正九年刊。

＊13　志賀直哉著『短篇集　剃刀』斎藤書店、昭和二十一年刊。

＊14　第三十六代横綱羽黒山政司［一九一四―一九六九］。

＊15　第三十八代横綱照国万蔵［一九一九―一九七七］。

＊16　マルグリット・オオドゥウ著『光ほのか』堀口大学訳、第一書房、昭和十三年刊。

＊17　大日向葵「マッコイ病院」、「新潮」昭和二十一年八月

号。
＊18　阿部知二「死の花」、「世界」昭和二十一年七月号。
＊19　この「日記3新篇」と書かれた小さめのノートは八月二十一日まで書かれていて、途中で終わっている。そのすぐ裏から「愚かなる者」という戯曲が始まっていて、二幕、三十ページまで書かれて中絶したままになっている。
＊20　ニーチェ著『この人を見よ』安倍能成訳、岩波文庫、昭和三年刊。
＊21　三木清著『哲学入門』岩波新書、昭和十五年刊。
＊22　武者小路実篤著『幸福者』岩波文庫、昭和二年刊。
＊23　「サロン」銀座出版社より昭和二十一年八月に創刊された大衆誌。北はここに書いているように、大学に進んだ二年後の秋にはいわゆるカストリ誌に投稿を重ね、実際に掲載された。
＊24　「命ある限り」楠田清監督第一回作品。出演岡譲二、河津清三郎。昭和二十一年八月一日配給。

【4】

＊1　伴和夫。北と同期で昭和二十年文乙に入学。『どくとるマンボウ青春記』に出てくる総務委員長。寄書き帳執筆者。
＊2　堤精二。北と同期で昭和二十年文乙に入学。『どくとるマンボウ青春記』では記念祭で北のブレーンとして活躍。お茶の水女子大学名誉教授だった。寄書き帳執筆者。
＊3　山中城作。北と同期で昭和二十年文乙に入学。『どくとるマンボウ青春記』では記念祭で北のブレーンとして活躍。寄書き帳執筆者。
＊4　杉江二朗。北の後輩で昭和二十一年理甲に入学。西寮で同室になる。寄書き帳執筆者。
＊5　村杉昭。北と同期で昭和二十年理甲に入学。寄書き帳執筆者。
＊6　ジェロニモ。最後のアパッチ族の族長として有名。口述した自伝を残したので、それが英語のテキストとして使われたか。
＊7　ニーチェ著『人間的余りに人間的』戸田三郎訳、岩波書店、昭和十六年刊。
＊8　斎藤茂吉著『つゆじも』岩波書店、昭和二十一年八月刊行の歌集。大正六年から十一年の間の七〇六首を収録。
＊9　北は記念祭の演目である有島武郎作の「ドモ又の死」で、若き画家たちの一人である瀬古役を演じた。
＊10　西寮は二階建ての横長の建物が二棟あり、一階に寮務室や宿直室、食堂などがある建物を一寮として、二階には三、四人ずつ学生の入る部屋が七室あった。もう一つの建物の二階には大きめの図書室が中央にあり、その左側一、二階に学

生の入る部屋が七つある方を二寮とし、一、二階に四室ずつ計八室ある方を三寮とした。

＊11　ヨハン・アウグスト・ストリンドベリ〔一八四九—一九一二〕。スウェーデンの劇作家、小説家。「父」の他に「令嬢ジュリー」「ダマスカスへ」など。

＊12　小山内薫〔一八八一—一九二八〕。劇作家、演出家。自由劇場の結成や築地小劇場を創設して「新劇の父」と称された。

＊13　アントン・チェーホフ〔一八六〇—一九〇四〕。ロシアを代表する劇作家、短篇小説の名手として知られる。

＊14　コンスタンチン・ミハイロヴィッチ・シーモノフ〔一九一五—一九七九〕。ソ連の小説家、劇作家。

＊15　「アルルの女」はフランスの小説家アルフォンス・ドーデ〔一八四〇—一八九七〕の戯曲。

＊16　内田智。北の後輩で昭和二十一年理乙に入学。寄書き帳執筆者。

＊17　足立原明文。北の先輩で昭和十九年文科1組に入学。

＊18　野島盛夫。北の後輩で昭和二十一年理乙に入学。

＊19　桜井定夫。北の先輩で昭和十九年理乙に入学。

＊20　神田寿夫。北と同期で昭和二十年理甲に入学。寮歌「誠寮懐古」作曲者。

＊21　望月光雄。北の後輩で昭和二十一年理甲に入学。寄書き帳執筆者。

＊22　「アララギ」二十五周年号、昭和八年一月刊。総ページ数は八百を越す分厚さで、斎藤茂吉の「アララギ二十五巻回顧」百五十ページが巻頭を飾り、ほかに徳富猪一郎（蘇峰）、西田幾多郎、阿部次郎、木下杢太郎、田辺元、安倍能成、小宮豊隆といったそうそうたるメンバーが名を連ねていた。

＊23　メレジコフスキイ著『トルストイとドストエフスキイ』香島次郎訳、朱雀書林、昭和十七年刊。

＊24　「虫と共に」。松本高等学校思誠寮文化部会誌「思誠」に昭和二十二年二月発表。

＊25　『ドストイエフスキイ全集』第十二巻、「未成年」下、地下室の手記他、米川正夫ほか訳、三笠書房、昭和九年刊。

＊26　アメリカ映画「我が道を往く」。原題はGoing My Way。監督レオ・マッケリー、出演ビング・クロスビー。日本での初公開は昭和二十一年十月一日。

＊27　岩村久正。北と同期で昭和二十年文乙に入学。寄書き帳執筆者。

＊28　柳田辰之助。北の後輩で昭和二十一年文甲に入学。寄書き帳執筆者。

＊29　出隆著『神の思ひ』岩波書店、昭和十三年刊。

＊30　Hollard, Henri 著 "J. H. Fabre, 1823-1915" 別題名

『ファーブル伝』、Hakusuisha より昭和八年刊。
＊31　ジョン・スチュアート・ミルは哲学者・思想家・経済学者として名高いが、アヴィニョンでファーブルと知り合い、二人でよく植物採集に出かけていたという。
＊32　プラトン著『饗宴　プラトン対話篇』久保勉・阿部次郎訳、岩波書店、昭和九年刊。
＊33　坂口安吾「恋をしに行く」、「新潮」昭和二十二年一月号に掲載。
＊34　ヘルマン・ヘッセ著『デミアン』高橋健二訳、岩波文庫、昭和十四年刊。
＊35　斎藤茂吉著『朝の蛍』自選歌集、改造社、大正十四年刊。
＊36　藤森勘次。北の後輩で昭和二十一年文甲に入学。寄書き帳執筆者。
＊37　森島司。北の後輩で昭和二十一年文乙に入学。寄書き帳執筆者。
＊38　斎藤茂吉著『浅流』歌集、八雲書店、昭和二十一年刊。
＊39　島木赤彦著『太虚集』歌集、古今書院、大正十三年刊。
＊40　松尾先見。北と同期で昭和二十年文甲に入学。寮歌「人の世の」作曲者。
＊41　初めての下宿の手紙宛先は「松本市県町北区二二二六中野太郎江様方」となる。
＊42　井口濃。北と同期で昭和二十年文甲に入学。
＊43　ヘルマン・ヘッセ著『青春彷徨』関泰祐訳、岩波文庫、昭和十二年刊。
＊44　生魚［いくお］隆。北と同期で昭和二十年文乙に入学。
＊45　旧制の都立高等学校（これは固有名詞、昭和十八年までは府立高等学校）。現在の東京都立大学の前身。
＊46　『ドストイエフスキイ全集』第一巻、「正直な泥棒」「白夜」他、外村史郎ほか訳、三笠書房、昭和九年刊。
＊47　ジンゲルはドイツ語で歌手を指すが、昔の学生仲間の言葉では芸者のことだった。ここでは木賃宿で見かけた女性が芸者かもしれない、ということか。
＊48　「望月」は＊21の望月光雄、「御先祖」は『どくとるマンボウ青春記』で詳しく書かれている二教授殴打事件で親しくなったドイツ語の望月市恵教授を指す。
＊49　ストリントベルク著『ダマスクスへ』茅野蕭々訳、岩波書店、大正十三年刊。
＊50　ストリントベルク著『幽霊曲』小宮豊隆訳、岩波文庫、昭和二年刊。
＊51　木村健康。この時点では東京帝国大学経済学部助教授。河合栄治郎が信頼する門下生として知られる。昭和二十年四月に軍が一高を廃学するよう指示した時には、木村が中心になって各寮に教授が一人ずつ泊まることによって教授が管理

していという名目をつくり廃学を免れたという。

＊52　北原白秋著『花樫』自選歌集、改造社、昭和二十二年一月刊。

＊53　井口健一郎。北の後輩で昭和二十二年文乙に入学。卓球部員。

＊54　薄川［すすきがわ］は、松本市内を流れる信濃川水系の一級河川。

＊55　これらの原稿は昭和二十二年九月一日発行の「山脈」一号に掲載された。短歌には「やま水」のタイトルが付き、六首になっていた。

＊56　アメリカ映画「凸凹お化け騒動」。監督アーサー・ルービン、出演バッド・アボット、ルー・コステロ、一九四一年製作。日本では昭和二十二年二月二十五日初公開。

＊57　オバホルモン。戦前から女性の更年期障害、生理不順などの治療薬として長く親しまれていた。

【5】

＊1　自由讃歌は旧制松本高等学校寮歌。

＊2　茂太の家が世田谷区代田一丁目なので、一番近い駅は小田急線の世田谷代田駅だと思われる。前年八月に改称される前は世田ヶ谷中原駅だった。

＊3　横山照雄。北の麻布中学時代の同級生。

＊4　七年制の旧制成城高等学校に卓球をしに行ったと考えられる。

＊5　山岳に囲まれた松本盆地では、西の山並みを西山、東の山並みを東山と呼ぶ。

＊6　ドイツ語のメッチェンの略。若い娘のこと。

＊7　シャルル・ボードレール［一八二一―一八六七］。フランスの詩人。代表作に『悪の華』。「人生は一行のボオドレエルにも若《し》かない」は芥川龍之介の有名な警句。

＊8　アーダルベルト・シュティフター［一八〇五―一八六八］。シュティフテル著『深林』小島貞介訳、弘文堂書房、昭和十五年刊。

＊9　ロマン・ローラン［一八六六―一九四四］。ローラン著『ジャン・クリストフ』1巻、豊島与志雄訳、岩波文庫、昭和十年刊。

＊10　与謝野晶子著『人間往来』自選歌集、改造社、昭和二十二年二月刊。

＊11　「オットーやオリヴィエ」は『ジャン・クリストフ』の登場人物の名前。

＊12　ポール・ヴァレリイ［一八七一―一九四五］はフランスの詩人、小説家。

＊13　野口米次郎［一八七五―一九四七］。明治二十六年に渡

米し、現地で働きながら英文の詩集を二冊刊。明治三十五年イギリスに渡り、現地でも英文の詩集を刊行し非常な好評を呼ぶ。明治三十七年帰国。

＊14 「アルト・ハイデルベルク」はドイツの作家ヴィルヘルム・マイヤー＝フェルスターによる五幕の戯曲。

＊15 東北巡幸中の昭和天皇に、茂吉は昭和二十二年八月十六日、上山市で歌の御進講をした。

＊16 ヒロポンは大日本製薬によるメタンフェタミンの商品名であり、当初副作用が知られていなかったため、北も疲労回復、眠気防止などの目的で服用していた。昭和二十六年に覚せい剤取締法が施行され、禁止となった。

＊17 京王帝都電鉄株式会社が誕生したのは昭和二十三年六月一日なので、この時は京王線も井の頭線も東京急行電鉄の傘下で走っていた。そうするとここで帝都線とあるのは、戦前にあった帝都電鉄が開通させた井の頭線の方であろう。

＊18 海抜一四六二メートル、北アルプスの燕岳の中腹にある中房［なかぶさ］温泉。

＊19 フィルン。積雪層が融解と凍結を繰り返すうちに氷化した固い雪のことをいう。

＊20 「アララギ」第八巻第三号、四号（大正四年）。赤光批評号。

＊21 中村弘二。北の後輩で昭和二十一年理甲に入学。寄書き帳執筆者。

＊22 オーストリア映画「未完成交響楽」。監督・脚本ヴィリ・フォルスト、出演ハンス・ヤーライ、ルイーゼ・ウルリッヒ、一九三三年製作。日本初公開は昭和十年三月。

＊23 この時の下宿は「松本市若松町大久保様方若松館」だと思われる。ところが翌昭和二十三年の一月には「松本市大柳町一〇〇七釜様方」に変わっている。そしてさらに二月には「松本市大柳町小岩井外科病院内」に移っている。

【6】

＊1 この「冬眠」の詩は、寮でのよき仲間だった堤精二（三五一頁＊2参照）が、日記のノートの表紙裏に自ら記したものである。堤は浪人して、東寮に潜り込んで蹴球のボールを蹴っていたと『青春記』に書かれているが、後に国文学界で後世に残る仕事をしたという。

＊2 『余情』第5集（斎藤茂吉研究）、千日書房、昭和二十二年刊。

＊3 宇留賀一夫。北と同期で昭和二十年理乙に入学。卓球部員。寄書き帳執筆者。北と共に東北大学医学部に進学。

＊4 宮沢賢治著『グスコー・ブドリの伝記』羽田書店、昭和十六年刊。

＊5　モリエール『人間嫌い』関口存男訳、岩波文庫、昭和三年刊ほか。

＊6　縮開線、法曲線。一見すると共に微積分の用語ではないかと思われるが、数学辞典などを調べてもこれらの語はない。一方、すぐに見つかるのは「縮閉線」で定義もある。ところが、これと対になる言葉は「伸開線」であって、「縮開線」ではない。また「法曲線」の方も、「法線」、「曲線」それぞれ説明付きであるのだが、一緒になった「法曲線」は出てこない。要するに不明というしかない。

＊7　スコンクとは「相手を完敗させる」という意味の英語"skunk"からきた言葉であるが、日本では「零点であっさり負ける」というように、逆のニュアンスで用いられることが多い。

＊8　ハンス・カロッサ［一八七八―一九五六］。ドイツの作家、詩人。代々医師の家に生まれ、本人も医師となる。そのかたわら、詩集を出すとともに、自伝的作品を発表する。この"Heimweg"（家路）という作品は北が自ら翻訳を試み、途中で挫折している。

＊9　高村光太郎「脱卻の歌」。

＊10　蛭川幸茂［ひるかわゆきしげ］教授。昭和元年東京帝国大学理学部数学科卒業。同年旧制松本高等学校教授に就任。昭和二十五年旧制高校の廃止と共に退職。旧制高校時代には陸上部の監督を務め、合宿所に部員と共に合宿していた。北は『どくとるマンボウ青春記』にかなり詳しくその人物像を描いている。蛭公は愛称。

＊11　高村光太郎著『詩集　記録』龍星閣、昭和十九年三月刊。

編者解説

1

「憂行日記」が書き出されたのは昭和二十年六月九日のことだった。筆者の斎藤宗吉、即ち後の北杜夫は満十八歳を迎えたばかりだったが、直近の五月二十五日夜にB29の大空襲に襲われていた。青山脳病院だった隣の病院をはじめ、父・斎藤茂吉と暮してきた自宅を全焼し、ドイツ製標本箱百箱に及ぶ昆虫標本を失うとともに、燃えさかる火の手の中を命からがら逃げ惑う体験をしたのだ。

既に合格していた松本高等学校に進学する日を間近に控えていたため、そのまま一人東京に残った北は、兄嫁の実家である小金井の宇田家に身を寄せた。そこで、まず最初にしたのは父・茂吉の歌集『寒雲』をもらうことだった。父の歌に目を通すのはこれが初めてで、深い感動を覚えた。

それと同時に、北は大学ノートを貰って日記の執筆を再開した。序文の「『憂行日記』について」で触れたが、小学校三年くらいから毎日付けていた日記を空襲ですべて失ったことは、北にとって大変な痛恨事だったと思われる。この「憂行日記」の第1巻では、五回にわたって「思い出」と題する文章を書き記し、「今までに書いた数篇の日記のエッセンスをとり出しておいた」と強調しているほどである。実際、昭和五十一年一月に刊行された『どくとるマンボウ追想記』は、そのおかげで執筆できたといってよいだろう。

この記念すべき最初の日の日記には、家の裏手でオトシブミなどの昆虫を観察したり、採集したりする様子が生き生きと描かれている。後の『どくとるマンボウ昆虫記』につながる確かな第一歩が踏み出されていた。

麻布中学時代に博物班に属して昆虫採集に打ち込んでいた北は、日本アルプスと信州の珍しい虫に魅せられて志願した松本高校に入るべく六月十五日に出発。無事入寮を果した。ところが、敗色濃厚の戦局の中、せっかく入った思誠寮が食糧難で閉鎖されたため、父茂吉の疎開先の山形・金瓶へ三日がかりで七月二日にたどり着く。父のもとで『白桃』『暁紅』などの歌集に触れ、自ら歌を本格的に詠み始める。この時父のもとにおられたのは十日足らずだったが、父の弟子とともに高湯温泉に上り、昆虫採集に打ち込んでいる。

ところで、日記の書き出しの六月十五日までは、北が『どくとるマンボウ追想記』に日記を引用していて、自らそれに注記をつけているという大変貴重なところなのである。それを見てみると、まず六月十四日の「兄貴、帰ってきた」というところに（国府台陸軍病院にいた）と注を補っている。実際、斎藤茂吉全集の書簡を見ると昭和十九年七月二十日に「千葉県市川市国府台陸軍病院附斎藤茂太見習士官君」とあって、この頃陸軍に入営したことがわかる。そして茂吉がこの次に手紙を出したのは昭和二十年四月二十一日で、宛先は「山梨県西八代郡富里村国府台陸軍病院下部療養所斎藤茂太陸軍医少尉殿」になっている。つまり斎藤茂太は千葉から山梨に勤務先が変っていて、それは今問題としている頃まで続き、手紙の宛先が千葉に戻るのは六月十九日からである。六月十四日に茂太が宇田家を訪ねたのも、まさにこの勤務先の変更と絡んでいると思われる。さて問題はここからで、『追想記』では六月十五日の日記は、「昨日兄貴に書いてもらった、国府台病院の兵隊の名刺も使ふどころでなかった」となっている。これは中央公論社などの校正が入った後であり、「憂行日記」の原文では、「昨日兄貴に書いてもらった、鴻台病院の兵隊への名刺も、使うどころではなかった」となっている。この時、なぜ北は兄に名刺を書いてもらったのかというと、病院の兵隊に何か頼みたいことがあったからだろう。もっといえば、混雑が予想される新宿駅での乗り換えで何らかの便宜を図ってもらうためであっただろう。だからこそ茂太も快く自分の名刺に一筆書きつけたのだろう。つまり北が手を加えたような「兵隊の名刺」とは考えられない。問題は、果してこの時点で新宿駅に国府台陸軍病院の兵隊が常時いたかどうかである。市川市の国府台陸軍病院であれば新宿駅に常駐ということはほとんど考えられないと思うが、下部療養所であれば話は大きく違う。下部療養所があったのは身延線の下部駅（現在の下部温泉駅）なので、甲府駅で中央線につながっている。そもそも茂太としてみればこのルートはよく知っているわけだから、新宿駅に兵隊が常駐していたかどうか、誰宛に紹介状を書けばいいのかもよくわかっていた可能性が高い。そうすると最後に、なぜ北が「鴻台病院」と書いたかという謎が残る。市川市の国府台は古くは「鴻之台」とも書かれていたというが、今は名刺が問題になっているので、そこには国府台となっていたことは間違いない。残る可能性としては、北が音だけで「こうのだい」と覚えこんでいて、書く時に「鴻」が先に頭に浮かんで書いたということである。実際、よく知らないと国府台は「こうのだい」と読めないかもしれない。

その後上京して、七月十三日にあった「点呼」を無事終えた北は七月二十日に松本に戻っている。この年は戦局逼迫のため高等学校などの入学式は八月一日に延期されていた。学校の寮もまだ閉鎖されたままだったと思われる。それなのになぜ早めに戻ってきたのかといえば、上高地などのあこがれの地に早く行きたいという一念からだったろう。それと同時に、この松本には茂吉の崇拝者やアララギ派の支援者が数多くいて、さまざまな面倒を見てもらえたということもあるだろう。

早速七月二十四日には、支援者の子息が同行してくれて、上高地から西穂高まで登る山行に出かけた。人の全くいない上高地で心行くまで昆虫採集を楽しむことができた。ところで北杜夫が遺した昆虫標本は六四九種、一七三八個体に及ぶが、日本アンリ・ファーブル会と日本昆虫協会の協力によって、二〇一一年九月に「北杜夫氏採集昆虫標本目録」としてまとめられている。この目録を見ると、七月二十五日から二十九日までの五日間で北が採集した昆虫は二二三種に及ぶ。つまり、その採集人生で最も燃えた日々だったと言えるだろう。

こうして八月一日に入学式を迎えたものの、すぐに大町にあった昭和電工のアルミ工場に動員された。そのため玉音放送は工場の広場で聞いたが、人並みの軍国少年だった北は、現実のものとなった敗戦に深い衝撃を受けた。

そのまま動員解除となり、学校も夏休みとなったため、またもや居場所がなくなった北は、八月二十五日から九月十二日まで、山形県金瓶の父のもとに身を寄せる。

ようやく九月二十日に学校が再開され、北は思誠寮中寮二号に入り、いよいよ高校生活の本格的なスタートを切ることになる。ただ、それは第2巻の話。北は第1巻の最後に「その後の歌を集む」と題して十八首の歌を並べている。

ちなみに、この第1巻に発表された歌の総数は一〇五首になる。そのうち、北自らが選歌した、北の「若年歌集」の副題がある『寂光』に含まれているのは四一首となる。文学面での北のスタートが父と同じ短歌の世界であったことは見逃せないことだろう。

2

『どくとるマンボウ青春記』の第2章「初めに空腹ありき」は、当時食べ盛りだった北杜夫が食糧難の時代の中で食欲に翻弄される姿を描いて、大変印象深い章である。一方、昭和二十年十月十二日から始まる「憂行日記」第2巻の書き出しには、まさに真夜中に空腹に耐えかねて、寮を抜け出て畠のネギをパクって食べた話が出てくる。「(食べ物をめぐる) この浅ましさはずっと私につきまとった」(『青春記』) と北は書く。ただ一方、「月明りの冷い夜道を胸に一もつあって歩くのは甚だ愉快」と書くように、旧制高校ならではのバンカラの発露と見ることも可能だろう。

『青春記』はなんと言っても北自身の八面六臂の大活躍が魅力の一つだが、「憂行日記」では十一月十一日に初めて松高伝統の駅伝が登場してきて、その一端が明らかにされる。子ども時代にはかけっこが苦手でガタガタ自動車と呼ばれていた北が、なんと選手に選ばれて準備に奔走、本番では二番手で受け取ったタスキを必死に守りきり、アンカーが頑張ってみごと逆転優勝を果したのだった。

さらに十二月一日には下宿難を解消するために思誠寮を出て、南松本の日本ステンレス工場寮を借りて思誠寮西寮を開くことになった。そのメンバーとしてリードした北は引っ越しの荷物相手に大奮闘したのだが、なんと次の日から食糧難のために寮の閉鎖が決まり、そのまま三ヵ月以上の休校となってしまった。

やむなく東京に戻り、また親戚の家に厄介になっていた北だが、当時慶応病院に勤務していた兄の斎藤茂太が西荻窪に家を入手したので、ようやく落ち着く場所ができた。また兄夫婦が忙しく、一人で留守番をすることが多く、自ずと読書に打ち込むことになった。北が愛好する作家といえば、この頃は夏目漱石だったが、「憂行日記」で一番長く引用している作家は吉田絃二郎になる。今となっては忘れられた作家だが、早稲田大学教授を務め、作家としても幅広く活躍した。「僕の心の孤独的な感傷にふれるものが多かった」(1章五十七頁)と書いているように、とにかくさびしかった北の心にぴったりくる作家だったと思われる。

「思えば今年位多難複雑な年は無かった」と十二月三十一日の日記に記した北は、家を失った空襲について「一切が悪夢だった」と振り返り、松高入学は「喜ばしい永久に忘れ得ぬ事」とし、寮生活はよかった、説教ストームはよかった、と振り返り、「自分は自分をよく発揮出来たと思う」と書いている。そして来年への期待として「一に昆虫、二に読書」を強調している。

年が明けても一向に学校が始まらなかったので、茂太の家の食糧難を心配した茂吉が宗吉を上山に呼び寄せた。そのため一月二十八日に北は上山の茂吉の弟が経営している旅館山城屋の屋根裏部屋に移った。山城屋で父母とひさしぶりに会えた北は、「親父はこんないい親父は世に無いとさえ考えられた。人格の完成も虫の研究も思想の問題も、すべてをなげうって、ただガッツイて一番でもとってやろうかとさえまで考えた」と書いている。

ただ、この後すぐに父は少し離れた大石田に再疎開したため離れ離れとなってしまった。それが関係しているとは思えないが、毎日のように書いていた日記は次は二月十六日まで飛んでいる。いずれにせよ、北は山城屋で毎食ドンブリに山盛りの飯を与えられる恵まれた生活を送っていた。その中で、父の『赤光』、『あらたま』、『のぼり路』などの歌を書き写しているうちに、自然に真似のごとき歌ができたという。そしてこう書いている。

「ほそぼそと唐松立ちてゐたりけり我が歩む道はしづかなるかも

など歌としてうまいが、まねた事はまぬかれないだろう。しかしわざとまねたのではないからしょうがない」

当時はハイパーインフレが進んでいたため、政府は二月十六日に新円切替えを発表し、翌日から預金封鎖が実施された。そのため北は大石田の父のところに呼ばれ、父が押し入れにため込んでいた十万円の現金を胴巻きに収め、二月二十日に東京まで運んでいる。

三月になるとようやく学校が再開され、北は三月二日の夜行で松本へ出発し、南松本の西寮に入った。試験が三月十八日から二十一日にかけて行われたのだが、そのことを記した日記はなんと三月二十九日である。つまり、日記は二月二十二日を最後に一月以上書かれていなかった。その間のことは思い出してまとめて書かれているわけだが、それまでの単なる昆虫採集の話から、植物や季節を含めた自然観察へ、一皮むけた印象がある。

四月になっても日記はとびとびで、昆虫採集のあった日にだけ記録するものになった感がある。かつては多かった読書の感想は影を潜めている。おまけに四月の初めの日記には、軽井沢、熊ノ平、足利、小山といった地名が次々と出てくるが、なぜそこに行ったのかがわかる話は一切ない。その中で四月二十四日の日記には「二年六組の出発コンパをヤる。後味が悪い」という記述がある。この時北は理科（乙）六組に属していたが、総代としてコンパの会場探しなどの手配をしていた。「親しみのない論争と云うものは不愉快なものだ」と書くが、どんな論争があったかは全くわからない。

ちなみに、戦争末期に旧制高校は二年制になっていたが、この年三年制が復活していた。当時、北は二年生として思誠寮西寮の委員を務めていて、入寮する一年生を迎えるはずだったが、陸士や海兵などの閉鎖される学校からの生徒を転入させるため、この年も新入生の入学は秋からとなっていた。

五月二十二日の日記には珍しい記述がある。「この頃短歌会があってから作歌欲も起り、今の自分では前の歌よりよいと思われるのが出来る様になったのは嬉しい事だ」。短歌会があり、それに出席していたこと、作歌欲も起こったことは興味深いが、肝心の歌は二月に記されたのが最後となっている。

六月になると、テントウムシの寄生蜂を飼育して観察したり、仲間四人で二泊三日で西穂高の登頂を果したり、昆虫も山行もますます盛んになっていった。しかし、松本の主食の配給は一日一合一勺となり、学期末試験も生徒が気の毒というので中止となって、六月二十一日には夏期休暇となった。そのためいったん帰京した北だが、六月二十八日に大石田で肋膜炎から回復したばかりの父と合流した。

七月の日記はまた大きく様変わりした。簡単にいえば毎日のように執筆されていて、内容も二月以前に戻った感がある。七月五日の日記には、「白米のゴハンは食べればいくらでも食べられる。それはかまずにのみこむせいであろう。かもうとしても仲々かんでいられない」と書き、松本での主食の配給事情と比べると信じられないような話である。また、この日の最後には、「漱石とシェクスピアと学生と哲学とツアラツストラを少しずつ読む」と書いて、読書欲の復活を印象づけている。

さらに七月八日になると仰天するようなことが出てくる。「昨日は虫界速報へ出す『松本地方の春の蝶短報』をざっと書き上げたが、今日は今まで考えていた山百合を書き初めて、(一)を二時間近くかかって書いた」というのだ。「虫界速報」は昆虫の専門誌だが、この時に北が送った原稿はそのまま活字となり、北の最初の作品となった。もう一つの「山百合」は初めて見るタイトルで、しかも創作である。続けて「松本で六月に書いた奴はどうもまずいし、手紙で続けると無理が出るので、今度は主人公を野上として普通に書いて行った」と書いているから、いきなりずいぶん難しいことに挑戦したものだと感心する他ない。少なくとも六月の日記からは創作を書いていることを全く感じるとることはできない。七月九日、十日と書き続け、三日で書き上げている。「とにかく初めての創作としては自分ではかなり満足した」とある。

七月十三日の日記には父と衝突した話が出てくる。「雨戸を閉めながら春寂寥を歌ったら、血潮が上ってきたので大きな声をしたら、親父が馬鹿声を出すなとおこった。何と云うベラボーな話であろう。……高校を出ていながら高校を理解しない」と八つ当たりしながらも、少しクールになると、「目をそむくべきものを高校生の中に見出す」と自らを顧みての反省も見せている。そしてこの日には意外な嬉しいことにも遭遇した。「今日板垣さんの所で思いがけなく豊富の蔵書にあった。ドストエフスキーやら世界名作がズラリとある。もう本に不自由しない。見て居れ!!」と興奮している。この板垣さんというのは大石田在住の茂吉の弟子で、大石田への再疎開を世話し、病気の際にもよく面倒を見ていた人で、蔵書家だった。翌十四日の日記には「大いにアセって本を読む。ドストエフスキー『賭博者』『貧しき人々』を読み終る」と爆発している。

読書に執筆に大変なエネルギーを見せる北の勢いはさらに続く。七月二十一日の日記には「俺は知らないのが口惜しいから読むんだ。たしかにそうだ。今月になって十四冊読んだ。……白樺復刊の懸賞小説を出そうと考える。『才五郎』とでもして、受験時代とその目より見たる高校生を画《えが》くつもり」とあって、早くも次の創作が出てきている。それが七月二十四日になると「『才五郎』を書く積りでいたが、朝の新聞に新日本社の懸賞募集が載っていたから、急にそれを書く事にした。二十枚以下とある。『虫けら先生』と云うヒョッとした思い付きで、午後一杯で書き上げてしまった。……読み返して見ると、大して感心した代物じゃあない」と書く。そして七月二十九日には「今日『才五郎』を書き終ったからホッとした。百枚近くにはなると思う。自分には初めての大作？だから嬉しい」とあるから、そのスピードにはやはり驚かざるを得ない。

ちなみに、この時期の創作については、「憂行日記」の第2巻が記されたノートの扉の裏側に次のようなメモが残されている。

創作　1946　「山百合」　7月8日〜10日　人物　野上　村上
「工場時代」　7月14日〜16日
「虫けら先生」　7月24日　関口常夫　遠藤（？）
「才五郎」　7月26日〜29日
小野才五郎
田中三太郎　その兄
矢島
星野清流

これを見ると、日記に出てこない「工場時代」という作品が本当に書かれたのかが気になる。何しろ日付からいうとドストエフスキーに没頭していた頃だからである。

3

「憂行日記」の第3巻には異例の前置きが付いている。小さい頃から日記をつけてきた北が、日記に使うノートへの好みを明らかにしている。「自分は日記としては大きなのを好む。が今手元にこれしか無い」と、物資不足で思うに任せない事情を飲み込んで、「今自分には時間がある。それにまかせて……思い出す事なども記して見たい」と書く。

実際には北が風邪で臥せったこともあって、八月一日に書き出された日記は八月二十一日までのわずか十四日分にすぎなかった。しかし、その内容は第2巻とは一変して大変充実したものになっている。たとえば、八月一日の日記には、「何事も自分でやって見て初めてよく分かるものだ。この四月、芸能祭で芝居をやってから、映画を見るのでも、筋を見ずにむしろ演技を見る様になった。創作をし出してから、ただ筋を追う小説の読み方をしなくなった」と書いている。ここに出てくる四月の芸能祭というのは、四月の日記に全く出てこなかったし、『どくとるマンボウ青春記』に書かれている『ドモ又の死』に出演したのは秋の記念祭でのことだった。それはともかくとして、ここで言っていることは納得のいくことといっていいだろう。やはり六月までの落ち着かない寮での生活と比べて、はるかに恵まれた生活を過ごすようになったことで、大きな成長を見せてきた感がある。

この夏は北にとって父との関係が一層深まった時といえるだろう。ことに近くの愛宕神社では歌作りに没頭する父のかたわらで虫を観察し、狩猟蜂が獲物のクモを引きずってきて、地面に穴を掘り、獲物を埋めてゆく様を、ずっと見守ったりすることができたのである。それは父を尊敬するようになった北にとって至福の時間だったと言えよう。

もう一つ、この夏に突然書き始めた創作については、八月六日の日記に「価値ある者は必ず見出されるだろう。俺はいくつかの小説といくらかの戯曲を書く。之の一つも金にならなかったら俺は自信を失う、その時初めて」と、まだ自信を見せていた。それが八月二十日の日記では「今日思い切って『才五郎』を白樺へ送ってしまった。どうにでもなれ。……『愚かなる者』の方は益々いかぬ様だ。それでこれからはサロンにでも投稿して少しずつかせぐつもりだ。俺もとうとう大衆作家になってしまうか。ああ」と書いている。これはやっと現実に目覚め始めたというべきだろうか。

4

第4巻は昭和二十一年の九月十六日、つまり夏休み明けから始まっている。その前の第3巻は八月二十一日で終わっているので、ひと月近くブランクがあることになる。しかも、巻頭の最初のページには「この巻の終りにあたって」という、一九四七年六月三十日の日付がある不思議な前置きが入っている。不思議というのは、時間的に一番最後に書いたものが先頭に置かれているということだけではない。それが純粋な詩であり、詩の形をとって日記への自分の思いを語っているからだろう。つまり、魂の成長の記録としての日記の意義を高らかに歌っているのだ。

実は、この第4巻では五月七日以降はほとんどが詩の形で書かれている。したがって六月三十日の日付の巻頭言が詩であることは何の不思議もないことになる。ただ変っているのは、その巻頭言に続いて、「1946．9．」という、もう一つの前置きが置かれていることだ。そして書き出しには「ジッヘルな生活を送らざる時は日記をつけられないものだ。しかし余り急がしき流さるる様な生活も又、日記をつける閑を与えない」とある。ジッヘルというのは登山でザイルを使って安全を確保する古い言い方だから、安定した生活を送っていないときや、忙しすぎる毎日が続くと日記は書けないと言い訳をしているわけである。実際に勘定をしてみると、第4巻は一九四六年九月から四七年六月までの三百三日間のうち、執筆されていたのは七十四日だけだった。平均すると一月当たり七・四日にしかならないので、これではサボリすぎといわれても仕方がないであろう。

ただ、数少ない日数ながら、「高校生活の一転機たる事」はしっかりと書き残している。たとえば新入生を迎えて、デカンショ、東寮ストーム、説教ストーム、ダベリ・コンパと続き、ついには寮の委員は試験を全部休んだという。とくに「ダベリの味を真に知ったのは今度だった」と書く北は、友と深夜までダベった後、異様な気持で徹夜して書き上げた七枚の「暗い草原」、私小説の形で楽に落ち着いて書いた十枚の「たそがれ」があると九月十六日の日記に書いている。この両作とも今まで全く知られていなかった作品である。

この年インターハイが復活したのだが、北は卓球部に入り、インターハイを目指して練習を重ねることになる。日記の方も、ブランクがあって卓球部の記事、またブランクというのがしばらく続くことになる。かつての昆虫関係の記事や読書の感想などの記事は姿を消している。そういう中で十一月には学校で記念祭が開かれた。『どくとるマンボウ青春記』でハイライトといえば、何といっても北本人が記念祭で大活躍する「小さき疾《シユトウルム・》風《ウント・》怒濤《ドランク》」の章だろう。その中で「記念祭に求めていたものはついにあった。やはりあったのだ」と、この日記から引用しているが、松高を愛し、寮生活を愛し、記念祭に全力を傾けた北の情熱が『青春記』にはほとばしっているといえよう。

十二月七日の日記には、また創作を書き上げた話が出てくる。「夜カイラン雑誌の原稿を書き出したら、興がのって快調に一時半頃までかかって書き上げた。……『おもひ出』を暗い草原、山百合などからぬいてデッチあげたら、割に気持のいいものが出来た。今までの作では一番自信がもてる」と書いている。この作品も全く未確認だが、そもそも寮の回覧雑誌そのものがまだ未発見なのである。

そしてその次の十二月十六日の日記には、学期末試験が始まったことを記し、「坂井さんの解析はトンと手がつかぬ。即ち次の四首を答案に書きつけた」と、その四首を紹介している。このことは

『青春記』でも書かれていて、旧制高校ではとんちなどでも合格点を貰えることがあったということが、広く読者の関心を集めた。ただ、この日記の四首と『青春記』では若干の違いがある。そもそも北が答案について書くことができたのは、北の変った答案を面白がって保存していた先生方がいたからである。この実物の答案によると、日記はほぼ正確で、『青春記』の最後の歌はよりよく手を入れられていることがわかる。

　この十二月から二月ごろまで、日記の文体が少し変っている。ほとんどの文章が一、二行と短くなり、二、三行で一行ぐらいの空きが入る。体言止めや言い切りの形が続く。五月七日から始まった詩の形での執筆と何らかの関係がありそうだが、三月、四月はその前の普通の文体に戻っている。いずれにせよ、この一行空き多発の時代の文体は高村光太郎の影響を強く受けたものではないかという気がする。

　この年の年末、十二月二十五日には寮で泥棒事件と火事事件が一夜にして突発している。また年が明けて一月十八日には校友会の新旧委員交替の席で、酒に酔った北が二人の教授の頭を叩くという事件が起っている。どちらも大事件だが、『青春記』と「憂行日記」では扱いに大きな差が出ている。『青春記』ではどちらの事件も大変面白く描かれていて、「瘋癲寮の終末」の章の大きな柱となっている。一方「日記」ではどちらの事件も名前だけあげられているという感じになっている。これはリアルタイムに書いていく日記と、後から反芻して書いていく読み物との違いにあると思われる。

　一月二十三日に寮歌の選定があり、北の作詞した「人の世の」が当選した。これは寮が大好きだった北にとっては大きな喜びだったが、「日記」と『青春記』とで、その扱いが泥棒事件などとちょうど反対になっているのだ。「日記」では四日続けて寮歌について書き記しているのに対して、『青春記』では一番と三番の歌詞を引用しているだけである。いずれにしても詩人を志し始めた北にとって、大変自信を与えてくれたはずである。

二月四日の日記には「昨日は小説の筋を色々考えて〝狂詩〟と云う題を得た。閑を見て100枚位書いてみたい」と書いている。これが昭和三十二年の芥川賞候補作に選ばれた「狂詩」の初出である。十年以上あきらめずに温め続けたことになる。それはこの時「狂詩」というタイトルが閃いたことが大きかったのではないだろうか。

この時北は二年生として学年末を迎えていた。三年生になれば寮を出て下宿することになる。ところが、指導役として寮に残れという話が出てきて大いに悩むことになる。寮は大好きだったが、残れば勉強するのも難しく、日記もろくに書けない生活が続くことになる。その問題がようやく片付き、明日から試験という三月一日の日記は通常の四、五倍の長さになっている。その中で「短歌への欲求は今強い。赤彦のやつゆじもを閑々に見る」と書き、末尾に久し振りに十五首の近作を並べている。

三月十一日に下宿に引っ越した北は十六日に帰京、前年の九月に世田谷区代田に構えた兄の家に戻る。三月十九日の日記には「追憶と云うのを8枚程書いた。寮の廻覧雑誌のために」とある。また「今自分の心には例の狂詩の物語りが段々と萌生えている。ある形となってきつつある」と書いている。そしてついに、四月一日の日記には「あれから毎晩、狂詩を書いている。もう40枚以上になるだろう」と書き込んでいる。

そして前にも触れたように、五月七日の日記から詩のかたちで書かれるようになったのだが、これが大変読みやすい。一つはもちろん北の詩のたくみさによるところが大きいだろう。もう一つは、たとえば仲間と山に昆虫採集に行く時など、自在に普通の文章に切り換えて書いているのだ。分量的には全体の一割以下だが、そのため五月十七日の駅伝の開催や五月二十日に運動部総務を止めたことなどが自然に分かるようになっている。

そういう普通の文章で書いているところで興味深いのは六月六日の日記である。「親父から手紙。ゲルと歌の紙。やはり、平静な作をとっている」と書いている。要するに、作った歌を茂吉に見てもらっていたのだが、これが何時から始まったのか。というのは「憂行日記」においては、第2巻で昭和二十一年の冬に大石田で父と会った時に、アララギの運営の大変さに触れて、「又歌に自信がなくなって、とても見せられたものではない」と書いていたからである。そうすると、その年の夏に大石田で父と一緒に過ごした時というのが考えられる。一方、茂吉の方がなんと言っていたかというと、昭和二十二年五月三十日に大石田から送った手紙がこれに該当すると思われる。「歌うまい。ほんの暇の時に作るがいゝ」とだけあるが、北にとってはやはり非常に嬉しいものだったに違いない。

5

「憂行日記」は第4巻の途中から詩の形で書かれるようになったのだが、この第5巻ではほとんどのページで詩の形が貫かれるようになっている。そもそも第5巻の表紙には「この心の中から私の詩が始まる」という、いわば北にとっての詩人宣言が大きく書かれ、「憂行日記5」ではなく「日記の代りとして――　5――」と書かれているのだ。ただ、表紙ということで目を引くのは、上の方に大きく押してあるイラスト入りゴム印である。「燕〜縦走記念〜大天井」とあり、下の方には山荘の記念印も押されている。これは八月の二十八日から三十一日まで、同級生と一緒に燕岳からアルプス銀座を縦走して槍ヶ岳までを制覇した記念である。この表銀座縦走コースは、北にとっておそらくきわめて魅力的で、一日も早く征服したいものであったことは間違いないと思われる。実際に北は、この「憂行日記」第5巻の大学ノートをリュックに入れて持ち歩き、休憩時など折りに触れて執筆していた。そのため二十八、二十九、三十日の三日間の日記は十一ページに達し、第5巻のハイライトになっている。

ところで、『どくとるマンボウ青春記』と「憂行日記」とは密接な関係を持っているわけだが、たとえば『青春記』の六章目の「役立たずの日記のこと」というのは、行を変えた詩のごときもので書き始めた「憂行日記」の第4巻以降を指している。そして『青春記』の七章目の「銅の時代」は松高時代の最後ということになるのだが、これは「憂行日記」の第5巻が相当する。というのは、どちらも三年生の秋を迎えた北が大学では動物学を志望したいと父に手紙を出し、父の反対に屈伏するという出来事が中心になっているからである。そもそも北が松本高校で入学したのは理科乙類で、そのまま進めば医学部に進学するはずだった。ところが、八月十六日の「憂行日記」に「さうだ　私は医者にはなるまい」という言葉が突然出てくる。そして次には九月三十日の「憂行日記」に、また突然、「おととい、望月さんがとにかく父へ手紙を書けと云われた。……ズボラな性質はこんな重大な手紙さえ、もう丸一月おくらしている」ということが出てくる。この望月さんというのは松高のドイツ語教授で北が師事していた望月市恵氏である。

　これに対して四日付の父の返事が十日に届いた。「〇宗吉が動物学を好きなことに対して、父は万腔の同情を持ちます。父も少年から青年（一高時代迄）まで動物学が好きだつたからです。〇ところで、動物学を専攻するとして、大学三年で卒業後、どういふ実生活に入りますか、貧乏しながら大学助手になつてしばらく研究するとして、その後は、教員生活をしますか、……〇父は無限の愛情を以てこの手紙を宗吉に送る。よくよく、調査〈動物学者の実生活、勤務先、月給等〉の上、熟慮の上、至急返事をよこせ」というものだった。要するに茂吉としては敗戦後の日本がおかれている現状と動物学者の生活を心配して、親としては当然といっていいような考えを示していた。ただ、いかにも茂吉らしいのは、同じ四日に岩波書店の創業者・岩波茂雄の女婿の小林勇に手紙を出し、現在の帝大の動物学科の卒業生の暮らし向きを調べてくれるように頼んでいるのだ。また同じ四日には兄の茂太にも手紙を出し、宗吉の動物学志望についての意見を聞くと共に、「暮らしさへ安全に立たば、動物学者にしても好いやうな気持もするのだ。……KOの同僚の兄弟等に動物学をやつて居る人が居ればたづねるのによいとおもふ」と書いている。

一方、北本人はどう受け取ったかというと、十月十二日の日記にこう書く。「(動物学志望に)反対だが、割に理解はないが親切な手紙だった。それから急にアワてて方々とびまわり、……昨日土曜日、一人で山へ行こうと決めた」と書く。そして夜になって「さて父へ手紙を書き出した。ところが妙におかしくなって、快調な気持となって、どんどん成績やら何やら書いてしまう。これはうまく行くと非常にうまく行くが、下手をすると、父のモー怒りを買う手紙となった」と書いている。それでも、そのまま徳本峠から眺める穂高の偉容を求めて山に行き、十三日の夜西寮に着いた。そして十四日の日記。

「朝下宿についたら何と親父から二通、家から一通、手紙がきている。オソルオソルあけたら、果してまずいことになった。しばしボーゼンとして、折角山でなおりかけた心が又しおれてしまった。然しどうしようもないではないか。こうなったら勉強をするより他ないではないか」と実にあっさりと白旗をかかげている。

では、茂吉からどのような手紙が送られてきたのか。まず一つは十月八日付のものである。「〇父も熟慮に熟慮を重ねひとにも訊ね問ひなどして、この手紙を書くのであるが、結論をかけば、やはり宗吉は医学者になつて貰ひたい。……これは老父のお前にいふお願だ。親子の関係といふものは純粋無雑で決して子を傍観して、取りそまして居るやうなことは無いものだ、その愛も純粋無雑だ。この父の忠告は宗吉が医学者になり、齢四十を越すとき、いかにこの父に感謝するかは想像以上に相違ない」と、比較的穏やかに始まったが、松高の知り合いの教授から教えられた宗吉の成績が二十九人中十四番で、数学、物理が悪いことがわかったため、次第に高揚、「物理、数学、化学、ドイツ等の入学科目に全力尽せ下宿に遊びに来る学生あらば、率直に撃退せよ、おだてられて、いはゆる高校気質に敗北するな、これは父の厳命だ」で終わっている。

これと一緒に届いていたと思われるのは十月十一日付の手紙である。「○父の前便を読んで宗吉は悲しんだらう。それは無理はない。自分の志望なり適性なりと反するやうにおもふからである。○別紙は、東京帝大の動物をやつてゐる諸氏からきいた、綜合的返答であるから、只今の宗吉には非常に大切な返答である」と書いている。要するに小林勇氏に頼んだ調査の返事がきたのである。それはおおむね茂吉が心配していたとおり、助手になるのも大変困難な状況だった。そのため「東京帝大の試験日と、かち合はない大学（千葉とか、名古屋とか仙台とか、さういふ大学を今からしらべて置け……）」とすっかり茂吉のペースで話は進んでいた。

この二本の手紙を読んだ北はすっかり白旗をかかげたように思えたが、実はこのあと父に速達便を書いて出している。それがわかる十月十六日付の茂吉の手紙が残っている。

「愛する宗吉よ　速達便貰つた　○父を買ひかぶつてはならない。父の歌などはたいしたものではない。父の歌など読むな。それから、父が歌を勉強出来たのは、家が医者だつたからである。そこで宗吉が名著（?）を生涯に出すつもりならばやはり医者になつて、余裕を持ち、準備をととのへて大に述作をやつて下さい。……○動物学者にきめることは、この冬休に篤と相談するから、極めずにおきなさい。父の宗吉に対する愛は広大無辺だから、父も熟慮するし、お前も篤と考へなさい」

これに対して北は十月二十日の日記にこう書く。

「やっと昼すぎ下宿に帰ってきたら　父から手紙がきていた。愛する宗吉よ、と言う書き出しである。もうどうにでもなれと思った。結局自分は芸術以外に価値を認めない。だから何をやって食おうが知ったことではない」

こうして北の初めての父への反抗は完膚無きまでに鎮圧された。それにしても茂吉をして「父の歌などはたいしたものではない」と言わしめた北の手紙には、一体どんなことが書かれていたのだろうか。

6

第4巻の途中から詩体に変わった「憂行日記」だが、この第6巻では内容的に大きく飛躍した感がある。たとえば第5巻と比べてみると、第5巻は七月一日に始まって十一月十二日までの間で記述があったのは五十五日間。うち、日記が十一日、無題の詩が四十六日、タイトルのついた詩は一作だけだった。これに対して第6巻では、十一月十五日に始まって大晦日までで記述があったのは三十四日間。うち、日記が六日、無題の詩が三十二日、タイトルのついた詩は二十二作に及ぶ。

実際に数えてみるまでこんなに大きな差があるとは思わなかったのだが、タイトルのある無しで作品の完成度には相当な違いが出ている気がする。第5巻の無題の作品を読んでいると、とにかく読みやすくて散文の日記を読んでいるのと同じような感じがある。一方、第6巻のとくにタイトルがつけられた作品には徹底的な推敲を重ねられているものが多い。もともと北杜夫の字には相当な癖があるが、とくに6巻の字は小さくて見分けるのも大変なくらいだ。しかも、引き出し線も多いのでつながり具合を判断するのも一苦労である。これは見方を変えれば、未完成な作品が多いということにつながるのかもしれない。実際問題として、第6巻には北自身の手で黒インクで抹消された行が二百七十四行に達する。もちろん第5巻までには抹消されていた行はほとんどない。北は「あとで見て恥ずかしいこととか、あまりに幼稚な詩などを消した」と『或る青春の日記』の冒頭で書いているが、「憂行日記」でどういう詩が消されたかは、いくらノートをすかしたりしてもほとんどわからない。

いずれにしても詩作へと大きく舵を切った北だが、その転換点が何かは気になるところだが、この第6巻の中で北自身が明かしているところがある（十一月十九日）。

「かたはらに黒くすがれし木の実見て雪近からむゆふ山をいづ

この様な父の歌がある。私の詩も何も、この一首の前にはただ消えてゆくばかり。捨てていた歌がよみがえってきて、私は勉強もせずにただ首をふっていた。分からぬ分からぬ、芸術のあそこのかんどころが。詩も何も、ああ。この歌一首のもつ圧迫の大いさが、私を心からたたきのめした。私はドイツ語をやろう!」

この茂吉の歌は『白き山』に収録されたものだが、北が友達から雑誌に載った斎藤茂吉研究を借りた話の直後に出てくるから、この雑誌で始めて知った作品かもしれない。いずれにせよ、大学の志望先をめぐって父と争った直後だけに、歌をやめて詩作に本腰を入れる動機にはなったかもしれない。この第6巻の後半には、カロッサのドイツ語の作品が何編も出てくる。カロッサはドイツの人気詩人だが、本人は医師の長男として生まれ、両親の希望でミュンヘン大学医学部に進学し、在学中には詩人と医者の調和に希望を持っていたという話を聞くと、北がどういう気持でカロッサを読んでいたかは気になるところだ。

第6巻には最後に「後記」というものがついているのだが、その書き出しには「罹災後の第5巻の日記」とある。これはもちろん第6巻の間違いなのだが、何でそんなミスが生じたのだろうか。もう一つ、日記が書かれているノート本体の表紙にも記録5と書かれていたのだ。そもそも「憂行日記」には必ず新しい大学ノートが使われていた。それがこの第6巻では数学のノートにしようとして表題だけ書いたものが転用されている。そして赤鉛筆で5を6に直している。しかし北が残した大学ノートで記録と題されたものはこれ一冊しかない。あとは例外なく日記で、この第6巻でも中扉には「心の歌　憂行日記――新5――」とあって、やはりそれを赤鉛筆で6に直している。これをいつ直したかは、今となってはわからない。第7巻を見れば一つの手掛かりになったはずだが、残念ながら第7巻は目下行方不明になっていて見ることができない。北が書いた『或る青春の日記』文庫版の注記によれば、「憂行日記」は松本高校時代のものが七冊、東北大学時代が八冊で、全部で十五冊。『或る青春の日記』は昭和二十三年四月四日から書き出されているのだが、その調子が第7巻から続いているとすれば、詩一辺倒ではない普通の日記がもっと楽しめたのではないかと残念に思っている。

編者あとがき

今年、山形県上山市にある斎藤茂吉記念館では特別展「日記と歌で辿る斎藤茂吉の素顔」が開かれた（四月二十九日〜八月三十一日）。《初公開！茂吉の日記帳／全28冊》というのが謳い文句だが、実際その迫力は大変なものがある。茂吉の日記全二十八巻、北杜夫の日記全十五巻。父子二人して、ともに長大な日記を残したのはなぜなのか。少なくとも、茂吉の日記を確認した限りでは、茂吉が先達として日記の執筆を勧めた痕跡はまったくないし、一方、北が日記を書き続ける父の姿に感銘を受けたとも思えないのである。

実は北さんの年譜を手掛ける私の出発点は早稲田大学での卒業論文の「北杜夫研究」であり、その柱となったのは斎藤茂吉の日記の調査だった。全二十八冊という日記帳の第一巻は一九二四年十一月三十日、つまり当時四十二歳だった茂吉がドイツ留学から帰国のために榛名丸に乗り込み、マルセーユを出港した日から始まっている。そして一九二六年十一月に始まった第六巻では、一九二七年五月一日に次男宗吉（すなわち北杜夫）の誕生が記録されている。それ以来、最後の日記となる一九五二年十二月三十日で終わる第二十八巻まで、北についての記述が欠けることはなかった。つまり、北杜夫は生まれたときから斎藤茂吉という稀代の文学者から、こまやかな観察の目を注がれて育っていったのである。

私が初めて北さんの年譜を作ったのは一九六九年に「北杜夫ノォト」（北杜夫小研究会）を刊行した、

大学二年のときであった。その後も『北杜夫全集』（新潮社、一九七七年）の年譜をはじめ、北さんの協力もいただいて数多くの年譜を作ってきた。ただ一度、年譜ではない仕事でお手伝いしたことがあった。それは一九九二年に刊行された中公文庫版『或る青春の日記』の仕事である。

この本の親版は一九八八年に出されたのだが、中身は東北大学医学部時代の日記であった。北の日記としては、旧制松高時代の日記が「憂行日記」として七冊、医学部時代のものが「日記」「ＤＩＡＲＩＵＭ」として八冊あったという。ところが親版を製作していたときには、その内の一冊が行方不明になっていたので、やむなく欠けたまま親版は刊行された。それが文庫化しようとしたときに奇跡的に見つかったので、そのノート一冊分を私がワープロ入力することになったのである。それは実に楽しい仕事だった。

その後、二〇一一年十月に北さんが急逝された後に、書斎の机などに残されていたノート類、それは日記であったり、詩集であったり、読書録であったり、さまざまなものがあったが、その調査・研究を奥様の斎藤喜美子氏が私に任せて下さることになった。二〇一四年のことであった。当時はまだ現役の編集者として忙しく働いていたので、お預かりしたノート類をぽつぽつとコピーを取ることぐらいしかできなかった。

ところが二〇一六年になって、河出書房新社より二〇一二年に「追悼総特集北杜夫」として出した『文藝別冊どくとるマンボウ文学館』を、その後に発見されたカストリ雑誌への投稿作品などの新たな資料を加えて、増補新版として出したいという依頼があった。締切りまで極めて短期間の仕事ではあったが、この機会に「憂行日記」の翻刻に取り組んでみることにして、日記の冒頭一ヵ月分を何とか間に合わせて刊行することができた。

その後、私が入院するなどしたため「憂行日記」の翻刻の仕事は簡単にはいかなかった。まず「憂行日記」の第七巻が行方不明だったことである。この第七巻には昭和二十三年一月から三月まで、つまり東北大学の入学試験のことなどが書かれていたはずだが、奥様からお預かりしたノート類には入っていなかった。『或る青春の日記』の例があるので、北さんの書斎を探しにうかがわせていただいたりしたのだが、これは残念ながらあきらめざるを得ないというのが最近の心境である。

以前、『或る青春の日記』の入力をしたときには、北さんの手書きの文字が読めないということはほとんどなかったのだが、「憂行日記」の場合はなかなかに大変だった。それは字体がまだ成長過程だということも大きいと思うが、ひらがなとカタカナをひとつの言葉の中で混在させるなど、かなり自由奔放な書きっぷりなのだ。また解読する私の方が新字新仮名で育っているので、知識としての旧字旧仮名はわかっていても、踊り字などを使われるとなかなかついていけなかったりする。とにかく読めない文字を丸一日にらんでいたこともしばしばだった。

それでも五年がかりでようやく刊行にこぎつけられたのは多くの方々の助けがあったからでした。まず、奥様の斎藤喜美子氏には、翻刻の最初の機会を与えて下さり、刊行のご許可をいただけたことは大変ありがたいことでした。さらにドイツ語の部分に目を通して下さり、誤りをご指摘いただいたのはうれしいかぎりでした。同様に長女の斎藤由香氏には刊行のご許可をいただくとともに、いつも翻刻作業を励まして下さいました。また栗原正哉氏には新潮社出版部への話をつないでいただいただけでなく、ゲラの校正でも大変お世話になり、ただただ感謝申し上げるしかない。さらに北さん存命中の二〇〇八年から「どくとるマンボウ昆虫展」を主宰し、日本中で展覧会を開いている新部公亮氏には昆虫関係のチェックをお願いするとともに、読めない文字について何度もご相談させていただいたことは本当にありがたいことでした。

斎藤国夫

二〇二一年八月

写真提供
　斎藤家　カバー、P.1（著者ポートレート）
　新潮社写真部
　カバー、P.2、11，77、79、139、142，145、151、165、229、285

図版提供
　斎藤家　（北杜夫の自筆画）

日記所蔵　世田谷文学館

北杜夫（きた・もりお）
本名・斎藤宗吉。1927―2011年。東京青山生れ。旧制松本高等学校を経て、東北大学医学部を卒業。神経科専攻。1960年、半年間の船医としての体験をもとに『どくとるマンボウ航海記』を刊行。同年、『夜と霧の隅で』で芥川賞を受賞。その後、『楡家の人びと』（毎日出版文化賞）、『輝ける碧き空の下で』（日本文学大賞）などの小説、歌集『寂光』を発表する一方、「マンボウ・シリーズ」や『あくびノオト』などユーモアあふれるエッセイでも活躍した。父、斎藤茂吉の生涯をつづった「茂吉四部作」により大佛次郎賞受賞。

斎藤国夫（さいとう・くにお）
本名・青田吉正。1947年東京生まれ。高校時代に北杜夫作品に傾倒し、全作品の蒐集を目指す。69年、北の年譜を作り私家版の冊子「北杜夫ノオト」を刊行。73年早稲田大学第一文学部を卒業、中央公論社に入社。77年『北杜夫全集』の年譜を作成。93年プレジデント社に移る。2000年世田谷文学館で開かれた開館五周年記念「北杜夫展」で略年譜と主要著書目録を作成する。14年、北杜夫が学生時代にカストリ雑誌に投稿した作品を発見。

憂行日記《ゆうこうにっき》

著　者………………北杜夫《きたもりお》
編　者………………斎藤国夫《さいとうくにお》
発　行………………2021年10月20日

発行者………………佐藤隆信
発行所………………株式会社新潮社
〒162-8711 東京都新宿区矢来町71
電話　編集部 (03)3266-5411
　　　読者係 (03)3266-5111
https://www.shinchosha.co.jp
装　幀………………新潮社装幀室
印刷所………………大日本印刷株式会社
製本所………………大口製本印刷株式会社

乱丁・落丁本は、ご面倒ですが小社読者係宛お送り下さい。
送料小社負担にてお取替えいたします。
価格はカバーに表示してあります。

ISBN978-4-10-306239-4　C0095